Prolog

Schizophrenie ... Ist eine psychische Erkrankung, die zur Spaltung und zum Zerfall der Persönlichkeit, zu Wahnvorstellungen und Sinnestäuschungen führen kann.

In Deutschland erkranken jährlich zirka 6.000 Menschen an Schizophrenie, weltweit sind es sogar über 800.000. Für Betroffene und Angehörige kann die Krankheit verheerende Folgen haben, wenn sie nicht behandelt wird, was nicht heißt, dass eine Behandlung in jedem Fall von Erfolg gekrönt ist. Dem Erkrankten ist seine Krankheit oftmals selbst nicht bewusst; seine Wahrnehmung, sein Charakter, sein ganzes Wesen verändern sich, ohne dass er es mitbekommt.

Kapitel 1

Ein Junge mit Problemen

1

Eine angenehme Kühle herrschte im Zimmer 201. Das fahle Licht der Neonleuchten erhellte den Raum und sorgte für eine wohlige Atmosphäre. Der dicke Mann auf dem gepolsterten Stuhl (der einzige gepolsterte Stuhl im Raum) strahlte Ruhe, aber dennoch eine gewisse Strenge aus.

„Frau Beyer", sagte er. „Ihr Sohn könnte bedeutend mehr leisten, wenn er sich mehr anstrengen und seine häuslichen Aktivitäten verstärkt pädagogischen Tätigkeiten zuwenden würde."

Ein Standardspruch von Herrn Schmidt, dessen suggestive Rhetorik sich in seiner gesamten Laufbahn kein einziges Mal geändert hatte. Maiks Klassenlehrer versuchte (wieder einmal), seiner Mutter beizubringen, sie solle ihren Sohn zu mehr Pflichtbewusstsein und Fleiß erziehen.

Maik Beyer saß während dieser Elternsprechstunde auf einem Stuhl neben seiner Mutter und musste sich zum x-ten Mal anhören, wie faul er doch sei . Ihm gegenüber saß sein Lehrer, Herr Schmidt, der in einem unaufhörlichen Erzählschwall über ihn herfiel.

„Sie müssen verstehen, dass es jetzt kein Spaß mehr ist", fuhr Herr Schmidt fort, „Wenn Maik nicht bald die Kurve kriegt, dann sieht es schlecht aus mit seinem Abitur. Das Kollegium ist sich einig darüber, dass Maik das Potenzial besitzt, einen hervorragenden Abschluss zu machen. Wenn Sie mich fragen, ist er ein überaus intelligenter Schüler. Er müsste sich ganz einfach nur mehr anstrengen."

Maiks Mutter saß nickend da und hörte sich alles genau an, was Herr Schmidt zu sagen hatte. Ab und zu warf sie einen vorwurfsvollen und enttäuschten Blick auf ihren Sohn, um anschließend wieder den sich wiederholenden Worten seines Klassenlehrers zu lauschen.

Es war Maiks siebentes Jahr auf dem Albert-Einstein Gymnasium in Neustadt, einer mittelgroßen deutschen Stadt mit dreißigtausend Einwohnern. Und nun stand er kurz davor, zum ersten Mal sitzen zu bleiben und die 12. Klasse zu wiederholen. Sein Klassenlehrer, Herr Schmidt, ein kleiner, untersetzter Mann mit Brille, hatte ihn und „einen Elternteil Ihrer Wahl" zu einem Gespräch über seine schulische Zukunft eingeladen. Seine Mutter hatte sich entschieden, diese Einladung wahrzunehmen.

Als sie den Brief der Schule las, reagierte Sie resigniert. „Ach, Maik..." Dieser Seufzer und der anschließende Blick seiner Mutter, der ausdrückte: „Was hast du denn jetzt schon wieder ausgefressen? Was soll ich nur mit dir machen?" brachten Maik jedes Mal fast zur Weißglut. Er selbst war sich keiner Schuld bewusst. Die Schule war ihm egal. Er verstand nicht, warum seine Mutter so viel Wert darauf legte. Auch verstand er nicht, warum sie ihn wie ein Problemkind behandelte.

Sein Vater war in dieser Beziehung ganz anders. Er war mehr der pragmatische Typ. Mit der Androhung, eine gewischt zu kriegen, sollte Maik seine Mutter zum Weinen bringen, machte er seinen Standpunkt unmissverständlich deutlich: Maiks schulische Leistungen tangierten ihn nicht. Er erachtete die Schule im Allgemeinen sowieso für überflüssig; das Gymnasium im Speziellen erst recht. In seinen Augen musste ein Mann mit seiner Händearbeit etwas *schaffen*, und nicht den ganzen Tag nur reden. In Bezug auf die Elternsprechstunde war ihm nur wichtig, dass Dana nicht wieder anfing zu heulen. Das wäre nicht gut für den Haussegen, der generell so gut wie immer ein bisschen schief hing.

Auf dem Weg zur Schule wechselte Dana Beyer kein Wort mit ihrem Sohn. Mit gemischten Gefühlen hatte sie sich ausgemalt, was kommen würde, was man ihr sagen würde und vor allem, wie es um ihren Sohn bestellt war. Gedankenverloren betrat sie mit Maik das Gebäude, ging rauf in den ersten Stock ins Zimmer 201 und setzte sich erwartungsvoll auf einen der Stühle im Zimmer. Maik setzte sich neben sie und starrte gelangweilt und geistesabwesend die Tafel an. Nach zwei Minuten betrat Herr Schmidt den Raum und begrüßte Dana mit einem höflichen „Guten Abend, Frau Beyer" und setzte sich seinen Gästen gegenüber. Nach ein paar Begrüßungsfloskeln kam er dann endlich zum Punkt.

Und jetzt wetterte er seit über zehn Minuten über Maiks Einstellung zum Lernen.

„Es würde ja schon genügen, wenn er jeden Tag zwei Stunden lang etwas für die Schule machen würde. Es ist immer bedauerlich, wenn man niedriges Leistungsvermögen reziprok zur mentalen Kapazität des Schülers feststellt." Er sah Dana über seine Brille hinweg an, die mit großen Augen zurücksah. „Denn er könnte mehr leisten, wenn er nur wöllte, verstehen Sie?", fügte er hinzu, wie ein Lehrer, der einem begriffsstutzigen Erstklässler geduldig das ABC beibringt.

„Ja, das verstehe ich." (Sie verstand, so wie ein Mensch aus dem 18. Jahrhundert die Funktionsweise eines DVD-Players verstehen würde.)

„Ich will aber nicht mehr leisten", platzte es unvermittelt aus Maik heraus.

Dana wandte sich überrascht zu ihrem Sohn. „Maik, was ist denn in dich gefahren?" Ihr Blick schien zu sagen: *Halt jetzt ja die Klappe. Ich will mich hier nicht wegen dir blamieren.*

„Schon gut, Frau Beyer." Herr Schmidt blickte verständnisvoll zu Dana und wandte dann den Kopf zu Maik. „Und warum willst du nicht mehr leisten?", fragte er in einem ruhigen, diplomatischen Tonfall.

„Ich hab' einfach keine Lust. Ich hab' wirklich Besseres zu tun, als mich auch noch in meiner Freizeit mit Schule zu beschäftigen. Und mein Abitur schaffe ich auch so", setzte er hinzu, als wäre es das Natürlichste auf der Welt.

„Oh, da sind wir uns alle sicher, dass du das schaffst. Mit deiner Intelligenz wirst du es auf jeden Fall schaffen. Die Frage ist nur, mit welchem Durchschnitt du es schaffst und ob du es noch in diesem Jahr schaffst. Denn so wie es aussieht, ist es nicht abwegig, dass du sitzenbleibst", wandte Herr Schmidt ein.

„Ich glaub nicht, dass das passieren wird." Maik war sich seiner Sache sicher – und entsprechend selbstbewusst artikulierte er seinen Standpunkt.

„Richtig, du *glaubst* es nicht. Aber du *weißt* es nicht genau. Und außerdem: wünschst du dir nicht, ein möglichst gutes Abitur zu machen, damit du dann später das studieren kannst, was du willst?"

Maik senkte den Kopf und betrachtete interessiert seine Hände. Der dicke Kerl begann allmälig zu nerven und Maik beschloss, dagegen etwas zu unternehmen: „Hören Sie, Herr Schmidt, Sie haben anscheinend auch nicht ein *möglichst gutes Abitur* gemacht, um etwas besseres und nicht *nur* Lehrer zu werden." Er machte eine bedeutungsvolle Pause. „Ich möchte Ihnen nicht unterstellen, Sie hätten ein schlechtes Abitur gemacht. Aber Sie sind doch schließlich *nur* ein Lehrer geworden. Also sollten Sie eigentlich der Letzte sein, der mir hier predigt, ich kann alles werden, wenn ich mich nur anstrenge." Dann sah Maik wieder zu Herrn Schmidt auf, dessen Gesichtsausdruck inzwischen zu Stein geworden war.

Dana vergrub ihr Gesicht in den Händen. Sie schämte sich für ihren Sohn. Als ob sie nicht geahnt hätte, dass es so kommen würde. Warum sie überhaupt immer zu diesen Elternsprechstunden kam? Es war doch immer das Gleiche: Lehrer beschwert sich über Maiks Einstellung – Maik fühlt sich beleidigt und denunziert den Lehrer – Lehrer bricht das Gespräch ab – Dana ist traurig und würde am liebsten im Erdboden versinken.

Doch dieses Mal trieb es Maik noch ein Stückchen weiter und setzte noch eins drauf: „Ich glaube sogar, dass Sie jetzt Ihre Versäumnisse in der Vergangenheit, beziehungsweise Ihre

Unzulänglichkeiten in der Gegenwart mit neunmalklugen Ratschlägen zu kompensieren versuchen."

An dieser Stelle hätte Herr Schmidt ausrasten können und zu Maik Sachen sagen können wie: *„Was fällt dir ein, in diesem Ton mit mir zu sprechen?!"* oder *„Sag mal, du bist wohl verrückt geworden?"* Doch stattdessen blieb er ruhig und sagte: „Eloquent wie immer, Maik, doch das wird dir bei deinem Abitur auch nicht helfen. Es geht hier nicht um mich, sondern um dich. Du kannst natürlich versuchen, mich mit deinen" – Er suchte nach einem diplomatischen Wort – „Analyseversuchen auf die Palme zu bringen, um dir selbst etwas zu beweisen. Aber ich denke, das ist der falsche Weg." Herr Schmidt sah Maik traurig an, dann fuhr er fort: „Wie dem auch sei. Ich kann nur hoffen, dass du zur Vernunft kommst und wünsche dir viel Glück auf deinem weiteren Lebensweg - wie auch immer der aussehen wird."

Herr Schmidt stand auf und reichte Dana die Hand. „Auf Wiedersehen, Frau Beyer. Es hat mich gefreut, dass Sie gekommen sind."

„Vielen Dank für Ihre Einladung Herr Schmidt ... Und entschuldigen Sie bitte das Verhalten meines Sohnes." Ihre Augen waren rot und wässrig. Maik vermutete, dass sie gegen Tränen ankämpfte.

„Dafür brauchen Sie sich doch nicht zu entschuldigen. Maik ist alt genug, um zu wissen, was er tut. Er wird schon noch zur Vernunft kommen."

Das glaubst auch nur du, du Schleimscheißer, dachte Maik, sagte es aber nicht laut.

„Maik, wir sehen uns Morgen früh." Sie schüttelten sich die Hände und dann verließen Maik und Dana das Klassenzimmer.

Es war schon dunkel draußen. Am Himmel hingen keine Sterne und auch der Mond war nur zu einem Viertel zu sehen; nur die Straßenlaternen spendeten Licht. Mutter und Sohn stiegen in den roten 3er Golf.

Auf dem Weg nach draußen waren Dana die Tränen gekommen. Aus ihrer Handtasche hatte sie ein Taschentuch geholt und wischte sich damit die Tränen aus den Augen. Dann startete sie den Motor und fuhr los. Ihr Sohn saß mit gefalteten Händen auf dem Beifahrersitz und sah seine Mutter von der Seite her an. In ihren Augen stand das Wasser zur Zeit auf *Flut*.

„Mutti", begann Maik. „Es tut mir leid. Es ist so aus mir herausgeplatzt." Er wusste, dass er zu weit gegangen war. Ihm war klar, dass er seine Mutter bitter enttäuscht hatte. Am liebsten würde er das Gespräch wiederholen und sich dieses Mal zusammenreißen.

Stille auf der Fahrerseite.

„Hey Mutti, ich wollte dich wirklich nicht blamieren. Aber manchmal macht mich dieser dicke Knilch einfach verrückt."

„Weißt du was?", begann Dana und tat so, als hätte sie Maiks Worte gar nicht gehört. „Du kannst froh sein, dass du einen so verständnisvollen und toleranten Lehrer hast. Er hätte auch ganz anders reagieren können. Er hätte dich von der Schule schmeißen können."

Nein, das hätte er nicht, dachte Maik. *Und ist ja mal wieder klar, dass du dich auf die Seite des Lehrers stellst.* Aber Maik sagte nichts. Es war gerade unpassend, *irgendetwas* zu sagen.

„Aber es ist ja nicht nur das." Dana sah ihren Sohn kurz an und konzentrierte sich dann wieder auf die Fahrbahn. „Er hat Recht: du könntest viel mehr leisten. Du bist doch nicht dumm. Du bemühst dich einfach nur nicht. Und das ist das, was ich nicht verstehe. Wenn ich die Möglichkeiten gehabt hätte, mein Abi mit eins-Komma-irgendwas zu schaffen, dann hätte ich doch die Chance wahrgenommen. Aber dich interessiert das alles scheinbar gar nicht. Du machst dir gar keine Gedanken über deine Zukunft. Und dabei bist du so ein schlauer Junge."

„Ich weiß Mutti, aber ich bin nun mal kein Lern-Typ. War ich noch nie gewesen. Und wenn ihr versucht, mich krampfhaft umzukrempeln, wird euch das nicht gelingen. Ich bin, wie ich bin."

Den Rest der Autofahrt herrschte Schweigen.

2

Als Tino Beyer die roten Augen seiner Frau sah, holte er kommentarlos aus und die linke Gesichtshälfte seines Sohnes färbte sich rot. Maik hielt es aus. Er wehrte sich nicht und blieb ruhig und gefasst stehen. Er hatte schon in dem Moment mit Prügel gerechnet, als er Herrn Schmidt die Meinung geigte.

„Verdammt noch mal, ich hab's dir doch gesagt: Wenn du deine Mutter zum Weinen bringst, dann prügle ich dich windelweich. Und wie ich es mir schon gedacht habe, hast du's mal wieder geschafft." Tino seufzte. „Jetzt trage die Konsequenzen wie ein Mann."

Und das tat er. Auch die nächste Schelle überstand Maik ohne eine Reaktion. Hätte er geweint wie ein kleines Kind, wären ihm sicherlich weitere Schläge erspart geblieben, aber er wollte es tragen *wie ein Mann*; er stand zu den Mist, den er verbockt hatte. Außerdem wäre es ihm vor seinen Eltern peinlich gewesen, zu weinen.

Den dritten und den vierten Schlag spürte Maik kaum noch, den fünften gar nicht mehr. Sein Vater schlug heftig zu. Schon nach den ersten beiden Schlägen war Maiks Gesicht taub und knallrot. (*Das wird Morgen in der Schule wieder fragende Blicke geben,* dachte er)

Sein Kopf dröhnte vor Schmerz, als sein Vater ihm sagte, er könne rauf auf sein Zimmer gehen. Ohne ein Wort zu sagen, kam er dem nach, stieg die Treppe hoch und öffnete dann die

Tür zu seinem Zimmer. Im Wohnzimmer würden seine Eltern sich bereits über ihn unterhalten. Nach dem Motto, was wohl „zu tun sei" und was sie mit ihm noch „anstellen sollten", damit er wieder ein „normaler Junge" würde.

Ihm war es egal. *Sollen sie doch nur reden.* Er schaltete seinen PC ein und legte sich auf sein Bett, während der Rechner hochfuhr. Maik starrte an die Decke, die mit Postern von Rockbands wie AC/DC oder den Rolling Stones bedeckt war. Er lauschte den Geräuschen seines Computers. In seinem Zimmer stand ein riesiges Bücherregal, gefüllt mit Unmengen von Büchern. Maik war ein leidenschaftlicher Leser, einer der Gründe, warum er in der Schule so schlecht war. Er las einfach das Falsche; statt Schulbücher las er Belletristik und unterrichtsfremde Sachbücher.

In einer Ecke stand ein Fernseher mit DVD-Player und einer Ansammlung DVDs. Der Kleiderschrank war klein; Maik hatte nicht viele Sachen. Auf Kleidung legte er nicht viel Wert und so war sein Styling auch sehr monoton. Sein Bett war schmal, aber lang und befand sich an der Seite mit dem Fenster. Maik ließ sich gern von den morgendlichen Sonnenstrahlen wecken und lag oft noch minutenlang wach da und genoss den Morgen, bevor sein Wecker klingelte.

Der Computer war hochgefahren und Maik setzte sich auf seinen Computer-Stuhl und rief seine E-Mails ab. Er verbrachte sehr viel Zeit am PC. Ein weiterer Grund für seine schlechten schulischen Leistungen. Doch er war kein Zocker, also keiner, der stundenlang spielte. Maik war ein begeisterter Hacker. In vielen Foren und Communities vertreten, tauschte er sich oft mit anderen freundelosen Stubenhockern aus. Er hatte es bereits geschafft, den Schulserver zu knacken und dadurch das System zum Absturz gebracht. Er wollte eigentlich nur an die Dateien für die LKs und Klausuren, doch irgendwas ging schief und der Server stürzte ab. Die Folge war ein Schaden von mehreren Tausend Euro, die der Steuerzahler begleichen durfte; denn man konnte nicht zurückverfolgen, dass Maik der Verursacher war. Seit diesem Vorfall hatte er nie wieder versucht, den Server zu knacken. Das Risiko von der Schule zu fliegen, war ihm dann doch zu groß.

Außer zu lesen oder am Computer zu sitzen, unternahm Maik so gut wie nie etwas. Früher, als Steve noch lebte, zog er oft um die Häuser, betrank sich und war den ganzen Tag außer Haus. Doch seit Steves Tod fand Maik keinen Anschluss zu anderen Klassenkameraden. Er verbrachte seine Zeit meist allein, ohne Freunde, ohne Gesellschaft. Seit zwei Jahren betrachtete man ihn in der Schule als Außenseiter, als Freak, als jemanden, bei dem „da oben eine Schraube locker ist." Seine Mitschüler begegneten ihm mit Ignoranz; für sie existierte Maik Beyer gar nicht, er war zwar da, aber er existierte nicht in *ihrer Welt.*

Maik durchforstete das Internet. Unten im Wohnzimmer – das wusste er – sprachen seine Eltern bereits über ihn. Er versuchte nicht daran zu denken, und auch nicht daran, dass er am nächten Tag wieder in die Schule musste, wo er weder Freunde noch Freude hatte. Vielleicht würde er heute noch in dem neuen Stephen King Roman lesen. Doch wie er sich kannte, würde er wieder stundenlang lesen und irgendwann zwischen Kapitel X und Y seinen Wecker hören und feststellen, dass er sich festgelesen und nicht eine Sekunde geschlafen hatte. Dann würde er den Rest des Tages durchhängen und zu nichts in der Lage sein. Man müsste eigentlich auf Stephen King Romanen einen Warnhinweis anbringen, ähnlich wie auf Zigarettenschachteln: „Vorsicht! Suchtgefahr." Hat man erst angefangen zu lesen, kann man nicht wieder aufhören. Man legt das Buch einfach nicht wieder aus der Hand, bis man nicht auch das letzte Wort verschlungen hat.

Mitten in den Datendschungel vertieft, bemerkte Maik, wie sich die Tür öffnete und sein Vater hereinkam. Er schloss hastig die Internetseiten und drehte sich dann mit seinem Drehstuhl in Richtung Tür. Sein Vater stand noch im Rahmen.

„Maik, deine Mutter hat mir gerade gesagt, was passiert ist. Willst du darüber reden?"

Das wird wohl wieder ein längeres Gespräch werden, dachte Maik und fuhr vorsichtshalber seinen Computer runter. „Weiß nicht, willst du denn mit *mir* darüber reden?"

Tino Beyer ignorierte die rhetorische Frage seines Sohnes. Er setzte sich auf Maiks Bett. „Warum hast du versucht, deinen Lehrer zu beleidigen? So werden deine Zensuren auch nicht besser."

„Ich weiß, aber irgendjemand musste es ihm mal sagen, diesem arrogantem Idioten. Er ist so von sich selbst überzeugt, ich musste ihm einfach mal einen Dämpfer verpassen." Maik sah seinem Vater in die Augen und hoffte, eine Reaktion zu erkennen.

Dieser fuhr im ruhigen Tonfall fort: „Ach Maik, wir alle begegnen Menschen, die wir nicht leiden können und deren Art und Weise uns auf die Nerven geht. Auch ich kenne solche Menschen, aber trotzdem muss ich mit ihnen leben und wenn ich sie beleidige, mache ich alles nur noch schlimmer. Du wirst in deinem Leben noch vielen Menschen begegnen, deren Gesicht du nicht magst, aber du musst es akzeptieren. Vor allem im Job."

Das sagte sein Vater absichtlich. „Im Job." Maik sollte sich dadurch erwachsener vorkommen und *professioneller* handeln. „Im Job" hieß: „Hey Junge, du bist jetzt erwachsen und musst dich auch dementsprechend verhalten. Mit deinem kindischen Benehmen kommst du nicht weit. Sei *professionell* und *nimm's wie ein Mann.*" Maik kannte das Spiel, machte seinen Vater aber nicht darauf aufmerksam. Der würde nur verärgert oder gar wütend reagieren. So sagte Maik: „Hast ja recht. Aber daran hatte ich in dem Moment nicht gedacht."

„Das solltest du aber in Zukunft."

„Ja."

Maiks Vater deutete mit dem Zeigefinger auf den Computer. „Und der hilft dir in der Schule auch nicht. Du solltest nicht so lange vor dem Ding sitzen. Lies mal lieber ein Buch."

„Ich lese viel mehr Bücher als du", murmelte Maik.

„Was hast du gesagt?"

„Ach nichts, schon gut", beschwichtigte er.

Tino Beyer stand auf, ging zur Tür und drückte die Klinke herunter. „Wir haben uns verstanden?", fragte er noch einmal, indem er über die Schulter zu seinem Sohn sah. Es war eigentlich keine Frage, vielmehr eine Feststellung.

„Ja, Paps."

Paps verließ das Zimmer und sein Sohn rollte mit den Augen und machte seinen Computer wieder an, den er erst kurz nach zwölf wieder ausschaltete. Den ganzen Abend und die halbe Nacht verbrachte er im Internet. Er suchte nichts spezielles, er klickte nur wahllos irgendwelche Seiten an, las sich den einen oder anderen Artikel durch. Alles, nur um nicht ins Bett gehen zu müssen. Er dachte, er könnte sowieso nicht einschlafen und würde sich nur ewiglange, sinnlose Gedanken machen. Das wollte er sich ganz einfach ersparen und deshalb blieb er am Rechner sitzen, nur um seiner Gedankenwelt zu entfliehen und die *leichte Unterhaltung* zu suchen.

3

Am nächsten Morgen ließ Maik sich von den ersten Sonnenstrahlen des neuen Tages wecken. Er schlief letzte Nacht erst gegen drei Uhr ein und hatte an diesem Morgen entsprechende Augenringe. Sein erster Handgriff galt dem Einschalten seines CD-Players, der prompt eine Heavy-Metall-Scheibe abspielte; solche Musik brauchte Maik, um richtig wach zu werden. Er achtete weder auf Text, noch auf Melodie, Hauptsache es dröhnte ordentlich.

Sein Vater war bereits auf Arbeit und seine Mutter saß in der Küche und frühstückte als er ins Bad ging. Der Kerl, der ihn im Spiegel ansah, gefiel ihm nicht. Er sah irgendwie übernächtigt und ganz und gar nicht gut aus, aber trotzdem putzte Maik dem Typen im

Spiegel die Zähne und wusch sein Gesicht. Anschließend ging er zurück in sein Zimmer, zog Jeans und T-Shirt an und begab sich dann in die Küche.

Seine Mutter saß Zeitung lesend am Tisch und hatte einen dampfenden Kaffee vor sich gestellt, dessen Geruch den Raum erfüllte. Maik machte sich zwei Toasts mit Marmelade und setzte sich zu seiner Mutter.

„Wenn du einen Kaffee willst, es ist noch was in der Kanne", sagte Dana ohne von ihrer Zeitung hochzusehen, deren Titelseite vom Tod Boris Jelzins berichtete.

„Danke, das ist jetzt genau das Richtige."

„Wie lange haben wir denn gestern Abend noch gemacht?"

Maik trabte zur Anrichte, um sich einen Kaffee zu holen und zuckte dabei mit den Schultern. Seine Mutter konnte das unmöglich gesehen haben, doch sie *registrierte* es irgendwie und kommentierte es mit einem „Tss tss tss", begleitet von einem leichten Kopfschütteln, welches ihr dennoch erlaubte, weiter in der Zeitung zu lesen.

Das Frühstück verlief gesprächslos, bis Dana Beyer aufstand. „Machs gut, Schatz. Viel Spaß in der Schule."

„Tschüss Mutti."

Dana legte ihre Zeitung weg, trank schnell im Stehen ihren Kaffee aus, gab ihren Sohn einen leichten Kuss auf die Wange (welchen dieser energisch abzuwehren versuchte) und verließ das Haus.

Maik saß weiter auf seinem Platz und rührte mit einem Löffel in seinem Kaffee. (Er mochte keinen heißen Kaffee, er trank ihn für gewöhnlich erst, wenn er lauwarm war) Ihm war an diesem Morgen nicht nach Schule zumute. Er stellte sich vor, wie er wieder von den anderen Schülern isoliert würde, vielleicht sogar gehänselt würde und wie er sich im Unterricht langweilen würde und seine Lehrer ihn rügen würden. *Alles beschissen*, dachte er.

In seiner schlechten Laune versunken tauchte vor seinem geistigen Auge ein Bild auf: Vor drei Jahren. Er war fünfzehn. Die Sommerferien hatten gerade angefangen. Er und Steve, sein damals bester Kumpel, fuhren mit dem Fahrrad. Sie fuhren aus der Stadt raus in Richtung Wald, immerzu über irgendetwas lachend. In Maiks Erinnerung lachten beide immer ununterbrochen. Steve ging in seine Klasse. Er hatte ein silbernes McKennzie Mountainbike, für das Maik ihn beneidete. Maik fuhr nur ein altes Panther-Fahrrad von seinem Vater. Entsprechend fuhr Steve immer voran. Er war bei Fahrradtouren immer der Anführer.

Als sie am Wald angekommen waren, fuhr Steve nicht auf einen der befestigten Wege weiter, sondern fuhr einen zweieinhalb Meter breiten, schlammigen Trampelpfad entlang. Das war für sein Super-Mountainbike kein Problem, doch Maik hatte stark zu kämpfen, sodass Steve immer wieder anhalten und auf Maik warten musste.

Sie fuhren ungefähr eine halbe Stunde durch den Wald, der teilweise so dicht war, dass man die kräftigen Sonnenstrahlen und den klaren, azurblauen Himmel an diesem Tag nur erahnen konnte. Steve schien genau zu wissen, wo er hinfuhr, doch in Wirklichkeit fuhr er einfach immer nur planlos vorwärts. Und Maik fuhr ihm überall hinterher; er vertraute Steve. Sie waren die besten Freunde. Maik wäre Steve sogar bis ans Ende der Welt gefolgt.

Doch soweit sind sie nicht gefahren. An einem kleinen Häuschen, mitten im Wald, hielten sie an. Steve lehnte sein Fahrrad vorsichtig an einen Baum, Maik schmiss seines achtlos auf den Waldboden. Das Häuschen maß acht mal acht Meter und war um die zweieinhalb Meter hoch. Als Dach dienten gewellte Metallplatten, das Häuschen selbst bestand aus massivem Stein, ehemals sicher mal weiß gewesen, an diesem heißen Julitag des Jahres 2004 nur noch ein schmuddeliges Grau mit schwarzen Stellen, wahrscheinlich Schimmel.

Maik und Steve öffneten die modrige Holztür und gingen in das Häuschen. Im Inneren stank es nach Fäulnis. Durch die verdreckten Fenster kam gerade so viel Licht, dass man erkennen konnte, dass es drinnen ein paar alte Gartenstühle und einen großen, leeren Schrank gab. Ansonsten war nichts in dem Häuschen.

Maik und Steve sahen sich an und sagten im Chor: „Cool".

„Was meinst du, was das hier ist?", fragte Steve.

„Keine Ahnung, war vielleicht mal die Hütte eines Försters."

Steve fuhr mit dem rechten Zeigefinger über einen der Gartenstühle, wodurch sich auf seinem Finger eine dicke, schwarze Schicht ansammelte. „Ich würde denken, es wurde vor langer, vor sehr langer Zeit mal als Klubhaus oder so von Jugendlich okkupiert. Ich meine, die Gartenstühle sagen doch alles."

Maik blickte sich in der Hütte um. „Da kannst du Recht haben. Aber jetzt scheint hier jedenfalls niemand mehr drin zu sein. Sieht für mich zumindest sehr verlassen aus."

„Ja, das denke ich auch", sagte Steve. Er dachte kurz nach, dann sah er Maik an. „Hey, was hältst du davon, wenn das jetzt unser Klubhaus ist?"

Maik zog die Augenbrauen hoch.

„Ich wette, wenn wir hier ein bisschen sauber machen, würde die Hütte hier ein erstklassiges Klubhaus abgeben."

„Ich weiß nicht. Meinst du wirklich, die Mühe ist das wert?", fragte Maik.

„Klar, wir müssen nur ein oder zwei Tage ordentlich anpacken und dann können wir den Rest der Ferien hier ungestört Spaß haben", meinte Steve euphorisch.

Und sie packten ordentlich an. Nach einem Tag blitzte und glänzte es in dem Häuschen. Maik und Steve fuhren jeden Tag dorthin und hatten jeden Tag zusammen Spaß, weit weg von anderen Menschen. Sie richteten sich in der Hütte häuslich ein und erzählten niemanden (fast niemandem) von ihrem *Zufluchtsort*. Sie machten ihre ersten Erfahrungen mit Alkohol und Drogen und verlebten zu zweit die schönsten Sommerferien ihres Lebens.

Der Maik aus dem Jahre 2007 wollte am liebsten mit dem 15-jährigen Maik tauschen. Wie er so über den Sommer von 2004 nachdachte, huschte ein Lächeln über sein Gesicht. Das war die schönste Zeit in seinem Leben. Und es war auch der letzte Sommer, den er mit Steve verbrachte. Steves Tod machte Maik immer noch sehr zu schaffen.

Ach Steve, wenn du doch noch leben würdest. Ich könnte dich jetzt echt gut gebrauchen, dachte er, vor seinem unangerührten (fast schon nicht mehr dampfenden) Kaffee sitzend.

Maik war seit Steves Tod nicht mehr in der Hütte gewesen. Wer weiß, vielleicht gab es sie ja schon längst nicht mehr. Oder vielleicht würde sie auch noch genau so aussehen, wie an dem Tag, an dem beide das letzte Mal dort waren.

Einen plötzlichen Instinkt folgend, sah Maik auf die Uhr. Er hatte bereits eine halbe Stunde lang seinen Kaffee umgerührt und in Erinnerungen geschwelgt. In einem Zug trank er nun aus (ähnlich wie vorhin seine Mutter), stellte sein schmutziges Geschirr in die Spüle und ging nach oben, um sein Schulzeug zu holen.

Ein harter Schultag stand ihm bevor.

4

Das Albert-Einstein Gymnasium war nichts Besonderes. Es war drei Stockwerke hoch, hatte einen Vorplatz mit Parkanlagen, Grünflächen und Sitzbänken mit Tischen. Zirka fünfzig Meter östlich stand die quaderförmige Sporthalle. Hinter der Schule befand sich ein kleiner Möchte-gern-Erholungspark, bestehend aus ein paar Eichen, wahllos und ungeordnet angepflanzt. Etwas über tausendzweihundert Schüler besuchten die Schule von der fünften bis zur zwölften Klasse. Eine typische Kleinstadtschule, ohne Auffälligkeiten oder besondere Merkmale.

Maik lag noch recht gut in der Zeit. Sechs Minuten vor Unterrichtsbeginn kam er an den Fahrradständern an. Viele seiner Mitschüler kamen mit dem Auto, doch wenn man einen der wenigen Parkplätze ergattern wollte, musste man mindestens eine viertel Stunde eher da sein. Für Maik lohnte sich eine Autofahrt nicht, mit dem Fahrrad kam er schneller durch die Stadt, als mit dem Auto. Außerdem hätte er es sich gar nicht leisten können, jeden Tag Benzin zu verbrauchen. Sein Computer sowie seine Büchersammlung kosteten ihn sein ganzes Taschengeld. Und um nach der Schule arbeiten zu gehen, wie es die meisten Autofahrer taten, hatte er nicht genug Zeit (auch aufgrund von Computer und Büchersammlung).

Als Maik die steinerne Treppe hinauf schritt und ins Gebäude ging, klingelte es gerade. Es war das Vorklingeln, das den Unterrichtsbeginn in fünf Minuten ankündigte. Auf dem schwarzen Brett las Maik, dass es keine Veränderungen im Unterrichtsplan für ihn gab, keine Ausfälle, keine Vertretungen, nichts. Alles wie immer.

In den ersten beiden Stunden hatte er Deutsch, bei Herrn Schmidt. Mit Unbehagen ging er rauf in den zweiten Stock, ins Deutschzimmer. Die meisten seiner Mitschüler im Kurs waren schon da und saßen, noch halb im Traumland, auf ihren Plätzen. Nur die *üblichen Verdächtigen*, die prinzipiell zu spät kamen, fehlten. Aber auch sie würden noch kommen.

Maik setzte sich auf seinen Platz, holte schnell einen Block und einen Stift aus der Tasche und ließ dann seinen Kopf auf den Tisch sinken. Es war zwar keine bequeme Art zu schlafen, dennoch empfand er Schulschlaf als den gesündesten. Wäre da nicht das Stundenklingelzeichen gewesen, das Maik unsanft aus dem kurzen Zweiminutenschlummer riss. Herr Schmidt saß auf seinem Lehrerstuhl und hatte das Kursbuch vor sich aufgeschlagen, als Maik seinen Kopf hob und nach vorn sah.

„Irgendjemand krank?", fragte Herr Schmidt den Kurs. Er machte, wie jeden Morgen eine Anwesenheitskontrolle.

Keine Reaktion der Klasse.

Herr Schmidt sah von dem Buch auf und zählte durch. „Aha, Herr Lehmann mal wieder. Unser Langschläfer."

Maik zog es vor, noch etwas weiter zu schlafen und legte seinen Kopf wieder auf den Tisch. Die meisten seiner Mitschüler taten es ihm gleich. An einem Freitagmorgen hatte keiner Lust, aufzupassen. Alle warteten nur auf das Unterrichtsende, um ins langersehnte Wochenende starten zu können.

„Und Herr Konrad fehlt auch mal wieder", bemerkte Schmidt.

In diesem Moment öffnete sich die Tür und zwei weitere Schüler betraten das Zimmer.

„'tschuldigung", sagten beide gelangweilt im Chor und gingen auf ihre Plätze.

„Darf ich den Grund für eure Verspätung erfahren?"

„Verschlafen", war die lapidare Antwort, ohne den Lehrer anzusehen.

Herr Schmidt neigte in einem kleinen Winkel leicht den Kopf und sagte: „Ach, und ihr beide habt natürlich gleichzeitig verschlafen."

Keine Antwort.

„Na ja, wie dem auch sei. Jetzt sind ja alle da, dann können wir ja anfangen." Herr Schmidt stand auf und betrachtete die Klasse. „Ich bitte die Tischschläfer das Schlafen einzustellen und sich auf den Unterricht zu konzentrieren ... Danke."

Maik hatte es tatsächlich geschafft auf dem harten Tisch, ohne Kissen, einzuschlafen. Es war ein traumloser und vor allem kurzer Schlaf. Denn Herr Schmidt ging langsam auf Maiks Platz zu und stellte sich vor den Tisch. Er sah auf Maik herab, dessen Kopf in Richtung Wand gerichtet war. Herr Schmidt fasste mit einer Hand in seine Hosentasche und zog einen Schlüsselbund heraus. Er streckte die Hand mit dem Schlüsselbund über den freien Teil von Maiks Tisch - und öffnete sie.

Ein lauter Knall war zu hören, auf den sich die anderen Schüler (außer vielleicht zwei oder drei weitere Schlafende) vorbereiten konnten; Maik jedoch nicht. Erschrocken hob er seinen Kopf.

„Oh, habe ich Sie geweckt, Herr Beyer? Ich bitte um Entschuldigung", sagte Herr Schmidt mit gespielter Erschrockenheit.

War ja klar, dass der mir das von gestern Abend heimzahlt, waren Maiks erste Gedanken. *Aber ich darf mir nichts anmerken lassen.* So sagte Maik: „Schon gut Herr Schmidt, wir alle machen Fehler."

Die Klasse lachte. Mit dieser frechen Antwort hätte keiner gerechnet. Auch Maik musste sich ein Kichern verkneifen, deshalb lächelte er nur schwach. Herr Schmidt jedoch fand diese Bemerkung nicht so amüsant.

„Herr Beyer, ich hoffe Sie haben nicht vergessen, worüber wir uns gestern Abend unterhalten haben..."

Du meinst wohl, worüber Du gestern einen Monolog gehalten hast.

„ ... Und mit solchen Äußerungen wie gerade eben, machen Sie alles nur noch schlimmer."

Maik riss sich zusammen, darauf keine weitere sarkastische Bemerkung zu erwidern. Er durfte es nicht zu weit treiben, das wusste er. Auch wenn er nicht viel von Herrn Schmidt hielt, so musste er dennoch eingestehen, dass er der Mächtigere wäre, wenn es hart auf hart käme. Und er durfte es sich nicht erlauben, von der Schule zu fliegen.

Nach einer kurzen Zeit des Schweigens drehte sich Herr Schmidt um und ging wieder vor an seinen Tisch. Dann folgte der übliche Unterricht, den Maik im Halbschlaf, natürlich nun mit offenen Augen - das hatte er trainiert - an sich vorüberziehen ließ, wie einen Film, den man nur des Flimmerns wegen guckt, ohne auf den Inhalt zu achten.

5

Die Frühstückspause ließ lange auf sich warten. Herr Schmidt bombardierte Maik in regelmäßigen Abständen mit subtilen Seitenhieben, welche dieser, schlafenderweise, gar nicht mitbekam. Das war sicher auch besser so, Maik hätte sich angegriffen gefühlt und mit einer unüberlegten und folgenschweren Reaktion aufgewartet, welche das vorzeitige Ende seiner schulischen Laufbahn bedeutet hätte.

Maik hatte sich für die Pause vorgenommen, das Wetter draußen zu genießen und dabei ein paar Schnitten zu essen. Es würde sich mal wieder niemand zu ihm setzen, man würde ihn wieder vollkommen ignorieren. Das wusste er. Doch ihm machte das nichts aus, er war es gewöhnt und genoss die Ruhe.

Als er das Gebäude verließ, nahm er zwangsweise einen tiefen Zug Zigarettenrauch zu sich. Im Albert-Einstein Gymnasium gab es fünf verschiedene Sorten Schüler: Die erste Sorte waren die Nichtraucher; die zweite waren die Art Raucher, die nach anstrengenden Klausuren oder inmitten eines harten Schultages eine oder auch mal zwei rauchten. Dann gab es noch eine dritte Sorte, die nicht des Genusses wegen, sondern der Raucher wegen, mit denen sie sich unterhalten wollten, rauchten. Diese Gruppe fand eigentlich keinen Gefallen am Rauchen selbst, nur an den gesellschaftlichen Interaktionen während des Rauchens. Die vierte Gruppe waren die langsamen, bedächtigen Raucher, die nur in den großen Pausen - wie Frühstücks- oder Mittagspause - rauchen gingen. Dafür aber richtig. Die kleinen Pausen waren ihnen zu kurz. Aber sie wollten auch nicht ganz aufs Rauchen in der Schulzeit verzichten und quarzten dafür in den großen Pausen eine nach der anderen. Die fünfte und letzte Gruppe waren die Extremisten, die in jeder Pause, auch wenn sie nur fünf Minuten lang war, raus gingen und rauchten. In den fünf Minuten schafften es manche Schüler (Gruppe 4) nicht einmal das Klassenzimmer zu wechseln und auszupacken. Und in dieser Zeit hatte sich diese fünfte Gruppe schon eine Dosis Nikotin in drei Riesenzügen einverleibt.

Als sich Maik in Richtung Sitzbank bewegte, um sein Frühstück zu sich zu nehmen, waren alle Gruppen, außer Gruppe 2, vertreten und verzehrten ihr „Lungenbrötchen", wie es in Fachkreisen genannt wurde.

Passivrauchen ist gespartes Geld, dachte sich Maik und setzte sich auf eine Bank, die ganz von den Strahlen der morgendlichen Sonne erfasst wurde.

Maik hatte früher mal

(mit Steve)

geraucht, gab es aber kurz nach Steves Tod auf. Es war auch mehr Dummheit, als Genuss oder Sucht. Sie beide rauchten zum Vergnügen, um es „mal ausprobiert" zu haben. Maik erinnerte sich noch genau, wie beide nach jedem Zug - anfangs Backe, später dann auf Lunge - einen schrecklichen Hustenanfall bekamen. Mit der Zeit wurde das Husten weniger, bis es sich letztendlich ganz auflöste. Aber bei beiden stellte sich nie eine Sucht ein (sofern man das bei Steve im Nachhinein beurteilen kann). Es rauchte auch keiner von beiden jemals allein. Sie rauchten nur gemeinsam.

Maik fühlte sich mit einem Mal wieder in die traurige Realität zurückversetzt. Da saß er. Allein. Ohne Steve. Ohne Freunde. Ohne irgendjemanden. Er fühlte sich schmerzlich einsam. Wäre doch nicht dieser eine Tag im April gewesen. Der „Schicksalstag", wie er ihn immer nannte. Der Tag, der sein Leben so schlagartig und nachhaltig veränderte.

Die erste Schnitte war mit Schokoladencreme bestrichen und schmeckte hervorragend. Während Maik sie genussvoll aß, beobachtete er die anderen Schüler, die, sich unterhaltend, beieinander standen und lachten und rauchten. Von den künstlich angepflanzten Bäumen drang Vogelgezwitscher hervor. Kauend sah Maik zu den Bäumen und dann wieder zurück zu einer Gruppe Zwölftklässler.

Und da stand sie. Das wohl schönste Mädchen, das Maik je gesehen hatte. Braune Haare, mittelgroß, Beine bis zum Hals und ein Lächeln, das selbst den Papst bezaubert hätte. Sie trug Jeans und ein weißes Girly-Hemd und unterhielt sich angeregt mit den Umstehenden. Jedesmal wenn sie lachte, setzte Maiks Herz kurz aus, um dann mit rekordverdächtiger Geschwindigkeit kraftvoll weiterzuschlagen.

Maik wünschte sich nichts sehnlicher, als jetzt einer der Schüler in dieser Gruppe zu sein, und mit diesem Engel auf zwei Beinen reden und mitlachen zu dürfen. Verdammt, er hätte sogar geraucht, nur um bei ihr stehen zu können. Seine Gedanken kreisten nicht mehr um Steve, sondern um das Mädchen. Jennifer hieß sie, soviel wusste Maik.

Was sie wohl unter der Jeans trägt?

(Halt die Klappe, Maik)

Vielleicht nichts...

(Jetzt halt endlich die Klappe!)

Es fiel Maik schwer, vernünftige Gedanken zu fassen. Es schien ihm, als hätte ihm jemand die Schädeldecke geöffnet und mit einem Quirl in seinem Hirn rumgerührt. Hätte ihn jemand angesprochen, er hätte nur unsinniges, nicht zusammenhängendes Kauderwelsch von sich gegeben. Er hätte nicht einmal seinen Namen hervorgebracht.

Ein innerer Instinkt befahl ihm, zu Jennifer hinzugehen, doch er fürchtete, erstens nicht den Mut dafür aufbringen zu können, zweitens von der Gruppe dumm angesehen zu werden und drittens zu stottern, wenn er ihr gegenüberstünde. So entschied er sich, sitzenzubleiben.

Hat sie mich gerade angesehen? Oder jemanden, der hinter mir steht? Maik drehte sich um, doch da stand niemand. *Sie hat tatsächlich mich angesehen. Nur kurz, vielleicht eine halbe Sekunde. Aber sie hat mich angesehen. Und ich hab* sie *angesehen.*

Maiks Herz war kurz davor, zu explodieren. Es klopfte zuweilen so schnell, dass sein Puls jenseits des messbaren Bereiches liegen musste.

Hoffentlich denkt sie nicht, ich starre sie an.

Warum sollte sie das? Es war nur eine halbe Sekunde.

Aber eine halbe Sekunde ist eine halbe Sekunde.

Die zweite Schnitte war belegt mit Salami, mit ungarischer Salami – das ist die Beste. Sonst hätte Maik alles um sich herum vergessen, die Augen geschlossen und die Salami genossen. Doch jetzt aß er *nur im Hintergrund.* Vordergründig sah er (starrte er) Jennifer an. Ihre Bewegungen waren so grazil, ihr Körper so wohlgeformt und ihr Lachen ... unbeschreiblich.

Die Zeit verging schnell. Das Vorklingelzeichen ertönte, welches Noch-fünf-Minuten-bis-Unterrichtsbeginn ankündigte. Jennifer und die anderen gingen zurück ins Schulgebäude. Maik packte seine leere Tupperdose in seinen Rucksack und machte sich auch auf den Weg zurück ins Gebäude.

Die restlichen Unterrichtsstunden bis zur Großen Pause vergingen wie im Flug. Maik bekam von ihnen nichts mit, er war in Gedanken bei Jennifer. Er sah sie vor seinem geistigen Auge, mit ihren tiefen braunen Augen, in denen man sich verlieren konnte. Er war wie in

Trance, wie bei einer Hypnose. Normalerweise schrieb er wenigstens das Tafelbild ab, auch wenn er in Gedanken ganz weit von der Schule entfernt war. Aber heute schrieb er nichts in seine vor ihm liegenden Hefter. Den meisten Lehrern war das egal, aber es gab ein paar wenige, denen das überhaupt nicht egal war. Diese machten erst einen „Wink mit dem Zaunspfahl", den Maik jedoch verständlicherweise nicht mitbekam, dann ermahnten sie Maik direkt mit einer Floskel wie: „Herr Beyer, die Schule ist nicht zum Träumen da" oder „Es wäre schön, wenn alle aufpassen würden" und blickten Maik dabei scharf an. Wenn dieser das dann immer noch nicht realisiert hatte, erhoben sie ihre Stimme oder klopften mit der flachen Hand auf den Tisch – das entriss Maik dann endlich von seinen Tagträumen. Er blickte sich dann erschrocken um und tat so, als schriebe er mit und wäre aufmerksam. Doch es dauerte meistens nicht lange, bis er wieder an Jenifer dachte, die in seinen Gedanken auf ihn wartete, wo Schule und Unterricht Fremdwörter waren.

6

Maik wollte sie wieder sehen. Es war eine Sache, sie in Gedanken eingehend zu betrachten, doch eine andere, sie in Natura zu sehen. Sie würde wahrscheinlich wieder draußen sein, mit ihren Kumpels und rauchen.

Soll ich sie ansprechen?

Was willst du denn sagen?

Keine Ahnung. Irgendwas banales. Mir wird schon was einfallen.

Wenn du meinst...

Sein vernünftiges Ich war sich nicht so sicher, ob ihm etwas triviales, unterhaltendes einfallen würde, wenn er vor Jennifer stünde. Doch sein verliebtes Ich sah das etwas lockerer. Es war bestrebt eine Unterhaltung mit dieser Schönheitskönigin zu führen. Und zur Zeit hatte das verliebte Ich die Kontrolle über Maiks Körper.

Als Maik das Gebäude verließ, erblickte er Jennifer bereits. Sie stand neben einem gutaussehenden blonden Zwölftklässler - Frank war sein Name, soweit Maik wusste - an den Parkplatzanlagen. Frank besaß einen nagelneuen Audi A4 von seinem Vater, an dessen Front Jennifer und er standen.

„Verflucht", murmelte Maik. In Gedanken schrie er es sogar. *Dieser blöde Arsch ist mir zuvorgekommen.*

Frank sagte anscheinend gerade etwas lustiges, vermutete Maik, er konnte es ja nicht hören - zumindest lachte Frank, und Jennifer stimmte in sein Lachen ein. Das wäre ja noch nicht mal so schlimm gewesen, doch Frank legte dabei geschickt einen Arm um Jennifers Taille. Das trieb Maik die Zornesröte ins Gesicht. Seine Hände hatte er unmerklich zur Faust geballt.

Frank ließ von Jennifer ab, ging zur Beifahrertür, öffnete diese und bedeutete ihr mit einer Guten-Tag-Madame-Ich-werde-heute-Ihr-Chauffeur-sein Geste, sie solle einsteigen, wobei er sich mehr als nötig verneigte, wie ein schlechter Schauspieler, der seine Rolle etwas zu ernst nimmt.

Jennifer lächelte und entblößte dabei makellose, gerade, weiße Zähne und stieg ein. Frank schloss behutsam die Tür, ging auf die andere Seite und stieg ebenfalls ein. Er startete den Motor, fuhr rückwärts aus der Parklücke und verschwand.

Weg.

Maiks Hände hatten sich inzwischen so stark zusammengeballt, dass die Knöchel weiß hervortraten und die Fingernägel (glücklicherweise, wie für einen Jungen üblich, nicht so lang, sondern kurz geschnitten) ins Fleisch stachen. Sein Blick drückte die pure Verachtung aus, Verachtung gegenüber Mr. Blödarsch Frank.

Ich würde zu gern wissen, wo der Mistkerl sie hinfährt und was sie dort machen.

Nein, das willst du nicht wissen, sagte ihm sein rationaler Verstand. *Reg dich nur nicht zu sehr auf. Sie ist einfach nur in seinen Angeberwagen gestiegen und jetzt fahren beide wahrscheinlich ins Einkaufszentrum oder so. Nichts besonderes. Ein üblicher Fahrdienst.*

Ach Quatsch, das glaubst du doch selbst nicht, widersprach der wütende Teil von Maiks Verstand. *Ich kann mir schon denken, was der Kerl vorhat.*

Aber du kannst es nicht ändern, sagte die rationale Stimme sachlich.

Ich wette, er stellt schmutzige Dinge mit ihr an.

Jetzt hör auf mit dem Quatsch. Es bringt nichts, sich darüber den Kopf zu zermartern.

Er will sie verdammt noch mal ficken, setzte der andere Teil in Maiks Denken fort.

Hör auf damit!!!

Die vernünftige Stimme in ihm hatte jetzt so laut geschrien, dass sie den wütenden Teil erst mal ruhiggestellt hatte. Maik war wieder in der Lage, normale Gedanken zu fassen. *Da ist sie halt weg. Schön. Macht doch nichts. Sie kommt wieder.* Etwa drei Minuten verharrte Maik in dieser starren Haltung, auf den Parkplatz blickend, das Gesicht, sowie die Hände zur Faust geballt.

Als ihm klar wurde, dass Jennifer wohl so bald nicht wiederkommen würde, drehte er sich um und ging zurück ins Schulgebäude. Die Sonne, der strahlend blaue Himmel und die frische Luft kotzten ihn an, genauso wie das monotone, stupide Zwitschern der Vögel. Wenn er doch nur einen kleinen Revolver mit Zielfernrohr hätte, dann könnte er diese Nervensägen abschießen, ruhig stellen.

Auch die anderen Schüler - die älteren, die nur dastanden und sich rauchend unterhielten und die jüngeren, die rumrannten, tobten und sich gegenseitig lauthals jagten - gingen Maik auf die Nerven. Wenn doch nur alle still auf ihren Plätzen im Klassenzimmer sitzen könnten, anstatt hier so einen Krawall zu veranstalten. Maik war frustriert. Der Tag, der noch während der Frühstückspause schön zu werden versprach, ödete ihn an. Es war mal wieder *zum Mäusemelken.* Da hatte er endlich die innere Feigheit überwunden und wollte *sie* ansprechen – schon ging alles schief. Er fragte sich, ob er wohl zu einem anderen (späteren) Zeitpunkt wieder den Mut haben würde, sie anzusprechen. Er bezweifelte es.

Dieser dämliche Frank. Frank Blödarsch Großer – du kriegst Jennifer nicht, soviel steht fest, schwor sich Maik.

Er wollte gerade das Klassenzimmer betreten, in dem er noch zwei Stunden rumgammeln musste, bis er endlich nach Hause durfte, da versperrte ihm Daniel Betka den Weg, der als Klassenrowdy bekannte Muskelprotz. Er wurde von jedem einfach nur „Der Schrank" genannt.

Oh nein, nicht der auch noch. Den ertrage ich jetzt wirklich nicht. Heute geht aber auch alles schief.

„Hey Maiky Boy. Unser kleiner Außenseiter sitzt ja draußen gar nicht allein auf seiner Bank und beobachtet Vögel", stichelte Daniel.

Maik hatte keine Lust, sich mit „dem Schrank" rumzuärgern und versuchte die Sache so schnell wie nur möglich hinter sich zu bringen. „Nein, Daniel, dieses Mal nicht", sagte er knapp und versuchte, an Daniel vorbeizukommen. Doch dessen überbreite Schultern machten ihm das unmöglich.

„Wir sind noch nicht fertig", sagte Daniel scharf.

Aha wir, du meinst du *bist noch nicht fertig. Mein Bedarf an Scheiße ist für den Tag gedeckt.* „Was gibt's denn, Daniel?", fragte Maik.

„Mir gefiel dein Spruch in Deutsch. Bei Schmiddy. ‚Wir alle machen Fehler', weißt du noch?"

Damit hätte Maik nun wirklich nicht gerechnet. Er hätte gedacht, Daniel würde ihn mal wieder runtermachen, ihm sagen, was für ein Versager er sei, wie jämmerlich und so weiter. Und jetzt sagte er, ihm gefiel, was Maik in Deutsch gesagt hatte. „Irgendjemand musste doch Schmiddy 'nen Dämpfer verpassen", versetzte Maik langsam.

Daniel brach in schallendes Gelächter aus. Maik stimmte gekünstelt ein, er wollte „den Schrank" nicht verärgern. „Oh ja, da hast du Recht. Der Typ braucht das." Daniel klopfte Maik auf die Schulter und sagte: „Ich hätte dich gar nicht so eingeschätzt. Ich dachte immer, du wärst einer dieser dämlichen Streber."

Maik sah Daniel an, überlegte kurz, und sagte: „Tja ... wir alle machen Fehler."

Und schon lachten beide wieder los, Daniel noch lauter als vorher. „Nicht schlecht. Nicht schlecht." Seine riesige, schwere Pranke klopfte noch ein paar Mal auf Maiks Schulter, bis er sie dann endlich, erlösend, wieder wegnahm. Betka hatte wirklich ungeheure Kraft in den Armen. Er hätte locker einen Menschen in der Luft zerreißen können, ohne sich großartig anstrengen zu müssen. Er merkte es wahrscheinlich auch nicht, wenn er jemanden wehtat, indem er ihm auf die Schulter klopfte. Aber es sagte ihm auch keiner, dass er eine etwas brutale Methode hatte, seine Sympathie zu zeigen. Diesem Menschen gegenüber verhielt man sich am besten sparsam mit Kritik.

Wir alle machen Fehler. Dieser Spruch fing an, Maik zu gefallen. Er war ihm ganz spontan eingefallen, als er Deutschlehrer-Schmiddy-Klugscheißer verbal eins auswischen wollte. Und jetzt hatte ihm der Spruch die Sympathien von Daniel eingebracht, einem Kerl, dem man lieber nicht im Dunkeln begegnen wollte, und dessen Verhalten sich durch Destruktivität und Vorurteile gegen jedweden *Andersartigen* auszeichnete.

Das war anscheinend alles, was Daniel zu sagen hatte (Er war generell ein *Mann weniger Worte*, wie man so schön sagt. „Erst schießen, dann reden"). Er bewegte seinen gewaltigen Körper aus dem Türrahmen zur Seite und ließ Maik passieren, indem er ihm kurz zunickte, quasi als offizielles Ende des Gespräches - sofern Maik Daniels Verhalten richtig deutete.

Gerade als Maik zu seinem Platz gehen wollte, klopfte Daniel ihm abermals auf die Schulter. Erschrocken drehte Maik sich um.

„Auch wenn es den anderen nicht gefällt", begann Daniel gedehnt. Er schien jedes Wort, das über seine Lippen kam, zu genießen; fast so, als würde er damit zum Ausdruck bringen, dass er der *Boss* ist und sich von *den anderen* nichts sagen lässt, „aber bei mir steigt morgen Abend `ne Party und wenn du Lust hast, kannst du vorbei kommen. Bring zwei Euro mit und du kannst soviel trinken, wie du willst. Meine Eltern sind nicht da, also mach dich auf `ne Party der übelsten Sorte gefasst."

„Okay, ich komm vorbei", versicherte Maik.

„Das möchte auch sein. Ich unterbreite so ein Angebot auch nur einmal, und wenn es nicht wahrgenommen wird, ist das für mich ein Zeichen von Respektlosigkeit."

„Das verstehe ich", sagte Maik schnell. „Ach ja ... danke."

Daniel tat Maiks „Danke" mit einer Handbewegung ab und nahm seine Hand abermals von dessen Schulter.

Maiks Freude über das eben erfolgte Gespräch war leider nur von kurzer Dauer. Als er allein auf seinem Platz saß (die Pause würde noch ein Weilchen dauern) und aus dem Fenster sah (das ausgerechnet noch in Richtung Parkplatz zeigte), fiel ihm wieder Jennifer ein, wie sie mit Frank in seinen Wagen gestiegen war. Wie sie gelacht hatte. Wie sie weggefahren sind.

Franks Auto war noch nicht wieder da. *Wie denn auch, sie sind doch eben erst weggefahren*, sagte Maiks Verstand. Den Kopf auf seinen Händen abgestützt, als wäre er zu schwer, um nur vom Hals gehalten zu werden, sah Maik nach draußen, zu den Autoparkplätzen und obwohl er nicht darüber nachdenken wollte, überlegte er, was die beiden in diesem Augenblick wohl machten (und wie lange sie *das* machten). Unmerklich machte er ein verbittertes Gesicht. Er hatte weder seine Unterrichtsmaterialien ausgepackt, noch ein Mittagessen zu sich genommen.

Die Minuten verrannen (Franks A4 war immer noch nicht wieder da); das Klassenzimmer füllte sich. Daniel sah ab und an zu Maik herüber, was dieser nicht mitbekam. Manche Schüler spielten Skat, andere unterhielten sich und wieder andere aßen. Es gab sogar welche, die auf ihren (un)gemütlichen Tischen ihre Köpfe zum Schlafen hingelegt hatten. Maik sah weiterhin zum Parkplatz runter. Franks A4 war immer noch nicht wieder zurück...

Das Vorklingeln ertönte, Maik wurde bewusst, dass er noch kein Mittag gegessen hatte und es auch bis Schulschluss nicht nachholen würde. Er beschloss, nach der Schule bei seinen Großeltern vorbei zu schauen, um dort ein Mittagessen abzufassen. „Bei Oma schmeckt´s immer am besten", pflegte Maik immer zu sagen. Und das stimmte auch. Wenn er dort war, bekam er meistens nur seine Lieblingsgerichte: Schweinerippchen mit Kartoffeln und Rotkraut; Spaghetti Bolognese; oder Schmorbraten (Oma kannte vier verschiedene Arten Schmorbraten ... vier!). Heute würde es zwar nicht unbedingt sein Lieblingsessen geben, da er sich vorher nicht angemeldet hatte. Aber wie er seine Oma kannte, hatte sie sicherlich mal wieder zu viel zubereitet, als dass sie und Opa es aufessen könnten. Folglich müsste noch genug für Maik übrig bleiben. Außerdem ging es Maik nicht nur ums Essen: bei Oma und

Opa fühlte er sich immer wohl. Dort herrschte eine Geborgenheit, wie sie Zuhause nie entstehen würde.

Er dachte darüber nach, was es heute geben würde und konnte somit das leidige Thema *Jennifer* (Franks A4 war immer noch nicht wieder zurückgekehrt) zumindest teilweise verdrängen. Ihm gingen verschiedene Fleischsorten - gebraten, roh, gekocht, gedünstet - durch den Kopf, diverse Beilagen - Kartoffeln, Rotkraut, Sauerkraut, Erbsen, Bohnen - und ein paar Suppen - Tomatensuppe, Champignonsuppe, Kartoffelsuppe.

Erst als der silberne Audi A4 letzten Endes doch auf dem Parkplatz vorfuhr, und es fast zeitgleich *zur Stunde klingelte*, wurde er aus seinen kulinarischen Phantasien gerissen und ins Hier und Jetzt zurückbefördert. Ein Hier und Jetzt, in dem Jennifer aus einem Nobel-hobel-Wagen ausstieg, lachend, und in dem ein schleimiger Frank, wie ein primitives Säugetier während der Brunftzeit, um ebendiese Jennifer *herumtanzte*. Ja, herumtanzte war das passende Wort dafür. Der ach so coole Frank versuchte offensichtlich mit aller Macht Eindruck auf Jennifer zu machen – und benahm sich dabei wie ein ausgemachter Vollidiot. Das schlimme an der Sache war nur: Jennifer schien das zu gefallen.

Der wird sich noch umsehen. Wer zu letzt lacht, lacht am besten, dachte Maik.

Frank und Jennifer betraten das Schulgebäude.

Maiks Lehrer betrat das Klassenzimmer.

Maik brachte grimmig die letzten beiden Stunden hinter sich; in Gedanken versunken.

7

Das Pausenklingeln war erlösend. Maik waren noch nie zwei Unterrichtsstunden so lang vorgekommen; das lag vor allem daran, dass er in Gedanken schon wieder bei Jennifer war. Das wäre ja an sich nicht schlimm gewesen, doch war Jennifer in seinen Gedanken nicht allein; in ihrer Gegenwart befand sich Frank, ein cooler Frank, der Jennifer rumkriegte, Maik auslachte (den Krieg gewann).

Nein, das wirst du nicht. Die heutige Schlacht hast du gewonnen ... Jennifer ist mit dir mitgefahren ... schön und gut ... aber die nächste Schlacht gewinne ich ... und den Krieg *sowieso.*

Maik packte seine Sachen ein, die er nur rein obligatorisch auf den Tisch gelegt hatte. Während den ganzen zwei Unterrichtsstunden hatte er nicht ein Wort geschrieben, wofür er missmutige Blicke (und nicht mehr als nur Blicke) seines Lehrers erntete, die er sowieso nicht mitbekam. Er packte nur sehr langsam ein, irgendwie apathisch. Die anderen Schüler hatten den Raum schon längst verlassen als er zur Tür ging. Er und sein Lehrer waren die einzigen im Raum.

„Sie waren heute nicht der aufmerksamste Schüler, Herr Beyer", sagte Wagner.

Wir alle machen Fehler, ging es Maik durch den Kopf und ein Lächeln huschte auf sein Gesicht. Laut sagte er aber: „Ja, Herr Wagner. War heute nicht richtig auf dem Dampfer" und versuchte möglichst betrübt, den Kopf hängend, auf den Boden zu sehen, *die Staubkörner zu zählen.* Er hatte sich für den heutigen Tag schon genug Ärger eingehandelt, deswegen war eine diplomatische 0.8.15 – Floskel als Antwort vorteilhaft gewesen. Außerdem beliebte es ihm nicht im Geringsten - da Schulschluss war - nach Streitgesprächen, aus denen er zwar rhetorisch als Sieger hervorgehen würde, aber dafür am Ende die Quittung für eloquente Frechheiten bekäme.

„Wenn Sie Probleme haben, können Sie jederzeit zu mir kommen oder den Vertrauenslehrer konsultieren, das wissen Sie doch?"", legte Wagner nahe.

Maik nickte.

„Nehmen Sie es auch in Anspruch, wenn es erforderlich ist. Genieren Sie sich nicht, Ihre Probleme anzusprechen, Sie werden auf jeden Fall auf offene Ohren stoßen. Schließlich ist die Schule nicht nur ein Ort der Pädagogik, sondern auch ein Ort gesellschaftlichen Miteinanders."

Oh Gott, wenn ich nicht gleich was sage, dann geht das noch Stunden so weiter, dann labert der sich einen zweiten Mund.

„Ich weiß, Herr Wagner", warf Maik schnell ein, bevor Wagner weiterreden konnte. „Aber ich bin heute einfach nicht so gut drauf ... schlecht geschlafen vielleicht. Mehr nicht. Das wird schon wieder ... auch ohne Vertrauenslehrer." Er sah zu seinem Lehrer auf und fügte noch schnell hinzu: „Aber danke für das Angebot" und wandte sich zum Gehen.

„Keine Ursache, Maik. Ich wünsche Ihnen noch einen angenehmen Tag."

Ja. Ja. „Ich Ihnen auch. Auf Wiedersehen."

Und dann verließ Maik das Zimmer, froh sich nicht mehr Wagners Floskeln anhören zu müssen. Wenn dieser einmal anfing, dann hörte er auch so schnell nicht wieder auf, wenn man ihn nicht bremste. Lästiger Weise drehten sich seine *Monologe* immer im Kreis, er konnte stundenlang über ein belangloses Thema reden. „Reden doch nichts sagen", hätte Maiks Opa, Roland, gesagt. „Wie ein Politiker".

Die meisten Schüler waren schon Zuhause oder auf dem Weg dorthin. Nur ein paar wenige Klassen hatten jetzt noch Unterricht. Von denen, die nicht das „Vergnügen" hatten, war Maik so ziemlich der einzige, der noch im Haus war. Er hatte wirklich sehr lange gebraucht um einzupacken und dann von Wagner loszukommen.

Der Vertretungsplan besagte nichts Neues, *alles beim Alten*, keine Veränderungen, keine Ausfälle. Maik ging durch das große Eichenportal nach draußen und wollte zu seinem Fahrrad (Omas Essen wartete) als ihm Franks Auto ins Auge fiel. Es stand ziemlich allein in einer

Parklücke, die meisten Autos waren schon weg. Frank hatte wahrscheinlich noch Chemie, so ziemlich das einzige Fach, das freitags noch so spät stattfand.

Die vier silbernen, ineinander verschlungenen Ringe funkelten in der Sonne, ebenfalls die silberne Lackierung des A4'. Der Lack war tadellos, ebenso auch die Innenausstattung. Offensichtlich hatte Frank ein USB-MP3-Cd-Radio eingebaut, das Neuste vom Neusten, wie man zu sagen pflegt. Der Fond war mit zusätzlichen Boxen ausgestattet und die Sitze waren mit *echtem* Leder besetzt. Es hätte Maik nicht gewundert, wäre im Wagen auch noch eine Kaffeemaschine gewesen. Die Sitze waren weit nach hinten gestellt, sodass man beim Fahren eine fast liegende Haltung einnahm. Maik sah auch eine Designersonnenbrille, die achtlos auf den Fahrersitz geworfen war. Auf dem Beifahrersitz lag Jennifers Handtasche, Maik kannte sie. Sie war ledern, mit kleinen funkelnden Steinen versehen, im Hundemotiv angeordnet. Jetzt lag also schon Jennifers Handtasche in Franks Auto! Also würde sie auch mit ihm nach Hause fahren. Das wurde ja immer toller!

Die Wut in Maiks Bauch schien sich zu einem Ball zu konzentrieren, der mit Überlichtgeschwindigkeit expandierte und sein ganzes Inneres einzunehmen schien. Ihm war, als würde er an dieser plötzlichen Wut ersticken, wie ein Asthmatiker bei einem akuten, unvermittelt auftauchenden Anfall – und das zu einem Zeitpunkt, wo kein Asthmaspray dabei ist.

Nur Maik hatte sein Asthmaspray, ihm kam eine Idee, um seiner Wut wenigstens partiell ein Ventil zu geben. Und diese Idee wollte er sofort umsetzen. (Bevor der Ball in ihm wirklich noch explodierte) Er blickte sich um, überprüfte, ob man ihn beobachtete, ob jemand ihn sah. Hinter den meisten Fenstern war nur Leere. Gerademal in einem Raum konnte Maik Schüler erkennen; doch keiner sah hinaus. Schnell griff Maik in seine rechte Hosentasche und holte seinen Schlüsselbund mit einer geschickten Handbewegung aus dem Inneren seiner Tasche.

Hoffentlich ist deine Alarmanlage so schlecht, wie ich denke.

Maik sah sich noch mal um, um sich zu vergewissern, dass ihm niemand zusah. Dann ertastete er den größten seiner Schlüssel und strich mit der Spitze über den Lack. Er wendete so viel Druck auf, wie er konnte. Der Strich verlief quer über die Beifahrertür nach hinten zu den Bremslichtern und war tief wie der *Mariannengraben*. Die Alarmanlage ging nicht los, wie es Maik gehofft hatte. Es war eigentlich kein Strich mehr, den Maik verursacht hatte, es war ein *richtig tiefer Kratzer*.

Maik betrachtete mit Genugtuung sein *Kunstwerk*.

Frank wird ausrasten, wenn er das sieht, konstatierte er nicht ohne ein kurzes Kichern. Am liebsten hätte er laut gelacht, doch das wäre *viel* zu auffällig gewesen.

Er wollte nicht so viel Zeit vor dem sabotierten Auto verbringen, obwohl er sich nur ungern von dem Ergebnis seiner destruktiven Arbeit trennte. Doch „was sein muss, muss sein", hätte sein Großvater gesagt. Maik wurde mal wieder bewusst, dass er einen sehr weisen Großvater hatte. Ihm fielen immer in jeder Situation die passenden Worte ein. Maik konnte sich nicht erinnern, das es Roland jemals die Sprache verschlagen hätte. Er hatte immer einen trockenen, passenden Spruch oder Rat auf Lager. Maik freute sich, nachher zu ihm zu fahren.

Hastig lief er rüber zu den Fahrradständern, wobei er den Schlüsselbund weiter in der Hand behielt, weil der Schlüssel für sein Fahrradschloss daran war. Er schloss auf und drehte sich dabei ein paar Mal um.

Keiner zu sehen, der mich gesehen haben könnte, stellte er befriedigt fest.

Dann stieg er auf sein Panther-Rad und fuhr davon, sich (natürlich) weiterhin in einigen Abständen umblickend.

Der Weg zu den Großeltern war...

... nicht sehr lang; vielleicht siebenhundert Meter quer durch die Innenstadt und dann nach nochmal einen halben Kilometer weiter zu den Vororten mit den vielen Einfamilienhäusern. Der Verkehr war schleppend – doch nicht für einen Fahrradfahrer. Maik umfuhr gekonnt die stehenden Autos der Leute, die von der Arbeit kamen und auf dem Weg nach Hause waren. Mit seinem Fahrrad konnte er sich durch jede Lücke schlängeln und auch mal bei Rot über die Straße fahren, wenn der Verkehr es zuließ. Somit war er bedeutend schneller unterwegs als die Autofahrer.

Roland Beyer hockte im Vorgarten seines dreistöckigen Fachwerkhauses und pflegte seine Pflanzen. Er war ein leidenschaftlicher Hobbygärtner, baute Tomaten, Erdbeeren, Radieschen, Kohlrabi, Brombeeren und *wer weiß was noch* an. Zu *wer weiß was noch* gehörten auch Nicht-Nutzpflanzen wie Rosen. Jetzt entfernte Roland gerade das Unkraut eines seiner Erdbeerbeete. Für seine 76 Jahre war er noch sehr „rüstig und gut beisammen", wie er selbst immer zu sagen pflegte.

Als er Maik sah, brachte er sich in eine aufrechte Position und grüßte schon von weitem mit seinen schwarzen Gärtnerhänden. Maik stieg ab, öffnete das quietschende Tor (Das Quietschen gehörte irgendwie dazu, wenn er bei seinen Großeltern zu Besuch war. Es signalisierte ihm: „Da bist du ja wieder, wir haben auf dich gewartet, Essen steht schon bereit." Und das gab ihm ein Gefühl der Geborgenheit) und schob sich und sein Fahrrad den Weg entlang, auf dem sein Opa wartend dastand.

Roland freute sich, seinen Enkel zu sehen, was rein äußerlich an seinem Grinsen und innerlich an einem erhöhten Herzschlag erkennbar war. Er reichte Maik die Hand, die dieser freudig schüttelte, so dreckig sie auch war. Das machte Maik nichts aus.

„Na, was machst denn du hier?", begann Roland. „Kommst du uns mal wieder besuchen?" Er wartete gar nicht erst eine Antwort ab (Was auch total unnötig gewesen wäre) und sagte: „Das ist ja schön."

„Hi, Opa", sagte Maik knapp. Er ging den Weg weiter zum Haus, sein Opa folgte ihm. Maik stellte sein Fahrrad an die übliche Stelle - die Hauswand links neben der geschlossenen Garage, deren Öffnungsmechanismus per Fernbedienung in Bewegung gesetzt wurde; eine technische Spielerei, die Roland überaus faszinierend fand.

Roland war schon bei der Tür als sein Enkel auf ihn zukam. „Komm rein. Wir müssten noch was zu essen für dich haben. Berta hat wie immer zu viel für uns beide gemacht ... du kennst sie ja."

Darauf hab ich gewartet. Ich hab' einen Mordshunger. „Ja, und ob ich sie kenne. Und wenn ich ehrlich bin, hab ich auch ein bisschen darauf spekuliert."

Maik und Roland lachten. „Das dachte ich mir, mein kleiner. Du weißt ja, dass du bei uns nicht verhungern musst."

Und mit diesen Worten betraten beide das Haus.

„Wer ist da?", tönte es aus der Küche.

„Es ist Maik", gab Roland als Antwort zurück.

Dann rief Berta, Maiks Oma, mit zuckersüßer Stimme: „Ach, das ist ja schön, dass er uns mal besuchen kommt." Sie kam aus der Küche in den Korridor, wo sich Maik und Roland befanden. Ihre Hände waren feucht; vermutlich hatte sie sich die Hände gewaschen und nur provisorisch, nicht gründlich, abgetrocknet. Doch das störte Maik nicht, er reichte ihr die Hand, die sie jedoch ignorierte. Sie drückte ihren Enkel an sich und gab ihm einen Kuss auf die Wange, der auch feucht war, was allerdings nicht daran lag, dass sie sich vorher den Mund gewaschen und vergessen hatte, ihn abzutrocknen.

„Du kannst noch was zu essen haben, wenn du willst. Es ist was übrig geblieben. Roland und ich haben nicht alles geschafft."

Enkel und Opa sahen sich an, verzogen die Gesichter und prusteten los. Berta sah sie befremdet an. Ihr Mann machte eine wegwerfende Geste mit der Hand und sagte: „Vergiss es, nicht so wichtig" und gab noch ein kurzes Kichern von sich.

„Das wäre fabelhaft, Oma. Ich hab' echt einen Riesenhunger."

An dieser Stelle hätten seine Großeltern fragen können, warum er denn nicht in der Schule gegessen hatte. Vielleicht kamen sie nicht darauf, vielleicht wollten sie aber auch nicht die Frage stellen, weil sie sich einfach freuten, dass ihr Enkel da war und bei ihnen zu Mittag aß (wobei Mittag nicht der richtige Ausdruck war, wenn man die Uhrzeit berücksichtigte).

Die gekachelte Küche war riesig, Maik setzte sich auf einen Stuhl an den hölzernen Esstisch; sein Großvater setzte sich zu ihm.

„Willst du ein Glas Limonade?", fragte Berta.

„Nichts lieber als das", war Maiks Antwort.

Berta holte ein Glas aus einem der Wandschränke und stellte es auf die Ablage. Dann öffnete sie den Kühlschrank und holte eine Flasche Zitronenlimonade raus.

„Wenn der Kühlschrank einmal offen ist, kannst du mir ja gleich ein Bier rausholen", sagte Roland hoffnungsvoll. Seine Frau sah ihn nicht an, schüttelte kaum merklich den Kopf und holte auch noch eine Flasche Pils aus dem Kühlschrank. Sie goss die Limonade ins Glas und reichte es ihrem Enkel. „Bitte, mein Schatz. Lass es dir schmecken."

Maik nahm das Glas dankbar an und trank die Hälfte in einem Zug leer. Er hätte am liebsten gleich das ganze Glas ausgetrunken, aber das erschien ihm unhöflich.

„Danke Oma."

Ihrem Mann gab sie wortlos die geschlossene Bierflasche, dann holte Berta einen Teller aus einem anderen Wandschrank und anschließend Besteck aus einem Schubfach unter der Ablage. „Was hältst du von Rinderzunge mit Kartoffeln und Spargel?", fragte sie mit einer Vorahnung, was sie als Antwort bekommen würde.

Maik grinste über das ganze Gesicht hinweg. „Etwas leckereres könnte ich mir im Moment nicht vorstellen", sagte er.

„Von Ohrläppchen zu Ohrläppchen", sagte Roland und betrachtete, während er das sagte, mit freudiger Erwartung seine Bierflasche.

„Was?", Maik verstand nicht.

„Dein Grinsen. Du grinst von Ohrläppchen zu Ohrläppchen." Da war wieder einer. Einer von Opas berühmt-berüchtigten Sprüchen. Maik kam nicht umhin, darüber zu kichern, auch wenn er den Spruch schon kannte.

Roland nahm den metallenen Flaschenöffner, der auf dem Tischdeckchen lag und machte sein Bier auf. Er legte Kronkorken und Öffner auf den Tisch und nahm erstmal einen kräftigen Schluck Bier. Ähnlich wie Maik hatte auch er fast die Hälfte seines Getränkes mit einem Zug geleert. Maik war sich sicher, dass sein Großvater auch die ganze Flasche ausgetrunken hätte, wenn Berta nicht im Raum gewesen wäre.

Maik hatte schon lange keinen Alkohol mehr getrunken. Eigentlich seit ... ja ... seit Steve nicht mehr. Und mit diesem Gedanken beschlich ihn die Trauer wieder. *Nicht hier und jetzt, Themawechsel. Steve ist tot und ich kann es nicht ändern. Jetzt bin ich bei meinen Großeltern und will Spaß haben*, sagte er sich.

„Einfach köstlich", lobte Roland den Inhalt seiner Flasche. „Willst du auch mal von meinem Bier nippen? Du kannst auch eine eigene Flasche haben."

„Nein danke."

„Du kannst dir auch mit deiner Zitronenlimonade ein Radler mixen"

Berta drehte sich wütend um und sah ihren Mann scharf an. „Roland, verleite den Jungen nicht. Wenn er nicht will ist es doch schön. Dann darfst du ihn aber auch nicht drängen."

„Beruhige dich, Schatz. Ist ja gut", sagte Roland besänftigend, dann murmelte er zu Maik: „Aber du weißt ja nicht, was dir entgeht" und zwinkerte ihm zu.

Berta war zwar alt, aber nicht taub. Sie rief knapp, aber dafür überaus wirkungsvoll: „Roland."

Und ihr Mann sagte: „Schon gut."

Maik musste lachen. Solche Szenarien waren einer der Gründe, warum er so gern bei seinen Großeltern zu Besuch war. Es gab einfach immer was zum Lachen.

„Ich stell den Teller noch mal in die Mikrowelle, damit das Essen auch richtig heiß ist", sagte Berta. Und während sich der Teller drehte und gleichmäßig bestrahlt wurde, fragte sie: „Und, wie war es in der Schule?"

„Ganz okay eigentlich", log Maik. *Bis auf den Ärger, den ich mir bei Schmiddy eingehandelt hab'. Ach ja, außerdem ist so ein schmieriger Penner mit Jenifer weggefahren, das Mädchen, das ich liebe. Aber ich hab's ihm heimgezahlt. Sagen wir's so: Sein Auto ist nicht mehr so schön wie vorher. Ja, im Großen und Ganzen war's ganz okay in der Schule.* „Wie immer halt", fügte er hinzu.

Das genügte Berta als Antwort; mit Details hätte sie sowieso nichts anfangen können. Sie öffnete die Mikrowelle, steckte einen Finger ins Essen (jemand anderes hätte sich geweigert, dass Essen dann noch zu sich zu nehmen, aber nicht Maik, für ihn gehörten diese *unhygienischen* Rituale genauso dazu, wie das Quietschen des Gartentores) und befand es für heiß genug. Sie nahm den Teller heraus und stellte ihn vor Maik auf den Tisch. „Lass es dir schmecken, mein Junge", sagte sie mit einem Lächeln.

„Ich geb mir Mühe."

Das Essen schmeckte hervorragend; die Zunge war gut durch, der Spargel hochwertig (wahrscheinlich von einem Bio-Bauern) und die Kartoffeln waren nicht zu fest, aber auch nicht zu weich – ein Spitzenessen. Roland Beyer sah seinem Enkel beim Essen zu. Berta hatte die Küche verlassen, um diverse Hausarbeit zu verrichten; Wäsche aufhängen oder so etwas in de Art, vermutete Maik. Sein Opa hatte sich bereits eine zweite Flasche Bier aus dem Kühlschrank geholt, deren Inhalt jedoch auch schon wieder zu Neige ging. Die leere Flasche stellte er in einen Korb mit anderen leeren Flaschen. Sie würden bald im Keller durch volle ersetzt werden; wie er seinen Großvater kannte - sehr bald.

„Hat's geschmeckt?", wollte Roland wissen.

„Klar. Bei euch schmeckt's immer", erwiderte Maik. Routiniert stellte er den Teller in die Spüle.

„Den Abwasch macht Berta, lass ihn einfach in der Spüle liegen."

„Okay." *Das hätte ich ja sowieso gemacht, ist doch immer so.*

„Wollen wir rausgehen, uns auf die Gartenstühle setzen und uns unterhalten?", fragte Roland, der jetzt auch aufgestanden war und etwas in einem der Schränke suchte.

„Gern."

„Ich mache mir nur noch schnell einen Tee. Du kannst ja schon mal rausgehen und dich hinsetzen."

Maik tat wie ihm geheißen, ging durch die Hintertür raus und setzte sich auf einen der weißen Gartenstühle auf der Terrasse und wartete. Seine Oma stand an der Wäscheleine und hing nasse Wäsche von ihr und ihrem Mann auf eine der Nylonleinen auf. Als sie Maik sitzen sah, fragte sie: „Hat's geschckeckt?"

„Ich hab noch nie etwas Köstlicheres gegessen."

„Du alter Schleimer", rief seine Oma und beide lachten.

Roland Beyer kam mit einer großen, dampfenden Tasse heraus und setze sich auf einen Stuhl neben seinen Enkel. Maik wusste genau, was sich darin befand. Opas „Tee". Maik trank zwar schon lange keinen Alkohol mehr, aber dennoch wusste er, wie Whiskey roch. Und das, was da in der Tasse drin war, bestand zu mindestens einem Drittel aus Whiskey. Sein Großvater hatte ein kleines Alkoholproblem, das wusste Maik und Roland wusste, dass Maik es wusste. Aber dennoch würde keiner von beiden es je zur Sprache bringen, eine Art ungeschriebene Übereinkunft. Maik konnte mit Roland über alles, und zwar über wirklich alles reden, egal was er ausgefressen hatte. Sein Opa reagierte immer verständnisvoll, gab ihm seinen Rat und erzählte nichts weiter. Und dafür erzählte Maik niemanden, woraus „Opas Tee" wirklich bestand.

Roland pustete leicht in seine Tasse, sodass der Dampf herausgeblasen wurde und sah seinen Enkel über die Tasse hinweg an. Maik wusste, dass sein Opa ihn etwas fragen wollte und sagte deshalb nichts. Sein Opa ließ sich Zeit. Er blies noch einmal in die Tasse, nahm einen kleinen Schluck, verzog leicht das Gesicht und atmete hörbar aus. Dann sah er wieder konzentriert seinen Enkel an.

„Was ist los, Maik?", begann er. „Ich glaube zu wissen, dass dir etwas auf dem Herzen liegt. Ist es nicht so?" Seine blauen Augen fokussierten Maik unablässig. Es kam Maik vor als könnte sein Großvater in ihn hineinschauen, als könnten seine Augen sein Innerstes durchdringen und Maiks Gedanken lesen. Das war natürlich Quatsch, das wusste Maik, aber es kam ihm so vor, wenn sein Großvater ihn so ansah. Maik konnte seinem Großvater nichts vormachen, obwohl er versucht hatte, so fröhlich und unbetrübt wie möglich zu wirken, war es ihm nicht möglich, den analytischen Blick seines Opas zu überlisten.

Maik war wieder einmal von seinem Großvater fasziniert und erstaunt.

„Liegt es an ... Steve?", fragte Roland vorsichtig. Er wusste, dass das ein heißes Eisen war, ein Thema, über das man nur reden konnte, wenn Maik es zuließ.

Maik sagte nichts, er blickte nur nach unten auf den Boden, während sein Opa ihn weiterhin unablässig ansah. Dann sagte Roland: „Nein, Steve ist es nicht." Er sagte das mehr zu sich selbst als zu Maik. Nach einer kurzen Pause des Überlegens und Analysierens fragte er:. „Was ist es dann? Was bedrückt dich?"

Jetzt wanderte Maiks Kopf nach oben und seine Augen sahen in die seines Großvaters. Er überlegte und ließ sich Zeit, bevor er etwas sagte und wusste, dass sein Opa warten würde. Schließlich begann er: „Opa, hast du dich schon mal in ein Mädchen verliebt?"

Roland sah auffällig zu Berta, die die Wäsche auf die Leine hing. Während er das tat, musste er lächeln.

„Ich meine, hast du dich mal in ein Mädchen verliebt und dann so große Konkurrenz bekommen, dass du dir dachtest: ‚Die krieg ich sowieso nicht. Gegen den komme ich bestimmt nicht an' Ist dir das schon mal passiert?"

„Aha, da drückt der Schuh."

(*Da drückt Schuh*, wieder so ein Spruch. Maik musste sich trotz des ernsten Themas ein Lächeln verkneifen, sein Opa hätte ihn für kindisch gehalten, hätte er gelächelt, also presste er die Lippen zusammen.)

„Liebeskummer. Ich hätte es wissen müssen. In neunundneunzig Prozent der Fälle, in denen Männer Probleme haben, sind Frauen im Spiel."

Jetzt konnte Maik unbesorgt lächeln.

„Aber sag es nicht Berta", setzte Roland hinzu. „Es würde nur unnötig Streit geben, der dann damit endet, dass ich mich entschuldigen und alles zurücknehmen muss, was ich allerdings nicht ernst meinen würde." Er zwinkerte Maik zu.

„Ist klar."

„Da liegt also der Hund begraben, du hast ein Mädchen gefunden, an das sich schon ein anderer rangemacht hat. Und der ist natürlich viel *besser* als du", resümierte der alte Mann mit dem „Tee".

Maik war abermals erstaunt über seinen Großvater. Dieser konnte Probleme schnell und präzise erfassen, sie auf das Wesentliche zusammenfassen und anschließend in passende Worte kleiden. Eine Gabe, die nicht vielen Menschen vergönnt ist.

„Ich hätte es nicht besser sagen können, Opa."

Roland erhob den Zeigefinger und hielt seine Tasse nur noch mit einer Hand. Zum Glück hatte er bereits daraus getrunken, ansonsten würde jetzt *einiges* rauslaufen. „Merk dir eins, mein Junge: niemand ist *besser* als du. Hast du das verstanden?"

Maik nickte - obwohl er es nicht glaubte.

„Denn wenn du mit der Einstellung ‚ach, der ist doch sowieso besser als ich' rangehst, dann hast du verloren, noch bevor du angefangen hast. Die Frauen mögen Selbstbewusstsein. Und wenn du vor Konkurrenz Angst hast, dann merken die das und lassen dich eiskalt abblitzen."

„Ich verstehe. Aber das weiß ich ja. Es ist nur so, dass der Kerl *wirklich* besser ist, als ich. Er fährt einen funkelnagelneuen Audi A4...

Ach ja, der Audi, den hätte ich ja beinahe vergessen. Fast hätte Maik gelacht, konnte es aber gerade noch mal unterdrücken.

... Er ist reich, lustig, sportlich, sieht gut aus und ist beliebt. Gegen den komme ich doch nicht an."

Sein Großvater nickte bedächtig, nahm einen großen Schluck aus seiner Tasse und sah dann seinen Enkel wieder über die immer noch dampfende Tasse hinweg an. „Du sagst also, er sieht gut aus?"

Maik merkte, dass sein Opa auf irgendetwas hinauswollte, es aber jetzt noch nicht preisgab. Maik sollte es anscheinend durch dieses Frage-Antwort-Spielchen *erschließen*. Also spielte er mit. „Ja, das tut er. Er sieht gut aus."

„Spielt keine Rolle", sagte Roland hastig. „Hast du schon mal ‚King of Queens' gesehen?"

„Ja" Worauf wollte der alte Mann hinaus? Maik sollte offenbar auf irgendeine Erkenntnis stoßen.

„Dort ist ein eindeutig übergewichtiger mit einer Wahnsinnsfrau verheiratet."

Einspruch Euer Ehren. „Ja, aber das ist nur eine Fernsehserie", widersprach Maik.

Roland machte eine Handbewegung, die Maik bedeutete, es ginge noch weiter und er solle ruhig sein und einfach nur die Fragen beantworten, ihn nicht weiter unterbrechen.

„Dann sagst du, er wäre reich?", setzte er fort.

„Ja, er ist stinkreich", stimmte Maik zu.

„Irrelevant, glaub mir. Geld spielt keine Rolle – zumindest nicht bei den *vernünftigen* Frauen", setzt er hinzu.

Maik erwartete eine eloquente Begründung, warum es „irrelevant" sei, dass Frank reich und Maik nicht reich war. Er sollte jedoch keine bekommen.

„Dann ... wie sagtest du doch gleich?" Roland überlegte kurz. „Ach ja, er wäre lustig?"

„Zumindest hat er Jennifer zum Lachen gebracht."

„Jennifer heißt sie also, unsere Herzdame", stellte Roland vergnügt fest. „Ein schöner Name."

„Der Schönste", sagte Maik in einem Ton, der unmissverständlich keine Widerrede duldete.

„Nun gut. Du weißt also, in welchen Dingen dein Konkurrent..."

„Frank", warf Maik ein.

„Du weiß nun also, in welchen Dingen Frank besser ist als du."

Maik nickte traurig, resigniert.

„Na dann liegt doch auf der Hand, was du als nächstes tun musst."

Überrascht und erwartungsvoll sah Maik zu seinem Großvater. „Wie meinst du das?", fragte er verwirrt.

„Na, wenn du weißt, worin er besser ist, dann musst du dich auf das konzentrieren, worin er nicht besser ist", erwiderte Roland als wäre es die normalste Sache der Welt. „Lass es mich dir erklären. Die Eroberung einer Frau ist wie eine gute Partie Schach. Wenn du weißt, dass dein Gegner in der sizilianischen Spielweise am besten ist, dann musst du halt die skandinavische nehmen. Oder irgendeine andere. Aber du darfst nicht sizilianisch spielen, weil du so beeindruckt bist, dass dein Gegner da so gut ist und du gar keine Chance hast."

„Ich verstehe nicht ganz."

Geduldig fuhr Roland fort: „Du musst von seinen Stärken ablenken und auf seine Schwächen hindeuten. Und du musst versuchen *deine* Stärken hervorzuheben und von *deinen* Schwächen ablenken."

„Ach so", Maik begann zu begreifen, was sein Opa meinte. „Ich soll mich also im besten Licht präsentieren und Franks Schwächen aufzeigen"

„Genauso ist es."

„Und was sind meine Stärken?"

„Das musst du schon selber wissen", sagte Roland lachend. „Da kann dir keiner helfen. Die Schachpartie musst du selber spielen. Denk dir eine Strategie aus, finde deine Stärken, finde Franks Schwächen und dann schaffst du's."

Maik konnte die Zuversicht seines Opas nicht teilen, war ihm aber dennoch dankbar für das Gespräch und nickte ihm zu.

„Du bist ein kluger, gutaussehender Junge, warum solltest du das Mädel nicht kriegen?" Roland wartete keine Antwort ab und setzte hinzu: „Du musst halt nur kämpfen und darfst keine Dummheiten machen. Schon der kleinste Fehler kann alles kaputtmachen. Also überlege dir genau was du machst und wie du vorgehst."

Was hat er eben gesagt? ‚Du darfst keine Dummheiten machen?' Maik erinnerte sich an die Aktion mit seinem Schlüssel. *Ob ich es ihm sagen soll?*

„Mein Tee ist alle", Roland zeigte Maik die leere Tasse, die dieser ignorierte, weil er überlegte, ob er seinem Großvater erzählen sollte, was er angestellt hatte. „Ich gehe rein und mache mir einen neuen Tee", sagte Roland und ging in die Küche.

Ob er an die Decke gehen wird?, fragte sein Verstand.

Das wird er bestimmt nicht. Hat er noch nie gemacht, antwortete sein Verstand sich selbst.

Und was ist, wenn er enttäuscht ist?

Er wird es verstehen. Damit endete die innere Diskussion.

Drei Minuten wartete Maik auf dem weißen Gartenstuhl und überlegte, ob er seinem Opa sagen sollte, was passiert war. Als Roland mit einem frischen „Tee", der noch stärker nach Whiskey roch, als der vorige, auf die Terrasse kam, hatte er einen Entschluss gefasst.

„Opa, kann ich dir etwas erzählen?", fragte er zögernd.

„Klar, warum nicht", erwiderte sein Opa und nahm einen kräftigen Schluck von dem heißen Getränk, aus dem kleine Dampfschwaden emporstiegen.

„Ich hab bereits eine Dummheit gemacht, bezüglich Frank."

Roland sah von seinem Getränk auf, nicht überrascht, aber auch nicht gleichgültig. Er fragte im sachlichen Tonfall: „Und was für eine Dummheit hast du gemacht?"

„Nun ja, es war im Affekt, würde ich sagen", begann Maik holprig, dann sagte er freiheraus: „Ich hab' den Lack von seinem Audi zerkratzt, die ganze rechte Seite. Da ist jetzt eine schöne lange Schmarre." Gespannt versuchte Maik im Gesicht seines Großvaters eine Reaktion zu erkennen. *Die erste Reaktion ist die ehrlichste*, pflegte Roland immer zu sagen, erinnerte sich Maik.

Wird er langsam senil oder habe ich zu undeutlich gesprochen? Beyer Senior ließ einige Sekunden keine Reaktion erkennen.

Dann prustete Roland los vor Lachen. Er war unfähig etwas zu sagen, so sehr musste er lachen. Tränen liefen ihm aus den Augen, die er schnell mit den Händen wegwischte. Sein Kopf wurde hochrot und aus seinem Mund spritzten klitzekleine Tropfen Speichel (einige trafen Maik sogar).

Als er sich wieder eingekriegt hatte, sagte er, noch immer kichernd: „Du hast also sein Auto zerkratzt, als du gesehen hast, dass er deine Jennifer zum Lachen gebracht hat?"

Irgendwie schämte Maik sich für seine törichte Tat. So wie sein Opa diese jetzt darstellte kam sie ihm nämlich wirklich *töricht* vor.

„Und was machst du, wenn sich Jennifer mal eine Komödie im Fernsehen ansieht und darüber lacht? Gehst du dann nach Hollywood und zerkratzt das Filmstudio?" Roland fing wieder an, heftig zu lachen. Jetzt setzte auch Maik ein, nur bei weitem nicht so laut, wie Roland.

9

Maik blieb noch eine Weile bei seinen Großeltern und unterhielt sich mit Roland, der noch weitere zwei Tees zu sich nahm und das Ganze mit einem kühlen Bier aus dem Kühlschrank abrundete. Berta setzte sich nach Maiks Beichte zu den beiden und das Gespräch drehte sich von da an um Schule und anderen alltäglichen Kram, über den Omas gern Bescheid wissen wollen.

Das Wochenende hatte begonnen, Maik lag an diesem Freitagabend auf seinem Bett und dachte nach. Er dachte nach über Jennifer, über das, was er dieses Wochenende anstellen würde und über Frank, wie er ihn übertrumpfen könnte. Das Fernsehprogramm interessierte ihn nicht, er hätte sich sowieso nicht konzentrieren können. Auch der Computer besaß heute nicht die übliche Anziehungskraft; er stand ausgeschaltet an seinem Platz. Nicht einmal ein Buch nahm Maik zur Hand.

Inmitten seiner Überlegungen, die wirr und ungeordnet waren, tauchte plötzlich Steves Bild in Maiks Kopf auf. Es war ein Steve, der in einem sterilen Krankenhausbett lag, nur noch durch Maschinen am Leben erhalten, kreidebleich, spindeldürr. Es war ein Steve, der nichts mehr mit dem Steve gemeinsam hatte, mit dem Maik so oft in der Hütte im Wald gewesen war, Lucky Strike geraucht und billiges Bier getrunken hatte. Es war nicht mehr der Steve, der immer lachte, der dummes Zeug redete, wenn er zu viel Bier trank und auch nicht der Steve, der mit dem Fahrrad immer vorausfuhr, weil Maik mit seinem Panther nicht hinterherkam. Es war ein Steve, der nicht mehr lange zu leben hatte, ein Steve, der insgesamt nur noch ein paar Sätze sagen würde, um dann für immer zu verstummen. Maik konnte, jetzt in seinem Bett liegend und sich erinnernd, die monotonen Geräusche der Beatmungsmaschine hören, wie sie Luft in die Lungen seines besten und einzigen Freundes pressten. Er konnte auch das lästige Piepen des Pulsmessers hören. Steves Augen waren geschlossen; er lag im Koma, zwei Monate lang. Jedes Mal, wenn Maik ihn besuchte, waren sie geschlossen, und Maik besuchte ihn täglich. Nur an einem einzigen Tag waren Steves Augen offen gewesen. Nicht richtig offen, aber zumindest soweit, dass man seine trüben Pupillen erkennen konnte. Es war an dem Tag, an dem er seine letzten Worte sagte. Die Worte, die Maik niemals vergessen würde. Die Worte waren: ...

Schluss jetzt, dachte Maik. *Das reicht, ich will nicht mehr daran denken.*

Und das Bild verschwand aus seinem Kopf. Das war zu viel für ihn. Maik drehte sich auf seinen Bauch, presste den Kopf aufs Kissen und weinte. Das hatte er schon lange nicht mehr gemacht. Er hatte immer versucht, den Verlust seines Freundes *wie ein Mann* hinzunehmen. Doch jetzt überfiel ihn die Trauer wie ein Raubtier seine Beute. Er weinte und schluchzte sogar ein wenig. Es war ihm jetzt egal, ob seine Eltern ihn hörten oder irgendjemand anderes. Er wollte einfach nur um seinen verstorbenen Freund trauern und weinen. Nach fünf Minuten war die Überwältigung der Gefühle vorbei, Maik setzte sich mit roten Augen aufrecht hin und wischte sich mit einem Taschentuch die Tränen aus dem Gesicht. Ein letzter kurzer Schluchzer entrang sich seiner Kehle, dann stand er auf und wollte in die Küche gehen, um Abendbrot zu essen.

Er fühlte sich jetzt wesentlich besser, das Weinen hatte ihm gut getan.

10

Samstagmorgen, Maik stand früh auf. Letzte Nacht, vor dem Einschlafen, hatte er beschlossen, heute Steves Grab zu besuchen. Er war bestimmt seit einem Jahr nicht mehr dort gewesen, er schaffte es irgendwann nicht mehr, die Trauer hatte ihn jedes Mal überwältigt und das war ihm peinlich. Er wollte es doch *wie ein Mann* ertragen. Doch täglich vor einem Grabstein wie ein kleines Mädchen zu heulen, kam ihm ganz und gar nicht männlich vor. Deshalb hatte er vor einem Jahr seine täglichen Besuche eingestellt und war seither nicht mehr auf dem Neustädter Friedhof gewesen.

David und Dana lagen noch schlafend in ihren Betten, samstags schliefen sie länger. Maik aß zum Frühstück nur ein paar Cornflakes mit Milch und trank dazu einen Kaffee. Es war wieder ein herrlicher sonniger Tag, die Temperatur lag bei zweiundzwanzig Grad im Schatten; also nicht zu warm. Am Himmel waren nur ein paar weiße Wölkchen, ansonsten war er azurblau.

Maik stieg auf sein Panther-Fahrrad. Der Weg zum Friedhof führte ihn ans andere Ende der Stadt. Die Straßen waren weitgehend leer, sodass er schnell vorankam. Das gute Wetter tat sein Übriges, um Maik schneller in die Pedalen treten zu lassen.

Am Eingangstor stieg Maik vom Fahrrad ab. Obwohl er schon seit einem Jahr nicht mehr hier gewesen war, wusste er noch genau, wo sich Steves Grab befand. Dort angekommen, legte er sein Fahrrad vorsichtig auf den Boden und setzte sich vor Steves Grab. Auf dem Grabstein stand in goldenen Lettern:

STEVE BECKER

17.05.1988 – 03.04.2004

AUCH WENN DEIN KÖRPER NICHT MEHR IST, DEIN GEIST LEBT IN UNS WEITER

Oh, und wie dein Geist in uns weiter lebt, wegen dir hab ich gestern ganze fünf Minuten lang geheult.

Maik fand früher, dass der Spruch auf dem Grabstein mehr in die Richtung: „Nach langem Todeskampf endlich erlöst" hätte gehen sollen. Doch jetzt war er ebenfalls der Meinung, dass „Auch wenn dein Körper nicht mehr ist, dein Geist lebt in uns weiter" die bessere Wahl war.

Steves Eltern hatten das Grab gut gepflegt. Es war bedeckt mit blühenden Stiefmütterchen - Steves Lieblingsblumen. Sie sahen aus, als würde jemand sie regelmäßig gießen. Der Duft, den sie verströmten war angenehm. Maik freute sich, er konnte Steves Eltern nicht einschätzen, da er sie kaum kannte und seine Eltern *ihn* für den Tod ihres Sohnes verantwortlich machten, also rechnete er mit dem Schlimmsten: einem ungepflegten, halb zerfallenem Grab. Doch seine Befürchtungen lösten sich blitzschnell auf, als er das tadellose Grab seines toten, besten Freundes sah.

„Ich vermisse dich", begann Maik. Er sprach laut, es interessierte ihn nicht, ob ihn jemand hören konnte und was ein möglicher Mithörer wohl denken würde. Mit fester, ernster Stimme sprach er weiter: „Es tut mir leid, dass ich dich im letzten Jahr nicht besucht habe. Ich brauchte Zeit für mich, Zeit um mit mir und der Welt klar zu kommen. Du musst verstehen, es war eine harte Zeit und das alles, was damals vorgefallen war, wurde einfach zu viel für mich." Maik betrachtete intensiv den Grabstein, er nahm an, Steve verzieh ihm seine Abwesenheit. Dann senkte er den Kopf. „Da ist ein Mädchen. Bei uns in der Schule. Wenn du sie sehen könntest... Sie ist so wunderschön." Maik lachte kurz auf. „Wir beide würden uns sicher um sie streiten...", dann verstummte das Lachen. „Das heißt, wenn du noch leben würdest." Seine Miene verfinsterte sich. „Da ist so ein Typ, Frank heißt er. Ein riesiges, arrogantes Arschloch. Es sieht so aus, als ob er die besseren Chancen bei ihr hätte. Jedenfalls hab ich ihn gestern mit ihr zusammen mit seinem Auto wegfahren sehen. Und die beiden haben gelacht und sich anscheinend gut unterhalten." Maik machte eine Pause, dann setzte er heiterer hinzu: „Aber glaub mir, das hab ich nicht auf mir sitzen lassen. Ich hab ihm seinen schönen, nagelneuen Audi A4 zerkratzt. Nenn es Kurzschlussreaktion, aber es hat Spaß gemacht. Glaub mir, wenn du Jennifer kennen würdest, hättest du genauso gehandelt. Sie ist einfach so wunderschön. Und weißt du was? Heute Abend steigt bei Daniel eine Party, Jennifer wird bestimmt dort sein, da werde ich sie ansprechen. Ich weiß selber noch nicht so genau, wie ich es anstellen soll, aber mir wird schon etwas einfallen. Mal sehen, was dabei herauskommt." Dann machte Maik eine Pause. Er betrachtete den Grabstein unter dem zwei Meter unter der Erde sein bester Freund begraben lag. Er betrachtete ihn lange und musste mit den Tränen kämpfen. „Ich wollte nur, dass du es weißt", setzte er mit brüchiger Stimme fort. „Wir haben uns immer alles erzählt, also musste ich dir das auch erzählen." Der Drang zu weinen wurde immer stärker. Doch Maik wollte es ertragen *wie ein Mann.* Mit aller Macht kämpfte er gegen die nahenden Tränen an. „Wünsch mir Glück, mein Freund", sagte er zum Abschluss. Dann stand er auf, warf einen letzten Blick auf das Grab, hob sein Fahrrad auf und ging davon, sein Panther neben sich herschiebend.

Er hatte es geschafft, er ertrug es *wie ein Mann.* Nun erwartete ihn eine Party.

Kapitel 2

Damit fing der Ärger an

1

Um sieben. Maik stand schon seit einer halben Stunde vor dem Spiegel und machte sich „landfein", wie sein Opa sagen würde. Er hatte seine Haare gegelt, sich rasiert (und danach Davids teures Aftershave benutzt) und sich sogar die Achselhaare entfernt, was mit einem brennenden Schmerz belohnt wurde. Als Maik versuchte, Aftershave auf die roten Stellen unter seinen Achseln aufzutragen, hatte er geschrien wie am Spieß, worauf seine Mutter ins Bad gestürzt kam und erschrocken fragte, was passiert sei. Er hatte - bemüht ruhig zu bleiben - geantwortet: „Ach nichts, Mutti, du kannst wieder gehen." Seine Mutter zuckte mit den Schultern und verließ verständnislos das Zimmer. Als sie das tat, ließ Maik seiner Mimik freien Lauf; er verzog das Gesicht zu einer schmerzerfüllten Fratze und betete, das Brennen möge aufhören. Um den Vorgang zu beschleunigen wusch er sich die betreffenden Stellen mit kaltem, klaren Wasser aus. Das tat zwar auch ein wenig weh, doch die Kühle und Frische dieses Schmerzes war durchaus angenehm, außerdem entfernte es dieses säurige Aftershave.

Maik zog sein bestes Hemd an, eine Art Hawaii-Hemd, wie es dicke, vierzigjährige Partylöwen in klischeebehafteten Hollywood-Filmen immer tragen. Dazu wählte er eine legere Jeans; er wollte nicht zu extravagant erscheinen. Einfache Sportschuhe, die er immer trug, sollten seine Füße bedecken. Eine Jacke brauchte er nicht, es war selbst jetzt, am späten Abend, noch um die zwanzig Grad warm.

Sein Portemonnaie steckte er in seine linke Hosentasche, in die rechte seinen Schlüsselbund. Beides zeichnete sich unvorteilhaft-reliefartig auf seiner Hose ab. Aus einem der Küchenschränke nahm er sich eine Packung Kaugummis, aus der er sich einen herausnahm und in den Mund steckte. Die Packung quetschte er zu seinen Schlüsselbund in die rechte Hosentasche.

Er fand, er war bereit zum losgehen. Die Party wartete. Jennifer wartete. Vielleicht wartete auch Frank. Wenn es schleckt kam, beide. Maik war sich darüber im Klaren, dass er heute Abend entweder seinen Triumph feiern oder seine Niederlage bedauern würde. Auf eines von beidem würde es mit Sicherheit hinauslaufen. Doch wenn er nicht heute in die Offensive gehen würde, dann wahrscheinlich nie, also musste er alles auf eine Karte setzen, diese Party besuchen, Jennifer ansprechen und das Beste hoffen – egal, was dabei herauskommen würde. Er musste es riskieren, schon allein deswegen, weil Daniel es ihm übelnehmen würde, wenn er nicht käme – und man sieht verdammt alt aus, wenn Daniel einem etwas übel nimmt. Hüne Betka hat ein paar *nette* Methoden, um jemanden zu zeigen, dass er einem etwas übel nimmt...

Die Luft war rein, Sterne und Mond leuchteten hell am Himmel und eine leichte, aber angenehme, kühle Brise kam Maik entgegen, als er halb acht Uhr abends das Haus verließ. Es war ruhig draußen, nicht beklemmend ruhig, sondern harmonisch ruhig. Im Großen und Ganzen ein Bilderbuch-Abend. Maik beschloss, zu Fuß zu Daniel zu gehen. Er konnte sich doch nicht mit seinem Panther-Fahrrad blicken lassen, vor allem nicht vor Jennifer, die mit jemanden anbandelte, der einen nagelneuen (zerkratzen) Audi A4 besaß. Daniels Haus war nur eine viertel Stunde Fußmarsch entfernt. Das erleichterte die Sache.

Maik kannte das Betka-Haus gut. Drei Stockwerke hoch, von denen die unteren beiden als Wohnfläche, das oberste als Dachboden benutzt worden. Davor befand sich ein mittelmäßig gepflegter Rasen, ohne irgendwelchen Schnickschnack, also komplett nackt. Das Haus selbst war gelb angestrichen, die Garage, rechts neben dem Haus, ebenfalls. Das Dach war rot geziegelt und die Fenster waren mit blauen Vorhängen ausgestattet.

Als Maik dreiviertel Acht bei Daniels Haus ankam, hörte er laute Musik von drinnen, und sah durch die Vorhänge die Silhouetten von gut zwanzig Gästen. Der Fußmarsch war angenehm. Maik überlegte sich einige passende Formulierungen, wie er Jennifer ansprechen könnte, sowie ein paar ergiebige Gesprächsthemen, über die man sich gut und gerne die ganze Nacht hindurch unterhalten könnte.

Vor der Haustür atmete Maik tief ein (seine Lungen füllten sich unweigerlich mit Zigarettenqualm, anscheinend hatte Daniel das Rauchen im und vorm Haus gestattet). Dann betätigte er die Klingel.

Keine Reaktion.

Wahrscheinlich hatte man das Klingeln drinnen nicht gehört, also klingelte Maik noch einmal, etwas länger und fester als vorher. Kurz darauf hörte er Schritte, dann öffnete sich die Tür.

René stand im Rahmen. Er machte ein verwundertes Gesicht. „Was willst du denn hier? Das ist nicht dein Zuhause. Verschwinde", sagte René grob.

Unsicher entgegnete Maik: „Daniel hat mich eingeladen. Hier soll heute eine Party steigen."

René drehte seinen Kopf bedeutungsvoll nach rechts, wo sich das Wohnzimmer befand, aus dem laute Musik drang. „Sieht fast so aus", sagte er mit gespielter Verwunderung. Dann drehte er sich wieder mit dem Gesicht zu Maik und rief laut: „Daniel, hier ist Besuch für dich", ohne dabei von Maik abzusehen.

Daniel kam aus dem Wohnzimmer. Er machte ein freudiges Gesicht, als er Maik sah. „Ah, da bist du ja. Hatte schon befürchtet, du kommst nicht. René, lass ihn rein."

René musterte Maik misstrauisch, während er ihm Einlass gewährte. Maik schüttelte Daniels Hand, wobei dieser beinahe Maiks Hand zerquetschte. Der Kerl besaß wirklich unglaublich viel Kraft.

„Hast du die zwei Euro mit?"

„Na klar." Maik zog sein Portemonnaie aus seiner linken Hosentasche und nahm ein Zwei-Euro-Stück heraus, dass er Daniel übergab.

„Willkommen in der Betka-Residenz." Daniel grinste dümmlich und ging gemeinsam mit Maik ins Wohnzimmer, René folgte ihnen.

Im Wohnzimmer war eine erstaunliche PA-Anlage aufgebaut, mit Mischpult, mehreren CD-Decks und zwei großen Standboxen. Maik dachte sich, er möchte lieber nicht in dem Raum sein, wenn die Leistung der Anlage voll ausgenutzt würde. Hinter der Anlage stand ein großer blonder Junge, mit aufgesetzten Kopfhörern, den Kopf hoch und runter bewegend. Maik erkannte ihn als Harvey, einem der besten Freunde von Daniel. Er hatte anscheinend die Aufgabe, für das *akustische Wohl* zu sorgen. Für das leibliche Wohl war nur in einer Hinsicht gesorgt: Auf der Hausbar waren diverse Spirituosen aufgestellt, angefangen mit Wodka, Klaren, Braunen und Kräuter, über diverse Liköre, bis hin zu billigem Schaumwein. Vor dem Tresen waren mehrere Bierkästen hingestellt. Es gab helle und dunkle Biere. Daniel hatte seine Bar also kräftig mit Alkohol ausgestattet. An nicht-alkoholischen Getränken gab es lediglich Cola. Essen gab es überhaupt nicht. Wer ein Glas wollte, musste es sich anscheinend aus dem Schrank hinter dem Tresen holen.

Die Sitzmöbel, wie Sofa und Sessel waren zur Seite an die Wand geschoben, sodass sich eine große freie Fläche bildete, wo man entweder tanzen oder sich unterhalten konnte. Zusätzlich zu den Sitzmöbeln an der Wand hatte Daniel Stühle und Hocker hingestellt.

Maik hatte sich etwas verschätzt, es waren mehr als zwanzig Gäste. Die meisten standen auf der freien Fläche und unterhielten sich ausgelassen, was nicht zuletzt am reichlich vorhandenem Alkohol lag. Ein paar wenige hatten sich hingesetzt; das waren auch die, die am betrunkensten aussahen. Und wieder andere standen an der Bar, um zu *tanken.*

Die Stimmung war gut. Die Gäste hatten offensichtlich viel Spaß, der Lärmpegel war hoch und die Luft furchtbar – besser hätte Daniels Party nicht sein können, fand Maik. Die meisten der Anwesenden kannte er von der Schule, nicht unbedingt persönlich, aber zumindest vom Sehen.

Jennifer oder Frank waren nicht zu sehen.

„Fühl dich ganz wie zuhause", sagte Daniel. „Und wenn du etwas trinken willst, scheue dich nicht, dir etwas von der Bar zu holen. Gläser sind im Schrank."

„Mach ich"

„Aber merke dir eins, gekotzt wird draußen."

Maik hielt das für einen Scherz und wollte gerade anfangen mit Lachen, konnte es aber noch im letzten Moment unterdrücken, als er das ernste Gesicht von Daniel sah. Das war also kein Scherz und Daniel erwartete jetzt eine Antwort.

„Glaub mir, das wird nicht passieren. Ich trinke keinen Alkohol."

Daniel und René sahen Maik verständnislos an.

„Was soll das heißen, du trinkst keinen Alkohol? Meinst du nur heute oder allgemein?", fragte Daniel.

Verflucht, das hättest du nicht sagen dürfen. Lass dir schnell etwas einfallen. „Nun ja, ich trinke keinen Alkohol mehr, seit" *seit Steves Tod. Seitdem hast du keinen Tropfen Alkohol mehr angerührt. Und hast dir geschworen, es auch nie wieder zu tun. Sag es doch! Sag, dass du seit Steves Tod keinen Alkohol mehr trinkst, und warum!* „Nun ja, seit langem." Maik erkannte, dass seinem Gastgeber diese Antwort nicht genügen würde und setzte hinzu:

„Vielleicht, weil ich mir beweisen will, ob ich das schaffe. Du musst wissen, früher hab ich gesoffen wie ein Loch." *Feigling! Warum hast du ihm nicht die Wahrheit gesagt?*

„Nun ja, es ist deine Sache. Aber die zwei Euro bekommst du nicht wieder."

„Schon klar", sagte Maik erleichtert.

„Ich geh mich dann mal um die anderen Gäste kümmern", sagt Daniel und ging.

Maik hatte das Gefühl, dass Daniel plötzlich das Interesse an ihm verloren hatte. Im Nachhinein überlegte Maik, dass es klüger gewesen wäre, wenn er das Thema Alkohol nicht erwähnt hätte, und am Ende einen Angetrunkenen gespielt hätte. Niemand hätte gemerkt, dass er eigentlich nichts getrunken hatte, es würden am Ende der Party sowieso alle betrunken sein. Dann wäre er aus dem Schneider gewesen und die Peinlichkeit gerade eben wäre ihm erspart geblieben. Aber jetzt konnte er es nicht mehr ändern, was gesagt war, war gesagt und konnte nicht mehr zurückgenommen werden. Also musste er das Beste daraus machen.

Und das Beste bestand für ihn darin, sich mit einem Glas Cola hinzusetzen und zu warten, bis Jennifer die „Betka-Residenz" betrat. Wie schon in der Schule schenkten die Gäste Maik keine Beachtung, er wurde nur ab und zu aufgrund seiner Anwesenheit verwundert angesehen.

3

Um zehn betraten Jennifer und Frank endlich das Wohnzimmer. Maik war bereits bei seiner fünften Cola angekommen. Seine Blase drückte. Die Zeit zwischen seiner und Jennifers Ankunft war ihm unglaublich lang vorgekommen. Daniel kam nicht einmal zu ihm. Auch keiner der Gäste unterhielt sich mit ihm. Er vertrieb sich die Zeit mit dem Betrachten der Gäste. Die Gespräche konnte er nicht mithören, dafür war die Musik zu laut. Aber die Bewegungen genügten. Er stellte belustigt fest, wie die Gäste die verschiedenen Phasen des Betrunken-werdens durchlebten. Die meisten hatten nun einen Pegel erreicht, in dem sie ständig lachten, übermäßig laut und sehr redselig waren. Dann gab es welche, die schon sehr stark betrunken waren und sich auch entsprechend verhielten. Einer machte mitten in einem Gespräch Anstalten, sich zu übergeben. Daniel lief wutentbrannt zu ihm und zerrte ihn unsanft nach draußen, wo er sich *entleeren* konnte. Verschwindend klein war die Gruppe der Fahrer. Man erkannte sie daran, dass sie mit einem Glas Cola dastanden oder dasaßen und bei Weitem nicht so überschwänglich mitlachten.

Maik stand auf. Er musste dringend auf die Toilette. Auf den Weg dorthin ging er an Jennifer und Frank vorbei. Beide wurden gerade von Daniel begrüßt (der schon reichlich Alkohol getrunken hatte, was an seinem unsicherem Gang und seiner roten Nase erkennbar war). Frank hielt Jennifers Hand, an seiner Hosentasche konnte Maik das Profil von Franks Autoschlüssel erkennen. Also war Frank gefahren.

Mich würde ja mal interessieren, wie dein Auto aussieht, dachte Maik und konnte sich ein Lächeln nicht verkneifen. Jennifer sah sein Lächeln und lächelte zurück. Erschrocken ging Maik weiter, ins Bad, auf die Toilette. Dort angekommen, wurde er sich darüber bewusst, was gerade geschehen war: Jennifer hatte tatsächlich zurückgelächelt. Maiks Herz raste wie wild, seine Hände waren schweißnass, sein Hemd hatte sich im Achselbreich bereits dunkel verfärbt vor Nässe. Maik hoffte, es würde niemand bemerken, wenn er seine Arme dicht an seinen Körper anschmiegte. Vor Allem hatte er Angst, Jennifer könnte es sehen und sich ekeln. Das durfte nicht passieren. Also presste er seine Arme fest an seinen Körper, während er das Badezimmer wieder verließ, das infolge der Benutzung der anderen Besucher schon sehr schmutzig war. Einen Harndrang verspürte er mit einem Male nicht mehr.

Maik sah, dass Jennifer und Frank es sich auf dem Sofa bequem gemacht hatten. Daniel hatte sich zu ihnen gesetzt, sie unterhielten sich lautstark, wobei Daniel der Hauptredner war. Maik fasste sich ein Herz, nahm allen Mut zusammen, sagte sich *jetzt oder nie* und ging zu dem Sofa und setzte sich an Jennifers Rechte. Zu ihrer linken saß Frank. Daniel sah kurz zu

Maik, machte ein gleichgültiges Gesicht und wandte sich wieder den beiden anderen zu. Frank blickte misstrauisch drein und Jennifer blieb unbeeindruckt und hörte weiterhin Daniel zu.

„Ja und dann hab ich zu dem Typen gesagt: ‚Rück den Whiskey raus, oder heute ist dein letzter Tag als Verkäufer'. Ihr könnt euch nicht vorstellen, wie blöd der geguckt hat", bekam Maik von Daniels reden mit, der losbrüllte, als er geendet hatte. Frank und Jennifer stimmten in sein Lachen ein. Dann machte Daniel eine Geste mit seiner Hand, drehte sich um und begab sich zu einer anderen Gruppe seiner Gäste. (Wahrscheinlich um die Geschichte auch denen zu erzählen)

Eine Pause trat ein, in der Frank, Jennifer und Maik (in der Reihenfolge von links nach rechts) schweigend auf dem Sofa saßen.

Kurzentschlossen drehte Maik seinen Kopf um 90 Grad nach links und sagte: „Coole Party, was?" Seine Stimme klang schwächer und unsicherer als er erwartet hatte.

Jennifer lächelte. „Hm, wenn du meinst."

Maik wusste nicht weiter. Irgendetwas musste er noch sagen, ansonsten wäre sein Mut, den er aufbrachte, um Jennifer anzusprechen und die paar Worte rauszubringen umsonst gewesen. Noch einmal würde er sich das bestimmt nicht trauen.

Er dachte angestrengt nach und sagte schließlich: „Bist du eigentlich mit Frank zusammen, also so beziehungsmäßig?" Und noch im selben Moment, in dem er das sagte, dachte er: *Oh, du Idiot, hättest du dir nicht etwas Besseres einfallen lassen können? Das ist doch viel zu aufdringlich. Was ist, wenn sie die Frage missdeutet?* Doch er hatte weniger Angst, wie seine Frage ankam, denn vor der Antwort.

Jennifer sah Maik belustigt an. „Wie kommst du darauf?", fragte sie ihn.

„Nun ja", begann Maik verlegen „ihr haltet Händchen und ihr fahrt zusammen in seinem Auto. Also ziehe ich die Schlussfolgerung, ihr seid zusammen."

Die Antwort darauf war ein Lachen. „Ist das alles?" Jennifer sah Maik ernst an. „Du ziehst ganz schön voreilige Schlüsse, weißt du das?"

Als Maik etwas entgegnen wollte, spürte er (mal wieder) eine Hand auf seiner Schulter, doch war es dieses Mal nicht die riesenhafte Pranke Daniels, sondern die normalgebaute Hand Franks. „Unterhaltet ihr euch gut?", fragte er und sah Maik dabei scharf an.

„Er hat mich gefragt, ob wir zusammen wären", sage Jennifer frei heraus.

Frank sah etwas verdutzt drein. „Stimmt das?", fragte er Maik.

„Ähm, ja. An sich schon." Maik wusste nicht so richtig, was er sagen sollte, er hatte nicht damit gerechnet, dass sich Frank einmischen würde. Das Gespräch nahm einen Verlauf, der ihm *gar nicht* recht war.

„Wie kommst du darauf, dass wir zusammen sind?", fragte Frank weiter.

Die Frage hast du doch eben schon mal gehört, dachte sich Maik. „Es ist nur, ich hab euch heute in eurem Auto gesehen und beim Heimgehen hab ich Jennifers Handtasche in deinem Auto gesehen, nach der 7. Stunde. Ach ja, und ihr haltet Händchen."

Irgendetwas in Franks Gesichtsausdruck hatte sich verändert. „Was hast du gerade gesagt?", wollte er wissen.

„Ihr haltet Händchen", antwortete Maik verwirrt.

„Nein, das davor", sagte Frank ungeduldig. „Was hast du vor dem Händchenhalten gesagt?" Er sah Maik eindringlich an, mit seinen stechend blauen Augen.

„Ich hab gesagt, dass ich Jennifers Handtasche auf dem Beifahrersitz gesehen hab. Ja, und da dachte ich, du fährst sie dann auch noch nachhause."

„Wann?"

„Was? ‚Wann?'" Maik verstand nicht, worauf Frank hinauswollte.

Mit lauter Stimme fragte Frank: „Ich will wissen, wann du Jennifers Handtasche gesehen hast, als du heimgegangen bist."

„Nach der..." *Oh verflucht. Glaubt er etwa...? Weiß er inzwischen...? Habe ich zu viel gesagt?* „... siebten Stunde."

„Komisch, nach der 8. Stunde hatten Jenny und ich aus. Und als wir zu meinem Auto gegangen sind, da war dort so ein großer Kratzer. Du weißt nicht zufällig, wer das gewesen sein könnte?" Franks Augen blickten unablässig in die Maiks.

Maik war nie ein guter Lügner gewesen. Auch jetzt ließen ihn seine lügnerischen Fähigkeiten im Stich; sein Gesicht wurde feuerrot, Schweiß rann ihm von der Stirn in die Augenbrauen. „Dir hat jemand das Auto zerkratzt?" Das war alles, was er sagen konnte. Aber es klang (so fand er) zu wenig überrascht, als ob Frank ihm seine geheuchelte Unwissenheit abkaufen würde.

„Tu nicht so unschuldig, du kleines Arschloch", sagte Frank böse. „Sei ehrlich, du warst es gewesen. Du hast mein Auto zerkratzt. Gib´s zu!" Während Frank redete, beinahe schrie, spritzte Speichel aus seinem Mund in Maiks Gesicht.

Maik fehlten die Worte, er versuchte, sich krampfhaft eine Ausrede zu überlegen.

Ohne eine Antwort abzuwarten, zerrte Frank Maik vom Sofa. Frank war nicht unmuskulös, zwar kein Hüne so wie Daniel, aber trotzdem kräftig, sehnig. Mit einem Ruck beförderte er Maik in eine aufrechte Stehposition. Dann schubste er Maik mit kräftigen Armbewegungen quer durchs Wohnzimmer zur Wohnungstür. Die anderen Gäste verfolgten das Schauspiel belustigt. Jennifer und Daniel, den die Sache offensichtlich interessierte, folgten den beiden.

Als Maik mit einem letzten kräftigen Schubser ins Gras geschleudert wurde, versuchte er Frank zu besänftigen: „Hey, es tut mir leid. Ja ich war es gewesen, aber ich bereue es. Sag mir, was du als Entschädigung haben willst, aber tu mir nicht weh", flehte Maik ängstlich.

„Was für ein Weichei", rief Daniel mit einer vom Alkohol veränderten, grölenden Stimme.

Jennifer stand hinter Frank, sagte aber nichts, sie sah nur zu.

„Ich sag dir, was ich als Entschädigung haben will, du Penner. Ich verpasse dir die Tracht Prügel deines Lebens; das ist deine Entschädigung." Er ging mit geballten Fäusten auf den liegenden Maik zu.

„Das können wir doch auch anders lösen", sagte Maik fast weinerlich.

Frank antworte nichts, mit der linken Hand ergriff er Maiks Hemdkragen und zog kräftig daran. Maik riss es nach oben. Mit der Rechten verpasste Frank Maik einen kräftigen Kinnhaken. Es knackte, als Ober- und Unterkiefer von Maik brutal aufeinander trafen. Der Schmerz setzte noch nicht ein, dafür aber der paralysierende Schock über die schnellen (ungewollten/ungeplanten) Ereignisse. Maik hatte keine Erfahrungen mit Schlägereinen, entsprechend schlecht (also nicht vorhanden) war seine Abwehr. Frank holte weit aus und schlug Maik mitten ins Gesicht. Danach ließ er ihn los. Maik ging zu Boden, aus seiner Nase sickerte Blut, er vermutete, dass sie gebrochen war.

„Ja, zeig's ihm, Frank", hörte Maik wie aus weiter Ferne. Es war Jennifers Stimme, die Frank anfeuerte.

Doch Maik hatte keine Zeit sich darüber Gedanken zu machen, beängstigend kräftig traf ihn Franks Schuh in die Magengrube, woraufhin Maik sich zusammenrollte. Das Atmen fiel ihm schwer und auch der Schmerz setzte ein. Am Kopf war es ein stechender, am Bauch ein drückender Schmerz.

Frank holte abermals mit dem Fuß aus, um Maik einen ordentlichen Kopftritt zu verpassen, als Daniel (trotz des Alkohols) geistesgegenwärtig dazwischen ging.

„Hey, hey, lass gut sein. Du bringst ihn noch um. Ich denke, der Kerl hat genug." Und um auf Nummer sicher zu gehen, drückte er Frank von Maik weg.

„Okay, ich lass ihn in Ruhe."

Maik musste sich alle Mühe geben, nicht das Bewusstsein zu verlieren. Die Bauchschmerzen wurden zwar wieder schwächer, doch sein Kopf dröhnte unerträglich. Schwach spürte er, wie ihm ins Ohr geflüstert wurde. „Ich verzichte auf ein Bußgeld wegen dem Wagen, wenn du mich nicht anzeigst. Verstanden? Gehst du dennoch zu den Bullen, dann bringe ich dich um. Darauf kannst du dich verlassen. Ich bringe dich *wirklich* um."

Mit Müh' und Not bekam Maik ein zustimmendes „Hm" heraus. Dann gingen Jennifer, Frank und Daniel zurück ins Haus. Unter dem Türrahmen stehend, sagte Daniel noch: „Die Party ist für dich vorbei, Junge" und verschwand.

4

Der Schmerz in seinem Kopf war nicht annähernd so groß, wie der Schmerz in seinem Herz. Jennifers Worte: *„Ja, zeig's ihm, Frank"*, wiederholten sich immer wieder in Maiks Kopf. Er konnte es nicht fassen. Wie konnte der Abend nur so sehr schiefgehen? Was hatte er falsch gemacht? Warum hatte Frank sich eingemischt? Warum hatte Jennifer ihn angefeuert?! Diese Fragen ließen Maik keine Ruhe.

Er lag in seinem Bett, starrte an die Decke und hielt die Hände an den Kopf, den er provisorisch verbunden hatte. In seine Nase hatte er Taschentuch-schnipsel gestopft, um die Blutungen zu stoppen. Seine Nase war inzwischen um die Hälfte angeschwollen; er musste durch den Mund atmen. Die Folgen des Bauchtrittes wurden Maik erst bewusst, als er sich ins

Bett gelegt hatte: Es fühlte sich an, als hätte er tausend Nadeln gegessen, die nun schmerzhaft versuchten, sich aus seinem Magen zu bohren; selbst eine Vielzahl Schmerztabletten vermochten nicht, die Schmerzen zu lindern.

Als seine Eltern ihn sahen, blutig wie ein Schwein auf der Schlachtbank, die Klamotten dreckig wie ein Landstreicher, machten sie ein Gesicht, als hätte sich soeben ein Autounfall *in* ihrem Haus ereignet. Seine Mutter hatte gefragt: „Was ist denn mit dir passiert?"

Na, wonach sieht's denn aus?, lag Maik auf den aufgeplatzten, blutigen Lippen.

Sein Vater formulierte es etwas direkter als Dana. „Hast du paar in die Fresse gekriegt?"

Dana sah ihren Mann vorwurfsvoll an, sagte aber nichts. Maik entgegnete lapidar: „Ja, Dad' hab' ich" und ging ins Bad. Hinter sich konnte er seine Eltern tuscheln hören, seine Mutter aufgebracht, sein Vater nahezu unbeeindruckt.

Den Typen, der Maik im Spiegel ansah, den kannte er nicht; es war ein anderer Maik. Sein Schädel war eine Mischung aus Dreck und Blut. Seine Haare waren verklebt und farblich verändert. Die Augen waren, aufgrund der Schwellungen (Maik hatte ja keine Gelegenheit zum Kühlen gehabt) hinter kleinen Schlitzen verborgen. Die Lippen waren aufgeplatzt und brannten wie Feuer. Das Kinn hatte sich blau verfärbt. Maik erkannte sich nicht wieder. Er sah aus wie eine aufgeplatzte Tomate.

Zu allererst versuchte Maik, den Dreck aus den Wunden zu entfernen, Daniels Rasen war nicht gerade sauber und Maik konnte sich des Gefühls nicht erwehren, ein Hund hätte genau dorthin geschissen, wo Maik gelegen hatte; jedenfalls stank er, als käme er gerade von einer Acht-Stunden-Schicht aus dem Schweinestall. Als er sein Gesicht halbwegs mit heißem Wasser am Waschbecken gereinigt hatte, zog er seine schmutzigen Sachen aus und ging unter die Dusche, um den ekelhaften Gestank loszuwerden. Das Wasser, das abfloss, war rot. Maik merkte schon gar nicht mehr, dass seine Nase die ganze Zeit blutete, er nahm sich vor, sobald er mit dem Gröbsten fertig war, seine Blutspuren zu beseitigen, die er unweigerlich im Haus auf den Weg zum Bad hinterlassen hatte.

Endlich im Bett liegend, in einen Bademantel gehüllt, den Kopf mit Mull verbunden, ließ Maik den heutigen Abend noch einmal Revue passieren: Da war ein Daniel, der Maik erst freudig empfing und dann plötzlich nichts mehr mit ihm zu tun haben wollte, als Maik sagte, er trinke keinen Alkohol. Dann war da diese unendlich lange Wartezeit, bis endlich Jennifer kam. Doch sie kam nicht allein. Frank war bei ihr. Maik versuchte mit Jenny ein Gespräch aufzubauen. Aber Frank hatte sich eingemischt. Er hatte Fragen gestellt und Maik hatte sich verplappert. Das war es! Er hatte sich verplappert!

Du hast gesagt, dass du Jennifers Handtasche gesehen hast. Das war dein Fehler! Was so ein kleiner Satz alles ausmachen kann...

Wie heißt es so schön? Erst denken, dann reden. Maik hatte nicht darüber nachgedacht, welche Schlüsse Frank ziehen konnte, wenn Maik ihm von der Handtasche erzählte. So etwas durfte nicht passieren! Doch nun war es zu spät. Maik nahm sich vor, sich in Zukunft seine Äußerungen genauer zu überlegen. Sprechen ist Silber, Schweigen ist Gold. Keine Antwort ist immer noch besser als eine dumme Antwort mit schwerwiegenden Folgen.

Wie konnte Maik nun den heutigen Abend rückgängig machen, beziehungsweise ihn wieder ausbügeln? Die Schmerzen im Kopf ließen es nicht zu, angestrengt darüber nachdenken zu können. Maik hatte das Gefühl, wenn er auch nur eine Mathematikaufgabe lösen müsste, würde sein Kopf in tausend Teile zerspringen. Die Schmerzen waren unerträglich, bestimmt hatte er eine Gehirnerschütterung oder zumindest etwas Vergleichbares. Dieser Frank hatte es in sich, das musste man ihm lassen. Er sah zwar nicht so aus, aber er war kräftig wie ein Bär und aggressiv wie eine Vogelmutter, der man ihr Junges weggenommen hatte. Es würde wohl eine Weile dauern, bis Maiks Wunden verheilen würden.

Elf Uhr nachts, so früh schlief Maik an einem Samstagabend nie ein. Doch dieser Samstag war ja auch kein normaler Samstag.

„Was ist denn mit dir passiert, mein Junge?", fragte Roland ehrlich betroffen als er seinen Enkel, das Panther-Fahrrad schiebend, den Vorgarten entlang gehen sah.

„Hi, Opa. Setzen wir uns auf die Terrasse, dann erzähl ich's dir." Es fiel Maik schwer, zu sprechen, seine Lippen nahmen über Nacht gewaltige Ausmaße an.

„Wenn Berta dich sieht, fällt sie in Ohnmacht. Junge, was machst du nur für Sachen?!"

„Wo ist Oma denn jetzt?"

„Einkaufen", sagte Roland. „Sie ist eben erst los."

„Gut, dann lass mich die Geschichte schnell erzählen und danach haue ich ab, noch bevor Oma wiederkommt."

„Einverstanden."

Maik musste wie immer auf der Terrasse warten, bis Roland seinen „Tee" gemacht hatte. Auch wenn Maiks Nase reichlich demoliert war, so roch er dennoch eine höhere Portion Whiskey als sonst von Rolands „Tee" herüber wehen. Der Schock über Maiks Anblick war sicher nicht ganz unschuldig daran.

„So, nun erzähl', was ist passiert?", fragte Roland ruhig, sachlich. Er hatte wie immer diese Ausstrahlung, die Maik Geborgenheit gab.

„Ich hab dir doch gestern von dem Typen erzählt, dessen Auto ich beschädigt habe", begann Maik.

„Ja, das hast du", sagte Roland vorsichtig.

Maik atmete tief ein. Es erschien ihm sinnvoll, gleich mit der Sprache rauszurücken, nicht um den heißen Brei zu reden.

„Ich hab mich gestern Abend verplappert und er hat rausgefunden, dass ich es war, der seinen Wagen zerkratzt hat." Maik machte eine bedeutungsvolle Pause. „Und du siehst ja, was dann passiert ist."

„Hm, ist nicht zu übersehen", sagte Roland knapp, dann schwieg er, dachte nach, eine Hand am Kinn, die andere an der Tasse.

Maik wusste, dass er nichts weiter sagen brauchte. Auch wenn Opa jetzt nichts sagte, Maiks Worte genügten, das konnte er in Rolands Gesichtsausdruck erkennen. Opa würde noch eine Weile nachdenken, seine Worte sorgfältig abwägen und dann seine (von Maik hochgeschätzte) Meinung äußern.

Roland starrte ins Leere, schien einen fiktiven Punkt zu fixieren, nahm einen Schluck aus seiner Tasse und sagte dann schließlich: „Hast du dich gewehrt?"

Maik hatte mit der Frage nicht gerechnet, er antwortete plump: „Ähm, nein. Er hat mich eiskalt erwischt, ich hatte keine Chance."

„Hm ... und war diese ... wie hieß sie doch gleich?"

„Jennifer"

„Genau, war diese Jennifer dabei?" Roland hob seinen Kopf, sah Maik direkt an.

„Leider ja", stöhnte Maik. „Sie war mit dabei und hat ihn sogar angefeuert."

„Sie hat was?", platzte es sofort aus Roland heraus.

„Sie hat ihn angefeuert", wiederholte Maik.

Roland sah seinen Enkel erschrocken und zugleich mitleidig an. „Das ist schlecht. Das ist sehr schlecht."

„Ja, und was soll ich jetzt machen?", fragte Maik ratlos.

„Will er denn, dass du den Schaden bezahlst?"

„Nein. Ach, und er hat gesagt, er bringt mich um, wenn ich ihn anzeige."

Mechanisch sagte Roland: „Anzeigen darfst du ihn nicht. Das wäre unklug. Schon allein wegen Jennifer, wenn dir noch etwas an ihr liegt."

„Das tut es."

„Dann wirst du dir jetzt einen Schlachtplan überlegen müssen", fuhr Roland fort und leerte seine Tasse in einem Zug. „Schon eine Idee?"

Schulterzuckend antwortete Maik: „Nein, noch nicht. Deswegen bin ich ja auch zu dir gekommen. Ich hatte gehofft, du könntest mir helfen." Er sah seinen Großvater hoffnungsvoll an. Dieser alte Haudegen würde ihm bestimmt helfen können, das konnte er bis jetzt immer.

„Nun, in Anbetracht dessen, dass mein Tee alle ist und Berta gleich kommen wird, und die darf dich so nicht sehen, wird mein Rat sehr knapp ausfallen müssen."

Maik nickte.

„Als erstes musst du dir darüber klar werden, ob es diese Jennifer wirklich wert ist, dass du dich für sie verprügeln lässt. Und vergiss bei deinen Überlegungen zwei Dinge nicht. Erstens, sie hat deinen Kontrahenten angefeuert und zweitens, Liebe macht blind. Deine Entscheidungen können also sehr subjektiv ausfallen, sei dir dessen bewusst. So, und wenn du darüber gründlich nachgedacht hast, dann musst du es mit diesem Typen aufnehmen und gewinnen. Du musst ihn fertig machen, ihn niedermachen. Zeig, dass du der Stärkere bist.

Mehr kann ich dir nicht sagen. Ich weiß nicht, ob das das Richtige ist, aber es ist alles, was ich dir vorschlagen kann. Tu es oder lass es. Aber denke vorher darüber nach und mach keine Dummheiten, einverstanden?"

„Danke Opa. Ich werde darüber nachdenken." Maik wollte nicht weiter auf die Worte seines Großvaters eingehen. Oma würde bald kommen und Opa hatte Recht, sie durfte Maik nicht so sehen, das wollte er ihr ersparen.

Maik und sein Opa standen auf. Sie umarmten sich, drückten sich eine lange Zeit. Dann verabschiedeten sie sich und Maik fuhr zum Friedhof.

6

„Alles ist schiefgegangen", sagte er zu Steve. Affektiert fasste er den gestrigen Abend zusammen, ließ kein Detail aus, er erzählte Steve alles. Sein Fahrrad lag auf dem Boden, Maik stand vor dem Grab, die Hände gefaltet, den Kopf gesenkt, der Blick auf den Grabstein gerichtet.

Als Maik geendet hatte, machte er eine Pause, sah den Grabstein unentwegt an, so als wäre Steve an der Reihe etwas zu sagen.

Nichts tat sich.

Einige Minuten vergingen, bis Maik sagte: „Und nun stehe ich da und weiß nicht was ich machen soll. Ich liebe Jennifer immer noch, frag mich nicht warum, es ist einfach so. Aber ich weiß einfach nicht, wie ich sie gewinnen kann. Diesen Frank kann ich nicht besiegen, weder physisch, noch menschlich. Er ist einfach zu *perfekt*."

Doch das kannst du, hörte Maik Steves Stimme.

Maik dachte erst, es wäre seine eigene innere Stimme gewesen, die Steve imitierte, aber dem war nicht so; die Stimme, die er vernahm, klang zu real, zu sehr nach Steve. Es war genau der gleiche Tonfall, die gleiche Aussprache, einfach alles war so, wie Steve immer geredet hatte.

Du kannst ihn besiegen, Maik.

„Wie meinst du das?", fragte Maik. „Wie kann ich ihn besiegen?"

Steve gab erst keine Antwort, Maik dachte, er hätte sich doch alles nur eingebildet, doch dann sagte Steve: *Wenn du ihn nicht mit fairen Mitteln besiegen kannst, dann musst du unfaire anwenden.*

„Ich verstehe nicht ganz. Was für unfaire Mittel?"

Das liegt doch auf der Hand. In einem fairen Duell kannst du ihn nicht besiegen, du kannst ihm Jennifer auch nicht ausspannen. Folglich ist die einzig brauchbare Lösung, du bringst ihn um.

„Ich tue was?" Maik war fassungslos. Wie konnte Steve verlangen, dass er Frank umbrächte?

Du bringst ihn um, dann hat Jennifer keinen Freund mehr und du hast freies Feld. Du wirst ihr nach Franks Tod Trost geben und sie wird sich an den Strohhalm klammern, der ihr als erstes in die Hände fällt – und das wirst du sein. Es ist alles ganz logisch.

„Ist das dein Ernst?", fragte Maik tonlos.

Es ist mir, wie man so schön sagt, todernst, *was in diesem Falle im wörtlichen sowie im übertragenen Sinne aufgefasst werden darf. Du bringst ihn um, alles ganz logisch.*

Maik weigerte sich, Steves Meinung zu teilen. „Ich kann doch nicht einen Menschen umbringen!"

Wäre Daniel nicht dazwischen gegangen, lägest du jetzt auch bei mir, zwei Meter unter der Erde. Also, warum solltest du ihm gegenüber Gnade walten lassen?

Da war etwas Wahres dran. Frank hätte Maik den Todestritt gegeben, ausgeholt hatte er bereits. Hätte Daniel Frank nicht beiseitegeschoben, dann wäre Maiks Kopf jetzt eine zerquetschte breiige Masse. Steve hatte Recht, Frank musste sterben, es war die einzig brauchbare Lösung. Aber da war noch ein anderer Teil in Maiks Kopf, ein Teil, der darauf beharrte, Maik dürfe keinen Menschen töten, egal ob dieser *ihn* getötet hätte, wenn er die Möglichkeit dazu gehabt hätte. Und zu diesem Zeitpunkt, als Maik vor dem Grab seines besten Freundes stand, war dieser pazifistische Teil stärker; stärker als der gewaltbereite, *logisch rational* denkende Teil.

„Sei mir nicht böse, Steve. Du hast schon Recht, aber ich muss erst noch darüber nachdenken."

Wie du willst, aber lass dir nicht allzu viel Zeit. Mit jedem Tag wird es Jennifer schwerer fallen, Frank zu verlieren und umso schwerer hast du es dann, sie zu gewinnen.

Maik ging, er musste über vieles nachdenken. Eine schwierige Entscheidung musste getroffen werden.

7

Die Nacht war lang und schlaflos. Maik wälzte sich in seinem Bett hin und her, konnte nicht einschlafen, kam nicht zur Ruhe. Er zermarterte sich das Hirn darüber, wie es weiter gehen sollte. Es gab nur zwei Möglichkeiten, beide hatten ihre Vor- und Nachteile. Zum Einen konnte er diesen Frank einfach ignorieren und anderweitig versuchen, Jennifers Gunst zu gewinnen. Die andere Möglichkeit bestand darin, Frank umzubringen, wodurch Maiks

Chancen bei Jennifer erheblich steigen würden. Das Problem hierbei stellte der ethische Aspekt dar. Maik war ein friedliebender Mensch, der keinem etwas zuleide tun konnte. Aber in diesem Fall...

Der Wecker klingelte, Maik hatte kein Auge zu gemacht; seine Augenringe waren so groß wie Russland und so tief wie der Mariannengraben. Qualvoll stand er auf. Wie er diese Montage doch hasste! Wie hieß es so schön? Montag ist Schontag. Also ließ er es langsam angehen, ging ins Bad, zog sich umständlich um und nahm apathisch ein leichtes Frühstück zu sich.

Dana saß schon am Essenstisch, als Maik in die Küche kam. David war auf Arbeit. Auch wenn Dana nichts sagte, so hoffte sie doch, dass Maik ihr bald erzählen würde, wie es zu seinen Verletzungen kam. Sie wollte ihn nicht direkt darauf ansprechen, sie vertraute vielmehr darauf, dass er es ihr von allein erzählen würde.

Doch einen Teufel würde Maik tun.

Das letzte, was er wollte, war, seinen Eltern von diesem peinlichen Vorfall auf Daniels Party zu berichten. Roland die Geschichte zu erzählen war eine Sache, eine völlig normale Sache, aber seinen Eltern würde er so etwas niemals anvertrauen. Sie würden unangenehme Fragen stellen. Außerdem war ihm an diesem Montagmorgen sowieso nicht nach reden zumute. Er murmelte nur ein unverständliches: „'n Morgen", als er in die Küche trat. Er machte sich einen Kaffee und eine Schüssel mit Cornflakes; er ignorierte die neugierigen Blicke von Dana dabei völlig. Als er sein Frühstück beendet hatte, stand er auf, murmelte ein unverständliches: „Tschüss" und machte sich auf den Weg zur Schule.

Es herrschte reichlich Trubel als Maik sein Fahrrad in den Fahrradständer stellte. Die Parkplätze waren fast voll, die Raucher pafften ihre Zigaretten und es wurde sich angeregt unterhalten. Eine typisch montägliche Erscheinung. Man tauschte sich über seine Wochenenderlebnisse aus oder schimpfte über den Anbruch einer neuen (langen) Woche.

Maik ging gemächlich zum Eingang, dabei kam es ihm vor, als würden die Schüler, die aus der Schule kamen, ihn belustigt ansehen. Warum nur? Hatte er irgendetwas im Gesicht? Doch vielleicht kam es ihm tatsächlich nur so vor und er litt mal wieder unter Verfolgungswahn, was bei ihm als Außenseiter und Freak nicht selten vorkam. Er tat seine Vermutung mit einem gedanklichen ‚*wer weiß?*‘ ab und betrat das Schulgebäude.

Mit schmerzlicher Gewissheit wurde ihm klar, dass ihm wieder eine lange Woche bevorstand. Herr Schmidt würde ihm wieder auf die Nerven gehen, und er, Maik, muss sich zusammenreißen, keinen Fehler zu begehen (ausrasten), den er später bereuen würde. Er nahm sich vor, auch diese Woche so gut wie möglich hinter sich zu bringen, den alltäglichen Wahnsinn reaktionslos über sich ergehen zu lassen.

Vor dem schwarzen Brett kam ihm ein Schüler aus der Elften entgegen, der ein angewidertes, zugleich belustigtes Gesicht machte.

„Puh, es stimmt ja wirklich", sagte der Elftklässler und drückte mit Daumen und Zeigefinger seine Nase zu. Drei weitere Schüler, die um ihn herum standen, fingen an zu lachen.

Perplex betrachtete Maik den Schüler, der, sich immer noch die Nase zuhaltend, Maik eingehend musterte. Maik stand eine Weile lang da, sein übermüdetes Gehirn realisierte das Szenario nur langsam. Der Flur füllte sich, mittlerweile standen (so kam es Maik zumindest vor) fast alle Schüler des Albert-Einstein Gymnasiums um ihn herum, teils lachend, teils wartend.

Irgendetwas war im Busch und Maik wusste nicht was. *Was ist denn hier überhaupt los? Ist das ein dämlicher Traum? Bin ich in Hundescheiße getreten, oder warum starren mich alle an?*

Maik brauchte nur an die Wand des Flurs zu sehen, um zu wissen, was los war. Da er nur geradeaus, aufs schwarze Brett gesehen hatte, hatte er sie nicht bemerkt. An den Wänden des Flurs hingen lauter Zettel, handschriftlich bekritzelt. Die Wände waren durchgehend behangen. Auf dem Zettel, der Maik am nächsten war, stand in roten, mit Filzstift geschriebenen Buchstaben:

Maik stinkt!!!

Einen Meter weiter stand auf einem anderen Zettel:

Maik ist ein Idiot!!!

Weitere Zettel mit Aufschriften wie:

Maik hat keine Kraft!

oder:

Maik fällt schon um, wenn man ihn nur anpustet!

waren in regelmäßigen Abständen an die Wand geklebt. Ein tobendes Gelächter ertönte, als Maik all die Zettel las, auf denen teilweise Obszönitäten der härtesten Sorte standen (zum Teil ging es auch um Maiks Anatomie, was die Größe diverser Körperteile anbetrifft).

Es war nicht zu fassen, irgendjemand hatte es auf Maik abgesehen, sich auf seine Kosten einen fiesen Scherz erlaubt. Und Maik wusste, wer dieser Irgendjemand war. Es war kein anderer als Frank.

Frank stand mitten auf dem Flur, die Hände in die Hüften gestemmt, ein breites Grinsen im Gesicht. Und Jennifer stand an seiner Seite, mit ihm Händchen haltend. Beide hatten Maik dabei beobachtet, wie er perplex dastand und dann all die Zettel las; sie hatten beobachtet, wie sein Gesicht erst Verwirrung, dann Erschrockenheit und zuletzt Wut ausdrückte.

„Du...", knurrte Maik.

„Hättest mein Auto nicht zerkratzen dürfen, kleiner Scheißer. Du bist also selbst dran schuld." Franks ohnehin schon breites Grinsen wurde noch breiter und wirkte gerade zu grotesk. Er entblößte tadellos weiße Zähne und gesundes, rotes Zahnfleisch. Aus irgendeinem unerfindlichen Grund potenzierte diese Tatsache Maiks Wut, bis zu einem unerträglichem, einer Explosion nahem, Maße. Doch er hatte inzwischen gelernt, sich zu beherrschen. Die Aktion *Beleidigung des Herrn Schmidt in Anwesenheit von Dana*, sowie die Aktion *Zerkratzen wir Franks Auto, er wird es schon nicht herausfinden*, hatten Maik zu mehr Selbstbeherrschung bewogen. Er konnte sich einen erneuten Ausraster nicht leisten, also blieb er ruhig.

Daniel, der unter den Umstehenden war, hatte seine Hände zu Fäusten geballt. Aus irgendeinem Grund, schien er zu Maik zu stehen. „Du bist doch nicht mehr ganz dicht, du Idiot. Musst du den Kerl noch weiter fertigmachen? Reicht es dir nicht, dass du ihn fast verprügelt hast?" Er ging einen Schritt auf Frank zu, die Fäuste ansatzweise erhoben, doch zwei Schüler um ihn hielten ihn zurück und er ließ die Hände wieder sinken, blickte aber weiter böse zu Frank.

Dieser ignorierte Daniel und wandte sich an Maik, dessen Gesicht immer noch die pure Wut ausdrückte. „Du sagst ja gar nichts, Milchgesicht?"

Maik versuchte, cool zu klingen, er wollte sich seine Wut und seine Scham nicht anmerken lassen. „Was soll ich dazu sagen? Diese Runde geht an dich. Meinen Glückwunsch."

Franks Überraschung war nicht zu übersehen. Offensichtlich hatte er gehofft, Maik würde ihn angreifen, sodass er ihn erneut bloßstellen konnte, um ihn endgültig vor allen zu blamieren. Stattdessen musste er sich mit einer überlegten, knappen Antwort seitens Maik zufriedengeben.

Das höhnische Gelächter der Schüler, das Maik galt, verebbte, man starrte gebannt auf Frank und wartete seine Reaktion ab.

Diesem war bewusst, dass alle Augen auf ihn gerichtet waren. Er musste sich also etwas einfallen lassen. Das Problem hierbei bestand nur darin, dass er keine große geistige Leuchte war und rhetorisch noch nie besondere Leistungen hervorbrachte. Einige Sekunden vergingen, bis er merkte, dass er keinen Konter hinbekommen würde. Also blieb ihm nichts anderes übrig, als einen kurzen Blick auf seine Designer-Armbanduhr zu werfen und dann zu sagen: „Sei froh, dass es gleich klingelt, ansonsten würdest du dein blaues Wunder erleben." Klar, er hätte ihn auch einfach so verprügeln können, aber ohne einen einleitenden bissigen Spruch hätte dies nicht genügend *Symbolcharakter*. Außerdem war das Klingelzeichen, das den Unterricht ankündigte, in der Tat nicht mehr fern.

8

Der Vorfall in der Schule gab Maik den entscheidenden Anstoß, Steves Worte zu beherzigen; nun war klar, er würde Frank umbringen. Nicht nur, dass er Maik bloßstellte und ihn verprügelte, nein er hatte ihm auch noch die Freundin weggenommen, das Wesen, was Maik zu lieben sich einbildete. Er ist in Maiks Revier aufgetaucht und hat sich an seinem Eigentum gütlich getan, hat sich an *Maiks Eigentum* vergriffen. Wenn Maik dieses zurückhaben wollte, so musste Frank sterben. Frank musste sterben, damit Maik Jennifer erobern (ja, im wahrsten Sinne des Wortes erobern) konnte. Eine andere Möglichkeit gab es nicht; gab es nicht mehr.

Nun galt es, die Modalitäten zu klären. Wie sollte Frank umgebracht werden? Wie konnte dies möglichst schnell geschehen, ohne großes Aufsehen zu erregen, beziehungsweise ohne dass Maik in Mordverdacht geriet. Maik musste sich also einen Plan ausdenken, einen

Plan der so hieb- und stichfest war, dass man Maik nichts nachweisen könnte, ihm nicht auf die Schliche käme. Doch wie? Wie war das möglich?

Maik, auf seinem Bett liegend, grübelte. Er dachte angestrengt nach, wog ab, betrachtete die Angelegenheit von allen Seiten. Wenn man ihn erwischte, wäre die ganze Aktion sinnlos, dann würde er Jennifer auch nicht bekommen. Selbst wenn die Polizei ihm nichts nachweisen könnte, Jennifer aber einen Verdacht hätte, wäre die Operation gescheitert. Maik musste sich also etwas überlegen, womit man ihn niemals in Verbindung brächte. Doch was?

Die einzige Möglichkeit, ihn als Mörder auszuschließen, wäre ein Unfall. Ein Unfall, der so aussieht, als wäre er durch Franks Versagen geschehen. Es müsste so aussehen, als wäre Frank ein Ungeschick passiert, das ihm das Leben kostete. Doch wobei?

Maiks erster Gedanke war, die Bremsen von Franks Audi zu sabotieren. Doch diesen Gedanken verwarf er sofort wieder, aus zweierlei Gründen: Erstens ist das Risiko zu groß, dass Jennifer mit im Auto sitzt, wenn Frank seine letzte Fahrt macht und zweitens würde der Verdacht sofort auf Maik fallen, weil er schon für die Kratzer an Franks Auto verantwortlich war. Unweigerlich würde nach Franks Todesfahrt der Name Maik Beyer fallen. Nein, das wäre zu offensichtlich, die Bremsen des Audis waren nicht der Schlüssel. Es musste irgendwie anders gehen.

Maik lag stundenlang in seinem Bett und zermarterte sich das Gehirn, wie er Frank das Leben nehmen konnte. Er war schon kurz vor dem Verzweifeln, weil ihm bisher nichts Brauchbares eingefallen war, als es ihm wie Schuppen von den Augen fiel. Es war so einfach und doch so brillant, so trivial und doch so komplex. Maik schalte sich einen Dummkopf, dass er nicht früher darauf gekommen war. Es war doch eigentlich so einfach, es lag auf der Hand. Maik wusste nun, wie er Frank umbringen würde.

Kapitel 3

Frank muss sterben!

1

Vorbereitungen mussten getroffen werden. Maik ging runter in die Küche, seine Eltern schliefen (es war schließlich kurz nach Mitternacht). Er öffnete den Schrank in dem Spülmittel, Gummihandschuhe, Haushaltschemikalien und Lappen lagerten. Er nahm die Gummihandschuhe heraus und stülpte sie über. Dann ging er zu einem Schubfach und zog es heraus. Aus dem Schubfach holte er ein scharfes, großklingiges Küchenmesser hervor, dessen Schneide kleine Zacken hatte. Maik hatte es noch nie in den Händen gehalten. Das Messer steckte er sich mit dem Griff nach unten in die Gesäßtasche, anschließend zog er ein weiteres Schubfach auf und nahm daraus eine Rolle Krepppapier, einen Dietrich und eine Schere. Die drei Gegenstände behielt er in den Händen und ging wieder nach oben in sein Zimmer.

Die Werkzeuge sind beschafft.

Maik verstaute alles in einen weißen Beutel und steckte diesen in seinen Schulranzen. Erst als alles andere im Ranzen war, setze er die Handschuhe ab und verstaute sie ebenfalls in dem weißen Beutel. Es sollte niemand sehen, was Maik für wunderliche Dinge mit in die Schule nahm, unangenehme Fragen könnten gestellt werden, Vermutungen könnten angestellt werden, man könnte auf dumme (richtige) Ideen kommen.

Für diese Nacht gab es nur noch eines zu tun. Maik schaltete seinen Computer an. Das Booten dauerte eine Minute, dann war der Rechner einsatzbereit. Maik öffnete ein Textverarbeitungsprogramm und begann zu schreiben:

Herr Großer,

hiermit wird Ihnen durch die Schulleitung ein offizieller Verweis erteilt. Den Schaden, den Sie in den Sanitäranlagen des Schulgebäudes angerichtet haben, werden Sie eigenhändig reparieren müssen. Sie finden sich heute nach der 8. Stunde (15.15 Uhr) vor dem Büro des Hausmeisters ein, um sich von ihm einweisen zu lassen. Dieses Schriftstück ist hierbei mitzubringen, Sie werden es dem Hausmeister, Herrn Meier, vorlegen.

---

gez.: die Schulleitung

Maik druckte alles aus und setzte eine Fälschung der Unterschrift des Schulleiters darunter. Frank würde nicht merken, dass es sich um eine Fälschung handelte, Maik war sehr gut darin, Unterschriften zu fälschen. Er sah sich das fertige Schriftstück an, lächelte zufrieden und steckte es in einen Briefumschlag, den er mit „Für Frank Großer" beschriftete. Auch der Brief verschwand in den Tiefen von Maiks Schulranzen. Dann ging Maik zu Bett.

In Gedanken spielte er seinen Plan wieder und wieder ab. Es war so perfekt, es konnte eigentlich nichts schiefgehen, er war sich seiner Sache absolut sicher.

2

Eine halbe Stunde früher als sonst stand Maik an diesem Dienstagmorgen auf. Ohne eine Aufwachphase zu benötigen, war Maik sofort putzmunter. Adrenalin floss vor

Aufregung durch seinen Körper und ließ ihn jegliches Müdigkeitsgefühl mit dem Weckerklingeln ablegen. Vieles hatte er vor, und alles davon musste funktionieren, wenn auch nur eine Komponente seines Plans fehlschlug, dann schlug alles fehl. Einen Fehler konnte er sich nicht leisten.

Seine Mutter machte große Augen, als sie ihren Sohn wesentlich früher als sonst in die Küche kommen sah. Dana hatte gerade den Kaffee angesetzt und sich daran gemacht, das Kreuzworträtsel in der Zeitung auszufüllen.

„Warum so früh?", fragte sie.

„Nur so", antwortete Maik lapidar. Appetitlos zwängte Maik sich ein üppiges Frühstück rein, wobei er mehrmals einen Brechreiz unterdrücken musste; er hatte einfach keinen Hunger. Doch er würde die Kraft benötigen, also *musste* er etwas essen. Auf einen Kaffee verzichtete er dieses Mal, dieser hätte ihn nur noch mehr aufgeputscht und Maik war ohnehin schon viel zu aufgeregt. Und in der Aufregung geschehen die meisten Fehler. Und nicht einmal einen durfte er sich erlauben, also zwang er sich zur Ruhe und verzichtete auf Kaffee.

Als Maik aufstand, um den Schulweg anzutreten, sagte seine Mutter: „Warum willst du denn jetzt schon in die Schule?"

„Du und Schmiddy, ihr sagt doch immer, ich soll mehr für die Schule machen", antwortete Maik angriffslustig.

Von seiner Mutter kam nur ein verblüfftes „Mhm" zurück anstatt eines Konters, den Maik erhoffte. Doch es sollte ihm egal sein.

Die Schule sah aus wie ausgestorben, so als hätte der Geburtenmangel schon in Maiks Generation seine Kreise gezogen. Doch das lag daran, dass es noch sehr früh war, zu früh als dass sich ein normaler Schüler (ein Schüler ohne einen diabolischen, genialen Plan) in die Schule begab.

Das Schulportal war offen, der Rektor befand sich in seinem Büro und ein paar Lehrer saßen kaffeetrinkend im Lehrerzimmer. Maik ging in die Vorhalle, überflog kurz den Ausfallplan und ging dann nach rechts zu den Schließfächern. Am Schließfach mit der Nummer 13 blieb er stehen. Es waren blaue metallene Spinde, ähnlich angeordnet wie in einem Postamt (nur nicht gelb), mit Schlitzen auf der oberen Hälfte. Maik legte seinen Schulranzen ab, sah sich kurz um, vergewisserte sich, dass ihn niemand beobachtete (wie auch?, um die Uhrzeit war niemand an den Spinden). Dann öffnete er seinen Ranzen und holte schnell den Brief heraus, den er in der letzten Nacht angefertigt hatte. Er sah sich den Brief noch einmal genau an, fand, dass er respekteinflößend genug aussah, und steckte ihn schnell durch einen der Schlitze des Spindes mit der Nummer 13.

Frank würde den Brief erst zur 6. Stunde entdecken, wenn er seine Sportsachen holte, vorher ging er nie an seinen Spind. Das war auch gut so, ansonsten könnte es passieren, dass er damit gleich zum Schulleiter ging, und das durfte unter keinen Umständen passieren, Frank musste sich nach der 8. Stunde zum Hausmeister begeben, damit der Plan funktionierte.

Maik war nicht in Franks Sportkurs, nach der 6. Stunde würde für ihn Schluss sein. Damit blieb genug Zeit, um alles vorzubereiten.

Zehn Minuten nach Maiks *Postsendung* betraten die ersten *normalen* Schüler das Gebäude. Maik saß auf seinem Platz in seinem Klassenzimmer, unablässig auf die Uhr sehend und in freudiger Erwartung, wie sich die Geschehnisse entwickeln würden. Nichts durfte schiefgehen, alles musste funktionieren. Doch was sollte schon schiefgehen? Sein Plan wies (nach Maiks Auffassung) keine Fehler auf.

Nun galt es nur noch, die sechs Stunden Unterricht hinter sich zu bringen, um den nächsten Schritt zu tun. Allmählich füllte sich das Klassenzimmer, verwundert wurde Maik angesehen, weil er schon so früh im Zimmer auf seinem Platz saß. Normalerweise kam er kurz vor dem Stundenklingeln, zwar nie nach dem Stundenklingeln, aber auch nicht ein paar Minuten davor, wie es sich eigentlich für einen anständigen Schüler gehörte. Er kam meist auf den „letzten Drücker", wie sich sein Großvater stets ausdrückte.

Dem verwunderten Gesichtsausdruck von Maiks Klassenkameraden folgte stets ein spöttisches Grinsen, infolge der gestrigen Peinlichkeit. Maik kam nicht umhin, zurück zu grinsen.

Wer zuletzt lacht, lacht am besten, sagte er sich.

Daniel war der einzige, der Maik nicht mit diesem spöttischen Grinsen bedachte, er sah Maik kumpelhaft an und zwinkerte ihm zu.

Du Idiot, dachte Maik. *Du hast ja keine Ahnung welchen Fehler du gemacht hast, als du mich gestern verteidigt hast. Auch wenn du dadurch Courage bewiesen hast, es war ein Fehler.*

Ganz weit hinten in seinem Kopf hatte Maik Mitleid mit Daniel, schließlich wollte er Maik nur helfen. Doch genau das war sein Fehler, denn genau dadurch konnte Maiks Plan funktionieren. Letzte Nacht stellte Maik sich die Frage, was ihm wichtiger war, das Wohl Daniels oder sein eigenes. Die Antwort fiel ihm nicht schwer.

Die Klingel läutete, Herr Schmidt betrat den Raum, legte seine Aktentasche auf den Lehrertisch und wandte sich der Klasse zu. Er besah Maik kurz mit einem mitleidigen Blick; schließlich wusste auch er von den Zetteln, die gestern die Schulwände zierten. Dann begann er seinen Unterricht.

Maik bemühte sich, möglichst gut mitzuarbeiten. Auch wenn es gegen seine Überzeugung war, an diesem Tag wollte er als guter Schüler gelten, sein Name sollte heute möglichst nicht in den Mund genommen werden.

Als Herr Schmidt die Klasse beauftragte, selbstständig die Kernpunkte eines Textes aus dem Lehrbuch auszuarbeiten, war Maik mit vollem Eifer dabei. Er hatte vor, seine Kernpunkte vorzulesen und dadurch das Wohlwollen Herrn Schmidts zu erhalten. Maik wusste, dass er mit Abstand der Intelligenteste in der Klasse war, seine Ausarbeitung würde die beste sein, er musste sich nur anstrengen (was er sonst nie tat, doch heute war ein besonderer Tag).

Maik war gerade dabei, den Text erstmal zu überfliegen, als Herr Schmidt an seine Seite trat, eine Hand auf Maik Schulter legte und väterlich fragte: „Alles in Ordnung, Maik? Geht's dir gut?"

Was bildest du dir ein? Bist du nicht mehr ganz dicht? Warum fasst du mich an und wärmst die Geschichte von gestern vor der Klasse wieder auf?, waren Maiks erste Gedanken. Doch er musste sich zusammenreißen, er durfte jetzt nicht ausrasten. Beherrscht antwortete er: „Es geht schon", dann machte er eine kurze, aber wirkungsvolle Pause, anschließend einen geschauspielerten (oskarreifen) Seufzer und setzte dann hinzu: „Ich würde jetzt gern weiterarbeiten."

„Oh, natürlich", sagte Herr Schmidt sofort und nahm die Hand von Maiks Schulter und ging wieder an sein Pult.

Dich Arschloch schnappe ich mir ein anderes Mal, konstatierte Maik. *Soviel steht fest, du musst auch noch weg.*

Die Stunden vergingen schneller, als Maik dachte. Er nahm an, der Tag würde sich aufgrund seiner Aufregung hinziehen, doch da er stets gut im Unterricht mitarbeitete und sich konzentrierte, verging die Zeit wie im Flug. Ab und zu bekam er ein paar Spitzen seitens seiner Mitschüler, die sich noch immer über Franks Aushänge ergötzten. Und dann gab es noch ein paar Lehrer, die das Thema Mobbing sehr ernst nahmen, und Maik mitleidig ansahen und ihn fragten, ob sie etwas für ihn tun könnten und ob es ihm gut ginge und ob er die

Ereignisse des letzten Tages gut verkraftet hätte. Mechanisch gab er dieselbe Antwort wie Herrn Schmidt und damit war für die Lehrer die Sache gegessen.

3

Die sechste Stunde verging. Es klingelte und alle Schüler verließen das Klassenzimmer. Frank öffnete seinen Spind, nahm seine Sportsachen heraus und entdeckte dabei den Brief. Er öffnete ihn und Maik konnte belustigt (aus einiger Entfernung) zusehen, wie sein Gesicht erst Verwirrung und dann Züge von Wut ausdrückte. Für Frank blieb nur keine Zeit, sich mit dem Brief großartig auseinanderzusetzen. Hastig steckte er ihn in seine Hosentasche und lief dann zur Sporthalle. Maik war sich sicher, dass Frank der Forderung des Briefes nachkommen würde.

Nun hatte Maik Zeit, die weiteren Schritte seines Planes vorzubereiten. Gemächlich ging er rauf in den zweiten Stock, schaute dabei in jedem Gang nach Lehrern. Vor dem Chemiezimmer blieb er stehen. Er hoffte. Das Zimmer musste leer sein, ansonsten müsste er sich etwas anderes überlegen, oder eine Ausrede erfinden müssen. Gespannt hielt Maik sein Ohr an die Tür. Es war still. Offensichtlich war niemand im Zimmer. Maik fiel ein Stein vom Herzen. Wäre das Chemiezimmer besetzt gewesen, hätte er improvisieren müssen.

Maik setzte seinen Ranzen ab, öffnete ihn und zog den Dietrich hervor. Dann holte er die Gummihandschuhe heraus und stülpte sie über seine Hände.

Die Türen des Albert-Einstein Gymnasiums waren ausschließlich mit Bart-Zahn-Schlössern versehen. Für Maik war es ein Leichtes, diese zu knacken. Er verbog den Dietrich so, dass die Spitze einen ¾ Zentimeter nach unten wies und die Mitte eine leichte Wellenform hatte. Diesen präparierten Dietrich steckte er ins Schloss, drehte ein paarmal nach rechts, bis ein leises Klicken zu hören war. Dann zog er den Dietrich wieder heraus und steckte ihn weg.

Maik betrat das Chemiezimmer. In zwei Reihen standen hintereinander breite Vier-Mann-Tische, alle mit einem Gasbrenner versehen. In der Mitte der Reihe standen in regelmäßigen Abständen tiefe Waschbecken. Die Fugen der Tische waren mit Silicon versehen, die Tische selbst waren aus einem festen Kunststoff, hochmodern. An der Fensterwand hingen zwischen den Fenstern diverse Tafeln. Die eine stellte das Periodensystem der Elemente dar, eine andere zeigte den Aufbau bestimmter Komplexverbindungen. An der gegenüberliegenden Seite standen an der Wand mehrere große Schränke mit gläsernen Türen. Auf einem Schrank standen Modelle von DNS-Strängen. In dem Regal, das Maik am nächsten war, standen Reagenzgläser, Erlenmeyerkolben und kleine Glaswannen sowie weitere Versuchsutensilien.

Maik ging an dem Schrank vorbei zum nächsten. In diesem standen Chemikalien, Tinkturen und Mixturen, alle sorgfältig mit Kugelschreiber beschriftet.

„Sehr gut", sagte Maik lächelnd. „Jetzt muss ich nur noch..." Mit dem im Handschuh steckendem Zeigefinger suchte er die Beschriftungen ab. *Natriumsulfat, Salpetersäure, Chlorwasserstoff, Magnesium, Phosphor, ...*

„Wo steckt das Zeug denn nur?", fragte Maik ungeduldig.

Eisenspäne, Wasser, Schwefel, Chloroform

Da war es! Er zeigte mit dem Finger darauf. Das Chloroform, das er gesucht hatte, war noch im ausreichendem Maße vorhanden. Maik nahm gleich die ganze Flasche und steckte sie in seinen Rucksack. Dann verließ er das Chemiezimmer wieder.

Sein Dietrich musste wieder herhalten. Das Schloss wieder zu schließen, erwies sich als schwieriger, als es zu öffnen. Maik benötigte ganze drei Minuten, bis das leise Knacken zu hören war, das signalisierte, dass der Riegel wieder zurückgeschoben wurde.

Freudig ging er runter in den Keller. Niemand war auf den Gängen, nur einige der Klassenzimmer waren belegt, doch nach der 7. Stunde dürfte kaum noch ein Schüler im Haus sein - bis auf Franks Sportkurs.

Im Büro des Hausmeisters brannte Licht. Einige Meter davor setzte Maik seinen Rucksack ab und holte sein großes Küchenmesser hervor. Jetzt wurde es ernst! Er setzte seinen Rucksack wieder auf und behielt das Messer in der rechten Hand, wobei er diese hinter seinem Rücken, zwischen Rücken und Ranzen verschränkte.

Er ging vor bis an die Tür des Hausmeisters und klopfte an. Aus dem inneren des Raumes kam ein raues „Was?!"

„Herr Meier, darf ich reinkommen?"

„Aber nur wenn's schnell geht", antwortete Meier genervt.

Oh ja, es wird schnell gehen, darauf kannst du dich verlassen.

Maik betrat den Raum, darauf achtend, dass der knurrige Hausmeister das Messer hinter seinem Rücken nicht sehen konnte. Herr Meier stand in der Mitte seines Büros, einen genervten Ausdruck im Gesicht, die Stirn hochgezogen und die Hände in die Seiten gestemmt.

Das Büro war klein, maß ungefähr 7m². Es hatte keine Fenster; an der Decke hing eine große Neonleuchte. An den Wänden standen Werkbänke, auf denen allerlei Gerümpel lagerte, angefangen mit Schrauben, Nägeln, über Hämmer, Feilen und Schraubendrehern, bis hin zu Metall- und Holzplatten. Alles war in einem Heidendurcheinander wahllos auf die Werkbänke gelegt worden. An einer Werkbank war ein Schraubstock angebracht, in dem ein unförmiger Holzscheit eingespannt war. Der Fußboden war schmutzig und fleckig. Es roch nach Farbe, irgendwo musste Herr Meier etwas bemalt oder lackiert haben, Maik konnte jedoch nicht erkennen, was es war.

Maik hatte sich seine Worte zurecht gelegt, er wusste genau, was er sagen musste. „Herr Meier, mir ist da gerade im Unterricht ein kleines Missgeschick passiert. Wie dem auch sei, ich bräuchte mal einen Lappen. Können Sie mir einen geben?" Maik versuchte, seine Stimme möglichst so klingen zu lassen, als wäre es ihm peinlich, Herrn Meier dies erzählen zu müssen.

„Es ist doch immer das Gleiche mit euch Bälgern. Nur Blödsinn im Kopf. Sehe ich etwa aus, wie die Reinigungskraft?"

„Ähm, nein", stammelte Maik.

„Aber du hast Glück, ich hätte da einen Lappen für dich. Aber den bringst du mir wieder, hast du verstanden?" Herr Meier erhob drohend den Zeigefinger in Maiks Richtung, sein Gesichtsausdruck war ernst.

„Natürlich, Herr Meier", versicherte Maik.

„Und hör mir auf mit diesem ‚Herr Meier', das kann ich überhaupt nicht leiden", sagte der Hausmeister genervt. Dann drehte er sich zu einer seiner Werkbänke und bückte sich. Er suchte in einem Schieber unterhalb der Bank. „Wo steckt denn das verdammte Ding, es muss hier irgendwo sein. Warte, ich hab es gleich."

Maik sah seine Chance. Er nahm seine rechte Hand, mit der er immer noch den Griff des Messers umfasste, hervor und ging einen Schritt auf den gebückten Körper Herrn Meiers zu. Er hatte sich genau überlegt, wo er hineinstechen musste.

Drohend erhob er seine rechte Hand. Aufgrund der Schwere des großen Messers neigte er sich ein kleines Bisschen nach hinten. Dann umfasste er auch mit der anderen Hand den Griff des Messers – er würde seine ganze Kraft benötigen. Er konnte es sich nicht erlauben, dass der Hausmeister noch ein paar Sekunden lebte. Der alte Meier durfte keine Gelegenheit zum Schreien bekommen.

Oh ja, es wird schnell gehen, darauf kannst du dich verlassen.

Unter Aufbietung seiner sämtlichen Kräfte ließ Maik das Messer niedersausen, direkt auf Meiers Hinterkopf. Maik schlug nicht direkt auf die Schädeldecke, die hätte er nicht durchbrechen können. Er schlug ein Stückchen darunter, rechts neben dem Wirbelansatz. Die Richtung des Schlages verlief diagonal nach links.

Ein ekelerregendes flutschendes Geräusch ertönte. Blut spritzte und besudelte Maiks Gesicht sowie seine Kleidung. Die Messerspitze trat aus der Mundhöhle des Hausmeisters wieder heraus. Kein Schrei entrann sich seiner Kehle. Nur kurz zuckte sein Körper, dann erschlaffte er und sackte zusammen.

Volltreffer.

Für den Bruchteil einer Sekunde empfand Maik so etwas wie Mitleid mit Herrn Meier, doch dann erfasste ihn die Neugier. Mit dem Fuß drehte er den toten Hausmeister auf den Rücken. Es bot sich ihm ein Bild, das aussah, wie das Cover einer Death-Metall-CD. Die Klinge, die aus dem Mund herausragte wirkte geradezu grotesk; sie war rot von Blut, das allmählich nach unten lief und wieder silbernen Glanz entblößte.

Die Augen des Hausmeisters waren weit aufgerissen, Maik hatte schon davon gehört, dass die Augen bei Toten nicht sofort geschlossen, sondern offen sind. Das Gesicht war zu einer Fratze des Schreckens und der Überraschung verzogen. Die gesunde Röte, die der Hausmeister einst hatte, war spurlos verschwunden; jetzt wirkte er blass und kalt.

Auf dem dreckigen Boden des Büros bildete sich eine Lache aus Blut. Auf den Werkbänken glitzerten rote Punkte. Die Blutlache nahm einen dunklen Schein an als sie sich mit dem Dreck des Bodens vermengte.

Das Messer zog Maik mit einem Ruck wieder heraus, es war voller Blut und Fleischfetzen, es musste gereinigt werden. Die Klinge war scharf wie eh und je.

Maik erfüllte ein Gefühl der Befriedigung. Bisher hatte alles so reibungslos geklappt. Alles verlief genau nach Plan. Seine Gummihandschuhe hatten sich rot verfärbt. Sie erwiesen ihm gute Dienste.

4

Die Leiche musste versteckt werden. Maik sah sich in dem kleinen Raum um. Als sein Blick an die Tür fiel, kam ihm ein Gedanke. Mit Mühe richtete Maik den leblosen Körper des Hausmeisters auf und zerrte ihn an die Tür, die er mit seinem Schuh zustieß. Er hing den Hausmeister einfach an den Kleiderhaken neben der Tür. Die Hosenträger des Blaumanns hielten ihn an den Metallhaken fest. Die Füße berührten den Boden, Herr Meier verharrte in einer leicht gebeugten Haltung. Dadurch war die Belastung für die Kleiderhaken nicht zu groß; sie hielten den stämmigen Mann aus. Dann öffnete Maik die Tür wieder und verdeckte dadurch die Leiche am Kleiderhaken.

Problem gelöst.

Nun reinigte Maik den Fußboden. Er hatte noch Zeit. Sorgfältig schrubbte er das Blut vom Boden weg, danach kümmerte er sich um die Werkbänke. Nach einer viertel Stunde Arbeit war das Büro wieder in seinem Urzustand (nur mit dem Unterschied, dass nun eine Leiche und kein knurriger Hausmeister darin lagerte).

Die siebte Stunde verging. Das Klingelzeichen ertönte. Maik hoffte, dass niemand den Keller betrat, um den Hausmeister aufzusuchen. Er hätte dann so etwas sagen müssen wie:

„Er ist gerade nicht da. Ich weiß auch nicht, wann er wieder kommt. Versuch's doch Morgen nochmal." In Gedanken hätte er den Zusatz gemacht: „Und komm ja nicht rein, um hinter die Tür zu sehen; den Anblick könntest du nicht ertragen."

Es kam niemand runter. Die wenigen Schüler, die noch in der Schule gewesen waren, um die siebte Stunde hinter sich zu bringen, verließen eilig, in freudiger Erwartung des Feierabends, das Schulgebäude. Nun waren nur noch Maik und Franks Sportkurs auf dem Gelände.

Eine Schulstunde noch, dann würde Frank kommen, dann würde Maik sein Werk beenden können. Der Erfolg schien so nahe, so greifbar. Maiks Herz raste, seine Atmung wurde schneller. Infolge der Anstrengungen mit dem Hausmeister tropfte ihm der Schweiß von der Stirn, die nun glitzernd im Schein der Neonleuchten glänzte. Ihm war heiß, nicht fiebrig heiß, einfach nur heiß vor Anstrengung und Aufregung.

Maik holte den Beutel aus seinem Ranzen hervor und nahm das Krepppapier und die Schere raus. Ein zehn Zentimeter langes Stück des Krepppapiers schnitt er ab und klebte es ansatzweise an seinen linken Arm, nur so dass es hielt und er es schnell wieder abmachen und *verwenden* konnte. Dann ging er an die Werkbank, an der er den Hausmeister umbrachte und bückte sich. Nach kurzem Suchen fand er einen Lappen, den er sich in die Hosentasche steckte. Anschließend stand er wieder auf und holte sich die Flasche Chloroform aus seinem Rucksack.

Nun war Warten angesagt.

5

Die Sporthalle war nicht weit. Innerhalb der Pause war es locker zu schaffen, sie zu erreichen. Mit dem Umkleiden verhielt es sich anders: Die meisten Schüler kamen erst aus den Umkleideräumen, wenn der Unterricht schon längst hätte beginnen müssen. Herr Schumann, der Sportlehrer der Jungen, kümmerte sich nicht darum. Vorschriftsgemäß machte er, sobald es klingelte, eine Anwesenheitskontrolle, mit der er sämtliche fehlenden Schüler erfasste, zum Teil waren es tatsächlich Kranke, meistens jedoch waren es langsame Schüler, die sich noch im Umkleideraum befanden. Wenn dann die fehlenden Schüler auftauchten, schrieb er eine Uhrzeit hinter ihren Namen, um die Verspätung zu vermerken. Keiner der Klassenlehrer oder der Tutoren nahm die Bemerkungen von Herrn Schumann ernst, oder berücksichtigte sie bei der Ausstellung der Zeugnisse. Sie wurden geflissentlich ignoriert. Würde der Tutor all die *sinnlosen* zwei, drei, vier oder auch mal fünf Minuten zusammen zählen wollen, würde er seine Arbeit nie beenden können. Es wäre die reinste Zeitverschwendung.

Frank gehörte zu den wenigen Schülern, die pünktlich zum Unterricht erschienen. Schnell schaffte er es, dass seine Sportkleidung perfekt an seinem athletischen Körper saß. In diversen Sportvereinen tätig und zu den besten Sportlern der Schule gehörend, erachtete er es als seine Pflicht, als gutes Beispiel voran zu gehen und ein Höchstmaß an Disziplin und Tugendhaftigkeit an den Tag zu legen. Herr Schumann registrierte Franks Anwesenheit, seine straffe Haltung, die ein wenig an Militarismus erinnerte, sowie seine perfekt sitzende Kleidung mit einem stolzen Nicken, um sich dann den restlichen Schülern, teils anwesend, teils abwesend, zu widmen.

Franks bester Freund, Joey, stand neben ihm. Joey war ein Muskelprotz - noch muskulöser als Frank – und er zeigte dies, indem er immer (außer im Winter, jedoch musste es schon ein sehr harter Winter sein) ein Achselshirt trug. Bei ihm hatte man den Eindruck, er habe Rasierklingen unter seinen Achseln und müsse seine Arme in einem entsprechenden Winkel, vom Körper weg, halten.

Die Sporthalle war einfach eingerichtet. An den Stirnseiten stand jeweils ein Fußballtor. Blaue, gelbe, weiße und rote Linien waren auf das Parkett gemalt, die entweder die Begrenzungen beim Fußball, Basketball oder Handball markierten. In einer Abstellkammer standen zwei mobile Basketballcourts, Böcke in verschiedenen Größen, Medizinbälle, Handbälle, Fußbälle, Basketbälle, ...

Als der letzte Schüler seinen Platz in der Reihe eingenommen hatte, legte Herr Schumann sein Heft weg und stellte sich vor die Mitte der Reihe. Mit lauter, Geschrei gewöhnter, Stimme rief er: „Baskettball – du" – er zeigte auf einen Schüler direkt vor ihm – „und du" – er zeigte auf den Schüler, der als letztes kam – „ihr holt die Courts."

Die beiden Schüler spurteten los.

Dann rief Herr Schumann mit etwas leiserer, aber immer noch für alle hörbarer, Stimme: „Frank und Joey. Ihr bildet Mannschaften."

Frank stellte sich an Schumanns rechte und Joey an Schumanns linke Seite und sie durchforsteten die Schülerreihe mit Kennermiene.

Herr Schumann war dafür bekannt, dass er kaum richtige, grammatikalisch korrekte, Sätze sprach. Er neigte vielmehr dazu, in kurzen Stichpunkten Befehle zu geben. Diese verbale Komprimierung erlaubte es ihm, ein gewisses, notwendiges, Maß an Autorität auszustrahlen und für jedermann verständliche Anweisungen verteilen zu können. In einem Spiel kam ihm diese Methode besonders zugute, da es sich hier um Sekundenbruchteile drehen konnte, in denen Herr Schumann seinen Schülern die verschiedensten Anmerkungen zubrüllen musste, und das möglichst prägnant, sodass der Angebrüllte verstand und auch noch Zeit hatte, das Gebrüllte umzusetzen.

„Du" (derjenige, der vor Herrn Schumann stand) und „Du" (derjenige, der als letztes kam) brachten die zwei Courts, jeder einen, und stellten sie vor die Tore, auf eine markierte Fläche. Dann begaben sie sich zurück in die Reihe.

Frank rief: „Mickie" und zeigte auf einen Schüler, der prompt auf Frank zulief und sich dann hinter ihn stellte.

Joey rief: „Silvio", zeigte auf einen afrikanisch-stämmigen Schüler, der sich flink hinter Joey stellte.

So ging das Spiel weiter. Frank und Joey wählten abwechselnd ihre Mannschaftsmitglieder aus. Letzten Endes blieben nur noch die unsportlichsten Schüler übrig. Die Wahl der Mannschaft glich einer öffentlichen Demaskierung, bei der die Nieten entlarvt wurden und man sich um die Besten riss. Die letzten beiden Schüler, die noch übrig blieben, stellten die Ersatzspieler dar (die in der Regel nie eingesetzt wurden), welche mit jeder Sportstunde ein weiteres Stückchen Selbstbewusstsein verloren. Die sportlichen Schüler hingegen addierten mit jeder Stunde ein Stück Arroganz zu ihrer bereits vorhandenen hinzu. Herr Schumann genoss das Schauspiel, ihm gefiel die schülerinterne Hierarchie, die für ihn ein modellhaftes Abbild (Maßstab 1:100.000.000) der menschlichen Gesellschaft darstellte.

„Okay, hopp", rief Herr Schumann, „fangen wir an."

Alle Schüler stürmten los, die Mannschaftskapitäne gaben die Aufstellung vor – jeder ging auf seine Position - und dann begaben sich die Mannschaftsführer in die Mitte des Spielfeldes, um sich den Ball zu erkämpfen.

Herr Schumann hatte einen dunkelbraunen *ProTouch* Basketball ausgewählt. Er stellte sich zwischen die Kapitäne, wartete einen Moment, während dem er erst Frank und anschließend Joey prüfend ansah. Nachdem er geprüft hatte, dass die Kapitäne „soweit waren", warf er den Ball hoch und ging hastig, rückwärts laufend, zum Spielfeldrand und beobachtete.

Der Ball flog hoch in die Luft und berührte fast die Decke, bis er wieder nach unten fiel. Frank und Joey sprangen aus dem Stand so hoch wie sie nur konnten und versuchten mit der rechten Hand, den Ball ins eigene Spielfeld zu schlagen. Joey sprang etwas höher als Frank und kam somit zuerst an den Ball. Mit einem kräftigen Schlag beförderte er den Ball nach hinten. Herr Schumann beobachtete, wie der Ball auf das rechte Spielfeld flog. Der Drall des Balles war so stark, dass der Schüler, zu dem der Ball flog, beinahe niedergeschossen wurde. Am Brustkorb getroffen, schmetterte es den Schüler nach hinten, woraufhin der Basketball herrenlos zu Boden dribbelte.

„Sichern!", schrie Herr Schumann dem Schüler zu.

Unter Schmerzen riss der Schüler die Hände vor und fing den Ball, der kurz davor war, sich aus seinem Bewegungsradius zu entfernen. Rasch und ängstlich blickte er sich um, sah, dass gegnerische Spieler auf ihn zustürmten, und warf den Ball kurzerhand dem Mannschaftsmitglied zu, das ihm am nächsten stand. Dieser, ganz überrascht von diesem Pass, behielt den Ball einen Moment in den Händen – einen Moment zu lange. Denn sofort stürmten gegnerische Schüler auf ihn zu und schlugen ihm den Ball aus den Händen.

„Schlechter Pass ... zu lange gewartet", waren die geschrienen Bemerkungen des Sportlehrers.

„Du Trottel, warum hast du dir den Ball wegnehmen lassen?", brüllte Joey wütend und rannte auf den Spieler zu, der nun im Ballbesitz war. Dieser war umgeben von zwei seiner Mitspieler, die ihn anscheinend schützen sollten, und dribbelte zum Korb. An der gelben Freiwurflinie fing Joey den Spieler mit dem Ball ab und postierte sich unmittelbar vor ihn, sodass dieser anhalten musste, um Joey nicht umzurämpeln (was ihm bei Joeys Statur keinesfalls unverletzt gelungen wäre). Der Spieler mit dem Ball analysierte blitzschnell die Situation: Joey stand vor ihm, er hatte keine Möglichkeit an diesem vorbeizukommen, ein Pass wäre unmöglich, Joey hätte den Ball abgefangen, Frank befand sich nicht in seinem Sichtfeld. Schnell fasste er den Entschluss, einen Freiwurf zu probieren. Konzentriert warf er den Ball im hohen Bogen zum Korb. Der Ball traf das Brett, landete auf dem Ring, kullerte kurz, und fiel dann nach unten, jedoch am Ring vorbei. Geistesgegenwärtig holte ein Spieler aus Joeys Mannschaft einen Rebound und schoss wie ein Düsenjäger Richtung anderes Spielfeld.

Er spurtete dribbelnd an seinen Gegnern vorbei. Er gelangte zur Freiwurflinie des gegnerischen Spielfeldes, wo Frank bereits auf ihn wartete. Der Spieler aus Joeys Mannschaft versuchte, Frank auszuweichen, indem er erst antäuschte, auf ihn zuzurennen, jedoch im letzten Moment an dessen Seite vorbeihastete.

Frank bemerkte diese Taktik und stellte dem Ballbesitzendem kurzerhand ein Bein, woraufhin dieser ins Stolpern geriet und den Ball nicht mehr sicher trippeln konnte. Frank nutze die Situation aus und schnappte sich mit einer schnellen Handbewegung den Ball.

Herr Schumann ignorierte das unsportliche Foul von Frank. Der Schüler, dem das Bein gestellt worden war, schrie empört: „Hey, was soll das?! Das war eindeutig ein Foul!"

Noch bevor Herr Schumann den Schüler besänftigen und zum Weiterspielen anregen konnte, rief Joey: „Was lässt du dich auch so leicht verarschen. Da bist du doch selber dran schuld. Und jetzt steh' nicht so rum, sondern bewege dich!"

Frank erreichte die Freiwurflinie von Joeys Spielfeld. Ein paar gegnerische Spieler versperrten ihm den Weg zum Korb. Frank rannte in einem großen Bogen an der Freiwurflinie herum, schubste die Spieler weg, die sich ihm entgegenstellten (Offensiv-Foul, würde Herr Schumann sagen, wenn es sich bei dem Betreffenden nicht um Frank gehandelt hätte), erreichte den Korb und setzte einen tadellosen Korbleger um, der sauber durchs Netz ging. Seine Mannschaft klatschte und es wurde eifrig „High-5" gegeben.

„2:0 für Frank", brüllte Herr Schumann. „Gut gemacht, Frank", setzte er väterlich hinzu.

Das Spiel endete 54:38 für Frank, der noch viele Fouls machte, die keine Sanktionen fanden. Joey gab sein Bestes, war Frank auch durchaus gewachsen, doch seine Mannschaft war einfach die schlechtere.

6

Als Maik wartend an der Tür des Büros stand, überfielen ihn wieder die Erinnerungen, dieses Mal heftiger als je zuvor. Man kann Maiks Überwältigung mit dem Schwall heißer Luft vergleichen, der einem entgegenschlägt, wenn man nach einem langen Flug aus einem Land mit gemäßigtem Klima in ein tropisches Urlaubsparadies fliegt, die Türen des Flugzeuges sich öffnen und man den ersten Schritt nach Draußen auf die Treppe macht. Gnadenlos. Überraschend. Es trifft einen völlig unvorbereitet.

Der Apriltag war sonnig, es war angenehme sechszehn Grad warm, ein laues Lüftchen ging. Maik und Steve saßen auf weißen, billigen Gartenstühlen in ihrer Hütte im Wald. Auf einem ebenfalls weißen Tisch standen eine Flasche Whiskey, zwei Flaschen Bier sowie zwei Cognacgläser. Maik und Steve unterhielten sich angeregt, lachten, tranken Whiskey, tranken Bier und rauchten Lucky Strike. Es war wundervoll, beide waren glücklich, zufrieden.

Die Whiskeyflasche war halbleer, als Maik, einer Eingebung folgend (woran der Alkohol nicht ganz unschuldig war) das Gesprächsthema jäh wechselte.

„Steve, ich hab' da etwas." Maik griff mit der rechten Hand in seine Hosentasche und zog ein kleines Tütchen hervor, mit grünlichem Inhalt.

Steve schaute erst verwundert drein, dann machte er große Augen. „Ist es das, wofür ich es halte?"

„Gut möglich", sagte Maik mysteriös.

„Das ist jetzt aber nicht dein Ernst?"

„Wieso denn nicht. Irgendwann muss man es ja mal ausprobieren."

Im Inneren des Tütchens befanden sich zwei Gramm Marihuana. Maik legte das Tütchen auf den Tisch und sah Steve erwartungsvoll an.

„Mir soll's egal sein. Wenn du willst, dann probieren wir es mal aus. Ich habe nichts dagegen. Im Gegenteil, mich würde ja mal interessieren, wie das Zeug wirkt"

„Okay, dann wollen wir mal", sagte Maik. Er griff ein weiteres Mal in seine Hosentasche und holte etwas heraus, das wie eine kleine Keksdose aussah.

„Was ist das?", fragte Steve.

„Das nennt sich ‚Grinder'", sagte Maik. „Damit zerkleinert man das Marihuana."

„Aha."

Maik öffnete die Dose. An den Innenseiten waren Zacken, nur ein paar Millimeter lang. Konzentriert schüttete Maik das Gras in den Grinder, dabei bedacht, es gleichmäßig zu verteilen. Nachdem das Tütchen leer war, steckte er die Dose wieder zusammen und drehte Boden und Deckel gegeneinander, so dass ein kratzendes Geräusch zu hören war.

Steve sah ihm dabei interessiert zu. Nach zwei Minuten legte Maik den Grinder beiseite und zog aus seiner Lucky Strike – Schachtel eine Zigarette heraus. Dann holte er aus seiner linken Hosentasche ein Stück Zigarettenpapier und legte es auf den Tisch. Mit den Fingernägeln riss er die Luck Strike auf und streute den Tabak auf das Zigarettenpapier. Anschließend vermengte er den Tabak mit dem Marihuana aus dem Grinder und verteilte es gleichmäßig.

„Wo hast du das alles gelernt?", fragte Steve erstaunt.

„Gelesen", antwortete Maik. „Ich hab mich mal ein bisschen mit der Theorie des Kiffens beschäftigt. Das wollte ich schon immer mal machen."

Maik rollte das Zigarettenpapier zusammen, so dass der Rand nicht mit dem Tabak-Marihuana Gemisch bedeckt war. Mit der Zunge leckte er das freie Stück ab und drückte dann das Papier zusammen. Es hielt. In seinen Händen hielt Maik einen akkurat gedrehten Joint. Für einen von einem Laien gedrehten, sah dieser auch gar nicht mal so unprofessionell aus.

„Okay, gib mir Feuer. Ich ziehe als erstes", sagte Maik. Steve gab ihm Feuer und Maik zog an dem Joint. Seine Raucherlunge war Qualm gewöhnt, das Husten blieb ihm also erspart. Ein eigentümliches Gefühl, das er noch nie zuvor gespürt hatte, beschlich ihn. Er fühlte sich irgendwie *leicht*.

„Lass mich auch mal", sagte Steve aufgeregt. Maik gab ihm den Joint, seine Augen nahmen einen rötlichen Schein an. Steve hielt den Glimmstängel zwischen Daumen und Zeigefinger, führte ihn an seinen Mund und zog daran. Er nahm einen tiefen, kräftigen Zug. Der blaue Dunst, den er ausatmete, roch nicht wie üblich nach Tabak, sondern irgendwie anders, jedoch nicht angenehm anders, sondern ekelerregend anders. Auch Steves Augen färbten sich am Rande der Pupillen rot, so als wären sie blutunterlaufen.

Abwechselnd zogen Steve und Maik an dem Joint, bis er aufgeraucht war und sie den Rest in ihrem provisorischen Aschenbecher (einem Kronkorken) ausdrückten. Beide hatten dieses *leichte* Gefühl von Apathie und Teilnahmslosigkeit.

„Und", begann Maik. „Wie fühlst du dich?"

Steve zuckte mit den Schultern, seltsamerweise hatte er keine richtige Lust zu reden, er wollte am liebsten schlafen. Das Kiffen hatte ihn müde gemacht. Maik erging es ähnlich; die Frage zu stellen, hatte ihn einiges an Überwindung und Kraft gekostet. Das letzte, was den beiden in diesem Moment in den Sinn kam, war, sich zu bewegen.

„Irgendwie müde", brachte Steve schließlich heraus. Zu mehr war er zu diesem Zeitpunkt nicht in der Lage.

Obwohl Maik zu nichts Lust hatte, bemühte er sich dennoch, etwas zu sagen. „Ich hab gelesen, dass man, wenn man es nicht gewöhnt ist, nach dem Kiffen an Müdigkeit sowie

Lustlosigkeit leidet." Er machte eine kurze Pause, um Kraft für weitere Worte zu sammeln.

„Das kann man aber umgehen, indem man sich mobilisiert und versucht, in Bewegung zu kommen. Schafft man das, dann hat man die Müdigkeit überwunden und kann den Rauschzustand vollends genießen."

„Das heißt also, wir müssen jetzt irgendetwas machen, Hauptsache wir kommen in Bewegung", rekapitulierte Steve. Er dachte kurz nach und sagte dann. „Okay. Auf die Fahrräder! Jetzt wird gefahren."

7

Es klingelte. Maik, mitten in seinen Erinnerungen schwelgend, wurde bewusst, dass Frank gleich auftauchen würde, um mit dem Hausmeister zu sprechen. Mit einem leichten Kopfschütteln erstickte er die Gedanken an die Fahrradtour von damals (*Komm wir fahren bekifft und besoffen Fahrrad, das macht Spaß)* im Keim. Sein Plan musste vollendet werden. Schnelles, konzentriertes Handeln war gefragt.

Maik öffnete die Chloroformflasche und ergoss einen kleinen Schluck davon auf den Lappen, den er unter der Werkbank hervorgeholt hatte. Dann schloss er die Flasche wieder und stellte sie beiseite. Er machte das Licht aus und platzierte sich so neben die geöffnete Tür, dass man ihn von außen nicht erkennen konnte.

Er wartete, den Lappen fest in seiner Hand umgriffen.

Frank kam nicht. Die Minuten vergingen und nichts tat sich.

Was, wenn er den Zettel zerrissen hat und nicht kommt?

Was, wenn er den Schwindel bemerkt hat?

Was soll ich jetzt nur machen?

Maik wurde plötzlich heiß, er spürte, wie ihm der Schweiß unter den Achseln rann. Damit hätte er nicht gerechnet, dass Frank nicht kommen würde. Der Gedanke, Frank könnte sich dem Brief wiedersetzen, beziehungsweise. „den Braten riechen" (wie Roland gesagt hätte) war Maik in seinen Überlegungen nicht gekommen.

Was nun?

Nun stand er da, sah den Plan scheitern. Er hatte den Hausmeister umsonst umgebracht und nun würde auch die Komponente seines Planes scheitern, die ihn als Mörder dafür *offiziell* ausschloss.

Scheiße!

Eine weitere Chance, ihn zu töten würde er nicht bekommen, da er in Zukunft keine Gelegenheit mehr dafür haben würde. Man würde ihn einsperren, ihn seiner Freiheit berauben, ihn die Schuld für den Mord an dem Hausmeister geben. Und da er achtzehn war, würde er hart (nach Erwachsenengesetz) bestraft werden. Er würde seines Lebens nicht mehr froh werden.

Doch das schlimmste für ihn war: Er würde Jennifer nicht bekommen. Sie würde ihn als Mörder und Psychopathen abstempeln und alle seine Anstrengungen wären umsonst gewesen.

Maik wollte gerade den Lappen vor Wut gegen die Wand scheißen, als es ihm wie Schuppen von den Augen fiel: Klar, Frank konnte noch gar nicht da sein, nach dem Sportunterricht ging er immer duschen. Und da er keinen weiteren Unterricht hatte, ließ er sich Zeit. Selbst der Brief würde ihn nicht davon abhalten, duschen zu gehen. Frank musste wissen, dass der Hausmeister sowieso bis um 4 in der Schule war, also ging er duschen und käme danach ins Hausmeisterbüro.

Maik war erleichtert. Noch war nicht alles verloren. Hoffnung keimte in ihm auf, auch wenn ihm der Schreck noch immer in den Gliedern saß. Selbst jetzt, wo er wusste, woran

Franks Verspätung lag, glühte in ihm weiterhin ein Funken Ungewissheit, der sein Herz rasen und seinen Schweiß fließen ließ.

Wenn Franks Nicht-Erscheinen tatsächlich am Duschen lag, dann müsste er jeden Moment auftauchen.

Maik wartete.

Wütend stampfte Frank die Treppe zum Keller runter. Warum hatte man ihm diesen Brief geschickt? Er hatte doch gar nichts verbrochen! „Den Schaden, den Sie in den Sanitäranlagen des Schulgebäudes angerichtet haben..." So ein Schwachsinn! Was sollte das bedeuten?

Und jetzt musste er seine kostbare Freizeit damit verbringen, dieses Missverständnis zu beseitigen. Er hätte die Zeit mit Jennifer verbringen können. Frank hatte nicht wenig Lust, den Hausmeister dafür ordentlich anzuschnauzen.

Es brannte kein Licht, die Tür des Büros war aber offen.

Dieser wunderliche alte Mann hat sie nicht mehr alle und arbeitet im Dunkeln, dachte Frank.

Er ging auf die Tür zu, den Brief in der Hand haltend. „Herr Meier, da muss ein Irrtum vorliegen. Ich hab' heute so einen Brief in meinem Spind gefunden und soll mich bei Ihnen melden." Frank war gerade im Türrahmen angelangt, als eine Hand hervorschnellte und ihm etwas Weißes an den Mund presste.

Vor Schreck atmete Frank tief ein. Dann wurde ihm schwarz vor Augen und er kippte um.

9

Maik presste mit aller Kraft den Lappen an Franks Mund und Nase.

Atme du Arschloch!

Zwei Sekunden der Ungewissheit vergingen. Schweiß perlte auf Maik Stirn, während er abwartete, was passierte.

Frank atmete. Maik sah zufrieden zu, wie Frank zu Boden ging. Ein Gefühl der Erleichterung stellte sich in Maik ein. Es hatte funktioniert! Frank schlief.

Maik hatte etwa fünfundvierzig Minuten, bis Frank wieder aufwachen würde. Genug Zeit, um die nächsten Schritte vorzubereiten.

Maik bugsierte Frank zu der Werkbank mit dem Schraubstock. Den Schraubstock löste er und warf das Holzscheit weg. Dann griff er in Franks Haare und zerrte den Kopf zwischen die Eisenbacken. Er drehte den Schraubstock zu, in der Hoffnung, Frank damit zu fixieren. Dessen Kopf jedoch flutschte weg und sein Körper landete mit einem dumpfen Geräusch auf dem Boden.

„Verflucht", entfuhr es Maik. „Ich muss eine andere Lösung finden. Er blickte sich im Büro des Hausmeisters um. Er musste etwas finden, womit er Franks Körper in der Höhe des Schraubstocks fixieren könnte.

Ihm kam ein Gedanke. Hastig rannte er aus dem Büro und lief die Treppe ins Erdgeschoss hoch. Er öffnete die erstbeste Tür und betrat den Unterrichtsraum. Keine Menschenseele war da, er war ganz allein. Dennoch hatte er Furcht, keine Angst, sondern Furcht, ihn könnte jemand (irgendjemand, der entgegen jeder Logik sich noch im Schulgebäude aufhielt) erwischen und zur Rede stellen. Dann müsste Maik entweder sehr gut lügen oder einen weiteren Menschen umbringen.

Doch niemand erwischte ihn.

Er zog an dem Tisch, der ihm am nächsten stand und zerrte ihn somit aus dem Zimmer. Seine Gummihandschuhe befleckten den Tisch mit Blut. Durch das Verschieben des Tisches entstand ein unangenehmes, lautes, quietschendes Geräusch. Maik bemühte sich, den Tisch so schnell wie nur möglich zu bewegen.

An der Treppe angelangt, überlegte er, wie er den Tisch runter kriegen sollte. Der Tisch bestand aus einer lasierten Holzplatte und einem robusten, stabilen Metallgestell. Maik befand, der Tisch würde einiges aushalten und wenn nicht, musste er sich einen neuen nehmen (es waren ja genug da, er war schließlich in einer Schule). Also trat er kräftig mit dem rechten Fuß gegen den Tisch. Dieser fiel laut polternd um, die Treppe runter und in den Keller; dort verharrte er in einer schrägen Position. Und er war kein bisschen kaputt.

„Sehr gut", sagte Maik freudig erregt.

Er ging die Treppe runter, richtete den Tisch wieder auf und zog ihn ins Hausmeisterbüro, wo er ihn seitlich an den Schraubstock stellte. Mit einem kräftigen Ruck, hievte er Frank auf den Tisch, mit den Kopf zum Schraubstock. An den Haaren zog er Franks Kopf abermals zwischen die Backen. Zum Glück wirkte das Chloroform narkotisch, ansonsten wäre Frank sofort schreiend aufgewacht. Diese Grobheit, die Maik an den Tag legte, hätte Frank im wachem Zustand nicht ausgehalten.

In Maiks Händen waren (viele) Strähnen von Franks Haar; er ließ sie achtlos auf den Boden fallen und drehte vorsichtig am Hebel des Schraubstocks. Er wollte Frank nicht *gleich* töten. Er drehte nur so weit, dass der Kopf fixiert war.

Unter einer der Werkbänke fand Maik Seile. Mit einem fesselte er Franks Beine an dem Tisch fest, auf dem dieser lag und mit einem anderen umschlung er Tischülatte und Oberkörper von Frank und zurrte alles mit einem Doppelknoten fest. Danach legte er Franks Arme an die Hüften und band diese straff mit einem Seil zusammen. Zum Schluss kontrollierte er alles auf seine Festigkeit. Frank durfte nicht entkommen, durfte sich nicht befreien können.

Als letztes nahm Maik sein Küchenmesser in die Hand und wartete.

10

Langsam öffnete Frank seine Augen. Er brauchte einen Moment, um zu realisieren, wo er sich befand. Sein Kopf schmerzte und ein unangenehmes Drücken lastete auf ihm.

Dieser Dummkopf Maik war über ihm gebeugt, ein Messer in der Hand und ein dämliches Grinsen im Gesicht. Panisch registrierte Frank, dass er sich nicht bewegen konnte. Er wollte sich aufrichten und dieser Grinsebacke über ihm einen kräftigen Schlag verpassen – doch es ging nicht, er war völlig bewegungsunfähig, die Seile um ihm herum hielten ihn fest. Sie waren so straff, dass jeder Bewegungsversuch Schmerzen verursachte und sich sicher schon rote Striemen auf seiner Haut abzeichneten, dort wo ihn die Seile umschlossen.

„Dornröschen ist erwacht", sagte Maik. „Und das ganz ohne Kuss."

„Was soll das du Arschloch?! Und wo bin ich?", brüllte Frank.

Beschwichtigend sagte Maik: „Ganz ruhig. Du bist im Büro des Hausmeisters. Und was das soll, wirst du noch früh genug erfahren."

„Wenn Herr Meier dich hier erwischt, wie du mich hier gefangen hältst, dann fliegst du von der Schule", sagte Frank altklug.

Maik lachte. „Ich glaube kaum, dass er mich hier erwischt."

„Aber ich soll mich hier mit ihm treffen. Also wird er sicher bald auftauchen. Und dann bist du geliefert."

„Du kapierst auch gar nichts. Herr Meier ist tot. Ich habe ihn umgebracht und du solltest dich niemals hier mit ihm treffen. Ich habe dir den Brief geschickt und du dämlicher Idiot bist drauf reingefallen." Maik lächelte triumphierend.

Frank wirkte betroffen. Das konnte nicht sein. Nein! Diese Null könnte doch nie einen Menschen umbringen, dafür war er doch viel zu *schwach*. Er musste flunkern! Aber dennoch war sich Frank in seinen Überlegungen dabei nicht so sicher.

„Du lügst! Du hast Herrn Meier nicht umgebracht." Franks Stimme klang weniger überzeugt, sie sollte.

„Ach nein?" Maik zuckte mit den Schultern. „Wenn du meinen Worten nicht glaubst, dann werde ich es dir halt beweisen." Maik ging zu den Kleiderhaken und nahm den schweren Leichnam des Hausmeisters herunter. Er trug ihn bis zum Tisch. Maik musste Herrn Meiers Leichnam direkt über Franks Kopf halten, damit dieser ihn sehen konnte, da der Schraubstock es Frank nicht erlaubte, seinen Kopf zu drehen.

Als Frank den blutigen und zerstochenen Kopf des Hausmeisters sah, schrie er. Es war ein weibisches, hohes Schreien, das mehrere Sekunden andauerte. Maik hätte nie gedacht, dass Frank eine so hohe Stimme haben könnte.

Auf Franks Gesicht lag nackte Angst. Todesangst. Nun wusste er, dass Maik nicht scherzte, dass es ihm ernst war. Maik ließ den schweren, leblosen Körper auf den Boden fallen und nahm wieder das Küchenmesser in die Hand. Immer noch dieses triumphierende Lächeln im Gesicht, sah er Frank durchdringend an und hielt das Messer dem Gefesselten an die Kehle.

Die Messerspitze berührte ganz leicht Franks Hals. Kurz darauf war dessen Hose von Urin durchnässt.

„Du Angsthase hast dir eingepisst", lachte Maik. „Dass du blöd bist, habe ich ja schon gewusst, aber dass du noch nicht mal stubenrein bist, ist neu für mich. Aber na ja, man lernt nie aus." Maik lachte lauthals, das Schulhaus war mittlerweile leer; niemand konnte sie unten im Keller hören. Nicht einmal die Reinigungskräfte waren da, sie würden erst morgen kommen, und dann hätten sie einiges zu tun, wenn nicht die Polizei die Sauerei bis dahin beseitigen würde.

„Du bist verrückt! Warum tust du das?" Frank heulte fast. In seiner Stimme war nichts mehr von Coolness und Arroganz zu hören. Flehentlich setzte er hinzu: „Bitte tu mir nichts."

„Ich tue dir auch nichts. Noch nicht, zumindest. Ich will mich erstmal mit dir unterhalten, dir ein paar Fragen stellen. Und je nachdem, wie du sie beantwortest, wirst du überleben. Das Spiel ist ganz einfach."

Frank weinte. „Was willst du wissen? Ich sag dir alles, aber bitte tu mir nichts."

„Nicht so schnell. Ich erkläre dir erstmal die Spielregeln. Pass auf! Ich stelle dir mehrere Fragen. Beantwortest du sie zu meiner Zufriedenheit, passiert dir nichts und ich stelle dir die nächste. Beantwortest du sie aber nicht zu meiner Zufriedenheit, dann drehe ich an dem Schraubstock und mit jeder Drehung wird dein Kopf mehr zerquetscht. Doch bedenke: Es gibt keine richtigen und keine falschen Antworten. Es gibt kein Ja und kein Nein. Es gibt nur zufriedenstellend und nicht zufriedenstellend. Und ich entscheide, in welche von beiden Kategorien deine Antwort fällt. Hast du soweit alles verstanden?"

„Ja", antwortete Frank erstickt. Ihm war, als würde seine Stimme jeden Moment versagen. Die Pisse in seiner Hose kühlte allmählich ab; es war ein ekelhaftes Gefühl. Wäre er doch nur nicht in diesen Keller gegangen!

„Gut. Ich stelle dir nun die erste Frage: Was empfindest du für Jennifer?"

Frank überlegte hastig. Worauf wollte dieser Verrückte hinaus, war er etwa scharf auf Jennifer? Ist das der Grund für alles? Ihm blieb keine Zeit, abzuwägen, ob es stimmte. Er sagte schlicht und einfach: „Sie ist meine Freundin und ich liebe sie."

Maik überlegte.

Frank betete.

„Hm, das ist also deine Antwort?"

„Ja", erwiderte Frank.

Maik dachte nach. Endlose, qualvolle Sekunden vergingen, in denen Frank hoffte, seine Antwort würde diesen Verrückten zufrieden stellen.

Schließlich sagte Maik: „Es tut mir leid, aber diese Antwort kann ich leider nicht gelten lassen. So gern ich es auch täte, aber sie stört mich irgendwie." Maik brachte sich in eine aufrechte Position und legte die linke Hand an den Schraubstock, die Rechte war weiterhin an Franks Hals gerichtet.

„Das kann nicht sein!", protestierte Frank. Tränen liefen ihm übers Gesicht. Seine Stimme war nur noch ein Krächzen. „Ich habe dir die Wahrheit gesagt."

„Das ist möglich", sagte Maik. „Aber die Wahrheit gefällt mir nicht. Außerdem habe ich doch eben gesagt, dass es keine richtige und keine falsche Antwort gibt. Und da mich deine Antwort nicht zufrieden gestellt hat, sehe ich mich gezwungen, dich zu sanktionieren."

„Zu ... was?", fragte Frank.

Anstatt eine Antwort zu geben, drehte Maik den Hebel des Schraubstocks ein Stückchen weiter. Der Hebel ließ sich nur schwer bewegen, die Widerstandsfähigkeit von Franks Schädel war groß. Maik musste viel Kraft aufwenden, wollte aber den Hebel auch nicht zu weit drehen. Nach ein paar Millimetern war ein leises Knacken zu hören. Maik hörte auf zu drehen.

Frank schrie erbärmlich. Sein Kopf war hochrot, in den Adern, die durch den Schraubstock abgeklemmt wurden, staute sich das Blut. Das Gesicht zu einer Fratze des Schmerzes verzerrt, flehte er: „Bitte nein! Lass mich in Ruhe, ich tue auch alles was du willst. Ich erzähle auch niemanden hiervon. Bitte hör auf. Bitte!"

Maik musste lachen. Das Bild, das sich ihm bot war einfach zum Schießen komisch. Da lag dieser Typ, der ihm einst zu Brei getreten hatte und ihn vor der ganzen Schule lächerlich gemacht hatte. Und nun war er nichts weiter als ein Häufchen Elend, das um sein Leben bettelte. Erbärmlich. *Lächerlich.*

Am liebsten hätte Maik den Hebel noch weiter gedreht und das Ganze sofort zu Ende gebracht, doch eine innere Stimme ermahnte ihn, damit noch zu warten. Diese innere Stimme wollte das Schauspiel bis zum letzten Zug genießen.

„Nun die zweite Frage."

Frank beendete sein Schluchzen und hörte angestrengt zu, die Schmerzen in seinem Kopf erschwerten ihm dies jedoch enorm.

„Was ist schon alles zwischen Jennifer und dir gelaufen? Wie *nahe* seid ihr euch gekommen?" Bei dem letzten Satz tauchte in Maiks Kopf ein Bild auf, welches er so schnell verschwinden ließ, wie es gekommen war. Es war einfach zu schrecklich.

Frank überlegte. Jennifer und er waren sich *sehr* nahe gekommen. Seid ein paar Tagen schliefen sie regelmäßig miteinander. Doch das konnte er Maik unmöglich sagen, dieser würde ihn umbringen. Frank brach massiv der Schweiß aus, seine Kleidung klebte unangenehm am Körper. Sein Kopf wurde (soweit das überhaupt noch möglich war) noch röter, sein Herz raste; nun kam die Stunde der Wahrheit. Er musste Maik sagen, das nichts gelaufen sei. Und das Ganze musste er auch noch glaubwürdig rüberbringen, ohne dass Maik die Lüge erkennen würde. Um einen enttäuschten Ton bemüht, sagte Frank: „Nein, sie hat mich noch nicht rangelassen. Du kannst also beruhigt sein, es ist nichts gelaufen."

Nun betete Frank wirklich. Würde dieser Wahnsinnige ihm die Lüge abkaufen? Würde er darauf reinfallen? Oder würde er etwas bemerken, etwas in Franks Stimme oder in seinen Augen? Eigentlich war Frank ein guter Lügner, er konnte bis jetzt jeden beschwindeln, doch funktionierten seine Lügen auch in dieser Extremsituation?

Maik musterte Frank eindringlich, suchte nach Anzeichen, die ihn verraten würden ... und fand sie. „Du lügst", sagte er schlicht.

Erschrocken erwiderte Frank: „Nein, das tue ich nicht. Du musst mir glauben." Noch mehr Schweiß rann ihm den gesamten Körper entlang. Eine Hitzewallung durchflutete seinen Körper.

„Das tue ich aber nicht. Ich bin mir ziemlich sicher, dass du lügst. Guck dich doch mal an, du bist so nass, als würdest du gerade vom Baden kommen und so rot, als wärst du in einen Farbtopf gefallen. Nein! Ich glaube dir kein Wort, du Lügner."

Maik umgriff wieder mit der linken Hand den Schraubstock.

„Jedoch muss ich einräumen, dass es zu dieser Frage keine befriedigende Frage gibt. Na ja, wie dem auch sei. Du musst erneut sanktioniert werden."

„Nein, du Arschloch! Du Wichser!", heulend spie Frank die wüstesten Beschimpfungen aus. Jedes Flehen war aus seiner Stimme verschwunden, nun enthielt sie nur noch Verachtung und Todesangst. Frank hatte wahrhaftig Todesangst. An diesem Punkt war ihm klar, er würde diesen Raum nicht lebend verlassen.

Maik sammelte sein Kräfte und drehte mit aller Macht am Hebel.

Ja, ja, ja, weiter. Dreh' immer weiter, tönte es in seinem Kopf. Vor Anstrengung entfuhr ihm ein Stöhnen und Schweiß trat auf seine Stirn. Morgen würde er sicher Muskelkater haben, den höllischsten seines Lebens; doch das war ihm in diesem Moment egal, er drehte unablässig weiter.

Der Widerstand war stark. Maik drückte wie ein Bär, doch nichts passierte. Der menschliche Körper ist doch so widerstandsfähig! Wer schon mal versucht hat, einen Menschen mit bloßen Händen zu töten, weiß das.

Lange Zeit ließ sich der Hebel um keinen Millimeter bewegen. Frank schrie wie am Spieß, wie ein Lamm auf der Schlachtbank. Er schrie so laut er nur konnte, aus voller Kehle. Allmählich versagte ihm die Stimme und sein Krächzen wurde letztlich zu einem erbärmlichen Wimmern.

Der Hebel ließ sich weiterhin nicht bewegen, Maik legte sein Messer aus der Hand und legte nun auch die zweite Hand an den Hebel und verstärkte dadurch den Druck; mit seinem ganzen Körper drehte er am Schraubstock, doch nichts passierte.

Maik ließ von dem Schraubstock ab und blickte sich im Raum um. Frank schrie verzweifelt. Er hatte unglaubliche Schmerzen, die höllischsten Kopfschmerzen seines Lebens. Keine Aspirin-Tablette der Welt hätte diese verschwinden lassen können.

In einer Ecke fand Maik ein Rohr.

Ja, das wird passen.

Er stülpte das Rohr über den Hebel. Es passte. Somit hatte er einen (deutlich) verlängerten Hebel und laut dem Hebelgesetz musste sich dadurch die Kraft, die auf Franks Kopf wirkte, *potentiell* erhöhen.

Der Hebel war nun lang genug, dass Maik sich draufstellen konnte. Er stellte sich auf den Hebel. – Frank schrie wie ein Wahnsinniger – und sprang darauf rum, als wäre seine Konstruktion ein Trampolin. Ein neuer Schmerzwall, größer als alle vorigen durchzuckte Frank. Seine Kehle brachte einen letzten Laut des Schmerzes hervor und dann splitterte sein Schädel.

Es war ein ekelerregendes Geräusch. Das Wimmern verstummte abrupt. Hirnmasse spritzte Maik entgegen, traf Kleidung und Gesicht. Seine Handschuhe waren nun nicht nur von Blut, sondern auch noch von einer grauen, breiigen Masse bedeckt. Es war widerlich.

Mit einem Mal war der Widerstand verschwunden und der Hebel ließ sich ganz leicht drehen. Überrascht, da er nicht auf ein so plötzliches Nachlassen der Schädelstruktur vorbereitet war, machte Maik einen kleinen Satz nach vorn. Das Blut und die Gehirnmasse, die nun an seinem Gesicht klebten, waren angenehm warm.

Maik blickte auf den Schraubstock hinunter und ihm wurde schlecht. Er konnte das Erbrechen gerade noch unterdrücken. Bitter schluckte er den Magensaft runter. Der Schädel, an dem man einst den hübschen, sportlichen Frank erkannte, war nun eingedrückt. Man konnte sagen, er war *horizontal zerquetscht.* Grauer Schleim tropfte von den beiden Backen des Schraubstocks runter, Hirnfetzen hingen wie dicke Spinnfäden am Stahl. Die Knochen waren gebrochen; stachen schmutzig-weiß aus den Überresten des Kopfes hervor. Auf dem Boden bildete sich eine Lache aus Blut und Hirn.

Maik war zufrieden. Er hatte es geschafft. Er hatte seinen stärksten (einzigen?) Widersacher besiegt. Nun musste Maik nur noch dafür sorgen, dass ihn niemand des Mordes bezichtigen konnte – und er wusste schon ganz genau, wie.

11

Ein bestialischer Gestank breitete sich im Hausmeisterbüro aus. Maik ging zu der Stelle, wo er Frank das Chloroform unter die Nase hielt, bückte sich und hob den Brief auf, den Frank fallen ließ. Er steckte ihn in den Rucksack setzte selbigen auf, blickte ein letztes Mal auf die zwei Leichen, grinste wieder dieses triumphierende Grinsen und verließ den Raum, das Küchenmesser in der behandschuhten Hand.

Dann stieg Maik die Treppe hoch und ließ das *Bild des Todes*, wie er es in Gedanken bereits nannte, hinter sich. Nun war nur noch eines zu tun. Auf dem Flur angekommen, ging er nach rechts zu den Schließfächern. Er suchte die Nummer 64 – und fand sie nach kurzem Suchen. Dann öffnete er seinen Rucksack und holte den Dietrich heraus. Diesen musste er umformen. Die Schließfächer hatten (selbstverständlich) keine Bart-Zahn-Schlösser. Er musste den Dietrich in eine gerade Form bringen und den vorderen Teil ein paar Millimeter nach oben biegen. Anschließend steckte er ihn ins Schloss und drehte.

Nichts geschah.

„Verflucht", sagte Maik laut.

Er nahm den Dietrich wieder heraus, sah ihn sich genau an, betrachtete danach das kleine Schloss eingehend und probierte etwas anderes aus: Den vorderen Teil des Dietrichs formte er zu einer Art Welle, die immer noch nach oben zeigte, nun aber gekrümmt war. Dann steckte er den Dietrich wieder ins Schloss, drehte ein paar Mal und erlösend vernahm er dieses knackende Geräusch.

Die Tür fiel auf, diverse Bücher lagen darin. Ein Bild von Britney Spears (in einer erotischen Pose versteht sich) war am Spindende angebracht, sodass man Britney direkt in die ... *Augen* sah, wenn man den Spind öffnete.

Maik nahm sein Küchenmesser und fuhr mit den behandschuhten Händen über die Klinge, die dadurch blutig-rot beschmiert wurde. Damit fertig, legte er das Messer in das Schließfach. Um das Bild perfekt zu machen, strich er mit den Händen noch über das Innere des Schließfaches, sodass auch das mit Blut beschmiert wurde.

Er warf einen kurzen (intensiven) Blick auf Britney und schloss dann die Tür.

Ein Glück! Das Schloss hat keinen Schaden genommen, dachte Maik erleichtert als sich die Spindtür sachte schloss und geschlossen blieb.

Er setzte seine Handschuhe ab, legte sie samt des Dietrichs in seinen Ranzen und verließ das Schulgebäude, um den Heimweg anzutreten. Es war ein harter und langer Schultag, er hatte sich den Feierabend verdient.

12

„Wo warst du denn so lange? Wir haben uns schon Sorgen gemacht!", sagten die Beyer Eltern im Duett, als Maik (Stunden später als gewöhnlich) das Haus betrat. An seiner Kleidung klebte geronnenes Blut, seine Hände waren gerunzelt, so als hätten seine Hände stundenlang unter Luftabschluss geschwitzt. Den Ranzen trug er auf den Rücken, sein Inhalt blieb David und Dana verborgen – zu Maiks Glück.

„Hatte zu tun", war Maiks lapidare Antwort. Er zog schnell seine Schuhe aus und ging zielstrebig zur Treppe.

Als Dana das Blut am T-Shirt ihres Sohnes sah, fragte sie bestürzt: „Was ist denn mit dir passiert? Woher kommt das Blut?"

„Schon wieder eine Schlägerei?", fragte David, der seine Arme beruhigend um seine Frau legte.

„Nur ein kleiner Fahrradunfall, nichts besonderes. Deshalb komme ich auch so spät", sagte Maik. „Aber keine Angst, das Fahrrad ist in Ordnung", setzte er hinzu.

„Aber man sieht ja gar keine Wunde", sagte David verwirrt.

Ohne eine Antwort zu geben, stieg Maik die Treppe hoch und verschwand in seinem Zimmer. Sein überreiztes Gehirn war nicht mehr dazu in der Lage, sich weiter rauszureden. Es war ihm zwar egal, was seine Eltern dachten, aber dennoch durften sie nicht erfahren, dass er für die zwei Morde verantwortlich war, über die in den nächsten Tagen die Zeitungen ausführlich berichten würden.

Seine Eltern würden ihm die Fahrrad-Unfall-Nummer abkaufen, früher oder später – wahrscheinlich früher. Und das war auch gut so; lieber sollten sie ihn für einen Trottel ob eines Mörders halten.

Oh, ja, ich bin ein Tollpatsch, Mama, und was für ein Tollpatsch, Papa, dachte Maik müde. Der heutige Tag hatte ihn seiner sämtlichen Kräfte beraubt. Er wollte nur noch aus den verschwitzten, dreckigen Sachen raus und dann ab ins Bett, endlich schlafen. Einen Schlaf schlafen, den er sich redlich verdient hatte.

Es war zwar erst 18:00 Uhr, eigentlich nicht Maiks gewöhnliche Schlafen-Geh-Zeit, doch nichts desto trotz zog Maik seine Sachen aus und legte sie in den Wäschekorb. (Seine Mutter würde bald das Blut und den Schweiß herauswaschen) Dann duschte er ausgiebig, wusch sich die Haare und putzte sich die Zähne. Anschließend zog er seinen Schlafanzug an und ging zu Bett.

Ein traumloser Schlaf erfasste ihn in dem Moment, als er sich hinlegte.

Kapitel 4

Die Angst, erwischt zu werden

1

Als die ersten Sonnenstrahlen Maik weckten, war es halb sieben Uhr morgens. Maik hatte einen Bärenhunger. Klar, er hatte kein Abendbrot zu sich genommen und einen anstrengenden, kräftezehrenden Tag hinter sich; nun kam die Rechnung. Und er wollte sie sofort bezahlen.

Er putzte sich rasch die Zähne, wusch sich, zog saubere Kleidung an und stolperte dann die Treppe runter, zwei Stufen gleichzeitig nehmend, in die Küche. Seine Mutter war noch nicht da. Maik machte sich vier Tostschnitten und bedeckte jede reichlich mit Butter und Schokoladencreme. Er verschlang hastig die Tosts, nicht ohne sich ein paarmal zu verschlucken und füllte sich dann in eine Schüssel eine große Portion Cornflakes, goss Milch hinzu und löffelte die Schüssel genüsslich aus. Damit war der gröbste Hunger erstmal besiegt.

Halbwegs gesättigt, setzte er Kaffee an und holte Kekse aus einem der Küchenschränke, während die Maschine knurrend lief. Maik machte sich nicht die Mühe, die Kekse auf einen Teller zu schütten, er legte einfach die ganze Tüte auf den Tisch und wartete, bis der Kaffee durchgelaufen war.

Wie ein plötzlicher Stromschlag durchzuckte ihn die Hoffnung, ob bereits alles so lief, wie er es sich vorstellte. Ob in der Schule das vonstatten ging, wovon er hoffte, dass es vonstatten ging und dass die Schlüsse gezogen wurden, von denen er hoffte, dass sie gezogen würden. Er hatte nichts falsch gemacht, alles verlief nach Plan, also müsste auch alles genau so laufen, wie er es sich vorher in Gedanken ausgemalt hatte. Er würde es sehen. In einer Stunde würde er es sehen.

Die Maschine machte ihre letzten knurrenden Geräusche, dann verstummte sie. Maik stand auf und betätigte den Ausschalter. Aus einem der Küchenschränke holte er eine Tasse und goss sich darin Kaffee ein. Dann ging er zum Kühlschrank und holte Milch heraus, die er in seinen Kaffee goss. Anschließend setzte er sich hin, schlürfte Kaffee und tunkte Kekse in seine Tasse, um sie danach, mit Kaffee vollgesogen, zu essen.

Viertel nach sieben kam seine Mutter in die Küche. Freudig brachte er ihr ein „Guten Morgen" entgegen.

Dana blieb ruckartig stehen und kratzte sich verwirrt den Kopf. Sie brauchte einen Moment, um das gerade Geschehene zu verdauen. Hatte ihr Sohn wirklich gerade „Guten Morgen" gesagt. War das wirklich ihr Sohn?

Überrascht sagte sie ebenfalls „Guten Morgen". Das war sie von ihrem Sohn gar nicht gewohnt, dass er als erster in der Küche saß, der Kaffee bereits gekocht war und Maik ihr einen guten Morgen wünschte. Und das sogar noch in einem netten, freundlichem Ton!

„Ich will ja nicht meckern", begann Dana, „Aber darf ich fragen, was mit dir los ist? Ich meine, du bist jetzt schon auf und sagst mir sogar noch guten Morgen." Sie lachte ein kurzes humorloses „Ha", welches keineswegs sarkastisch klingen sollte.

„Ich bin einfach gut drauf, heute", sagte Maik lieblich und lächelte seine Mutter an.

„Der Sturz vom Fahrrad gestern hat dir anscheinend gut getan", witzelte Dana.

Maik zuckte mit den Schultern. „Wer weiß, vielleicht hat er das ... der *Fahrradunfall*"

„Ist auch noch eine Tasse für mich da?", fragte Dana.

„Natürlich, bedien dich."

Wie Maik erwartet hatte, standen mehrere Polizeiwagen und ein Krankenwagen auf dem Platz vor dem Schulgebäude, einige Polizisten tauschten sich über Funk mit der „Zentrale" aus, andere liefen, kleine Plastiktütchen in den Händen tragend, umher. Und wieder andere unterhielten sich oder standen einfach nur da.

Maik stellte sein Fahrrad ab und ging auf das Eingangsportal des Albert-Einstein Gymnasiums zu. Schülerinnen kamen ihm mit Tränen in den Augen entgegen, teilweise heftig schluchzend. Im Schulgebäude stand eine Traube Schüler, die einen Durchgang für die Polizisten bildeten und an deren Rand sich das Lehrer-Kollegium versammelte. Einige der Lehrer hielten in einem Ausdruck des Entsetzens und der Überraschung die Hände vor die Münder. Die meisten der Schüler starrten voyeuristisch zum rechten Gang, der mit Absperrband unzugänglich gemacht worden war. Manch junger Mann musste seine Freundin in den Arm nehmen, die das Gesicht in die Brust des Freundes vergrub und ein Weinen unterdrückte oder ihren Gefühlen freien Lauf ließ und das T-Shirt des Freundes nässte. Es herrschte ein lautes Gemurmel und vom Gang her ertönte Stimmengewirr.

Hinter dem Absperrband, fünf Meter von der Schülertraube entfernt, stand Schuldirektor Kasbrack, mit einem Polizeibeamten redend, der unaufhörlich Notizen in einen kleinen Block kritzelte und hin und wieder eine Frage stellte. Herr Kasbrack schien den Umständen entsprechend sehr gefasst zu sein, obwohl an seiner Stirn Perlen von Schweiß glänzten.

Maik gesellte sich zu den Schülern und versuchte ein paar Wörter aufzuschnappen.

Ein kleiner Blonder (nicht älter als 11 Jahre) sagte zu einem anderen Schüler: „Hättest du das gedacht? Die beiden waren doch Freunde, warum hat er ihn dann umgebracht? Ich verstehe das nicht."

Sein Gesprächspartner erwiderte: „Aber man hat das Messer in seinem Spind gefunden, er muss es also gewesen sein. Und all das Blut dort in dem Spind..." Er verstummte.

„Aber warum hat er das gemacht?", fragte der blonde.

„Hast du das vorgestern nicht mitgekriegt? Daniel hat Frank angeschrien, weil er den einen Typen doch so blamiert hat. Ich würde mal denken, da ist Daniel dann einfach durchgedreht. Mir kam der Typ ja schon immer ein bisschen gewalttätig vor", sagte der andere.

„Stimmt, jetzt wo du´s sagst. Aber trotzdem hätte ich Daniel nicht zu getraut, dass er wegen einer Lappalie so durchdreht", sagte der Blonde.

„Da steckt man nicht drin."

„Stimmt, da steckt man nicht drin."

Maik fiel ein zentnerschwerer Stein vom Herzen. Er machte innerlich einen rekordverdächtigen Luftsprung. Es hatte tatsächlich funktioniert! Man verdächtigte Daniel!

Diese Idioten, wenn die nur wüssten, dachte Maik. *Du bist ein Genie. Du bist der Egon von der Olsenbande, dein Plan hat funktioniert.*

Maik bemühte sich, sich nichts von seiner Freude und inneren Euphorie anmerken zu lassen und setzte ein betroffenes Gesicht auf. Dann ging er vor zu den Lehrern, die sich direkt am Rand des Absperrbandes befanden und fragte Herrn Schmidt: „Was ist denn hier passiert?"

„Mord", war Herrn Schmidts kurze Antwort.

„Was?", fragte Maik, bemüht, betroffen und überrascht zu klingen.

Herr Schmidt drehte sich zu Maik um und da erkannte Maik, dass Herr Schmidt geweint hatte; seine Augen waren wässrig und sein Gesichtsausdruck war alles andere als gefasst. Ihm ging diese Geschichte offenbar „an die Nieren", wie Roland sagen würde.

„Offensichtlich hat Daniel Betka gestern ein Blutbad angerichtet, das mit den Tod von Herrn Meier und Herrn Frank Großer endete. Wir vermuten, dass dies die Reaktion auf Franks Zettel-Aktion vom Montag ist." Herr Schmidt sah Maik traurig an und legte seine Hand auf Maiks Schulter (so wie er es Tags zuvor tat) und sagte: „Doch mach dir keine Vorwürfe. Du kannst nichts dafür. Du trägst keine Schuld daran."

Ach nein? Das sehe ich aber anders. Wenn du nur wüsstest, dass ich die beiden umgebracht habe...

„Oh Gott. Das ist ja schrecklich", schauspielerte Maik.

„Ja, das ist es. Aber wie gesagt, dich trifft keine Schuld", sagte Herr Schmidt abermals. Seine Stimme zitterte. Maik vermutete, er würde gleich wieder heulen. Maik wollte gerade noch etwas sagen, als das Gemurmel seiner Mitschüler stark anschwoll. Maik sah zum Gang.

Zwei Sanitäter trugen eine Bahre, bedeckt mit einem weißen Tuch, unter dem sich die Umrisse eines Menschen abzeichneten. Einige Schüler (Jungen *und* Mädchen) heulten plötzlich los, auch Herr Schmidt konnte sich nicht länger beherrschen und weinte. Die beiden Männer trugen die Bahre hinaus und luden sie in den Krankenwagen. Maik ging hinterher, einige Schüler folgten ihm.

Einer der Männer schloss die Hecktüren und Maik schnappte ein paar Wortfetzen auf, die er seinem Kollegen zuwarf. „...anderen noch nicht raustragen..." verstand Maik. Und dann noch so etwas wie „... Anblick ersparen..." und „...sind schon genug geschockt..." Maik wusste, was der Mann meinte. Sie wollten Frank nicht vor den Augen der Schüler raustragen, selbst unter einem Laken wäre sein *deformierter*, zerquetschter Kopf erkennbar. Die beiden

Männer fürchteten, die (vor allem die jüngeren und weiblichen) Schüler würden den Anblick nicht ertragen. Das konnte Maik nur zu gut verstehen. Er wusste, wie Frank *jetzt* aussah.

Die beiden Männer in den rotweißen Uniformen stiegen in den Wagen und fuhren los. Maik blickte dem Wagen nach, bis er nicht mehr zu sehen war. Ein überwältigendes Gefühl des Glücks durchfuhr ihn, ihm war als könnte er Bäume ausreißen, als läge ihm die Welt zu Füßen.

3

Maik hielt Ausschau nach Jennifer, fand sie jedoch nicht. Unter der Schülertraube im Eingangsbereich war sie nicht und bei den Polizeiwagen war sie auch nicht. Ob sie vielleicht gar nicht mehr auf dem Schulgelände war?

Das Gemurmel der Schülerschaft verwandelte sich in Geschrei und wüste Beschimpfungen. Maik wollte wissen, was es damit auf sich hatte und blickte sich um. Er sah, wie Daniel aus einem Raum, gehalten von mehreren Polizisten, abgeführt wurde. Er wehrte sich mit Händen und Füßen und versuchte, sich dem Griff der Polizisten zu entziehen – ohne großen Erfolg. Man zerrte ihn gewaltsam den Flur entlang, drückte seinen Kopf runter, damit man ihn unters Absperrband durchkriegte und zerrte ihn weiter nach draußen ins Freie. Schüler sowie Lehrer folgten.

„Ich war es nicht. Ihr Idioten", schrie Daniel wütend. Er machte es den Polizisten schwer. Sein großes Kampfgewicht war nicht leicht zu bändigen.

Die Schüler riefen ihm die wüstesten und ordinärsten Schimpfwörter entgegen. Einige versuchten Steine auf Daniel zu werfen, wurden aber entweder von anderen Polizisten oder von Lehrern zurückgehalten. Maik beobachtete das Schauspiel genüsslich. Daniel tat ihm nicht leid, die Freude über den geglückten Plan war zu groß, als dass er sich über Daniels Wohl Gedanken gemacht hätte.

Daniel ließ nicht locker. Einen Polizisten trat er mitten zwischen die Beine, woraufhin dieser mit schmerzverzerrtem Gesicht und einem geflüsterten „Scheiße" auf den Lippen zu Boden ging. Ein anderer Polizist musste einen kräftigen Kinnhaken einstecken, der einen dumpfen (schon beim Zuhören) schmerzhaften Klang erzeugte. Erst als einer der (weitestgehend unverletzten) Polizisten Daniel von hinten eine Spritze in den Hals jagte und voll durchdrückte, beruhigte Daniel sich wieder. Seine Bewegungen wurden langsam, zuweilen schwerfällig und letztendlich verlor er das Gleichgewicht, sodass ihn die Männer in grün halten mussten und in einen Streifenwagen trugen. Eine Minute später fuhr der Wagen – samt Daniel – weg.

Schuldirektor Kasbrack kam aus dem Gebäude gelaufen. Er sah sich kurz um und erhob dann seine Hände (ein Zeichen, das bedeutete, dass er etwas Wichtiges sagen wollte und alle Anwesenden zuhören sollten) und rief mit lauter Stimme: „Wie ihr bereits alle wisst, hat sich heute, oder vielmehr gestern, eine schreckliche Tragödie ereignet." Er sagte das in einem sachlichen, nüchternen Tonfall, ohne jede Spur von Trauer, die eine solche Situation eigentlich verlangte; einzig sein Gesichtsausdruck sah ein wenig mitfühlend aus. „Unser Hausmeister, Herr Meier sowie Frank Großer, ein Schüler aus der zwölften Klasse, wurden von Daniel Betka, ebenfalls ein Schüler aus der Zwölften, ermordet. Die Polizei hat Daniel bereits in Gewahrsam genommen. Die Leichen werden einer intensiven Obduktion unterzogen, doch die Beweislage ist soweit klar Es handelt sich lediglich noch um eine Formalität." Herr Kasbrack machte eine Pause und setze dann fort: „In Anbetracht dieser ... besonderen ... oder außerordentlichen Umstände fällt der Unterricht für den heutigen Tag aus." Er atmete hörbar und schwer aus. „Ihr dürft nun nach Hause gehen." Etwas leiser sagte er dann noch: „Der Lehrkörper möge sich jedoch bitte sofort mit mir ins Lehrerzimmer begeben."

Das ließ Maik sich nicht zweimal sagen. Schnellen Schrittes ging er zu seinem Fahrrad.

Eine Obduktion, darüber hast du gar nicht nachgedacht. Was ist, wenn die bei der Obduktion etwas seltsames feststellen? Etwas, das nicht ins Bild passt. Etwas, das dagegen spricht, dass Daniel der Mörder ist.

Warum sollte das passieren. Kasbrack sagte doch, es handelt sich um eine Formalität. Man wird nichts besonderes feststellen und selbst wenn, dann wird man es nicht beachten. Die Beweislage ist eindeutig. Man wird Daniel letztendlich für den Mörder halten.

Doch was ist, wenn nicht?

Darüber machen wir uns Gedanken, wenn es soweit ist. Jetzt ist erstmal Jennifer von Bedeutung. Wenn ich doch nur wüsste, wo sie jetzt ist...

Maik stieg auf seinen Drahtesel (das gute, alte Panther-Fahrrad) und machte einen kleinen Ausflug. Er machte einen Ausflug zu einen Ort, den er schon seit Ewigkeiten mal wieder aufsuchen wollte.

4

Maik ließ die Stadt hinter sich, den Autolärm, die Schule, Jennifer. Graue Wolken waren am Himmel und verdeckten die Sonne. Die Temperatur betrug sechzehn Grad, ein leichter Nieselregen setzte hin und wieder ein, hörte jedoch schon nach wenigen Minuten wieder auf.

Der Waldboden, auf dem Maik fuhr, war von leicht schlammiger Konsistenz, was das Fahren mit dem Panther-Rad noch zusätzlich erschwerte. Flutschende Geräusche ertönten, wenn der Matsch durch die Reifen überfahren wurde und seitlich wegspritzte. Durch die hohe

Luftfeuchtigkeit entfaltete der Wald seinen typischen *natürlichen* Duft. Aus den Tiefen jenseits des Trampelpfades kamen diverse tierische Geräusche; zum Beispiel das Knacken von Holz, wenn ein Reh oder dergleichen auf einen Ast trat oder das Singen und Pfeifen von Vögeln, die um und über die Bäume kreisten. Von weit her hörte Maik ein stetes Hacken, das von einem an einen Baumstamm nagenden Specht herrührte.

Maik fühlte sich urplötzlich an seine Fahrradfahrt mit Steve erinnert, welche beide im besoffenen sowie bekifften Zustand antraten – und die so schrecklich endete, die einen Wendepunkt in Maiks Leben darstellte und vor allem in Steves kurzem verbleibenden Leben. Maik tat diese Erinnerung mit aller mentaler Kraft ab; es war nicht der richtige Zeitpunkt, sich daran zu erinnern, andere Dinge waren nun von Vorrang, morbide Trauer war nur hinderlich.

Der Trampelfrad ersteckte sich über eine *sehr* lange Stecke. Eine Stecke (so kam es Maik zumindest vor), die nie enden wollte. Damals war sie ihm nicht so lang vorgekommen, als Steve und Maik damals das erste Mal diesen Weg entlang gefahren waren. Doch jetzt, als Maik allein, ohne Steve, dieselbe Stecke entlangfuhr, kam sie ihm so lang, so *endlos* vor.

Der Boden machte es Maik nicht leichter. Von Zeit zu Zeit blieb er stecken und musste absteigen, um sein Rad mit den Händen durch den Schlamm zu schieben, bis der Morast wieder flach genug war, um weiterfahren zu können, langsam weiterfahren zu können (sein Schulranzen, den er immer noch auf dem Rücken trug, war nicht ganz unschuldig an dem Umstand des langsam Fahrens).

Um sich abzulenken und weder an Steve noch an Jennifer denken zu müssen, fixierte Maik in regelmäßigen Abständen einen fiktiven Punkt in einiger Entfernung. Sobald er diesen erreichte, setzte er einen neuen fest. Somit waren seine Gedanken, so wie er selbst, ständig in Bewegung. Er sagte sich bei jeder Festlegung eines neuen Punktes: *Bis dorthin, und dann hast du's geschafft. Nur noch bis dorthin, dann bist du da. Es ist* echt *nicht mehr weit.*

Nach jedem fiktiven Punkt kam ein neues Stück Strecke und somit ein neuer fiktiver Punkt; das stupide Gedankenspiel Maiks wurde ihm lästig. *Wann ist der Weg nur bald zu Ende? Wann bin ich endlich da?* Er überfuhr einen neuen Punkt, routiniert setzte er einen neuen fest. Das Wort „Gedankensex" kam ihm scheinbar (doch nur auf dem ersten *Blick*) zusammenhanglos in den Sinn.

Endlich, Maik wollte gerade einen neuen Punkt auf den Boden malen, mit der Farbe seiner Gedanken, da tauchten schemenhaft durch die Düsternis des Tages (die Sonne war von Wolken, die mittlerweile dunkelgrau und Regen ankündigend am Himmel hingen), die Konturen der Hütte auf.

Wurde auch langsam Zeit, dachte Maik.

Er erhöhte seine Geschwindigkeit, setzte zum Endspurt an (der Matsch flutschte nur so weg) und erreichte schließlich die Hütte. Sie war noch genau so, wie er sie in Erinnerung hatte, ihr unscheinbares, schmuddelig-weißes Äußeres, die modrige Holztür, deren Moder um ein Vielfaches größer war, als einst. Unmengen an Unkraut und Wildgewächsen rankten, wie die Pflanzenmauer in dem Märchen Dornröschen, um die Hütte und schlossen sie fast ein in ihrem undurchdringlichen Dickicht.

Maik lehnte sein Fahrrad an die Wand und ging zur Tür. Ein ekelhaft lautes Quietschen ertönte, als er die Klinke runterdrückte. Staub und Holzspäne fielen von der Tür als er sie knarrend öffnete.

Die Hütte war noch genau so, wie sie verlassen wurde. Die Kognakgläser standen auf dem Gartentisch, der im Laufe der Jahre vergilbt war. Die Flasche Whiskey stand auf ihrem angestammten Platz und auch die weißen Gartenstühle (nun nicht mehr weiß, sondern hellgrau) standen so da, wie an dem Tag ihrer Fahrradtour, der letzten gemeinsamen Fahrradtour von Steve und Maik. Spinnenweben hingen überall und verliefen in einem undurchschaubaren weißen Netz zusammen; es war unmöglich durch den Raum zu gehen, ohne von ihnen erfasst zu werden. Die Fenster waren nahezu undurchsichtig und ließen so gut wie gar kein Licht in die Hütte, was nicht zuletzt daran lag, dass kaum Licht da war, was hätte hineinscheinen können. Maïk konnte nur dadurch etwas sehen, weil die Tür offen stand.

Er verspürte ein ungewohntes Kribbeln am rechten Bein. Als er nach der Ursache fahndete, bemerkte er eine mutantenartig große Spinne, die versuchte, den „Berg" Maïk zu erklimmen. Angewidert kratzte er sie mit seinem linken Schuh ab und trat dann kräftig auf das am Boden liegende Insekt. Ein widerlich grüner Fleck blieb übrig; doch dieser fiel auf dem dreckigen, klebrigen Boden kaum auf. Nur mit sanfter Gewalt konnte man seine Schuhe vom Boden lösen.

„Wie ich diese Viecher hasse!", sagte Maïk laut. Seine Stimme hallte in dem kleinen Raum.

„Es liegt noch einiges an Arbeit vor mir. Doch nur, wenn der Fall eintreten sollte." Nachdenkliche Pause. „Hoffentlich tritt dieser Fall niemals ein." Schweres Ausatmen. „Aber falls doch, muss ich vorbereitet sein."

Aufräumen war angesagt, sehr intensives Aufräumen und Reinigen und Säubern und Entkeimen.

5

An diesem Tag fuhr Maïk noch ganze drei Mal zu dieser Hütte, jedes Mal bewaffnet mit Reinigungsmitteln, Lappen, Wischmobs und Handschuhen (wegen der Hygiene) und Handtüchern. Sauberes Wasser transportierte er flaschenweise, da er, falls er einen großen Eimer verwandt hätte, die Hälfte des Inhaltes (oder vielleicht sogar noch mehr) während der Fahrradfahrt verloren hätte.

Maik hatte mit dem widerstandsfähigsten Schmutz zu tun, den er je hatte beseitigen müssen; manche Flecke waren so verkrustet, dass er sie nur mit einem Spachtel abkratzen konnte, den er schon bei seiner zweiten Anfahrt mitbrachte. Die toten Tiere, hauptsächlich Spinnen, manchmal aber auch Ratten, Regenwürmer, Käfer und andere Insekten, stopfte er in einen Plastebeutel, den er am Ende seiner Arbeit geflissentlich zuschnürte (ein ekelhafter Gestank war von ihm ausgegangen).

Die Whiskeyflasche und die Cognacgläser nahm er bei einer der Heimfahrten mit und ließ sie geräuschvoll im Glascontainer verschwinden, nicht ohne sich an *damals* erinnert zu fühlen. Das Rad der Zeit hatte Flasche und Gläser so fest an den Gartentisch festgeklebt, dass sie fast zersplitterten, bei dem Versuch, sie gewaltsam zu lösen – doch nur fast.

Als die Hütte komplett gereinigt war, blieb für Maik noch etwas zu tun. Vorbereitungen für einen Fall, der hoffentlich nie eintreten würde, mussten getroffen werden. Diverse *Werkzeuge* und *Utensilien*, teils hatte er sie schon zuhause, teils musste er sie im Laden kaufen, schaffte er in die Hütte. Alles wurde für diesen *speziellen Fall* präpariert.

Am Ende war die Hütte nicht mehr wiederzuerkennen. Der zentimeterdicke Dreck war verschwunden, es roch angenehm nach „Frühlingsfrisch" (so hieß es zumindest auf der Verpackung der Reinigungsmittel, Maik empfand den Geruch als einen Cocktail diverser Chemikalien, zu einem Konglomerat synthetischer Düfte vermengt). Durch die Scheiben drang schwaches Tageslicht. Auf dem Fußboden konnte man gehen, ohne kleben zu bleiben und bestimmte bautechnische Maßnahmen ließen Maiks Plan erahnen, falls gewisse Umstände eintreten sollten.

Maik war zufrieden. Lächelnd betrachtete er die Früchte seiner Arbeit, die sich ihm in Form von Sauberkeit und Reinheit präsentierten.

Roland trank seinen *Tee*. Er saß auf seinen angestammten Stuhl in der Küche, seine Frau, Berta, saß neben ihm. Sie hatte eine große Schale mit Keksen auf den Küchentisch gestellt, aus dem Maik sich gerade einen Keks mit Marmeladenfüllung nahm. Maik saß seinen Großeltern gegenüber an der Stirnseite des Tisches. Vor ihm stand eine Tasse mit heißem Kakao, den seine Oma (mit extra viel Zucker) für ihn zubereitet hatte, so wie sie es damals immer tat, als Maik seine Großeltern ab und zu übers Wochenende besucht hatte. Im Laufe der Jahre waren seine Übernachtungen bei den Großeltern seltener geworden und mit dem Eintritt in die Pubertät gehörten sie dann völlig der Vergangenheit an. Das hieß nicht, dass er die „guten alten Zeiten" seiner unbedachten Kindertage wieder aufleben wollte und mal wieder ein paar Tage bei Oma und Opa verbringen wollte, jedoch fühlte er sich dafür „zu alt" und es wäre ihm peinlich gewesen, seinen Eltern zu sagen, er verbringe die nächsten Tage bei Oma und ließe sich von ihr bekochen. Und wenn das dann erst noch seine Klassenkameraden in der Schule erführen?! Nicht auszudenken!

Um zu kompensieren, dass er nicht mehr bei Berta und Roland nächtigte, besuchte er sie mittlerweile nahezu täglich. Roland ist für ihn nicht nur eine Opa/Vater-Figur, sondern auch so etwas wie ein guter Kumpel, gar ein Freund geworden, dem man alles anvertrauen, dem man alles sagen konnte, was einem „unter den Nägeln brannte", wie Roland sich ausgedrückt hätte.

Maik tunkte gerade seinen Keks in seinen Kakao, ließ ihn ein paar Sekunden einweichen, bis er mit Kakao vollgesogen war und dann steckte er ihn sich in den Mund. Wie immer schmeckte der Oma-Keks köstlich.

„Ich kann es immer noch nicht glauben", sagte Berta aufgebracht, noch immer unter Schock stehend. „Wie kann ein Schüler, der gerade mal so alt ist wie du, zwei Menschen vorsätzlich töten?" Sie machte eine kurze Pause, in der sie den Kopf schüttelte. „Einfach schrecklich."

„Weil die Jugend immer mehr den Bach lang runter geht", sagte Roland wütend. Mit feuchter Aussprache fügte er hinzu: „Ist doch klar, wenn sich sogar jedes Kleinkind Gewalt im Fernsehen anschauen kann."

Maik hatte seinen Blick auf seinen Kakao gerichtet, ihm war das Gespräch (oder vielmehr das Gesprächsthema) unangenehm. Anstatt etwas zu sagen, nahm er sich noch einen Keks.

„Kanntest du den Jungen, der getötet wurde?", fragte Berta.

„Ja", antwortete Maik lapidar.

„Wie hieß er denn?"

Maik sah von seiner Tasse auf und fragte apathisch. „Wer?"

„Wie er heißt? Der Junge, der ermordet wurde", fragte Berta geduldig.

„Frank", sagte Maik. „Frank Großer."

Roland, der gerade seine Tasse angesetzt hatte, stellte sie jäh wieder ab und sah Maik an, die Stirn gerunzelt. „Irgendwie kommt mir der Name bekannt vor", sagte er.

„Kann schon sein", sagte Maik vorsichtig.

„Frank Großer", warf Berta ein „hab ich noch nie gehört. Woher solltest du den denn kennen, Roland?"

„Keine Ahnung, kommt mir bekannt vor, als hätte ich den Namen irgendwo schon mal gehört."

Maik sagte nichts. Er war ganz froh über die Senilität seines Opas.

Nach einer Weile sagte Roland: „Na wer weiß, vielleicht irre ich mich ja auch." Seine Falten auf der Stirn verschwanden jedoch nicht.

Eine unangenehme Pause entstand, in der sich Maiks Nerven zum Zerreißen spannten, bis er es kaum noch aushielt (sein Opa zermarterte sich offenbar den Kopf darüber, wo er den Namen Frank gehört hatte).

Berta war es, die erlösend das Schweigen brach. „Und wer ist der Mörder?"

„Daniel", antwortete Maik schnell. Mit dem Namen würde Roland nichts anfangen können. „Daniel hat beide im Blutrausch getötet. Die Beweislage ist eindeutig. Daniel war es."

„Ist das wirklich sicher, dass dieser Daniel der Täter ist?", fragte Berta.

„Ja, absolut. Man hat Blut und die Tatwaffe, mit der der Hausmeister ermordet wurde in seinem Spind gefunden", sagte Maik schulmeisterisch.

„Aber es könnte ihm doch auch jemand in den Spind gelegt haben. Solange man keine Fingerabdrücke verglichen hat, ist also nicht bewiesen, ob er wirklich der Täter ist", warf Roland ein. „Oder was meinst du, Maik?"

Blut schoss Maik in den Kopf, als wäre seine Halsschlagader eine Fontäne, die mit Hochdruck arbeitete. „Na ja", begann er. „Ich glaube schon, dass Daniel es war, schließlich hatte er auch ein Motiv, Kev..., ähm, den Mord zu begehen."

„Was hatte er denn für ein Motiv?", fragte Berta.

„Ähm, er und sein, ähm, Opfer hatten sich am Vortag gestritten.

„Worüber denn?", fragte Roland.

Verdammt. Maik wusste nicht, was er sagen sollte. Die Wahrheit durfte er auf keinen Fall sagen, sonst würde Roland auf jeden Fall *ihn* und nicht Daniel verdächtigen. Auch wenn

Roland etwas senil geworden war, dumm war er nicht. Maik musste sich also etwas einfallen lassen, und das schnellstens.

„Äh", er stockte. „Keine Ahnung, typische Jugendlichen-Probleme, denke ich mal. Ich hab das nicht so mitgekriegt. Ich weiß nur, *dass* sie sich gestritten haben, aber nicht *worüber* sie sich gestritten haben."

Das dürfte genügen, hoffte Maik.

„Hm", sagte Roland, seine Stirn blieb weiterhin kraus und seine Augenbrauen hochgezogen.

7

„Oh mein Gott, Maik. Wir haben schon davon gehört. Wie geht es dir?"

Dana stand im Flur und hatte Maik sofort in Beschlag genommen, als dieser zur Tür hinein kam. David stand einen Meter seitlich und musterte Maik eindringlich bei seiner Ankunft, die Lippen zu einem schmalen Strich zusammengepresst. Maik wusste, was das bedeutete: Sein Vater war auf ein Gespräch aus, auf ein ernstes Gespräch. Er würde sich nicht mit einer Floskel wie: „Ich hab jetzt keine Lust darüber zu reden" oder „Tut mir leid, aber ich kann jetzt nicht sprechen" abwimmeln lassen. Er wollte reden, soviel stand fest.

„Ja alles in Ordnung, mir geht es gut." *Herrn Meier und Frank jedoch nicht.*

Dana nahm ihren Sohn fest in die Arme und begann zu weinen. Ihre Umarmung glich einem Schraubstock, der *etwas* unbarmherzig zusammenpresst. Maik musste unweigerlich an Frank denken.

Ah, der Schraubstock.

Dana hielt Maik, der sich nicht wehrte und auch keine Zeichen des Unbehagens über die Emotionalität seiner Mutter äußerte, eine Weile in ihren Armen. Ihr Weinen ging nahtlos in ein Schluchzen über.

Erst als David sich räusperte, löste Dana ihren Klammergriff; Maik atmete tief durch und Luft strömte durch seine eben noch zusammengedrückten Lungenflügel.

„Lass uns ins Wohnzimmer gehen und dann erzählst du uns alles", sagte David mit einer Reibeisenstimme.

„Also, was wisst ihr denn schon?", fragte Maik, der auf dem Sessel saß, seine Eltern ihm gegenüber auf der Couch, ein schwarzer Stubentisch dazwischen.

Dana atmete kurz durch und brabbelte dann hastig los: „Wir haben die Nachrichten gesehen und da wurde über deine Schule berichtet, dass da ein Schüler und euer Hausmeister ermordet worden – von einem Schüler."

„Stimmt das?", fragte David.

Maik bemühte sich, einen bedauernden Tonfall an den Tag zu legen. „Ja, leider stimmt das. Es wurden tatsächlich zwei Morde von einem Schüler begangen."

„Aber warum? Warum hat ein Schüler, *der so alt ist wie du* zwei Menschen getötet?" fragte Dana fassungslos und sie war wieder den Tränen nahe. Nur der sanfte Griff ihres Mannes auf ihrer Schulter hielt sie davon ab, abermals loszuheulen.

„Es wird vermutet, dass der gestrige Streit zwischen den beiden Schülern der Grund für diesen ... *grausamen* Mord ist", sagte Maik.

„Und der Hausmeister?", fragte David.

„Stand einfach nur im Weg", sagte Maik, als wäre es das Normalste auf der Welt. Als wäre es normal, doppelt soviele Menschen töten zu müssen, als man vor hat, um die Zielperson töten zu können.

Dana starrte lethargisch den Boden an, scheinbar teilnahmslos gegenüber ihrer Umwelt, in Gedanken versunken; in Gedanken darüber, wie grausam ein Mensch sein kann.

„Und kennst du den Schüler?"

„Welchen? Mörder oder Opfer?"

„Egal."

„Ich kenne beide. Der Mörder geht, oder vielmehr ging, sogar in meine Klasse", sagte Maik, fast so, als wollte er damit angeben, dass er jahrelang mit einem Mörder in einem Zimmer saß.

„Oh Gott, das muss doch schrecklich sein", sagte die eben aus ihrer Lethargie erwachte Dana.

Maik wollte gerade etwas antworten, da sagte David: „Und wie haben die anderen Schüler reagiert?"

„Fast alle haben entweder geheult oder Daniel beschimpft."

„Und die Lehrer? Wie haben die reagiert?", fragte David weiter.

„Einige von denen haben auch geheult, aber die meisten waren einfach nur entsetzt."

„Nein, ich meine, was die dann mit euch gemacht haben."

„Ach so. Na ja, die haben uns nach Hause geschickt."

David verschränkte die Arme und lehnte sich auf der Couch weit nach hinten. „Ist ja wieder mal typisch. Bei jedem Bisschen bekommt ihr schulfrei."

„David!", rief Dana geschockt.

„Ist doch wahr. Wenn wir bei jeder Kleinigkeit frei gekriegt hätten, wäre aus uns auch nichts geworden."

Dana sah ihren Mann streng an. „Das kannst du nun aber wirklich nicht Kleinigkeit nennen."

„Ich meine ja nur", begann David. „Es herrscht heutzutage keinerlei Disziplin in den Schulen. Und dann wundern die sich, wenn so eine Scheiße passiert."

„David!"; rief Dana erneut.

„Sag' nicht immer *David*", rief Maiks Vater. „Es traut sich einfach nur niemand, die Wahrheit zu sagen, in dieser verweichlichten Welt."

Maik verfolgte gebannt den progressiven Wutausbruch seines Vaters, der sich von einer simplen (ungefährlichen) Anteilnahme zu blankem Hass gegenüber *„dem System"* entwickelte. Über diese Entwicklung war Maik sehr zufrieden; so wie er seine Eltern kannte, würde Dana ihn hoch in sein Zimmer schicken und dann mit ihren Mann lauthals diskutieren, was sein (Davids) Verhalten soll.

Alles war bestens.

8

Der Schulleiter hatte Klassenlehrer und Tutoren beauftragt, mit ihren Schülern über den gestrigen Vorfall zu sprechen. Herr Schmidt stand vor seiner Klasse, seinen Koffer hatte er, wie immer, auf das Lehrerpult abgelegt. Seine Linke war in die Hosentasche gesteckt, die Rechte lag an seinem Kinn, den nicht vorhandenen Bart kratzend. Sein Gesicht war auf den Boden gerichtet.

Seit fünf Minuten war *Unterricht*. Zumindest hatte die Schuluhr vor fünf Minuten geklingelt. Entgegen den üblichen Konventionen herrschte absolute Stille im Klassenzimmer, nur das stete Kratzen von Herrn Schmidts Hand an dessen Kinn war zu hören. Die Schüler, unter ihnen auch Maik, saßen bewegungslos, den Blick nach vorn auf Herrn Schmidt gerichtet, auf ihren Plätzen und warteten.

Maik verspürte ein eigentümliches Gefühl: Auf der einen Seite war er aufgrund der Stille gelangweilt, doch auf der anderen Seite war er aufgeregt. Aufgeregt in Erwartung dessen, was folgen würde.

Die Sekunden vergingen, Herr Schmidt kratzte sich fortwährend am Kinn, sah ab und zu kurz auf, blickte in seine Klasse, und wandte dann den Blick rasch wieder ab, um sich erneut seinen Überlegungen, das Gesicht gen Boden gerichtet, zu widmen. Die Minuten vergingen. Dieses Schauspiel („Schmiddy weiß nicht, was er sagen soll", hätte Maik es genannt, wäre es ein Film gewesen) wiederholte sich und wiederholte sich. Die Schüler verharrten in ihrer interessiert wartenden Stellung.

Ein leises Husten entfuhr einem Schüler. Herr Schmidt sah erschrocken auf, mit großen Augen, die Pupillen geweitet. Er steckte nun auch die andere Hand in seine Hosentasche. Die Spannung war unerträglich, die Stille war beinahe *sichtbar*, beinahe *spürbar*. Man hätte sie mit dem Finger fast berühren können, sie streicheln können, oder sie mit einer Schere zerschneiden können, so *materiell* war diese Stille.

Herr Schmidts Mimik veränderte sich. Er öffnete kurz den Mund, als wollte er etwas sagen, sah sich um, doch presste anschließend seine Lippen wieder zusammen, zu einem unbewussten schüchternen Lächeln.

Komm schon, jetzt hast du dich lange genug feiern lassen, dachte Maik, dessen Unruhe zunahm.

Nach weiteren Minuten des Schweigens durchbrach Herr Schmidt schließlich die Stille und sagte mit belegter Stimme: „Guten Morgen."

Oh, Gott!, dachte Maik.

Herr Schmidt konnte einem richtig leidtun. Diese beiden ersten Worte waren so peinlich. Erst sagte er zehn Minuten lang gar nichts und dann brachte er ein kurzes „Guten Morgen" hervor, dass weder von der Klasse erwidert wurde, noch der Wahrheit entsprach. Scheinbar rang er, die richtigen Worte (beziehungsweise überhaupt *irgendwelche* Worte) zu finden. Er war, wie man so schön sagt, sprachlos; ihm fehlten die Worte.

Mit großer Mühe, und auch nur sehr langsam, schaffte er es, weiter zu sprechen: „Wie ihr bereits wisst, hat sich gestern in unserer Schule eine tragische Tragödie zugetragen."

Eine tragische Tragödie?, dachte Maik. *Der Mann ist doch völlig durch den Wind, der kriegt ja keinen anständigen Satz mehr zusammen.*

Herr Schmidt, der seine Tautologie bemerkt hatte, schüttelte unmerklich (wahrscheinlich nur für sich selbst, um sich einen Dummkopf zu schalen) den Kopf. Dann fuhr er fort: „Ich möchte den Vorfall kurz rekapitulieren. Daniel Betka, der zweifelsfrei der Tat überführt wurde, ermordete unseren allseits beliebten und fähigen Hausmeister Herrn Kurtzk sowie den Schüler Frank Großer. Beide waren schon tot, als man sie entdeckte. Daniel wurde in Gewahrsam genommen. Vorläufig befindet er sich in Untersuchungshaft, bis seine Schuld endgültig bewiesen ist." Herr Schmidt machte eine kurze Pause, um seine Gedanken zu sammeln und fuhr dann etwas schneller, aber immer noch langsam im Vergleich zu seiner sonstigen Sprechweise, fort: „Schulleiter Kasbrack hat mich und meine Kollegen beauftragt, mit euch über diese..." abermals Pause „... Tragödie zu sprechen. Wenn ihr also irgendetwas loswerden wollt, oder euch zu dem gestrigen Vorfall äußern möchtet, dann habt ihr jetzt Gelegenheit dazu."

Herr Schmidt stand vor der schweigenden Klasse, niemand meldete sich, eine *fühlbare* Stille wie zufuhr entstand. Herr Schmidt sah sich unsicher um und Maik konnte erkennen, wie sich sein Kopf leicht rot verfärbte.

Nach einer Weile, die allen beteiligten unendlich lang vorkam, die ein ganzes Universum zu beherbergen schien, meldete sich ein Schüler namens Robert.

Herr Schmidt bemerkte Roberts schwach erhobene Hand, die unsicher wackelte und sagte: „Ja?"

„Ähm", sagte Robert und wackelte dabei aufgeregt mit den Füßen. „Ich würde gern wissen, wie die Polizei darauf kommt, dass es Daniel war."

„Du willst also wissen, mithilfe welchen Beweisen Herr Betka überführt wurde?", formulierte Herr Schmidt Roberts Worte um, nicht um ihn zu korrigieren, nur um die Frage in eine für ihn verständliche Form zu bringen.

„Ja, genau", stimmte Robert zu.

„Nun", begann Herr Schmidt und hielt kurz inne, verschränkte die Arme und sagte dann: „Man hat in seinem Spind die Tatwaffe, ein" Pause „Fleischermesser gefunden. Blut klebte noch daran und auch das Innere des Spindes war blutverschmiert."

„Aber das Messer könnte jedem gehören. Es kann doch auch sein, dass jemand Daniel das Messer untergejubelt hat", hakte Robert dazwischen.

Ein anderer Schüler, Tyler war sein Name, rief: „Hat man denn Fingerabdrücke genommen?"

Herr Schmidt sah Tyler böse an. Er mochte es nicht, wenn jemand unaufgefordert das Wort ergriff. Dennoch antwortete er: „Genau das ist der Grund, warum er noch in Untersuchungshaft sitzt, man hat die Fingerabdrücke überprüft."

„Und?", fragte Tyler, worauf er wieder einen bösen Blick von Herrn Schmidt erntete.

„Und man hat festgestellt, dass die Fingerabdrücke nicht übereinstimmen. Die Fingerabdrücke auf dem Messer sind andere, als die von Daniel."

„Und was nun?" Diese Frage kam wieder von Tyler.

Herr Schmidt gab es auf, ihm für seine unangemeldeten Zwischenrufe böse Blicke zuzuwerfen und sagte deshalb: „Die Polizei wird Mittel und Wege finden, entweder Daniel des Mordes zu überführen oder den wahren Mörder zu finden. Sie ist zuversichtlich, dass eines von beidem auf jeden Fall eintreten wird."

Maik, der Herr Schmidts Worte interessiert verfolgte, wurde unruhig. *Was sind das für Fingerabdrücke, die auf dem Messer gefunden worden? Ich habe doch eigentlich gar keine hinterlassen! Oder etwa doch?* Maik wurde unsicher. Hatte er wirklich keine Abdrücke hinterlassen? War ihm tatsächlich ein Fehler, ein Irrtum oder einfach nur ein kleiner, aber verhängnisvoller, Schnitzer unterlaufen? Und welche Mittel und Wege wird die Polizei ergreifen? In Maiks Kopf wirbelten die Gedanken herum, wie die Häuser in dem Spielfilm „Twister", den er zusammen mit Steve im Fernsehen angeschaut hatte und der ihn (nicht zuletzt wegen der Spezialeffekte) fasziniert hatte. Und genau wie die fliegenden Häuser im Film wirbelten seine Gedanken ungeordnet und schnell in seinem Kopf herum. Welchen Fehler konnte er nur begangen haben? Er ging die gesamten Abläufe von gestern noch einmal durch, auf der Suche nach seinem Fehler. Wo konnte er nur so unaufmerksam gewesen sein, dass er Abdrücke auf dem Messer hinterlassen hatte? War es vielleicht gewesen, als er es in den Spind gelegt hatte? Nein, da hatte er die Handschuhe auf. Oder als er es aus der Küchenschublade genommen hatte? Nein, da auch nicht, auch da hatte er Handschuhe auf.

Ein schrecklicher Gedanke (und vor allem ein realistischer, plausibler Gedanke) kam ihm in den Sinn. Waren die Handschuhe etwa nicht *ganz dicht*? Hinterließen sie Fingerabrücke? War der Kunststoff etwa so dünn, dass Abdrücke von seinen Fingern hindurch drückten?

Maiks Herz raste. Den Rest des Unterrichtes bekam er nicht mit, auch das Klingelzeichen zur Pause bemerkte er kaum. Ihm wurde speiübel. Sollten die Handschuhe, die unzuverlässigen Handschuhe der Fehler gewesen sein, der Fehler, der ihm die Freiheit kosten wird?

9

Paralysiert vor Ungewissheit verließ er selbst nach der zweiten Stunde bei Herrn Schmidt nicht das Zimmer. Maik blieb die gesamte Pause über auf seinem Platz, in Gedanken versunken. Erst das Stundenklingeln riss ihn aus seiner Paralyse und Maik lief rasch in das Zimmer, in dem er zur dritten Unterricht hatte. Maik kam zu spät. Doch der Lehrer, bei dem er hatte, bemängelte dies nicht. An diesem Tag schien Ausnahmezustand zu herrschen, man deutete Maiks Apathie und seinen ängstlichen Blick als Fassungslosigkeit und Trauer.

In der dritten Stunde befragte der Lehrer ebenfalls die Klasse, ob sie sich über die beiden Morde äußern möchten. Niemand meldete sich und der Lehrer stammelte etwas von „grässlich", „unerwartet" und „furchtbar". Gleichzeitig beteuerte er, der Mörder würde überführt werden und dergleichen würde nie wieder geschehen, dessen konnten sich die Schüler sicher sein.

Maik hörte nur mit einem Ohr hin, ihm fehlte die Muse, sich zu konzentrieren. Er hatte Angst, alles könnte schiefgegangen sein. Er hatte Angst davor, mit Daniel die Plätze zu tauschen.

Auch in der vierten und fünften Stunde wurde kein Unterricht gemacht, stattdessen wurden Grundsatzdiskussionen über Moral, Werteverfall und den Tod geführt. Einmal kam sogar Herr Kasbrack ins Zimmer, um sich selbst „ein Bild vom seelischen Zustand seiner Schüler zu verschaffen"

Nach der fünften Stunde war die große Pause, die Mittagspause. Maik schüttelte seine Gedanken an seine mögliche Inhaftierung ab (oder schob sie zumindest beiseite) und begab sich auf den Schulhof. Unterwegs hielt er Ausschau nach der Person, wegen der er all dies hervorrief – Jennifer. Die Schüler liefen in kleinen Gruppen durch die Gänge und tuschelten leise. Von dem Lachen, welches man üblicherweise in dieser Pause hörte, war nichts zu vernehmen, alles lief gesittet und ruhig ab. Niemand döste durch die Gänge, niemand unterhielt sich lauthals und kein Witz, der die Umstehenden zum brüllen gebracht hätte, wurde gerissen.

Doch Jennifer war nirgends zu sehen, jedenfalls konnte Maik sie nicht ausmachen.

Auf dem Schulhof verhielt es sich ähnlich wie auf den Gängen im Gebäude. Die Schüler waren in drei bis sieben Mann starke Gruppen aufgeteilt und unterhielten sich, teils mit vorgehaltener Hand, teils sich nach unerwünschten Mithörern umsehend. Die Gesprächsthemen drehten sich ausnahmslos um Daniel, Frank und Meier. Die Stimmung war am Boden; von der üblichen Euphorie (es war schließlich Pause, kein Unterricht) war nichts zu spüren. Ein Unbeteiligter, der rein zufällig auf dem Schulhof gestanden hätte, hätte schon allein der miesen Stimmung wegen losheulen können, ohne ersichtlichen Grund Die Trauer war beinahe *spürbar*, oder *sichtbar* oder gar *greifbar*.

Maik sah sich überall um und versuchte Jennifer auszumachen. Er fand sie in keiner der Grüppchen. Sie schien verschollen. Sie war weder bei den Rauchern an den Aschenbechern, noch auf den Sitzbänken, wo Maik gelegentlich sein Frühstück zu sich nahm. Und sie war auch nicht auf dem Parkplatz oder bei den Fahrradständern. Sie war an keinem der üblichen Plätze, wo sie sich sonst aufhielt.

Jennifer saß unter einer der Eichen, die zur Gründung der Schule, an der Rückseite des Gebäudes, gepflanzt worden. Sie sollten aus der Steppe, die sich vorher dort befand, eine Art

Park machen, wo die Schüler frische Luft atmen und sich entspannen konnten. Doch welcher Schüler interessierte sich schon für ein paar Eichen, planlos angepflanzt, ohne sonstige Besonderheiten, die den Platz für Schüler interessant gestaltet hätten. Nach achtzig Jahren Wachstumsdauer waren sie zu einer stattlichen Größe herangewachsen und boten der sitzenden Jennifer einen idealen, schattigen Platz, wo sie niemand behelligen konnte.

Jennifer saß da, gekrümmt, die Hände vors tränenverquollene Gesicht gehalten, weinte sich aus und konnte nicht begreifen, wie *so etwas* geschehen konnte. Am liebsten wäre sie zuhause geblieben, läge im Bett und würde den ganzen Tag nur heulen. Um Frank heulen. Doch ihre Eltern hatten sie gezwungen, in die Schule zu gehen. Sie sollte „auf andere Gedanken kommen" und sich ablenken. Anfangs hatte sie sich gewährt und darauf beharrt, zuhause zu bleiben, doch schließlich obsiegten ihre Eltern. Jennifer hatte einfach nicht die Nerven, sich verbal gegen ihre Eltern zu behaupten und so gab sie schließlich nach und ging in die Schule (oder ließ sich vielmehr von ihrem Vater in die Schule chauffieren).

Sie saß da, unter einer stämmigen deutschen Eiche und betrachtete ein briefmarkengroßes Bild von Frank, dass sie in ihrem Portemonnaie aufbewahrte, als sie noch zusammen waren, als Frank noch lebte. Nun war Frank tot und dieses Bild, dieses kleine briefmarkengroße Bild, war das einzige, was ihr, neben ihrer Erinnerung, von Frank geblieben war.

Als sie das hübsche Gesicht Franks betrachtete, ergoss sich ein neuer Schwall Tränen aus ihren Augen (unglaublich, wieviel Flüssigkeit der menschliche Körper über den Kopf ausscheiden konnte, wenn er traurig war) und tröpfelte direkt auf Franks Bild, das sich, von Tränenwasser getränkt, ein wenig wölbte.

Jennifer winkelte schluchzend ihre Beine an und legte ihre Arme um ihre Knie. Den Kopf hielt sie zwischen die Beine, sodass sie auf den Boden sah, und diesen vollheulte.

Maik wollte gerade den Weg zu den Eichen antreten, in der Hoffnung, Jennifer vielleicht dort anzutreffen, als ihm ein Zwölftklässler, ein Freund Franks, wie Maik wusste, den Weg versperrte. Maik kannte seinen Namen nicht, vielleicht irgendetwas mit „J" am Anfang, er hatte ihn nur hin und wieder mit Frank zusammen gesehen, aber mit ihm keinen Kurs besucht.

Der Zwölftklässler baute sich vor Maik auf, sein Körper war muskulös. Er hatte kurze blonde Haare und trug ein Achselshirt.

„Du bist doch Maik? Maik Beyer?" Seine Miene war grimmig, er hatte die Arme verschränkt, um seinen Körper noch muskulöser erscheinen zu lassen. Er betonte seine Worte nicht wie eine Frage, sondern vielmehr wie eine Feststellung. Eine Feststellung, die ihn störte, so kam es Maik vor.

„Ja, der bin ich", antwortete Maik gelassen. Er war gespannt und ein wenig ängstlich zugleich, vor dem, was kommen würde.

Der Kerl mit dem Achselshirt fuhr mit betont kräftiger Stimme fort: „Du", das Du betonte er besonders stark und erhob bei diesem Wort sogar seinen Zeigefinger und deutete auf Maik. „Du bist für Franks Tod verantwortlich!"

Maik war perplex. Er wusste nicht, wie er darauf reagieren sollte. Woher wusste dieser Typ, dass Maik Frank getötet hatte? Hatte er etwa die richtigen Schlüsse gezogen und war der Polizei einen Schritt voraus? Oder hatte er irgendeinen Beweis, ein Indiz (also einen Fehler seitens Maik), welches ihn zu dieser Behauptung veranlasste?

Noch bevor Maik antworten konnte, der eine Zeit brauchte, um das gesagte zu realisieren, sagte der Typ mit dem Achselshirt: „Wenn du Franks Freundin nicht angemacht hättest, dann hätte Frank dich nicht lächerlich gemacht und Daniel hätte keinen Grund gehabt, Frank zu töten. Also bist DU indirekt an Frank Tod schuld." Er stemmte die Hände in die Seiten und wartete darauf, was Maik sagen würde.

Maik, der mit diesem Verlauf des Gesprächs nicht gerechnet hätte, fiel ein Stein vom Herzen. Dieser Typ dachte also doch, dass Daniel Frank getötet hatte. Er war lediglich sauer auf Maik, weil er der Grund war, dass Daniel ein Motiv hatte, Frank zu töten. Nun musste sich Maik nur eine Ausrede einfallen lassen, um diesen Hünen zu beruhigen - und das sollte ihm ein Leichtes sein.

„Hey, ich bin genauso schockiert über Franks Tod wie du. Es war nie meine Absicht, dass ihm wegen mir etwas derartiges passiert. Glaub mir, ich hab sogar zu Daniel gesagt: ,Hey, lass gut sein' und ,Der Typ ist es nicht wert'. Eigentlich kann ich sogar verstehen, dass Frank sauer auf mich war. Und jetzt bin ich genauso fassungslos wie du, dass er tot ist."

Der Hüne hörte sich Maiks Improvisation genau an. Er wollte gerade etwas sagen und Maik konnte an seinem Gesichtsausdruck erkennen, dass es nichts endgültiges, Maik entlastendes wäre, sondern dass er Maiks Rede widersprechen wollte. Doch Maik sprach hastig weiter: „Klar, wir sind alle etwas durch den Wind, weil Frank tot ist und versuchen die Sache zu erklären. Glaub mir, ich hab mir auch schon Vorwürfe gemacht. Diese Situation macht uns alle ein wenig verrückt. Aber wir dürfen nicht vergessen, der wahre Täter sitzt jetzt in Untersuchungshaft und er, der wahre Täter, heißt Daniel Betka. Und nur er ist für den Tod Franks verantwortlich und wenn Frank noch leben würde, würde er genau das gleiche sagen. Wir sollten jetzt nur alles daran setzen, dass dieses Schwein, Daniel, wirklich in den Knast kommt. Und das für so lange wie möglich, damit er kriegt, was er verdient. Aber wir dürfen uns jetzt nicht gegenseitig fertigmachen"

Hey, nicht schlecht für 'ne Improvistation.

Maik hatte seine Worte sorgfältig gewählt, alles ruhig und sachlich vorgetragen. Und nun hoffte er auf eine positive Resonanz.

Der Hüne kräuselte seine Lippen, Maik deutete dies als schlechtes Zeichen, doch dann sagte Franks Kumpel: „Vielleicht hast du Recht. Franks Tod hat mich schon ganz schön mitgenommen. Tut mir leid, dich so angemacht zu haben. Du kannst ja auch nichts dafür" Er klopfte Maik sachte auf die Schulter, wartete keine Antwort von Maik ab und ging wieder zu den anderen Kumpels von Frank, von denen er hergekommen war.

Maik rief ihm ein „Halt die Ohren steif" hinterher und sah dann auf die Uhr ...

10

Jennifer saß unter der größten Eiche, mit ihrer guten Jeans auf dem dreckigen Erdboden. Ameisen krabbelten an ihren Beinen hoch; doch sie bemerkte das nicht. Vögel zwitscherten – auch das bemerkte sie nicht.

Sie saß einfach nur da, mit vom Weinen geröteten Augen, und sie dachte nach. Sie dachte nach über die letzten beiden Tage, die ihr Leben so radikal veränderten. Die ihren Traum von einem glücklichen Leben mit Frank zerplatzen ließen wie eine Seifenblase.

Sie waren noch nicht lange zusammen, sie und Frank, aber es war für sie, bereits etwas ganz besonderes. Sie mochte es, wie Frank um sie herumtänzelte, wie er ständig versuchte, sie zu beeindrucken, wie er sie anbaggerte.

Klar, manchmal stellte er sich etwas dämlich an, und manchmal machte er sich auch einfach nur zum Trottel. Aber das fand sie irgendwie *niedlich.*

Franks Bemühungen, sie aufzureißen, hatten etwas archaisch natürliches an sich, was sie bisher nur aus zweitklassigen Teenie-Filmen kannte. Er brachte ihr Blumen mit, war in ihrer Anwesenheit ganz aufgeregt und stammelte manchmal nur, wenn er etwas sagen wollte.

Wie weggeblasen war der Frank, den sie vorher kannte, von dem sie so viel gehört hatte. Der Frank, der Leute verprügelte, der als „harter Typ" galt, der als angsteinflößend und brutal galt. Dieser Frank wich einem verliebten Buhler. Und das gefiel Jennifer.

Frank, der eigentlich ganz anders war, benahm sich in ihrer Anwesenheit wie ein Romeo; und das nur wegen ihr, einem Mädchen. Sie fühlte sich so, als wäre sie die wichtigste Person auf der Welt, wenn Frank sie umwarb. Frank gab ihr das Gefühl, begehrt zu sein. Er gab ihr ein Gefühl, wonach sie schnell süchtig wurde. Die Komplimente, mit denen er sie überschüttete, die Geschenke, die sie bekam – all das machte sie nicht nur glücklich, es machte sie *selig*.

Es dauerte nicht lange, bis sie Franks Anbaggerungsversuchen nicht mehr widerstehen konnte, und sie beide zusammenkamen. Es war nicht nur für Frank ein Traum, der wahr wurde, sondern auch für Jennifer. Denn Frank war, entgegen dem was man von ihm erwarten mochte, ein liebevoller Partner. Wenn er sich anderen gegenüber auch als brutal aufspielte, so war er als Boyfriend ein wahrer Romancier.

Frank und Jennifer hatten eine tolle Zeit. Sie unternahmen viel miteinander, gingen auf Partys, schauten abends zusammen DVD's an und teilten ein Bett miteinander...

Doch nun war Frank tot und wie Jennifer so unter der Eiche saß, konnte sie das Ausmaß der Geschehnisse immer noch nicht begreifen. Wie konnte Frank tot sein? Der starke Frank, vor dem sich die ganze Schule fürchtete, mit dem nie jemand eine Schlägerei eingegangen wäre – jedenfalls nicht freiwillig (außer vielleicht dieser kleine Trottel auf Daniels Party...). Sie konnte und wollte es nicht begreifen, dass dieser *starke* und *mächtige* Frank tot war.

Erneut liefen ihr Tränen übers Gesicht, die sie mit der nackten Hand wegwischte. Die Schule kam ihr so sinnlos vor. Wieso sollte sie noch zur Schule gehen, wenn Frank doch tot war? Was für einen Sinn hatte ihr Leben, wenn Frank nicht mehr war?

Jennifer konnte nicht mehr.

Und sie wollte nicht mehr.

... und stellte fest, dass er noch Zeit hatte. Also setzte er seinen Weg zu den Eichen fort. Ein schmaler, kiesbedeckter Weg führte an die Rückseite der Schule. Maik hörte schon von Weitem die Vögel zwitschern.

Als er angekommen war, brauchte er sich nicht lange umzusehen, Jennifer saß unter der größten der Eichen im Schneidersitz und hatte ihr Gesicht in den Händen vergraben.

Maik schritt langsam auf sie zu und blieb zirka einem Meter hinter ihr stehen.

Er wartete und betrachtete.

Nach einem kurzen Blick auf die Uhr sprach er Jennifer mit ruhiger Stimme an: „Jennifer...?"

Jennifer blickte sich erschrocken um, und starrte Maik mit großen Augen an. „Was willst du denn hier?", fragte sie.

„Ähm", stammelte Maik, „ich wollte sehen, wie es dir geht."

Jennifer sah ihn nur an und erwiderte nichts.

Damit keine peinliche Stille entstand, sagte Maik vorsichtig: „Und – wie geht's dir?"

„Wie soll es mir schon gehen", sagte Jennifer aufgebracht, „ – beschissen!"

„O das tut mir leid. Kann ich dir vielleicht irgendwie helfen, oder dir zur Seite stehen?"

„Sag mal was willst du eigentlich? Ich kenne dich nicht mal", tönte sie und machte eine kurze Pause. „Ach, lass mich bitte einfach nur in Ruhe. Ich habe genug Probleme, auch ohne so einen Freak wie dich." Jennifer wandte wieder den Blick ab und sah auf den Erdboden.

Maik ließ nicht locker. „Willst du über das sprechen, was passiert ist?", fragte er teilnahmsvoll.

„Nein!", schrie Jennifer. Sie stand auf und brüllte Maik entgegen: „Was fällt dir eigentlich ein, mich hierhin zu verfolgen und dummes Zeug zu reden!? Verschwinde!"

Sie gab Maik einen Schubser; Maik torkelte ein paar Schritte nach hinten und blieb dann stehen.

„Aber...", begann Maik.

„Geh!", schrie Jennifer, Tränen kullerten auf ihrem hübschen Gesicht. „Siehst du denn nicht, dass ich meine Ruhe haben will?" Leise, fast zu sich selbst sagte sie: „Lasst mich doch alle in Ruhe."

Maik stand da.

Jennifer saß da und weinte.

Anstatt zu verschwinden, betrachte Maik die Tränen auf Jennifers Wangen. Hin und wieder erhielt er dafür einen erbosten Blick. Drei Minuten stand Maik so da, bis er schließlich sagte: „Ich heiße Maik."

„Aha", sagte Jennifer ohne Interesse.

Dann vergingen wieder zwei Minuten des Schweigens, bis Jennifer endlich das Wort ergriff: „Und was nützt mir diese Information?" Der Klang ihrer Stimme verriet Sarkasmus.

Maik wartete, er dachte nicht nach, die Antwort auf diese Frage wusste er bereits. Er wartete des Wartens wegen.

„Ich bin dir nun nicht mehr unbekannt."

Jennifer drehte sich wieder zu Maik um, einen undeutbaren Ausdruck im Gesicht.

„Der Name macht uns doch erst zu einer Person. Wenn du meinen Namen nichts kennst, bin ich für dich nur einer von vielen. Bin ich nur *irgendjemand*. Vielleicht ein *Freak*. Doch kennst du meinen Namen, bin ich Maik. Erst mein Name macht mich für dich zu etwas

B*estimmten*. Mein Name konkretisiert mich für dich. Du weißt jetzt: ich bin Maik. Jetzt habe ich für dich einen Wiedererkennungswert."

Jennifer lauschte seinen Worten. Erst wusste sie nicht, was sie erwidern sollte. Sie dachte nach und sagte dann: „Redest du immer so philosophisch?"

„Ich rede nicht viel."

„Aber wenn du redest. Redest du dann so philosophisch?"

„Manchmal."

Jennifer und Maik schwiegen sich an. Maik sah auf seine Uhr und stellte fest, dass der Unterricht bereits wieder begonnen hatte.

„Willst du jetzt darüber reden, was passiert ist?"

„Nein."

„Warum nicht?"

„Keine Lust."

„Darf ich mich zu dir setzen?", fragte Maik erwartungsvoll, „Und jetzt rede dich nicht damit raus: ‚Ich kenn' dich ja nicht mal'"

Jennifer lächelte schwach und sagte dann: „Jetzt nicht. Ich geh' wieder." Sie stand auf und ging den Weg zurück, durch den Maik hierher gekommen war.

Maik blieb stehen und sah ihr nach.

Aus einiger Entfernung steckte Jennifer die Hand hoch und rief: „Vielleicht sehen wir uns ja mal wieder, Maik."

O, das werden wir auf jeden Fall. Wir sehen uns ganz bestimmt wieder. Darauf kannst du dich verlassen, dachte Maik.

Die doppelte Menge Beruhigungsmittel – und die Polizisten hatten es geschafft, Daniel zum Stillsitzenbleiben zu bringen. Nun waren seine Pupillen geweitet, sein Blick trüb, seine (wenigen) Bewegungen schwerfällig. Er starrte die Tür ihm gegenüber an, ohne zu realisieren, *dass* er sie anstarrte. Er starrte sie ganz einfach an, ohne Motiv, aus reiner *Müdigkeit.*

Der Raum in dem Daniel sich befand, war klein. In der Mitte war ein Tisch, an dem Daniel nun auf einem unbequemen Metallstuhl saß. Die Neonleuchten an der Decke spendeten rares Licht. Links neben Daniel hing ein Spiegel. Kein normaler Spiegel, und der Spiegel „hing" auch nicht. Es war einer der Spiegel, die nur von einer Seite spiegelnde Wirkung haben, von der anderen jedoch vollkommen transparent sind. Maik hätte – wenn er denn nach links gesehen hätte – sein Spiegelbild gesehen. Hinter dem „Spiegel" war ein (für Daniel nicht sichtbarer) „Beobachtungsraum", und in diesem Beobachtungsraum waren drei Männer und eine Kamera auf einem Stativ, über deren roten Leuchte das Wort „RECORD" stand.

Daniel saß da, starrte an die Wand und wurde von den drei Männern im Nachbarraum beobachtet. Er wusste nicht, dass er beobachtet wurde, es war ihm auch egal. In diesem Trance-ähnlichen Zustand war ihm so ziemlich alles egal. Die Minuten verrannen und sie kamen ihm wie Sekunden, ach, wie *Sekundenbruchteile* vor. Es gab also für die drei Männer nicht viel zu beobachten.

Die Tür, die Daniel betrachtete, öffnete sich. Einer der drei Männer kam herein, ihm folgte ein zweiter. Der dritte verblieb im Beobachtungsraum.

Der erste der beiden Polizisten (beide trugen Uniformen in grün-weiß) lehnte sich mit den Händen auf den Tisch. Es war ein glänzender Stahltisch mit abgerundeten Ecken und Kanten.

Der zweite Polizist verharrte in einer lässigen Position, ein Stück hinter dem ersten Polizisten.

Beide Polizisten sahen Daniel an, der erste, (derjenige, der am Tisch stand) eindringlich, der zweite, (der mit der lässigen Haltung) freundlich, beinahe kumpelhaft. Beide blickten auf Daniel. Dieser schaute müde zur Tür und beachtete die beiden Eindringlinge nicht.

Der erste Polizist sagte im befehlsmäßigem Ton: „Jetzt ist Schluss mit dem Quatsch. Du hast lange genug gelogen. Jetzt gib endlich zu, dass du die Morde begangen hast!"

Daniel bewegte schwerfällig seinen Kopf. Seine geröteten Augen mit den vergrößerten Pupillen ruhten auf dem, der gerade gesprochen hatte. Eine Pause von einigen Sekunden entstand, in der in Daniels Körper Einiges vor sich ging: Das Adrenalin, das durch seinen Körper fließen wollte, wurde von den Beruhigungsmitteln, die ihm im gefährlichen Maße eingeflößt (gewaltvoll eingeflößt) wurden, gestoppt. Einerseits wollte rasende Wut in Daniel aufkeimen, auf der anderen Seite wollte er einfach nur schlafen.

Mit Müh' und Not brachte er ein schläfriges „Ich war es nicht" zustande.

Der zweite Polizist sagte kumpelhaft: „Hey, Daniel. Mach es nicht noch schlimmer. Gib's einfach zu, und deine Strafe wird sich noch in Grenzen halten. Gibst du es allerdings nicht gleich zu – und wir werden es auf jeden Fall herausfinden, dass du es warst – dann ist die Kacke richtig am Dampfen. Also lass es einfach raus."

Daniel sagte nichts. Obwohl er eine unerträgliche Wut darüber empfand, in welcher Lage er sich derzeit befand, kam ihm dieser zweite Bulle irgendwie sympathisch vor. Das musste an dessen Ausstrahlung liegen, dachte er.

„Mein Name ist übrigens Gregor", der zweite Polizist tippte mit dem Daumen an seine Brust. „Und der Typ, der da so an deinem Tisch lehnt – das ist Ronny."

Ronny sagte: „Schluss mit den Förmlichkeiten. Wir sind hier nicht auf einer Party. Wir sind hier in einem Polizeirevier. Und du, Daniel, bist nicht aus Spaß hier, sondern aus gutem

Grund. Weil du nämlich ein Verbrechen begangen hast. Und jetzt gib das endlich zu." Ronnys Stimme wurde immer lauter, je mehr er redete. Seinen letzten Satz brüllte er fast.

Das Adrenalin gewann in Daniels Körper die Oberhand. Ruckartig stand er auf und brüllte Ronny entgegen: „Gar nichts geb ich zu, du Arsch!"

Gregor und Ronny erschraken und Ronny wich sogar einen Schritt zurück. Direkt nachdem Daniel Ronny angebrüllt hatte, kam der dritte Polizist ins Verhörzimmer.

Daniel setzte sich wieder hin. Gregor sagte zu dem hereingekommenen: „Ist schon gut, Joe, du kannst wieder gehen. Wir haben alles unter Kontrolle."

Joe machte kehrt, da sagte Ronny: „Warte, ich komm' mit. Ich muss mal auf Toilette."

Die beiden verschwanden und schlossen die Türen. Kurz darauf standen sie, unsichtbar für Daniel und Gregor, hinter dem Spiegel.

Gregor ging auf Daniel zu und setzte sich auf den Tisch. Er lächelte Daniel an, während er eine Schachtel Zigaretten aus seiner Hosentasche fischte.

„Wenn der einmal auf Toilette ist, dauert das 'ne Weile", sagte Gregor mit einem Wink zur Tür. „Willst du auch eine?", fragte er und hielt Daniel die geöffnete Schachtel hin.

„Gern", sagte Daniel und nahm sich eine Zigarette.

Gregor gab ihm Feuer, Daniel zog, und dann zündete Gregor seine eigene Zigarette an.

Beide pafften eine Weile.

„Manchmal hasse ich meinen Job", sagte Gregor unvermittelt. „Wegen solchen Typen wie Ronny."

„Hm, kann ich verstehen", erwiderte Daniel. „Er kommt mir wie ein Arschloch vor."

„Ist er auch", sagte Gregor kopfnickend. „Weißt du was? Am liebsten würde ich dem Typen mal eins auswischen. Weißt du, der hält sich für den größten Polizisten der Welt. Der ist ja sowas von aufgeblasen. Verstehst du, was ich meine?"

„Ja", sagte Daniel. „Aber was willst du machen? Du kannst dir deine Kollegen ja nicht aussuchen."

„Das ist wahr, aber ich kann ihm mal so richtig eins auswischen", sagte Gregor linkisch.

„Und wie willst du das anstellen?", fragte Daniel.

Gregor zog an seiner Zigarette und atmete langsam aus. „Ganz einfach", sagte er „wenn du die Morde gestehst, während er nicht da ist, dann wird der sich umgucken. Sein Gesicht möchte ich sehen, wenn der sieht, dass ich das allein geschafft habe, ohne ihn." Gregor lachte hämisch und nahm noch einen Zug von seiner Zigarette.

Es war ein ansteckendes Lachen, Daniel musste unwillkürlich mit einstimmen. „Oh ja, das würde ich auch gern sehen", sagte Daniel. Dann setzte er hinzu: „Es gibt nur ein Problem: Ich war es wirklich nicht. Ich kann es also nicht zugeben. Aber wenn ich es gewesen wäre, dann würde ich es zugeben. Schon allein um diesen Ronny zu ärgern."

Daniel lachte, Gregors Lachen erstarb.

„Was soll das heißen, du warst es nicht?", fragte er, auf einmal gar nicht mehr freundlich. „Es ist doch klar, dass du es warst. Hey komm, jetzt schmeiß mir keine Stöcke zwischen die Beine."

„Ich will dir keine Stöcke zwischen die Beine schmeißen. Ich war es wirklich nicht", beteuerte Daniel. „Das kannst du mir glauben. Ich schwöre es." Er hob die Hand und machte eine indianische Geste.

„Echt?"

„Ja, echt."

Gregor drückte seine Zigarette auf den Stahltisch aus und verließ, ohne ein weiteres Wort zu sagen, den Raum. Daniel schaute etwas verwundert drein. Allmählich wurde er wieder Herr seiner Sinne. Er war nun nicht mehr so müde und apathisch wie vor ein paar Minuten. Stirnrunzelnd zog er kräftig an der Zigarette. Er erinnerte dabei an einen Säugling, der gierig an den Zitzen seiner Mutter saugt, um die *überlebensnotwendige* Milch zu bekommen.

Im Nebenzimmer diskutierte man darüber, ob Daniel die Wahrheit sagte. Das „Guter Bulle – Böser Bulle" – Spiel war einwandfrei verlaufen. Daniel hielt den ersten Polizisten für den Bösen und den zweiten für seinen Kumpel. Daniel kam den Polizisten auch nicht so clever vor, als hätte er sie gelinkt und nur etwas vorgespielt. Es schien, als sei er *wirklich* unschuldig.

Die Polizisten standen vor einem Rätsel.

Die Fingerabdrücke auf der Tatwaffe entsprachen auch nicht denen Daniels.

13

Als Maik am nächsten Morgen zur Schule kam, standen mehrere Streifenwagen auf dem Schulgelände. Vor dem Eingangsportal formierte sich eine Schüler-Schlange. Maik stellte sein Fahrrad ab und stellte sich hinten an der Schlange an.

Einen Schüler, der vor ihm stand, fragte er: „Was ist denn hier los? Warum denn schon wieder Polizei?"

„Die nehmen unsere Fingerabdrücke", sagte der Schüler. „Scheinbar hat man Daniel noch nicht vollständig überführt und guckt jetzt, ob's vielleicht ein anderer war."

Oh, Scheiße, dachte Maik.

„Und warum bildet sich hier eine Schlange?", fragte Maik.

Der Schüler antwortete: „Weil die uns in die verschiedenen Zimmer zuweisen, wo die Abdrücke genommen werden."

„Aha."

Verdammt! Was ist, wenn meine Fingerabdrücke mit denen übereinstimmen, die auf dem Messer gefunden wurden?

Dann bist du am Arsch mein Freund.

Maik spielte mit dem Gedanken, wieder kehrt zu machen, und nach Hause zu fahren; sich dieser Prozedur zu entziehen. Doch täte er dies, so würde er sich nur verdächtig machen. Man würde sofort wissen, dass er etwas zu verheimlichen hatte. Nein, er konnte jetzt nicht mehr abhauen, schon erst recht nicht, da er schon von jemandem gesehen wurde und sogar schon mit jemandem geredet hatte.

Also verwarf er den Gedanken der Flucht wieder.

Kann man so eine Fingerabdruckanalyse türken?

Ist mir nichts bekannt. Und wenn, dann hätte es vorher schon mal jemand gemacht. Außerdem würden die Bullen so etwas nicht machen, wenn man es türken könnte.

Maik war in einer Zwickmühle. Verschwand er, würde man ihn erwischen, verschwand er nicht, dann würde man ihn höchstwahrscheinlich auch erwischen. Er wusste nicht, was er machen sollte.

Und wenn ich ganz weit weg gehe? Wenn ich Ausreise?

Ach, rede doch keinen Quatsch!

Die Schlange bewegte sich vorwärts. Nur noch wenige Meter trennten Maik vom Eingang. Sein Herz klopfte schnell. Er empfand Angst.

Alles verlief so gut, so tadellos. Und nun sollte sein genialer Plan an einer Banalität wie einem Fingerabdruck scheitern. Alles hin, aufgrund einer solchen *Bagatelle*.

Dabei hatte er so akribisch darauf geachtet, ja keinen Abdruck seiner Finger zu hinterlassen. Er hatte extra Gummihandschuhe angezogen. Er hatte nichts mit seiner Haut berührt (jedenfalls glaubte er das), und doch musste er irgendwo, irgendwie einen Fehler gemacht haben. Ein dummer, kleiner, aber verhängnisvoller Fehler.

Die anderen Schüler hatten nichts zu verbergen, entsprechend gleichgültig ließen sie auch die Prozedur über sich ergehen. Sie freuten sich eher noch darüber, weil es für sie wieder einen schulfreien Tag bedeutete.

Maik erreichte das Eingangsportal, das vollständig geöffnet war. An der linken Seite der Vorhalle waren zwei Tische (die typischen Schultische, wie Maik einen einst die Treppe runterstieß, um Frank darauf zu legen) aufgestellt. Hinter den Tischen saßen Polizisten auf Schulstühlen (die typischen Schulstühle, auf welchen Maik und seine Mutter zur Elternsprechstunde bei Herrn Schmidt gesessen hatten). Vor den Polizisten lagen auf den Tischen diverse Mappen, Hefte und Bücher, die offenbar der Namenserfassung dienten.

„Name?", wurde Maik von einem der Polizisten angesprochen.

„Maik Beyer", antwortete Maik gehorsam.

Der Polizist sah in seiner Akte nach, strich einen Namen durch, nahm dann eine andere Akte, schrieb etwas hinein und sagte dann: „Zimmer 307" und fragte den nächsten Schüler „Name?".

Maik machte ein paar Schritte nach vorn und sah sich um. Ein Kuddelmuddel aus Schülern erfüllte die Schule. Mit wackligen Beinen ging Maik zur Treppe. Er musste ins zweite Stockwerk. Sein Herz klopfte immer noch und Kopfschmerzen setzten ein. Mit geschlossenen Augen massierte er sich die Schläfen.

Er musste sich am Geländer festhalten, um die Treppe hochgehen zu können. Ihm wurde zuweilen etwas schwindlig. Es war für ihn einfach zu viel Stress, zu viel Aufregung gewesen in der letzten Zeit.

Im zweiten Stock angekommen, lichtete sich die chaotische Schülerscharr. Hier oben liefen nur ein halbes Dutzend Schüler umher. Maik ging ein Stück geradeaus und erreichte das Zimmer 307. Die Tür stand offen. Maik ging hinein.

Im Zimmer standen in einer langen Reihe Stühle, auf denen andere Schüler wartend dasaßen. Ein Tisch war gleich am Eingang aufgestellt, hinter dem eine Polizistin stand, die Maik sofort ansprach: „Name?"

Den Satz hab ich heute schonmal gehört.

„Maik Beyer. Ich soll mich hier melden."

„Ja, okay. Setzen Sie sich, Sie werden gleich abgeholt", erklärte die Frau.

Maik suchte einen freien Platz und setzte sich. Einige der wartenden Schüler unterhielten sich, andere saßen einfach nur still da. Maik entschloss sich, zur letzten Gruppe zu gehören.

Nun, da bald die „Stunde der Wahrheit", wie sein Opa gesagt hätte, kam, klopfte sein Herz noch schneller. Er bekam einen Schweißausbruch, auch seine Hände schwitzten. Da kam er auf eine Idee. Er faltete seine Hände, ganz dicht, so dass möglichst viel Haut aufeinander lag und keine Luft bekam. Die Folge war noch mehr Handschweiß. Maik hoffte, durch seine verschwitzten Hände, die Analyse zu beeinflussen. Er hoffte, noch möglichst lange warten zu müssen, damit *schön viel* Schweiß entstehen konnte.

Wie er so dasaß, die Hände krampfhaft gefaltet, blickte er sich um. Schüler wurden im Drei-Minuten-Takt aufgerufen und immer wieder kamen neue hinzu. Die Polizistin sagte immer wieder das gleiche: „Name?" und „Ja, okay. Setzen Sie sich, Sie werden gleich abgeholt". Dann sagte sie (nach jeweils drei Minuten): „Max Mustermann, bitte ins Nebenzimmer", wobei es sich um die 308 handelte.

Die Polizistin sprach mechanisch. Ihre Stimme klang wie die eines Computers, ohne jede Emotion, einfach ihren Text abspielend. Maik vermutete, wenn man das den ganzen Tag über tat, diese stupide Tätigkeit, musste man unweigerlich verblöden. „Ein Rad abhaben", wie es hieß.

Der Schweiß auf Maiks Händen mehrte sich, seine Haut fing an zu jucken, doch er widerstand der Versuchung, seine Hände voneinander zu lösen. Sie blieben aneinander gepresst, um noch mehr Schweiß zu produzieren.

Die Schüler kamen und gingen. Für jeden Schüler, der ging, kam ein Neuer hinzu und setzte sich auf einen leeren Stuhl. Mit der Zeit war keiner der Schüler mehr da, die bereits im Raum waren, als Maik das Zimmer betrat.

Die Polizistin sagte: „Maik Beyer, bitte ins Nebenzimmer", mit ihrer gewohnten Computerstimme.

Maik stand auf, seine Hände immer noch gefaltet und ging zur Tür. Auf dem Gang kam ihm ein Schüler entgegen, nickte ihm kurz zu und ging an ihm vorbei. Maik lief gemächlich ins Nachbarzimmer.

Hier hatte man mehrere Tische aneinander gestellt und verschiedene Gerätschaften aufgestellt. Maik wurde von einer Polizistin in Empfang genommen. „Nimm doch hier drüben Platz", sagte sie und wies auf einen Stuhl am Tisch.

Maik setzte sich. Ein männlicher Polizeibeamter kam auf ihn zu. Er hielt ein Blatt vors Gesicht und gab Maik, lesend, die Hand.

Verdammt, dachte Maik. *Warum denn jetzt diese Geste?*

Trotzdem gab Maik dem Man die Hand, ganz vorsichtig nur, ohne viel Druck aufzuwenden.

„Oh, da ist aber einer aufgeregt", sagte der Polizist und legte sein Blatt auf den Tisch. „Du solltest erstmal die Hände waschen und dann abtrocknen." Er drehte sich um. „Lisa, gibt's hier in der Nähe ein Waschbecken?"

Die Polizistin, die Maik den Stuhl zuwies, auf dem er gerade saß, sagte: „Den Gang runter ... auf der linken Seite ... die vorletzte Tür."

„Na gut, okay", sagte der Polizist, „lassen wir das. Hier hast du ein Taschentuch." Der Polizist gab Maik ein Taschentuch, womit er sich die Hände trocknen sollte.

Widerwillig ließ er das Taschentuch über seine Hände gleiten. Sein Plan war gescheitert.

Der Polizist schob Maik ein Gerät zu und sagte: „Leg bitte den Daumen deiner rechten Hand auf diese Armatur."

Maik tat, wie ihm geheißen.

„Und warte bitte, bis du ein Ping hörst". Der Polizist machte das *Ping* mit hoher Stimme nach und verzog dabei seinen Mund in die Breite.

Maik drückte vorsichtig auf die Armatur.

Nichts tat sich.

„Etwas fester, bitte", bat der Polizist.

Maik drückte fester zu und kurz darauf ertönte besagtes *Ping*.

Der Polizist drückte ein paar Knöpfe an seiner Maschine, machte ein paar Eingaben und sagte dann: „Warte bitte einen Moment."

Maik hatte ein flaues Gefühl im Magen. Jetzt würde sich entscheiden, ob man ihn überführte oder nicht. Seine Hände begannen wieder (dieses Mal unnütz) zu schwitzen. Maik wackelte unruhig mit den Beinen, der Polizist schaute ihn kurz musternd an und wandte sich dann wieder seinen Geräten zu.

Die Zeit schien stehen geblieben. Nichts tat sich, außer dass der Polizist laufend irgendwelche Knöpfe drückte und konzentriert seine Apparaturen betrachtete.

Nach einer Ewigkeit blickte dann der Polizist auf und sah Maik direkt an. Seinen Gesichtsausdruck konnte man nicht deuten. Er ließ sich lange Zeit, bis er sprach. Maik vermutete schon: *O Gott, gleich wird er sagen, dass die Abdrücke übereinstimmen. O Gott, gleich bin ich dran!*

Dann hellte sich die Miene des Polizisten auf und er sagte: „Ich kann Sie beruhigen, Herr Beyer, Sie sind kein Doppelmörder" und der Polizist lachte. Er hatte diesen Witz bestimmt schon hundert mal jedem Schüler erzählt, dessen rechten Daumen er analysierte. Und doch lachte er, als habe er es das erste Mal gesagt. Maik stimmte erleichtert in das Lachen ein.

„Sie dürfen jetzt gehen, Herr Beyer. Für heute haben Sie schulfrei." Der Polizist gab Maik die Hand, die dieser (anders als vorhin) mit Freuden schüttelte.

Maik stand auf und ging den Flur entlang zurück, die Treppe runter und verließ das Gebäude.

An seinem Fahrrad angekommen, überlegte er und die Erkenntnis traf ihn wie ein Stein am Kopf. Klar, wie sollte es auch anders sein? Er schalt sich einen Idioten, dass er so eine Angst hatte.

Selbstverständlich gab es auf der Tatwaffe Fingerabdrücke. Und selbstverständlich stimmten diese weder mit denen von Maik noch mit denen von Daniel oder einem anderen

Schüler überein. Es war alles so einfach. Auf der Tatwaffe waren die Fingerabdrücke seiner Mutter, die das Messer als einzige mit blanken Händen angefasst hatte. Nun blieb nur noch zu hoffen, dass sie bei der Polizei nicht aktenkundig war.

Maik starb umsonst oben erst in dem Warteraum, dann in dem Raum mit den Gerätschaften, tausend Tode. Und dabei war die Erklärung so einfach.

Er hatte doch keinen Fehler gemacht. Alles verlief genau nach Plan. Nun konnte er wieder getrost und ohne Bange in die Zukunft blicken.

Kapitel 5

Die Entführung

1

Bekifft und betrunken stiegen Maik und Steve auf ihre Fahrräder. Ihr Ziel war ... unbekannt. Die Devise lautete: Einfach nur fahren und in Bewegung bleiben. Steve fuhr wie immer voraus. Und ohne es zu merken fuhr er den Trampelpfad zurück zur Stadt entlang.

Das Zeitgefühl der beiden war aus den Fugen geraten. Im einen Moment verging die Zeit überhaupt nicht und die Bäume wollten nicht, wie sonst, an ihnen vorbei rauschen, und im anderen Moment dauerte es nur einen Wimpernschlag und sie waren einige hundert Meter weiter.

Ohne ersichtlichem Grund wurden die belanglosesten Dinge plötzlich interessant. Maik zum Beispiel fand die Konturen der Baumrinden so spannend, dass er jeden Baum, den sein Blick erfassen konnte, solange fokussierte und stupide betrachtete, bis er wieder aus dem Blickfeld verschwand. Steve hingegen sah nahezu unablässig zum Himmel hinauf und bewunderte die Wolkenformationen. Nicht selten riskierte er dadurch einen Unfall. Doch er war die Strecke schon so oft entlanggefahren, dass er sie auch ohne zu sehen, wohin er fuhr, sturzfrei überlebte.

Der Waldrand näherte sich und damit auch die Stadt. Maik und Steve hielten an und berieten, was sie als nächsten tun wollten.

„Wie wär's mit einem Wettrennen?", schlug Maik vor.

„Klingt gut", sagte Steve, „welche Strecke wollen wir fahren?"

Maiks benebeltes Gehirn arbeitete. Die Gedankenabläufe gingen nur sehr langsam vonstatten. Seine geröteten Augen ruhten verschwommen auf Steve, der, ebenfalls benebelt, die lange Pause nicht bewusst wahrnahm und den Blick Maiks erwiderte.

„Den Berg an der Schuhmann-Straße runter. Wer als erstes ganz unten angekommen ist, hat gewonnen", brachte Maik hervor.

Die *Schuhmann-Straße* lag im Zentrum von Neustadt. Die gesamte Straße war ein einziger Berg mit 16% Steigung. Auf dieser Straße gab es zwei Kreuzungen, einmal die Kreuzung mit der *Weststraße* nach bereits zweihundert Metern und die Kreuzung mit der *Berliner Straße*, die kurz vor Ende des Berges kam. Ganz unten, also am Ende des Berges befand sich eine alte Zuckerfabrik, die schon seit Jahren stillgelegt wurde und nun vor sich hin gammelte und moderte. Sie wurde oft von Jugendlichen als „Spukhaus" benutzt.

„Klar, warum nicht", stimmte Steve zu, „Aber du weißt schon, dass du keine Chance hast", setzte er mit einem verschmitzten Lächeln hinzu, das, durch den Einfluss des THC, sein Gesicht zu einer Fratze werden ließ.

„Das wollen wir doch erst mal sehen", tönte Maik.

Die beiden Jungs standen mit ihren Fahrrädern oben auf dem Berg, sprich am Anfang der *Schuhmann-Straße*. Es herrschte mäßiger Verkehr. Man konnte, aufgrund der guten Witterung, bis ganz nach unten ans Ende der Straße sehen.

Maik erhob seinen Zeigefinger. „Bis dorthin" – er deutete auf das rostige Eingangsportal der ehemaligen Zuckerfabrik – „bis dorthin verläuft die Rennstrecke. Jedes Mittel ist Recht, wenn du also eine Abkürzung findest, kannst du sie nutzen" - (es gab natürlich keine Abkürzung) – „Einzige Siegesbedingung: als erstes ankommen."

Steve nickte. „Einverstanden. Wer gibt den Startschuss?"

„Wir stellen uns auf die Straße, wenn die Ampel auf Rot steht. Und sobald sie auf Grün schaltet, geht's los", erklärte Maik.

„Okay, so wird's gemacht."

Sie brachten sich in Position, standen, umringt von Autos und Lastkraftwagen sowie Lieferanten, vor der roten Ampel – und warteten.

„Bist du bereit?", erkundigte sich Maik.

„Immer doch", erwiderte Steve.

„Ich meine, bist du bereit, besiegt zu werden?"

„Nur in deinen Träumen."

Sie warteten.

Die Ampel wurde Orange und dann Grün. Maik und Steve traten in die Pedalen, Autos überholten sie. Steve übernahm schon sehr früh die Führung und setzte sich deutlich von Maik ab, der mit aller Kraft strampelte, doch nicht Steves Geschwindigkeit erreichte, so sehr er sich auch bemühte.

Die Wagen überholten sie. Steve erreichte die erste Kreuzung. Die Ampel stand auf Grün. Er konnte ungehindert weiterfahren und sein Tempo erhöhen. Das Gefälle machte sich bemerkbar. Selbst wenn er nicht getreten hätte, wäre seine Geschwindigkeit hoch gewesen. Doch da er kräftig in die Pedalen trat, schaffte er fast 50Km/h. Er überquerte die Kreuzung.

Maik war bei weitem nicht so schnell; sein Panther-Fahrrad gab einfach nicht mehr her. Beim Fahren gab es so viele Energieverluste, dass er, ohne zu treten, auf der Stelle verharrt hätte. Steve war ihm weit voraus, denn als Maik an der Kreuzung ankam, stand die Ampel bereits auf Rot. Nun hieß es: Hoffen. Er trat noch kräftiger in die Pedalen. Ein paar Km/h's konnte er noch herausschlagen. Auf gut Glück überquerte er die Kreuzung, ohne nach rechts oder links zu schauen, und ohne seine Geschwindigkeit zu vermindern.

Er hatte Glück. Es ertönte zwar ein lautes Hupkonzert und das Quietschen von Reifen war zu hören, aber Maik passierte nichts. Er fuhr ungehindert über die Kreuzung und roch verbranntes Gummi. Aus den Autos, die seinetwegen bremsen mussten, drangen wüste Beschimpfungen über seine Flegelhaftigkeit.

Steves Abstand war nun noch größer und vergrößerte sich immer mehr. Warum hatte er sich darauf eingelassen? Er musste doch wissen, dass er das Rennen unmöglich gewinnen konnte. Verdammte Drogen, sie brachten ihn auf diese Schnaps(Drogen)-Idee.

Steve raste nun mit über 50Km/h den Berg hinunter. Er überholte Autos, anstatt sich, wie Maik, von ihnen überholen zu lassen. Die zweite Kreuzung kam näher, die Ampel stand auf Grün; noch.

Freie Bahn, soweit Steve sehen konnte. Kurzerhand schloss er seine Augen, trat weiter in die Pedalen und raste auf die Kreuzung zu. Hundert Meter davor schaltete die Ampel um, auf Rot, ohne dass Steve es bemerkte.

Er erreichte die Kreuzung, die Autos, die angefahren waren, bremsten. Zu spät.

Als der große UPS-Wagen auf Steve zuhielt, schrie Maik. Er schrie: „Brems‘ Steve, brems´!"

Reifen quietschten und Qualm, nach verbranntem Gummi stinkend, schoss unter den Radkappen des UPS-Wagen hervor. Steve hielt immer noch die Augen geschlossen, als ihn der UPS-Wagen erfasste. Steve wurde von seinem Fahrrad gerissen und flog quer durch die Luft. Sein Fahrrad schlitterte auf dem Boden weg und wurde vom Bordstein gebremst.

Maik schrie: „Neeeeiiiin!", wobei er seinen Mund weit aufriss.

In der Luft öffnete Steve seine Augen und sah, wie sich alles um ihn herum drehte. Doch nicht alles um ihn herum drehte sich, sondern er drehte sich.

Mit hoher Geschwindigkeit traf sein Kopf an der Backsteinwand des Hauses *Schuhmann-Straße 76* auf. Sein Schädel splitterte, er verlor das Bewusstsein.

Maik schrie abermals: „Neeeeiiiin!"

Der UPS-Wagen kam zum Stehen, mitten auf der Kreuzung. Die Frontscheibe war zerstört und die Motorhaube eingedellt. Die Fahrertür sprang auf und ein Mann in brauner Uniform, einen Halfter mit einer Waffe darin an der rechten Seite tragend, rannte auf den Jungen zu, der leblos auf dem Boden lag.

Maik gab alles, er raste auf den Körper mit dem Loch im Kopf zu, der sein bester Freund sein sollte, und kam vor ihm zum Stehen. Der UPS-Mann kniete bereits vor Steve. Ein danebenstehender brüllte in sein Handy: „Schuhmann-Straße 76, schnell. So schnell wie möglich, es geht um Leben und Tod!"

„Wohl mehr um Tod", murmelte der UPS-Mann.

Maik erstarrte, als er Steve sah. Steves Anblick war grässlich. Sein Schädel war an einer Stelle total zersplittert, Blut sickerte hervor und man konnte das Gehirn sehen. Man konnte tatsächlich die breiige Masse in Steves Schädel sehen, wie sie grau und schleimig der Luft ausgesetzt war.

Maik kniete sich ebenfalls hin. Tränen schossen ihm in die Augen. Er schrie und brüllte Unverständliches, wie ein wilder Bär, der angeschossen wird. Eine Menschentraube bildete sich um Maik, Steve und dem UPS-Mann. Die Gesichter waren erfüllt von Trauer und Mitgefühl und *Interesse*. Vor allem *Interesse* und *Sensationslüsternheit.*

Steve war bewusstlos.

„Bitte, wach auf, Steve. Bleib am Leben", flehte Maik.

Steve blieb bewusstlos.

„Sag irgendetwas. Nur irgendetwas. Bitte!"

Doch Steve blieb weiterhin bewusstlos und blieb es auch noch lange. Er blieb es, selbst als der Krankenwagen ankam und die Sanitäter Maik mit *sanfter Gewalt* von Steve lösen mussten.

Der UPS-Mann wurde von Polizisten verhört. Er litt unter Schock und sollte auch noch lange darunter leiden. Erst ein paar Jahre später würde er seinen Job wieder aufnehmen. Er wurde juristisch für unschuldig befunden, doch sein Gewissen belastete ihn dennoch schwer. Lange Zeit.

Steve wurde abtransportiert und Maik durfte nicht mit. Maik blieb noch viele Minuten so stehen und starrte dorthin, wo der Krankenwagen aus seinem Blickfeld entschwand.

Er stand so lange, bis er von seinen Eltern abgeholt wurde. Den Trubel um ihn herum bemerkte er kaum. Die berauschende Wirkung des Joints war verschwunden. Das war das erste und letzte Mal, dass er Drogen nahm.

2

Die Tage verrannen. Maik befand es für besser, erst einmal nichts *auffälliges* zu unternehmen. Er ging zur Schule, passte auf, arbeitete mit, hielt sich (wie immer) von allen anderen Schülern fern und beobachtete hin und wieder Jennifer.

Jennifers Zustand schien sich mittlerweile gebessert zu haben. Die ersten paar Tage nach Franks Tod war sie wie ausgewechselt; ein blasses, apathisches Gespenst, welches nur der bloßen Anwesenheit wegen zur Schule kam. Sie distanzierte sich von ihren (und Franks) Freunden, suchte weder Trost noch Mitgefühl. Sie zog es vor, allein zu sein. Ihre schulischen Leistungen verschlechterten sich, doch für sie herrschten „Ausnahme-Bedingungen".

Nun, zwei Wochen nach Franks Tod, kam sie einem wieder wie ein *normales* Teenager-Mädchen vor. Sie erlitt nur einen kurzen Rückfall, als man Daniel aus der U-Haft entließ und für unschuldig aus „Mangel an Beweisen" erklärte. Er kam zurück zum Albert-Einstein Gymnasium. Allerdings nur für kurze Zeit. Keiner der Schüler glaubte ihm. Neben dem Staatlichem Recht, gab es in der Schule ein „Schulhof-Recht", und obwohl ersteres Daniel für unschuldig befand, war er für letzteres eindeutig ein Mörder. Selbst seine Größe und Stärke schützte ihn nicht vor Repressalien seitens der Schülerschaft. Selbst einige Lehrer ließen ihn ihren Unmut über Franks Tod und „den Irrtum der Justiz" spüren. Er wurde regelmäßig von einem guten Dutzend Schüler auf dem Schulhof in den beiden großen Pausen verdroschen und die Lehrer sahen tatenlos zu, zum Teil zufrieden lächelnd.

Es dauerte nicht lange, da wechselte Daniel die Schule. Seine Familie zog in eine andere Stadt, weil auch seine Eltern unter sozialer Isolation, beziehungsweise unter den Drohbriefen der Anwohner leiden mussten. Das Haus der Betka wurde verkauft (zu einem lächerlich kleinen Preis) und die Familie Betka zog in eine westlichere Stadt, wo man ihre Vorgeschichte nicht kannte und wo Daniel wieder zu einem angesehenen Schul-Rowdy aufsteigen konnte.

Jennifers Leben normalisierte sich weitestgehend. Die Zeit mit Frank war zu kurz, als dass sie ihr Leben dauerhaft beeinflusst hätte. Sie verbesserte ihre schulischen Leistungen, ihre Konzentrationsfähigkeit im Unterricht nahm zu, sie gab sich wieder mit ihren alten Freunden ab und man konnte sie hin und wieder (wie einst) lachen sehen, allerdings nur selten.

Und noch eine Veränderung ging bei ihr vonstatten. Sie rauchte (soweit das überhaupt noch möglich war, denn sie rauchte schon viel, als sie mit Frank zusammen war) noch mehr als vorher. In jeder Pause, selbst der Fünf-Minuten-Pause hastete sie nach draußen und sog kräftig an ihrer Kippe, die sie dann, nur halbaufgeraucht, auf dem Boden austrat, um dann zum Unterricht zu hetzen und natürlich zu spät zu kommen. Doch die Lehrer behandelten sie seit Franks Tod wie ein rohes Ei. Sie musste also keine Ermahnungen oder Klassenbucheinträge aufgrund ihres Zuspätkommens oder sonstiger Schulordnungsverstöße befürchten. Im Gegenteil, man erkundigte sich regelmäßig nach ihrem Wohlbefinden und gab ihr weniger Hausaufgaben auf als den anderen und gab ihr bessere Zensuren auf ihre Arbeiten, als sie eigentlich verdiente.

Maik beobachtete diese Veränderungen mit Interesse. Absichtlich hielt er sich von ihr fern, sprach sie nicht an. Unterdessen schmiedete er Pläne. Er wollte sie immer noch für sich gewinnen. All diese Arbeit sollte nicht umsonst gewesen sein. Außerdem bekam er immer noch dieses Kribbeln im Bauch, wenn er sie sah. Er war immer noch Hals über Kopf in sie verliebt. Jedoch war sein rationaler Verstand auch aktiv und dieser hinderte ihn daran, Dummheiten zu begehen.

Obwohl es Maik unwahrscheinlich schwer viel, besuchte er seine Großeltern eine Zeitlang nicht. Die Gefahr, dass Roland sich daran erinnerte, in welchem Zusammenhang Frank mit Maik stand, und entsprechend Vermutungen anstellen konnte, war zu groß. Maik hätte Roland und Berta liebend gern die neuesten Geschehnisse mitgeteilt und bei ihnen zu Mittag gegessen und mit Roland gequatscht, wie er es früher tat. Doch es ging eben nicht.

Statt zu seinen Großeltern zu fahren, besuchte Maik vermehrt Steves Grab und teilte ihm alles, jedes kleinste Detail, mit, was sich so ereignete. – Und Steve redete zu ihm. Steve gab ihm Tipps, wie er vorgehen sollte. Er munterte ihn auf, wenn Maik dem Aufgeben nahe war, weil noch so viel Arbeit vor ihm lag. Steve war, wie früher, sein bester Kumpel; mal wieder.

Und Maik fuhr oft zu der Hütte. Er hielt sie instand, wartete sie und richtete sich (wie damals) häuslich ein. Seine Vorbereitungen für diesen einen Fall, der hoffentlich nie eintreten würde, waren immer noch da. Sie nahmen einen Teil der Hütte ein und funkelten metallisch. Wenn er sie ansah, dachte er darüber nach, wie es wäre, wenn er sie tatsächlich einsetzen müsste. Es kam ihm ein bisschen gruselig vor. Doch wenn es soweit käme, würde er sich nicht scheuen, zu tun, was zu tun wäre.

Zuhause ging es wie immer zu. Maik und seine Eltern ignorierten sich geflissentlich. Sie diskutierten nur kurz (aber dafür heftig) wenn sich abzeichnete, dass Maik die Schule mal wieder schleifen ließ. Doch das geschah in letzter Zeit eher selten. Über die Vorfälle in der Schule, Frank betreffend, wurde kaum geredet. Nur als Daniel aus der U-Haft entlassen wurde, wetterte David heftig über die deutsche Justiz, wie sie es zulassen konnte, einen Mörder „aus Mangel an Beweisen" laufen zu lassen.

Ansonsten blieb es ruhig. Sehr ruhig. Nur in Maiks Innerem ging einiges vor sich.

Es war drei Wochen nach Franks Tod, Jennifer war seit einer Woche wieder *wie früher*, da nahm Maik all seinen Mut zusammen. Mit selbstbewussten Schritten näherte er sich Jennifer, die, eine Zigarette rauchend, alleine auf dem Schulhof stand. Es war eine Fünf-Minuten-Pause. Maik hatte diese Pause bewusst ausgewählt, weil das Wetter nicht besonders gut war und in den Fünf-Minuten-Pausen sowieso nicht viele Raucher rausgingen. Somit waren Maik und Jennifer fast allein.

Jennifer nahm gerade einen kräftigen Zug – man musste in so einer kurzen Pause kräftige Züge nehmen – da sprach Maik sie an: „Hast du jetzt Lust, mit mir zu reden?" Er versuchte, möglichst cool rüberzukommen und lächelte.

Jennifer atmete den Rauch in einer großen Schwade aus. „Du bist doch der Philosoph?"

„Ja, genau der bin ich", entgegnete Maik.

„Sprichst du die Leute eigentlich immer nur dann an, wenn nicht viel Zeit ist?"

„Wie kommst du darauf?"

„Na ja, irgendwie glaube ich, ein Muster in deinem Verhalten zu erkennen", sagte Jennifer und lächelte.

„Schon möglich", sagte Maik, „hab noch nicht ernsthaft drüber nachgedacht". Das war natürlich eine Lüge.

Jennifer nahm einen weiteren Zug an ihrer Zigarette, dieses Mal einen kleineren, und sagte dann, noch während sie den Rauch ausatmete: „Schieß los, worüber willst du reden?"

„Lass es mich so sagen: Ich hab im Lotto einen Dreier. Das ist nicht viel, sowas haben viele. Aber immerhin. Ich hab Zehn Euro gewonnen und will die dafür ausgeben, mir den

Simpsons-Movie anzusehen." Er verstummte, dabei wusste er genau, was er als nächstes sagen würde. Er war dieses Gespräch in Gedanken schon tausend Male durchgegangen.

„Aha, und warum erzählst du mir das?"

„Na ja, zehn Euro sind zu viel für eine Person. Die Eintrittskarte kostet nur fünf Euro. Das heißt, ich bin eine Person zu wenig, um das Geld ausgeben zu können, wofür ich es geplant hatte." Er machte eine drehende Handbewegung. „Also wollte ich dich fragen, ob du mir vielleicht bei meinem kleinen Problem helfen könntest und mit mir ins Kino kommst. Dann wäre ich das Geld und somit auch mein Problem los."

Jennifer sah Maik belustigt an und lachte dann. Sie ließ ihre halbaufgerauchte Zigarette fallen und trat sie aus. „Der Spruch ist cool", bemerkte sie.

„Das ist kein Spruch", sagte Maik, „Außerdem hab ich so das Gefühl, dass du dich über mein Problem lustig machst. Für mich ist das aber totaler Ernst, denn wenn du nicht mit kommst ... dann hab ich ja, wie gesagt, fünf Euro zu viel."

Jennifer lachte immer noch. „Warum gehst du nicht zweimal ins Kino?", schlug sie vor.

„Das habe ich mir auch schon überlegt. Aber das wäre doch Betrug. Ich hab ja schließlich auch keine zwei Lotto-Lose gehabt."

Jennifer lachte noch beherzter und legte dann den Kopf schief, während sie sagte: „Na gut, gehen wir zusammen ins Kino. Ich will ja mal nicht so sein, und helfe dir bei deinem Problem. Zu welchem Film wolltest du gleich noch mal?"

„Zum *Simpsons-Movie*"

„Aha. Aber ich muss dich vorwarnen. Ich esse gern Popcorn", sagte Jennifer und ein verschmitztes Lächeln huschte auf ihr Gesicht.

„Damit kann ich leben." Maik machte eine wegwerfende Handbewegung. „Das Popcorn spendiere ich dir aus meiner Portokasse."

„Oh, wie großzügig", sagte Jennifer und beide fingen an zu lachen.

Ein paar Minuten zu spät kamen sie zum Unterricht. Jennifer wurde nicht sanktioniert, Maik dafür aber schon. Sein Lehrer für diese Stunde nahm ihn, obwohl Maik sich nicht meldete, laufend dran. Aber das störte Maik nicht im Geringsten. Er hatte erreicht, was er erreichen wollte und war zufrieden. Er war glücklich.

4

Jennifer wohnte mit ihrer Familie in einem vierstöckigen Plattenbau, wie sie vor der Wende wie Pilze aus den Boden schossen und die ostdeutschen Städte definierten. Sie wohnten im zweiten Stock in einer geräumigen Vier-Raum-Wohnung, mit Balkon, den Blick auf die Altstadt gerichtet.

Maik wartete, Jennifers Mutter hatte ihn hereingebeten. Und so stand er im Flur und konnte sich die Wohnung genau ansehen, sie inspizieren. Er sah, dass Jennifer einen kleinen Bruder hatte, vielleicht vier Jahre alt, der sein Zimmer gleich rechts vom Flur hatte. Jennifers Zimmer war gegenüber, auf der linken Seite des Flurs. Wenn man den Flur weiter ging, kam man zu einer Gabel, links war die Küche, rechts das Bad und gerade aus das Wohnzimmer mit Balkon.

Während Jennifer sich bereit machte, sah sich Maik alles genau an. Dies half ihm, seine Aufregung und Nervosität etwas zu dezimieren. Nichtsdestotrotz transpirierten seine Hände an diesem Abend sehr stark, und jedes Mal, wenn er sie an seiner Hose abwischte, wurden sie aufs Neue wieder feucht. Das war ihm unwahrscheinlich peinlich, denn Jennifers Mutter hatte ihm die Hand gegeben und dabei sicherlich bemerkt, wie nass seine Hände waren.

Auch sein Rücken war dem Schweiß erlegen, zumindest kam ihm sein T-Shirt in der hinteren Region schon sehr nass vor. Auch das war ihm unwahrscheinlich peinlich. Wenn

Jennifer sah, wie sehr er schwitzte, würde sie ihn für einen Trottel halten (wenn sie dies nicht ohnehin schon tat) und das wollte Maik tunlichst vermeiden. Er beschloss also, Jennifer seinen Rücken nicht sehen zu lassen.

Die Tür rechts vom Flur öffnete sich einen Spaltbreit. Zwei kleine braune Augen sahen Maik neugierig an – und Maik sah zurück. Maik lächelte Jennifers Bruder freundlich zu – und *zack* – wurde die Tür hastig wieder geschlossen.

Niedlich, dachte Maik. *Ihr Bruder ist also schüchtern. Gut zu wissen.*

Nun öffnete sich die gegenüberliegende Tür und eine atemberaubend schöne Jennifer trat aus dem Zimmer. Sie lächelte Maik an.

„Hi, Jennifer"

„Hi, Maik"

„Du siehst gut aus", sagte Maik unbeholfen.

„Danke"

Eine Zeitlang standen sie so da. Maik starrte Jennifer an. Sie sah einfach wunderschön aus.

Dann sah Jennifer bedeutungsvoll auf die Uhr und sagte: „Wie sieht's aus? Wollen wir dann los?"

„Ähm", sagte Maik erschrocken, „Ja, klar. Gehen wir los."

Jennifer ging den Flur entlang, öffnete die Tür und rief ins Wohnzimmer: „Wir machen dann mal los. Tschaui."

„Viel Spaß, und komm nicht so spät wieder", kam es aus dem Wohnzimmer zurück.

Jennifer wandte sich wieder Maik zu. „Okay, jetzt können wir gehen"

Sie gingen zu Fuß, das Kino war nicht weit entfernt. Maik überlegte, ob er Jennifers Hand anfassen sollte, fand jedoch, dass es dafür noch zu früh war. Schließlich durfte er keinen Fehler machen, denn jeder Fehler (auch nur der Kleinste) würde das Ende dieses *Rendezvous* bedeuten, für das er so hart hatte kämpfen müssen. Also verschob er das Händchen-halten auf später.

„Du hast einen niedlichen Bruder", bemerkte Maik.

„Ja, hab ich."

„Scheint ein bisschen schüchtern zu sein."

Jennifer lachte. Und Maik fand dieses Lachen einfach göttlich. Es klang wie der Gesang von Sirenen, die laut der griechischen Mythologie Seefahrer hypnotisieren konnten und sie damit vom Weg abbrachten.

„Da hast du Recht, er ist sogar *sehr* schüchtern."

Dann herrschte wieder Pause. Sie gingen durch die Stadt und schwiegen sich an. Maik wusste nicht, was er erzählen sollte und Jennifer wollte anscheinend nicht reden. Also schwiegen sie.

Eine große Schlange hatte sich vor dem Kinoeingang gebildet, die sich nur sehr langsam voran bewegte, dafür aber sehr schnell verlängerte, weil sich immer mehr Leute hinten anstellten. Es war 18:37 Uhr. 19:15 Uhr sollte die Vorstellung beginnen. An den Fenstern des Kinos hingen Poster, die die verschiedenen Filme anpriesen. Das größte von allen zeigte das *Simpsons-Logo*, in das ein Riesen-Donut (an dem schon eine Ecke fehlte) eingebunden war; der Donut mit Glasur, versteht sich. Auf einem anderen Poster stand „Stirb Langsam 4.0" und auf wieder einem anderen stand „Harry Potter – Und der Orden des Phönix".

„Ganz schön viele Leute", sagte Jennifer, „Hätte ich nicht gedacht."

„Na ja, es handelt sich ja schließlich um den *Simpsons-Movie*", erwiderte Maik.

Sie standen sehr lange an und bewegten sich nur wenige Schritte vorwärts. Es war 18:48, da kam ein pickelgesichtiger Kinomitarbeiter heraus, der ein Schild aufstellte, auf dem stand: „*Simpsons-Movie – 19:15 Uhr Vorstellung ausverkauft*"

Lautes Fluchen war aus der Menge, die vor dem Kino anstand, zu hören. Auch Jennifer fluchte: „Verdammt. Da sind wir ja umsonst hier hergekommen."

Dann holte der Kinomitarbeiter ein weiteres Schild raus, auf dem stand: „*Simpsons-Movie – nächste Vorstellung 22:30 Uhr*"

„Oder wir nehmen die 22:30er Vorstellung", meinte Jennifer.

Maik lächelte überlegen. „Nein, wir nehmen die 19:15er. Ich war so klug und habe Karten vorbestellt."

Maik sagte an der Kasse seinen Namen und eine Bestellnummer und erhielt dafür zwei Eintrittskarten. Dann bestellte er noch eine große Tüte Popcorn (für fünf Euro) und bezahlte. Er gab Jennifer eine der Karten, anschließend gingen sie zum *Kinosaal 1*, dem größten Saal des Kinos.

Eine junge Frau – anscheinend eine Studentin, die sich hier im Kino etwas dazuverdiente - entwertete ihre Karten und dann betraten sie den Saal.

„Wo wollen wir uns hinsetzen?", fragte Maik.

Es blieben nicht viele Wahlmöglichkeiten. Der Kinosaal war proppenvoll. Jennifer sah sich mit zusammengekniffenen Augen um und deutete dann auf zwei Plätze so ziemlich in der Mitte. „Dort sind noch zwei Plätze frei. Setzen wir uns dahin."

„Einverstanden."

Der Vorhang vor der Leinwand war noch zugezogen, die Kinobeleuchtung illuminierte den gesamten Raum. Überall sah man lachende (teilweise Homer-Simpson-T-Shirts-tragende) Jugendliche, die Popcorn aßen oder sich damit bewarfen. Jedes Alter war vertreten, Kinder, die mit ihren Eltern unterwegs waren, Jugendliche (die den Größten Anteil hatten), Erwachsene und Ältere. Der Saal war ein Sammelsurium von verschiedenen Menschen. Und ständig betraten neue Leute den Raum, die verzweifelt freie Plätze suchten.

Maik stellte die große Fünf-Euro Popcorntüte auf die Ablage vor ihm und schob sie bedeutungsvoll ein Stück zu Jennifer, die links von ihm saß. „Du kannst dich bedienen, wie du willst. Wenn sie alle ist, hole ich eine neue."

„Das ist nett. Danke."

Lautes Gemurmel herrschte in dem Raum und ständig lachte irgendjemand. Maik und Jennifer hatten Glück: Es saß keine Person mit Turmfrisur á la Marge vor ihnen, so dass sie freie Sicht auf die Leinwand hatten (wenn sie denn nicht vom Vorhang verdeckt gewesen wäre).

„Ich hab schon viel über den Film gehört", sagte Maik, der einfach nur irgendetwas sagen wollte, weil alle um ihn herum auch redeten.

„Aha", sagte Jennifer.

„Wird bestimmt lustig", meinte Maik, „Oder was meinst du?"

„Das hoffe ich doch für dich", sagte Jennifer und lächelte.

Maik lächelte zurück. Er fühlte sich einfach großartig. Jennifer saß neben ihm. Sie würden sich gemeinsam den Film anschauen, würden gemeinsam lachen, sich amüsieren. Er würde ihre Hand ergreifen – natürlich in einem geeigneten Moment – und sie würde bestimmt darauf eingehen. Nach dem Film würde er sie nach Hause bringen, und sie wahrscheinlich vor ihrer Haustür küssen und dann – natürlich nur, wenn er ganz viel Glück hatte – würde sie ihn rein bitten, und wer weiß was dann so alles noch passieren konnte.

Diese Gedanken waren herrlich. Er genoss sie. Und sie waren vor allem deswegen so herrlich, weil sie *realistisch* waren, weil sie *Authentizität* hatten.

Jeder Platz war besetzt. Einige Pärchen mussten sich trennen, da nicht genug Zweisitzer freiwaren. Das chaotische Geplapper im Saal wurde lauter und lauter. Dann wurde das Licht im Raum etwas abgedunkelt und der Vorhang zog sich zurück und gab den Blick auf die Leinwand frei. Das Publikum jubelte in Erwartung des Film, der hoffentlich bald losgehen würde.

Das erste Bild, das auf die Leinwand projiziert wurde, zeigte ein durchgestrichenes Handy und darunter den Satz: „Die Handys bitte ausschalten – Danke".

Jennifer kramte in ihrer Hose, holte ein ultraschmales Nokia heraus und drückte dann auf den schwarzen Knopf, der das Handy ausmachte. Sie sah Maik verlegen an und lächelte. Maik lächelte zurück. Er besaß kein Handy. Wozu auch? Er hatte ja niemanden, den er hätte anrufen können, wenn er mal unterwegs war. Abgesehen davon war er so gut wie nie unterwegs. Und wegen seinen Eltern ... warum sollte er *die* anrufen?

Das Bild mit dem durchgestrichenen Handy blieb lange. Viele der Kinobesucher holten ihre tragbaren Telefone heraus und befolgten die Anweisung, es auszuschalten.

Dem Handy-Verbots-Bild folgten ein halbes Dutzend Werbespots für Unternehmen (hauptsächlich Autohäuser) aus der Umgebung, die alle irgendwie denselben inhaltlichen Aufbau hatten und alle mit derselben schrecklichen Billigkamera gedreht wurden.

Nach den lokalen Werbespots wurde der Vorhang wieder zugezogen. Ein paar Sekunden verstrichen – und der Vorhang wurde wieder zurückgezogen. Es folgten

Werbespots für internationale Unternehmungen. Jeder einzelne war gewitzt, hatte Humor, der das Publikum zum Lachen brachte, zielte aber dennoch geschickt auf das angepriesene Produkt ab. Obwohl die Werbung lustig gestaltet war, langweilte sie mit der Zeit, weil man ja eigentlich nur wegen dem Hauptfilm ins Kino ging und nicht wegen der Werbung.

Der letzte Werbeclip war eine Eiscremewerbung. Danach wurde der Vorhang wieder zugezogen und die Beleuchtung erhellte sich, so dass der gesamte Saal im hellen Glanz erstrahlte.

Eine junge Frau mit einem T-Shirt des neuen Quentin Tarantino – Films „Death Proof" betrat den Saal. Vor ihren Bauch hatte sie einen tragbaren Eisverkaufsstand befestigt.

Aha, deshalb kam als letztes die Eiswerbung. Um Appetit zu schaffen, schlussfolgerte Maik.

Die junge Frau mit dem „Death Proof"-T-Shirt fragte mit lauter, schreierprobter Stimme: „Möchte jemand ein Eis?"

Wie im Chor brüllte der Großteil des ungeduldigen Publikums, dessen Geduld schon durch die Werbung stark strapaziert wurde: „Nein, wir wollen den Film sehen!"

Ein Mann, ungefähr Mitte vierzig, der sich mit erhobenem Arm gemeldet hatte, ließ seinen Arm ganz schnell wieder sinken und wendete den Blick von der Eisverkäuferin ab. Ein anderer Mann, der für seine beiden Kinder (vielleicht seine beiden Söhne, vielleicht auch nur sein einer Sohn mit einem Kumpel) Eis bestellen wollte und schon die Worte „Ja, hier, ich" gerufen hatte, wurde böse von den umher sitzenden angeschaut und sagte dann schnell: „Nein, doch nicht. Habs mir anders überlegt", und blickte seine beiden Jungs an wie ein Hund, der gerade von seinem Herrchen ausgeschimpft wurde.

Die „Death Proof" – Frau fragte noch einmal mit lauter Stimme: „Will jemand ein Eis?"

Es meldete sich keiner. Stattdessen kamen erneute Rufe: „Nein! Wir wollen den Film sehen!"

Die Frau wartete und fragte dann verzweifelt: „Wirklich keiner?"

Maik wandte sich an Jennifer und sagte ihr ins Ohr: „Die kriegt bestimmt ne Provision für jedes verkaufte Eis. Aber da hat sie heute leider Pech."

Jennifer kicherte.

„Na gut, dann eben nicht", sagte die Frau und drückte ein Paar Knöpfe auf der Konsole am Eingang, die sie dann wieder mit einem Schlüssel verschloss.

Das Licht ging aus; für einen Moment herrschte absolute Dunkelheit, dann öffnete sich der Vorhang und gab die gesamte Leinwand frei. Ein Clip darüber, was Raubkopierern blüht (fünf Jahre Haft) wurde eingespielt, dann kam das „20th Century Fox" – Filmchen (mit Einbeziehung des Simpsons-Charakters „Ralph") und schließlich begann der Hauptfilm.

Der Film war von Anfang an lustig. Einige Passagen bekam man nicht mit, weil das Publikum zu laut und zu lange lachte. Maiks Zwerchfell musste einiges Mitmachen. Einige Male warf er einen Seitenblick auf Jennifer, die ebenfalls fast die ganze Zeit lachte. Bei diesen Seitenblicken bemerkte er jedesmal ihre Hand auf der Armlehne. Es gab nur eine Armlehne zwischen ihren beiden Sitzen. Es wäre ihm also ein Leichtes gewesen, seine Hand auf die ihre zu legen und es wie einen *Zufall* aussehen zu lassen.

Ab und zu, zwischen den Lachern nahm er es sich vor. Doch seine Hand schaffte es gerade mal, sich ein paar Zentimeter von seinem Schoß zu entfernen und fiel dann zitternd wieder auf seinen Schoß zurück. Er traute es sich einfach nicht. Nach ein paar vergeblichen Versuchen gab er es schließlich auf und konzentrierte sich ganz auf den Film.

Homer sagte gerade zu seinem Hausschwein: „Vielleicht sollten wir uns küssen, um das Eis zu brechen." In dem Moment dachte Maik das gleiche: „Vielleicht sollte ich sie einfach küssen, um das Eis zu brechen."

Er drehte sich also zu Jennifer, um sie zu küssen. Sie hatte sich ihrerseits zu Maik umgedreht und lachte. Maik sah ein, dass es in diesem Moment zwecklos war, etwas derartiges zu unternehmen und lachte ebenfalls. Nicht lange danach drehte sich Jennifer wieder zur Leinwand und verfolgte weiter den Film. Maik tat es ihr gleich.

Fürs Küssen ist es bestimmt noch zu früh, dachte er sich. *Vielleicht sollte ich es noch mal mit der Händchen-halten Nummer probieren.*

Maik erhob seine Hand abermals, schaffte ein beträchtliches Stück von bestimmt zehn Zentimetern. Dann bemerkte er, dass Jennifer auf seine Hand starrte und dabei einen *eigenartigen* Gesichtsausdruck hatte. Schnell entschloss sich Maik, seine Hand in die Popcorn-Tüte gleiten zu lassen. Er nahm eine Handvoll Popcorn heraus und lächelte Jennifer vorsichtig an.

Verdammt, es hat schon wieder nicht geklappt!

Er gab es *vorläufig* auf, ihre Hand zu ergreifen und widmete sich wieder dem Film.

Ganz dem Lachen verfallen, vergaß er, warum er eigentlich ins Kino gegangen war. Bis fast zum Ende des Films dachte er kein einziges Mal mehr an Jennifer. Es kam eine lustige Szene nach der anderen und nur ab und zu sah er Jennifer unbewusst lachend an, die, ebenfalls lachend, zurücksah.

Das Publikum tobte ebenfalls. Jeder, der ein Gespräch mit seinem Sitznachbarn anfangen wollte, wurde bösartig beschimpft und somit zur Ruhe gebracht. Aber all die Lachenden, die viele Passagen des Filmes übertönten, wurde nicht beschimpft. Das gehörte einfach dazu. Maik nahm sich vor, sich die DVD zu kaufen, um sich *alles* ansehen und *anhören* zu können.

Der Film nahm einen guten Ausgang. Homer hatte Springfield gerettet und fuhr nun mit seiner Frau – Marge - auf einem leistungsstarken Motorrad aus der Stadt (beide ohne Helm).

Wenn das die Verkehrswacht sieht, dachte Maik und lachte.

Dann küssten sich Homer und Marge – und Maik wurde wieder an Jennifer erinnert. Er verspürte plötzlich dieses heftige Verlangen, Jennifer zu küssen.

Einen innerem Instinkt folgend drehte er sich zu ihr um. Sie blickte zur Leinwand und verfolgte die letzte Szene. Maik erhob seine rechte Hand, legte sie an Jennifers Gesicht und drehte es mit sanfter Gewalt zu sich. Sie sahen sich nun *Auge in Auge, Angesicht zu Angesicht*. Maik bewegte seinen Kopf in Jennifers Richtung, schloss seine Augen und küsste Jennifer auf den Mund.

Es fühlte sich hervorragend an. Maiks Hormonhaushalt spielte verrückt. Ein Feuerwerk entzündete sich in seinem Körper. Das Kribbeln in seinem Bauch wurde stärker als je zuvor. Das Blut schoss literweise in seinen Kopf und in eine andere Gegend seines Körpers, südlich vom Bauch.

Erschrocken löste sich Jennifer von Maik. Sie sah ihn verwirrt an und bemerkte seinen zufriedenen Gesichtsausdruck. Mit dem Handrücken wischte sie sich über die feuchten Lippen. Der Abspann wurde gerade unterbrochen von einem kurzen Clip, in dem Homer seinen Sohn dazu aufforderte, sich den Abspann genau anzusehen. Der Teil des Publikums, der noch nicht aufgestanden war, lachte.

Maik und Jennifer sahen sich an, Maik zufrieden, Jennifer schockiert. Sie brach das Schweigen: „Ähm, Maik. Ich weiß, wir sind zusammen ins Kino gegangen. Aber ich möchte eines klarstellen, bevor du dir noch Hoffnungen machst" (was bereits schon geschehen war)

„Ich empfinde nicht so für dich, wie du *offenbar* für mich." Sie machte eine kurze Pause, rang um Worte. Maik sagte nichts. „Was ich damit sagen will. Ähm, ich will nichts von dir. Also, wir können gern Freunde sein, aber nicht *solche Freunde*, verstehst du?"

Maiks Gesichtsausdruck veränderte sich, er versteinerte und wurde eisig. Das machte Jennifer Angst. Maik dachte nach. Dieser Abend war der letzte, an dem Maik noch *halbwegs normal* war. Ab diesem Tag schien in ihm ein Schalter umgelegt, der seine Persönlichkeitsstruktur veränderte.

Jennifer wiederholte: „Verstehst du, wie ich das meine? Aber sei mir deswegen bitte nicht böse. Es war wirklich ein herrlicher Abend. Aber, wie gesagt, ich will nichts von dir. Versteh das bitte."

Maik blieb noch einen Moment wie angewurzelt sitzen. Der zweite Clip während des Abspanns kam. Dann stand Maik auf und verließ wortlos das Kino, während Jennifer sitzen blieb. Den dritten Clip während des Abspanns sah er nicht. Schubsend bahnte er sich einen Weg aus dem total überfüllten Kino. Eine riesige Menschenschlange stand bereits für die nächste Vorstellung des *Simpsons-Movie* an. Unter Einsatz seiner Ellenbogen verschaffte Maik sich Durchlass. Dafür erntete er Ausrufe á la „Hey pass doch auf, du Arsch" oder „Sag mal, geht's noch gut?!" Doch er achtete nicht darauf. Er wollte einfach nur aus dem Kino raus. Er kochte vor Wut und wollte sie nicht hier im Kino entladen.

Er hatte Pläne, er wusste, was zu tun war.

5

In der Schule mied er Jennifer und Jennifer mied ihn. Wenn sich ihre Blicke zufällig trafen, so schauten sie beide hastig wieder weg. Man merkte Maik seine Wut und seine

Frustration an. Einmal, als ihn ein Mitschüler nach einer Tintenpatrone fragte, brüllte er den Schüler an: „Bring dir gefälligst das nächste Mal eine Ersatzpatrone mit, du Idiot und belästige mich nicht mit deinem Scheiß!" Dann kramte er in seiner Federmappe, holte eine Patrone heraus, reichte sie dem Schüler und sagte: „Hier, nimm deine Scheißpatrone und hau ab."

Der Schüler entgegnete: „Okay, ist ja schon gut" und machte sich auf den Weg zu seinem Platz. Noch im gehen sagte er: „Und danke." Dafür erntete er einen giftigen Blick von Maik.

Selbst die Lehrer spürten, dass Maik irgendwie *anders* war. Sie schienen deswegen irgendwie eingeschüchtert zu sein; jedenfalls nahmen sie ihn so gut wie gar nicht dran. Sie ignorierten ihn, und das war ihm durchaus recht, denn er war damit beschäftigt, Pläne zu schmieden.

Noch am selben Tag, als Maik mit Jennifer im Kino war, besuchte er Steves Grab. Er erzählte ihm alles, was vorgefallen war, jedes kleine Detail. Und Steve sprach zu ihm: „Du weißt, was du jetzt zu tun hast." Es war keine Frage, es war eine Feststellung, oder gar eine Aufforderung. Und Maik wusste, was sie bedeutete. Er wusste, was er zu tun hatte. Und er hatte auch keine Scheu, zu tun, was er zu tun hatte.

Er sprach mit Steve noch lange über die Details. Schließlich handelte es sich um eine „heiße Kiste", ein „heißes Eisen", wie man so schön sagt.

„Du darfst wieder keine Fingerabdrücke hinterlassen", sagte Steve, „Es kann nämlich sein, dass sie wieder Fingerabdrücke vergleichen wollen."

„Ja, ich werde wieder meine Gummihandschuhe überziehen."

„Und du musste leise sein. Die ganze Show muss lautlos vonstatten gehen. Ansonsten hast du die Bullen am Hals, noch bevor du Jennifer sagen kannst."

„Ja, ich werde mir Mühe geben, leise zu sein."

„Nein, du wirst dir nicht nur Mühe geben, leise zu sein", donnerte Steve, „Du *wirst* ganz einfach leise sein. Hast du verstanden?"

„Ja, ich *werde* leise sein."

„Du hast nur eine Chance. Und die darfst du nicht vermasseln. Eine zweite wirst du nicht kriegen."

„Keine Sorge, Steve. Ich werde das Ding schon schaukeln. Das verspreche ich dir", beteuerte Maik.

Steve schien zufrieden, jedenfalls sagte er nichts mehr und Maik *spürte*, dass Steve alles gesagt hatte, was er loswerden wollte.

Maik warf noch einen kurzen Blick auf das Grab und zog von dannen. Am liebsten wäre er zu Roland und Berta gegangen, doch in seinem jetzigen Zustand war das unmöglich. Roland würde etwas bemerken und unangenehme Fragen stellen. Wenn das Ding erstmal geschaukelt war, wäre ein Besuch kein Thema. Er nahm sich vor, das Ding durchzuziehen und danach seine Großeltern zu besuchen.

6

Es war Samstags, drei Uhr morgens als Maik vor Jennifers Haus stand. Die Haustür war verschlossen, überall war das Licht gelöscht. Die Bewohner schliefen. In seiner Hosentasche lag der geklaute Autoschlüssel für den Golf seiner Eltern. Mit Müh' und Not hatte er es geschafft, den Wagen hierher zu fahren. Er hatte ihn unterwegs mindestens dreimal abgewürgt und wenn ihn ein Polizist gesehen hätte, hätte dieser sofort gewusst, dass jemand, der noch keinen Führerschein hatte, am Steuer saß. Aber Maik begegnete keinem Polizisten und auch sonst niemanden. Die Straßen war leer.

Nur einmal war Maik bisher mit einem Auto gefahren, und das war mit seinem Vater gewesen. Sein Vater fuhr mit ihm auf eine schwach befahrene Landstraße. Es war Sonntag. Kein Auto war unterwegs. Die Sonne schien, die Temperatur betrug knapp über 20 Grad. David hielt an und stieg aus. Vater und Sohn tauschten die Plätze.

„Links ist die Kupplung, in der Mitte die Bremse und rechts das Gas", sagte David und deutete in den Fußraum der Fahrerseite. „Wie das Lenkrad funktioniert, weißt du ja."

Maik war fünfzehn Jahre alt. *Natürlich wusste er, wie ein Lenkrad funktionierte.* Er nickte also.

David umfasste den Schalthebel. „Mit diesem Knüppel legst du die Gänge ein. Drück mal die Kupplung durch."

Maik drückte das linke Pedal voll durch und betrachtete dann interessiert den Hebel, den sein Vater umfasste.

„Wenn du ihn nach links und dann nach vorn bewegst, hast du den ersten Gang drin." David legte den ersten Gang ein. „Wenn du in den zweiten schalten willst, dann musst du nach links und dann nach unten drücken." David tat es. „Und – zack – hast du den Zweiten drin."

Maik nickte, um zu signalisieren, dass er verstand.

„Wenn du den Dritten haben willst, brauchst du nur ganz nach vorn zu drücken. Und für den Vierten nur ganz nach hinten." David schaltete (mit der linken Hand) schnell ganz nach vorn und anschließend ganz nach hinten. „Alles verstanden?", erkundigte er sich.

„Jap", sagte Maik, „Und was ist mit dem fünften Gang?"

„Ich glaube zwar kaum, dass du den heute brauchen wirst. Aber ich erklär's dir trotzdem." Er drückte den Hebel nach rechts und dann nach vorn. „Hast du gesehen? Einfach zum Beifahrer hin und dann nach vorn drücken. Ganz einfach. Wie der erste, nur andersrum."

„Okay. Ich hab's verstanden. Kann ich jetzt fahren?"

David lachte. „Ich glaube kaum, dass du jetzt fahren *kannst*, aber du *darfst* es natürlich versuchen."

„Hm."

„Aber zuerst möchte ich dir noch ein paar Dinge sagen: Wenn du den Motor startest. Und das machst du, indem du den Zündschlüssel rumdrehst, und zwar im Uhrzeigersinn. Also wenn du den Motor startest, dann drückst du die Kupplung durch. Einverstanden?"

„Okay, mach ich. Aber wozu?"

„Ist egal, mach's einfach", sagte David ungeduldig.

„Okay, ich mach's."

„Zweitens", fuhr David fort, „legst du zum Anfahren den ersten Gang ein, und lässt dann *langsam*, ich wiederhole *langsam* die Kupplung kommen."

„Die Kupplung langsam kommen lassen", bestätigte Maik.

„Genau. Und so wie du die Kupplung kommen lässt, so gibst du *vorsichtig* Gas."

„Beim Kupplung-kommen-lassen vorsichtig Gas geben."

„Ja, vorsichtig", sagte David nachdrücklich. „Okay, dann versuch's mal."

Und Maik *versuchte* es. Er drückte die Kupplung voll durch, legte den Zündschlüssel um. Der Motor tuckerte und gab dann ein gleichmäßiges Geräusch von sich. Der Drehzahlmesser zeigte 680 Umdrehungen. Maik umfasste den Schaltknüppel und zog ihn zu sich heran, dann nach vorn.

„Geht butterweich, nicht wahr?", bemerkte David.

„So ziemlich", sagte Maik. Er ging von der Kupplung runter und drückte auf das Gaspedal. Der Motor ging aus.

Maik schaute seinem Vater enttäuscht ins Gesicht. Dieser fragte ruhig: „Was habe ich dir gesagt?"

„Die Kupplung langsam kommen lassen."

„Genau. Und warum hast du's nicht gemacht?"

„Keine Ahnung." Maik zuckte mit den Schultern.

„So, nun drehst du den Zündschlüssel ganz nach links und dann machst du den Motor von Neuem an."

Maik drehte den Schlüssel nach links, drückte die Kupplung und startete dann den Motor. Anschließend wollte er den ersten Gang einlegen, bemerkte jedoch, dass dieser schon drin war. Also ging er vorsichtig von der Kupplung. Der Golf ratterte, bewegte sich ein paar Zentimeter nach vorn – Maik wollte sich schon freuen – und dann ging der Motor wieder aus.

„Gas geben musst du natürlich auch noch."

„Entschuldige", sagte Maik.

„Und nochmal das Ganze."

Maik wiederholte die Prozedur. Dieses Mal drückte er dabei auf das Gaspedal. Der Wagen ratterte, bewegte sich nach vorn. Maik freute sich. Es gab ein starkes Ruckeln und Maik trat noch etwas kräftiger auf das Gaspedal. Der Golf beschleunigte ziemlich stark, und ruckweise.

„Geh von der Kupplung runter!"

Maik ging komplett von der Kupplung runter, blieb aber mit dem rechten Fuß auf dem Gaspedal und drückte kräftig drauf. Der Wagen machte einen Satz nach vorn, sodass Maik und David in ihre Sitze gedrückt wurden. Die Tachonadel kletterte rauf, Maik bemühte sich das Lenkrad gerade zu halten. Seinen rechten Fuß, der immer stärker auf das Gaspedal drückte, hatte er fast vergessen. Schnell erreichte die Nadel der Umdrehungsanzeige die 4000er Marke.

Ängstlich, die Hände in den Sitz gekrallt, rief David: „In den zweiten Gang schalten! Schnell!"

Maik umfasste den Schalthebel und drückte nach Linksunten. Das Getriebe gab ein kratzendes Geräusch von sich, welches das Motorengeräusch fast noch übertönte.

„Und die Kupplung dabei treten", schrie David, „Oder willst du mir mein Auto kaputt machen?!"

Maik spürte wie ihm das Blut in den Kopf schoss. Er drückte die Kupplung durch – und in dem Moment schoss die Nadel der Umdrehungsanzeige in den roten Bereich.

„Dabei vom Gas gehen", schrie David so laut er konnte.

Vor Schreck ging Maik von der Kupplung runter – das Auto machte einen heftigen Satz, der David fast mit den Kopf an die Beifahrertür donnern ließ. Dann ging Maik auch vom Gas runter, das Auto wurde langsamer und Maik drückte die Kupplung durch. Er legte den zweiten Gang ein, ging (etwas zu hastig) von der Kupplung und gab wieder Gas. Das Auto machte erst einen Satz und beschleunigte dann heftig.

David lief vor Aufregung der Schweiß am ganzen Körper. Er hatte seine Hände krampfhaft in seinen Sitz gedrückt. „Okay das reicht", sagte er außer Atem, „Nun drückst du die Kupplung durch und gehst *vorsichtig* auf die Bremse, bis wir zum Stehen kommen."

Maik drückte die Kupplung – und die Nadel für die Umdrehungen schnellte wieder in den roten Bereich.

„Und geh verdammt noch mal vom Gas, wenn du die Kupplung drückst!"

Maik ging vom Gas und drückte dann (etwas zu heftig) die Bremse. David wurde fast an die Windschutzscheibe geschmettert, dann kam der Golf zum Stehen. Unüberlegt ging Maik von der Kupplung runter und würgte damit das Auto (schon wieder) ab.

Damit war seine erste Autofahrt beendet.

Nun stand er vor dem Haus, über seinen Schultern sein alter Rucksack. Maik tastete die Haustür ab; sie war stabil und hatte ein überaus sicheres Schloss. Unmöglich, dieses ohne Weiteres zu knacken. Maik überlegte, ob er eine der acht Klingeln betätigen sollte, um dann zu sagen: „Entschuldigung, aber ich habe meinen Haustürschlüssel vergessen. Können Sie bitte auf den Knopf an Ihrer Gegensprechanlage drücken, damit ich rein kann?" Doch diesen Gedanken verwarf er schnell wieder. Erstens würde er damit jemanden aufwecken, der ihn dann später unter Umständen der Polizei melden könnte. Zweitens könnte dieser sich dann nach Maiks Namen erkundigen und dann wäre die ganze Aktion sowieso gescheitert. Denn Maik wusste nicht, was er darauf antworten sollte. Die entsprechende Person würde dann bestimmt wissen wollen zu welcher Familie er gehörte und warum er gerade den *Haustürschlüssel* und nicht den *Wohnungstürschlüssel* vergessen hatte. Vielleicht würde die Person ja auch runterkommen und Maik *sehen* und damit wäre die Sache endgültig gescheitert, es sei denn Maik würde die Person umbringen, was er allerdings nicht vorhatte – es wäre zu gefährlich.

Also musste Maik sich etwas anderes überlegen. Er schritt an der Hauswand entlang, darauf bedacht, so leise wie nur möglich zu sein. Er observierte jeden Quadratzentimeter. Der Plattenbau besaß ein Kellergeschoss, worin jeder Mieter eine Parzelle nutzen konnte. In regelmäßigen Abständen befanden sich Fenster, mit einem beweglichen Metallgitter davor, die nach oben zeigten. Maik untersuchte eines der Kellerfenster. Das Gitter davor war geschlossen. Maik überlegte, ob das Fenster groß genug wäre, damit ein Mensch seiner Statur hindurch käme. Maik maß das Fenster, indem er mit seiner linken Hand ans linke Ende des Fensters und mit seiner rechten Hand das rechte Ende des Fensters berührte. Er schaute sich die Spannweite seiner Arme genau an, und nickte zufrieden.

Die Breite ist ausreichend. Da müsste ich durchkommen.

Dann begutachtete er die Höhe.

Wenn ich meinen Rucksack ablege und meinen Kopf seitlich durchschiebe, könnte ich es schaffen, dachte Maik. *Nun muss ich nur noch das Metallgitter wegkriegen.*

Maik richtete sich auf und blieb einen Moment lang überlegend stehen.

Oder ich suche ein Fenster, wo das Metallgitter offen steht.

Er blickte sich in alle Richtungen um. Schließlich musste doch ein Typ, der so um ein Haus schleicht wie er, auffällig aussehen. Und eine Oma oder ein Opa, der ihn so beobachtete, würde auf jeden Fall sofort die Polizei alarmieren. Und solche Omas und Opas konnten um diese Uhrzeit wach sein, wenn ihnen ihre Blase mal wieder Probleme machte. Also vergewisserte Maik sich, dass ihn niemand beobachtete und alle Fenster dunkel waren. Danach schritt er um das Haus.

Nirgendwo brannte Licht, weder in den Wohnungen, noch im Kellergeschoss. Maik schritt um das ganze Haus und suchte nach einem geöffneten Kellerfenster. An einer Seite des Hauses prangte eine riesige Graffiti-Schmiererei, wahrscheinlich von Jugendlichen angefertigt, die sich (genau wie Maik) den Schutz der Nacht zunutze gemacht hatten und ihre (unlesbaren) Zeichen an die Wand gesprüht hatten.

Als Maik die Rückseite des Hauses erreichte, hörte er ein Geräusch. Es klang kratzend und kam in regelmäßigen Abständen. Erschrocken kniete Maik sich auf den Boden und drückte seinen Körper an die Wand, in der Hoffnung, so nicht gesehen zu werden. Er hielt inne und lauschte dem Geräusch. Niemand war zu sehen, alles war dunkel. Maik versuchte, auszumachen, woher das Geräusch kam. Er sah an der Hauswand hoch und entdeckte ein geöffnetes Fenster. Offensichtlich kam daraus dieser kratzende Ton. Doch aus dem Fenster drang kein Licht und auch kein anderer Laut.

Maik schlug sich sachte auf die Stirn. Ihm wurde klar, was dieses Geräusch war. Es war das Schnarchen eines Menschen, der schlief und im Schlaf „Holz sägte", wie Roland diese Form des Atmens titulierte.

Beruhigt stand Maik wieder auf und schritt weiter um das Haus. Überall waren die Kellerfenster geschlossen, keines war offen. Resigniert kam Maik wieder am Eingang an. Was sollte er tun? Wie sollte er ins Haus gelangen? Er konnte doch nicht einfach durch ein geschlossenes Fenster hindurchkriechen.

Oder doch?

Nein, durch ein geschlossenes keinesfalls. Aber wenn kein offenes da war, musste er einfach ein geschlossenes öffnen. Das war es!

Maik sah sich das Metallgitter des Kellerfensters, welches ihm am nächsten war, noch einmal genau an. Die Gitterstreben bildeten ein Karomuster, waren einen halben Zentimeter breit. Um die Streben herum befand sich ein zwei Zentimeter dicker Metallrahmen. Das ganze Gitter war an zwei Scharnieren befestigt und mit dicken Schrauben fixiert.

Mit dicken Schrauben!

Maik kam ein Gedanke. Wenn er die Schrauben mit Hilfe eines Schraubendrehers löste, müsste er das Gitter ganz einfach abnehmen können und müsste dann durch Fenster kriechen können. Doch er hatte keinen Schraubendreher. Jedenfalls hatte er keinen bei sich. Zuhause hatte er wohl einen, nur war nicht mehr so viel Zeit, um nachhause zu fahren, den Schraubendreher einzupacken und wieder herzufahren. Es würde bald die Zeit kommen, zu der die ersten Frühschichtler aufstehen müssten.

Was hatte er denn alles in seinem Rucksack? Er hatte das Chloroform, seine Gummihandschuhe, Klebeband, Dietriche, eine Schere, ...

Eine Schere!

Das war es. Vielleicht konnte er mit der Schere die Schrauben drehen. Sie würden zwar zu Schaden kommen, aber immerhin mussten sie sich dadurch lösen lassen.

Maik setzte seinen Rucksack ab und öffnete ihn. Er holte die Schere und – vorsichtshalber – auch noch die Gummihandschuhe heraus. Die Gummihandschuhe setzte er auf, anschließend nahm er dich Schere in die rechte Hand. Er hielt die Schere geschlossen, sodass die Spitze möglichst breit war. Es handelte sich schließlich um *große Schrauben*.

Maik begann mit der Schraube oben links. Er steckte die Spitze in den Schlitz des Schraubenkopfes und versuchte die Schraube nach links zu drehen. Es gab erst einen kurzen Widerstand, dann rutschte er mit der Schere ab. Dabei hinterließ er auf dem Schraubenkopf eine Schmarre.

Er versuchte es noch einmal; steckte die Spitze der Schere in den Schlitz und versuchte nach links zu drehen. Wieder spürte er den Widerstand. Dieses Mal brachte er mehr Druck auf, damit er nicht wieder abrutschen würde. Die Schraube war hartnäckig, sie ließ sich nicht so leicht drehen.

Schließlich tat sie es aber doch. Als erst einmal der erste Widerstand gebrochen war und die Schraube sich bereits ein paar Millimeter bewegt hatte, wurde das Drehen leichter und

Maik hatte die Schraube auch recht schnell draußen. Er legte sie auf dem Boden ab und machte sich daran, auch die zweite (und letzte) Schraube zu lösen.

Sie war genau so fest, wie die erste. Doch Maik wusste, wie er sie handhaben musste. Wieder wendete er möglichst viel Druck auf, um sie auf dem Schlitz zu fixieren und drehte dann kräftig nach links. Nachdem er zweimal abgerutscht war, schaffte er es, auch diese Schraube zu lösen und legte sich neben die erste auf den Boden.

Nun war das Gitter lose und Maik konnte es ganz leicht von den Scharnieren abnehmen. Als es ab war, drehte er sich um und legte es ins Gras, anschließend steckte er die Schere zurück in seinen Rucksack und schloss den Reißverschluss.

Der Weg zum Keller war frei. Wie er es sich zuvor schon überlegt hatte, ließ er den Rucksack sanft in den Keller fallen. Dazu beugte er sich weit in das Fenster hinein und ließ den Rucksack vorsichtig runter, um dann den Griff zu lösen. Es gab ein nicht allzu lautes, dumpfes *Platsch* – und der Rucksack lag im Keller.

Maik schlüpfte zuerst mit seinen Beinen durchs Fenster. Seine Füße passierten die Öffnung problemlos und auch seine Beine passten locker durchs Fenster. Dann setze er sich auf den Fenstersims (wenn man das denn so nennen konnte, schließlich war es nichts weiter als eine betonierte Stelle vor dem Fenster). Mit den Armen drückte Maik seinen Oberkörper vom Boden ab und konnte ihn somit ein Stück weit durch das Fenster schieben. Er musste insgesamt zweimal nachfassen, in dem er erst den einen Arm ein Stückchen in Richtung des Fensters bewegte, während sein ganzer Körper auf dem anderen Arm drückte, dann verlagerte er das Gewicht auf den eben bewegten Arm und zog den anderen nach. Als er mit dem Kopf direkt vor dem Fenster angekommen war, wurde es schwieriger. Er griff mit den Händen nach der Hauswand, um idealen Halt zu gewinnen, dann drehte er den Kopf zur Seite und drückte sich mit den Füßen, die er gegen die Kellerwand gestemmt hatte, kräftig ab. In dem Moment löste er seine Hände.

Nahezu geräuschlos landete Maik mit den Füßen auf dem Kellerboden. Zum Glück hatte er die Beine bei seinem kurzen Fall gespreizt, ansonsten wäre er auf seinem Rucksack gelandet und die Flasche mit dem Chloroform wäre womöglich zersprungen. Das wäre furchtbar gewesen, er brauchte diese Chloroform-Flasche.

Maik bückte sich, um seinen Rucksack aufzuheben. Erfreut stellte er fest, dass seine Gummihandschuhe keinen Schaden genommen hatten, als er sie gegen die Hauswand gepresst hatte. Maik setzte seinen Rucksack auf und versuchte sich zu orientieren.

Offenbar war er in so einer Art Korridor gelandet, der die Kellerparzellen verband. Am Ende diese Korridors befand sich eine dicke Brandschutztür. Sie war geschlossen. Doch so wie die meisten Brandschutztüren war sie bestimmt nicht abgeschlossen. Da durch das Kellerfenster nur sehr wenig Licht reinkam, sah Maik nur sehr wenig. Er wollte aber auch keinen Lichtschalter betätigen. Also schlich er nur sehr langsam den Gang entlang.

An der Brandschutztür angekommen, drückte er die Klinke hinunter und stellte zu seiner Erleichterung fest, dass sich die Tür problemlos öffnen ließ. Er öffnete also die Tür und ging hindurch. Maik wusste, dass solche Brandschutztüren einen Selbst-schließ-Mechanismus haben und ließ deshalb die Tür langsam zugleiten, was ihm (fast) geräuschlos gelang.

Als das erledigt war, sah sich Maik um. Er befand sich vor einer Treppe, die zum Eingang führte. Es war nahezu stockfinster. Durch die Eingangstür drang nur sehr wenig Licht und auch die Lichtschalter spendeten nur einen sehr fahlen roten Schein.

Wenn du hier auf die Schnauze fliegst, weil du nichts siehst, machst du mehr Aufhebens, als wenn du das Licht anmachst, ging es Maik durch den Kopf.

Widerstrebend betätigte er den Lichtschalter. Nach und nach gingen sämtliche Lampen im Treppenhaus an und jede davon machte, während sie zaghaft aufleuchtete, ein klirrendes Geräusch.

Maik stieg leise die Treppe hoch, Stufe für Stufe. Lautlos setzten seine Füße auf, das einzige Geräusch kam von seinem Rucksack, in dem (so hörte es sich zumindest an) die Chloroform-Flasche gegen die Schere stieß und umgekehrt. Maik erreichte die Eingangstür und wollte gerade seinen Fuß auf die erste Stufe des nächsten Treppenabsatzes setzen, als er hörte, wie eine Tür, offenbar ein paar Stockwerke über ihm, geöffnet wurde.

Erschrocken hielt er inne und überlegte. Dem Öffnen folgten ein paar Schritte und dann das plauzende Geräusch, als die Tür wieder geschlossen wurde. Dann ertönten wieder die Geräusche von Schritten. Und diese kamen näher.

Hastig stürmte Maik die Kellertreppe wieder runter und versteckte sich in der Ecke gegenüber der Kellertür. Die Schritte wurden lauter. Die Person musste sich nun nur noch ein oder maximal zwei Stockwerke über ihm befinden. Um sich im Keller zu verstecken war also keine Zeit mehr. Maik kauerte sich soweit wie möglich zusammen und hoffte, die Person würde nicht in den Keller wollen. Wenn sie es täte, würde der- oder diejenige Maik auf jeden Fall sehen und zur Rede stellen.

Maiks Herz pochte schnell und laut. Maik hatte Angst, dass die Person Maiks Herzschlag *hören* konnte, so laut kam ihm sein Herzschlag vor.

Die Person erreichte die Eingangstür und öffnete diese. Dann schritt sie hinaus und ließ die Tür von alleine zufallen. Maik hörte schwach, wie die Person draußen in Richtung Straße stapfte.

Das *Piep Piep*, eines Funksenders signalisierte Maik, dass ein Auto entriegelt wurde. Kurz darauf folgte das *Tok* vom Öffnen einer Autotür und dem folgte das *Tak* vom Schließen derselben. Der Motor wurde gestartet und das Auto fuhr los. Ein paar Sekunden später herrschte wieder absolute Stille. Eine fast ohrenbetäubende Stille. Noch lange blieb Maik in seinem Versteck, der Schreck saß ihm noch in den Gliedern.

Nach Minuten richtete er sich auf. Er musste feststellen, dass diese lange hockende Haltung seinen Knien nicht gut bekam; sie schmerzten.

Maik stieg abermals die Treppe hinauf. Als er an der Eingangstür angekommen war, ging das Licht aus. Blind tastete er nach dem schwach leuchtenden Lichtschalter und betätigte diesen. Wieder gingen die Lampen nacheinander an und gaben ein grelles Licht von sich. Und wieder ertönte dieses schwache Klirren.

Maik stieg den nächsten Treppenabschnitt hoch. Nichts tat sich im Haus, keine Tür ging auf, kein Geräusch (außer vielleicht das Schnarchen, das Maik draußen gehört hatte) drang aus den Wohnungen.

Ohne Zwischenfälle erreichte Maik Jennifers Wohnungstür. Dort setzte er seinen Rucksack ab – das Licht ging wieder aus und er musste es noch einmal anmachen – und holte seine Dietriche heraus.

Dana hatte mal ihren Schlüssel vergessen, als sie mit Maik vom Einkaufen zurück kam. Maik war damals ungefähr acht Jahre alt gewesen. David war auf Arbeit und noch für viele Stunden außer Haus. Deshalb musste Dana den Schlüsseldienst rufen. Dieser traf nach einer Viertelstunde ein. Es war ein alter, etwas ausgemergelter, Mann gewesen. Er trug einen braunen Kunstleder-Koffer bei sich, aus dem er einen *speziellen* Dietrich hervorholte. Zu Dana sagte er: „Das hübsche Ding hier in meiner Hand ist so eine Art Universalschlüssel. Damit kann man so ziemlich jede Tür öffnen. Außer es ist so eine scheiß Sicherheitstür. Dann haben Sie natürlich ein Problem, wenn Sie für die den Schlüssel vergessen haben." Er gab ein herzhaftes, trockenes Lachen von sich und steckte den Spezial-Dietrich in das Schloss. Er machte eine kurze, ruckartige Bewegung nach links und schon schwang die Tür auf. Maik hatte sich all dies voller Interesse angesehen. Zehn Jahre später kaufte er sich auch so einen *speziellen* Dietrich in einem Fachgeschäft, wo es keine Quittungen gab. Der Spaß kostete ihn fünfzehn Euro. Und der Spaß mit dem vergessenen Schlüssel kostete Dana satte sechzig Euro. Und sie musste dem Typen vom Schlüsseldienst beweisen, dass sie die Hausherrin war.

Diesen fünfzehn Euro Spezial-Dietrich hielt Maik nun in der Hand. Er sah sich ein paar Mal um – alles war ruhig – und steckte dann den Dietrich vorsichtig ins Schloss. Als der Dietrich drinsteckte, machte er kurz und schmerzlos einen Ruck nach links. Das Schloss gab ein relativ lautes, aber (zum Glück) nur kurzes Knacken von sich. Vor Anspannung schloss Maik die Augen, wartete und hoffte, dass niemand ihn gehört hatte.

Als er seine Augen wieder öffnete, sah er, dass die Wohnungstür einen Spaltbreit offen stand. Sein Dietrich hatte ganze Arbeit geleistet. Der Mann vom Schlüsseldienst hatte damals gesagt, wenn man nicht damit umgehen kann, kann der Dietrich unter Umständen ganz schnell abbrechen und dann sind fünfzehn Euro im Arsch. Deshalb hatte Maik – vorsichtshalber – mehrere von diesen teuren Türknackern geholt.

Er zog den Dietrich aus dem Schloss und ließ ihn wieder in seinem Rucksack verschwinden. Dann öffnete er die Wohnungstür ganz und ging hinein. Er ließ die Tür offen als er drinnen war; er wollte nicht mehr Geräusche machen, als nötig waren.

Die Wohnung sah genau so aus, wie er sie in Erinnerung hatte. Die Stubentür am Ende des Korridors war geschlossen, rechts befand sich das Zimmer von Jennifers Bruder und links – ja links war Jennifers Zimmer. Die Tür war geschlossen, aber nicht verschlossen. Durch das Licht, das aus dem Treppenhaus drang, konnte Maik alles sehen. Vorsichtshalber verließ er die Wohnung wieder, blieb einen Moment wartend stehen, bis das Licht ausging, um es dann wieder anzumachen. Damit blieben ihm ein paar Minuten, bis die Lampen des Treppenhauses wieder erlöschen würden.

Auf Zehenspitzen schlich er zurück in die Wohnung. Er hielt sich links und drückte langsam, ganz langsam die Klinke zu Jennifers Zimmer runter. Sie musste mal wieder geölt werden, dachte sich Maik. Jedenfalls knarrte die Klinke fürchterlich und Maik fürchtete schon, dadurch sämtliche Hausbewohner zu wecken. Doch niemand erwachte.

Als er die Klinke bis zum Anschlag nach unten gedrückt hatte, zog er die Tür sanft zu sich heran. Sie glitt geräuschlos über den Teppichboden und gab den Weg in Jennifers Reich frei.

Maik machte große Augen. Jennifers Bett befand sich genau ihm gegenüber, am anderen Ende des Zimmers. Es sah einfach göttlich aus, wie sie in ihrem Bett lag und schlief. Ihre Decke bedeckte ihren Körper nur bis zur Hälfte. Maik konnte in dem schwachen Schein, der vom Treppenhaus herkam die Farbe ihres Nachthemdes erkennen. Es war weiß. Weiß mit pinken Rüschen. Jennifer lag auf der Seite, das Gesicht in Richtung Tür gewandt. Maik konnte ihren Ausschnitt sehen.

Sie trägt keinen BH.

Warum sollte sie auch, sie schläft ja schließlich.

Stimmt.

Maik betrachtete Jennifer eine geschlagene Minute lang. Die Poster von *Robbie Williams* und den Jungs von *US5*, die an den Wänden hingen, bemerkte er nicht. Auch nicht den Schreibtisch, der voll war mit Heftern und Blöcken. Zum Glück bemerkte er nicht den Schreibtisch, ansonsten hätte er, wenn er genau hingesehen hätte, ein eingerahmtes Foto von Frank gesehen. Und das auch noch in einem großen Format. Und Frank lächelte.

Nach dieser Minute des Anstarrens, des faszinierten Anstarrens, setzte Maik seinen Rucksack ab. Er öffnete ihn und holte die Flasche Chloroform heraus. Sie war noch dreiviertelst voll. Maik zog ein Taschentuch aus seiner Hosentasche hervor. Er schlich auf Jennifers Bett zu und kniete sich, Kopf an Kopf mit Jennifer, auf den Teppichboden. Dann öffnete er die Flasche und ergoss einige Milliliter auf des Taschentuch. Anschließend hielt er das Taschentuch an Jennifers Mund und Nase. Jennifers Augen öffneten sich kurz, ihr Gesicht nahm einen erschrockenen Ausdruck an, dann schlossen sich ihre Augen wieder, ihr Herzschlag verlangsamte sich, ihre Körperhaltung erschlaffte. Maik hielt das Taschentuch noch einen Moment an sie gedrückt. Das er sie dadurch vergiften konnte (Chloroform ist schließlich ein Gift und kein Schlafmittel), daran dachte er in diesem Moment nicht.

Das Taschentuch war nicht nur feucht, es war *nass*. Als Maik das bemerkte, nahm er sich vor, aufzupassen, dass er nicht an seinen Gummihandschuhen schnüffelte. Würde er das tun, schliefe er umgehend ein. Und dann würden sie ihn kriegen. Sobald es ihm möglich wäre, würde er die Handschuhe absetzen.

Maik zog Jennifers Decke zurück. Dabei wurden ihre wunderschönen, seidenglatten Beine entblößt. Das Nachthemd reichte ihr bis knapp über die Knie. Maik war versucht, herauszufinden, was sie drunter trug, ließ es aber aus Zeitgründen lieber bleiben. Er hob den leblosen, fünfzig Kilo schweren, Körper hoch und schob ihn über seine Schulter. Jennifers Kopf berührte seinen Brustkorb, ihre Fußspitzen seinen Hintern. Er umfasste ihren Rumpf mit dem rechten Arm. Den linken hatte er frei.

Seine Knie rebellierten, als er versuchte, sich aufzurichten. Sie gaben ein ungesundes Knacken von sich und Maik fürchtete schon, nie wieder richtig laufen zu können. Doch irgendwie schaffte er es, unter Aufwendung seiner sämtlichen Beinkräfte, sich aufzurichten und zur Tür umzudrehen.

In dem Moment ging das Licht aus.

Verdammt!

Maik hätte beinahe laut geflucht. Plötzlich, mit einem Mal, war alles stockfinster. Er konnte nichts mehr sehen, so als wäre er blind. Blind wie ein Maulwurf an der Erdoberfläche. Er zwang sich zur Ruhe. Wie viele Schritte waren es gewesen, bis zu Jennifers Bett? Drei? Oder vielleicht vier? Es waren, mit Jennifer über der Schulter, bestimmt fünf Schritte.

Der erste Schritt war etwas wacklig, doch Maik schaffte es, das Gleichgewicht zu behalten. Er setzte den anderen Fuß nach und machte dann den zweiten Schritt. Dieser gelang ihm etwas besser. Er gewöhnte sich langsam an Jennifers Gewicht. Es war so, als hätte Maik an seiner rechten Körperhälfte fünfzig Kilo zugenommen. Der dritte Schritt verlief auch noch problemlos. Beim Vierten stieß er mit dem rechten Fuß gegen einen Gegenstand. Er war weich und offenbar aus Stoff. Maik vermutete, dass dies Jennifers Schulranzen war. Er ließ es dabei bewenden, machte einen kleinen Schritt nach links und setzte dann zum letzten Geradeaus-Schritt an. Er spürte, wie sein Fuß die Bodenleiste des Türrahmens passierte und war erleichtert. Erleichtert darüber, in Jennifers Zimmer nicht gestolpert zu sein. Im Nachhinein dachte er sich, wäre es wahrscheinlich klug gewesen, den Lichtschalter mit Klebestreifen gedrückt zu halten; dadurch wäre das Licht immer wieder angegangen und Maik hätte diese Probleme nicht gehabt. Aber na ja, jetzt war es dafür zu spät.

Im Flur konnte Maik geringfügig mehr sehen. Er sah nicht wirklich den Flur als solches, aber seine Konturen und Umrisse. Seine Augen hatten sich offenbar an die Dunkelheit gewöhnt und das Restlicht (ähnlich wie ein Nachtsichtgerät) verstärkt, sodass er wenigstens *etwas* sehen konnte.

Er drehte sich neunzig Grad nach rechts und machte dann wieder einen Schritt nach dem anderen. Er erreichte die offene Wohnungstür und plötzlich erschrak er. Ein Gedanke durchzuckte sein Hirn. Und es war als würde ihm das Herz stehen bleiben.

Du Trottel, dachte er sich. *Du Trottel hast deinen Rucksack in Jennifers Zimmer vergessen. Wenn sie den finden, bist du dran. Dort sind die Fingerabdrücke der letzten fünf Jahre von dir dran.*

Maik stand im Treppenhaus. Mit der linken drückte er auf den Lichtschalter. Die Lampen gingen (wie schon viele Male zuvor in dieser Nacht) eine nach der anderen an. Maik hockte sich hin. Seine Knie schmerzten fürchterlich. Er musste einen Schmerzensschrei unterdrücken. Das war nicht leicht, denn seine Knie taten *wirklich* verdammt weh.

Als er eine hockende Position erlangt hatte, umfasste er Jennifer nun auch mit der linken Hand und kippte sie sanft auf den Steinboden des Treppenhauses. Mit ihrem Kopf war er besonders vorsichtig. Er wollte nicht, dass dieser auf dem Steinboden *aufschlug*, sonder sanft *aufsaß*.

Nachdem er Jennifer auf diesem harten Untergrund gebettet hatte, hastete er zurück in die Wohnung. Dabei machte er einige Geräusche, doch niemand wachte auf. Er stürmte in Jennifers Zimmer, schloss die Chloroform-Flasche, legte sie in den Rucksack, schloss den Rucksack und warf ihn sich dann über die Schultern. Das Taschentuch schob er in seine Hosentasche zurück.

Er hastete zurück ins Treppenhaus, zog die Wohnungstür zu sich heran. Es gab ein lautes *Klonk*, obwohl er sich bemühte, die Tür leise zu schließen. Doch solche Türen *konnte* man einfach nicht leise schließen. Sie gaben immer ein solches *Klonk* von sich. Es sei denn man hätte den Riegel mit dem Türschlüssel zurückgezogen und ihn dann, wenn die Tür erstmal geschlossen war, langsam zurück gezogen. Doch Maik hatte keinen Schlüssel für diese Tür. Also gab es ein lautes *Klonk*.

Maik wuchtete die am Boden liegende Jennifer wieder hoch und legte sie abermals über seine rechte Schulter. War sie schwerer geworden? Unmöglich! Doch Maik kam es so vor. Ihm kam es vor, als würde Jennifer nun mindestens hundert Kilo wiegen. Seinen Knien kam es sogar wie zweihundert vor. Das war natürlich Quatsch, Jennifer wog immer noch fünfzig Kilo, aber Maik hatte von nun an Alte-Herren-Knie. Er befürchtete, für den Rest seines Lebens humpeln zu müssen.

Unter schrecklichen Schmerzen trug er Jennifer die Treppe runter. Zum Glück wohnte sie nur im ersten Stock dieses vierstöckigen Gebäudes. Mehr Treppen als diese eine hätte er sie niemals runtertragen können. Schon diese eine machte ihm schwer zu schaffen. Jede weitere hätte ihn umgebracht. Todsicher.

Unten angekommen, musste Maik erst einmal eine kurze Pause einlegen. Seine Atmung war schnell und flach. Wenn er so weiter machen würde, würde er mit Sicherheit das Bewusstsein verlieren. Nur ein Hund konnte so atmen, aber kein Mensch. Sein Gehirn würde nicht genug mit Sauerstoff versorgt werden und er würde letztlich zusammenbrechen. Und dann wäre es aus.

Er zwang sich zu einer tiefen Atmung. Atmete einmal, zweimal, dreimal tief ein und ließ dann die Luft langsam wieder ausströmen. Als er damit fertig war, entschloss er sich, das Ding zu beenden. Mit der linken Hand öffnete er die Haustür. Die frische Nachtluft, die einströmte, belebte seinen Körper. Nun wusste er, er würde es schaffen. Er wusste, alles würde gut werden. Nun musste er nur noch zum Auto und ab da wäre es vorbei mit der körperlichen Arbeit. Na ja, fast vorbei.

Kein Verkehr war auf der Straße. Alle Fenster waren dunkel. Kein Mensch machte einen Nachtspaziergang. Maik hatte großes Glück. Wenn ihn jemand gesehen hätte, wäre für denjenigen sofort alles klar gewesen. Da war ein Jugendlicher, der ein (scheinbar) lebloses Mädchen im Nachthemd über seiner rechten Schulter trug. Was sollte man schon davon halten? Klarer Fall.

Maik erreichte den Golf. Der Autoschlüssel befand sich in seiner rechten Hosentasche, er musste also um seinen Körper fassen und griff umständlich in die Tasche. Mit den Fingerspitzen ertastete er den Schlüssel und zog ihn heraus. Beinahe wäre er ihm aus der Hand gefallen, doch er konnte ihn gerade noch davon abhalten.

Er steckte den Schlüssel ins Schloss der Beifahrertür und drehte ihn nach rechts. Die Zentralverriegelung gab ihr *Zss* von sich. Maik zog den Schlüssel wieder heraus, steckte ihn sich in die linke Hosentasche und öffnete dann mit der linken Hand die Beifahrertür. Jennifer wurde ihm nun sauschwer. Er war froh, als er sie auf dem Sitz abladen konnte. Jennifers Körper wollte nach vorn auf das Handschuhfach kippen, als Maik sie losließ. Da zog Maik am Sicherheitsgurt und fixierte damit ihren Körper. Er ließ den Gurt einrasten und machte eine Sperre rein, sodass Jennifer festgehalten wurde. Dann setzte er seinen Rucksack ab und legte ihn in den Fußraum. Er schloss die Tür, ging auf die andere Seite, stieg ein und fuhr los.

Kapitel 6

Die Gefangenschaft

1

Die Straßen waren leer. Fast leer. Einige wenige („arme Schweine", hätte David gesagt) waren unterwegs zu ihrer Frühschicht. Doch diese achteten nicht auf einen Jugendlichen, der das Auto nicht unter Kontrolle hatte, mit dem er zu so früher Stunde fuhr, und der auf seinem Beifahrersitz eine schlafende junge Frau mit sich führte.

Maik hatte es tatsächlich geschafft, den Wagen fünf Mal abzuwürgen, bis er die Stadtgrenze erreichte. Aber trotzdem war er irgendwie zufrieden, denn bei den letzten zweimal, war er sich sicher, dass er sie hätte verhindern können. Er wurde also besser in dem Umgang mit dem Auto. Auch das Hochschalten verlief nun schon etwas flüssiger. Klar, wären die Straßen stark befahren gewesen, hätte er den Wagen *keinesfalls* unbeschadet an die

Stadtgrenze gefahren. Doch da er fast der einzige auf den Straßen war, konnte er sich den einen oder anderen Fehler durchaus erlauben.

Diese nächtliche Stadtfahrt war eine gute Übung für ihn. Eine gute Übung für das, was kommen sollte. Nämlich eine Fahrt quer durch den Wald über einen schlammigen Feldweg, der gerade mal so breit war, wie der Golf selbst. Maik machte sich dabei das Gras am Rande des Feldweges zunutze. Darauf hatte er eine größere Reibung und die Reifen rutschten somit nicht so schnell weg. Nur ein einziges Mal hatte er auf dem Feldweg abgewürgt. Jedoch war dieses Abwürgen fatal, denn die Anfahrt dauerte glatte fünf Minuten. Erst dann hatte er es geschafft, den Wagen wieder zum Fahren zu bringen, so sehr stak er fest.

Jennifers Schlaf wurde unruhiger. Ihr Körper war nun nicht mehr leblos, sondern wand sich hin und her. Zuweilen öffnete sie die Augen, doch es war nur das Weiße zu sehen. Und so schnell wie sich die Augen *partiell* geöffnet hatten, so schnell schlossen sie sich wieder.

Trotz Maiks schlechtem Fahrstil kam er schneller voran als mit dem Fahrrad. Es dauerte nicht allzu lange, bis er die Hütte erreichte. Das Morgengrauen hatte bereits eingesetzt und die Hütte erstrahlte in einem hellen, weißen Glanz. Maik parkte zwei Meter vor der Holztür, oder würgte das Auto vielmehr zwei Meter vor der Holztür ab.

Der Körper auf dem Beifahrersitz erwachte nach und nach zum Leben. Maik stieg aus. Als er auf dem Boden auftrat, machten sich seine Knie wieder bemerkbar; ein stechender Schmerz durchzuckte ihn, als hätte ihm jemand tausend Nadeln in die Knie gerammt. Er musste ein paar Sekunden stehen bleiben. Dabei hielt er die Augen geschlossen und wartete, bis der Schmerz nachließ.

Es war eines der schönsten Gefühle, die er kannte. Das Gefühl von nachlassendem Schmerz. Maik wagte es, seine Beine zu bewegenEr ging zur Beifahrertür und öffnete sie. Dann drehte er sich um und ging zur Holztür der Hütte. Auch diese öffnete er.

Als Maik Jennifer abschnallte, kippte ihr Körper nach vorn. Maiks Reaktionsvermögen war nicht mehr gut genug, um sie vor einem Zusammenprall mit dem Handschuhfach zu bewahren. Und das war vielleicht auch gut so. Denn durch den Aufprall ihres Kopfes verlor sie das Bewusstsein völlig, nachdem sie kurz davor war, es wieder zu erlangen. Ein dumpfer Knall ertönte, als sie mit der Stirn voran aufschlug.

Der Weg zwischen Hütte und Wagen betrug zwar nur zwei Meter, doch diese kamen Maik, der Jennifer unter die Achseln gegriffen hatte und sie so zur Hütte hin zog, wie zwei Kilometer vor. Er ging in einer stark gebeugten Haltung rückwärts zur Hütte. Jennifers nackte Füße schliffen über den dreckigen Waldboden. Ihr Gesäß befand sich in ungefähr einem halben Meter Höhe. Maik brachte es fertig, seine Knie einigermaßen zu entlasten, indem er den Druck auf die Oberschenkelmuskel verlagerte, um Muskeln statt Gelenke zu beanspruchen.

An der Türschwelle wollte Maik eine Pause machen, ließ es aber bleiben. Er dachte sich, er würde Jennifer nicht wieder hochbekommen, wenn er sie erst einmal hinlegte. Die ganze Entführung hatte *sehr* an seinen Kräften gezehrt.

Er zog Jennifer weiter bis ans andere Ende der Hütte. Es war eine Tortur, doch irgendwie schaffte er es. Dort angekommen, ließ er Jennifer fallen. Es gab ein *Plumps* auf dem Holzboden - und Jennifer lag horizontal auf dem sauberen Fußboden, den Maik vor nicht all zu langer Zeit gründlich gereinigt hatte.

Nun war es an der Zeit, das zu tun, was er schon vor einiger Zeit im Stillen geplant hatte, was er allerdings nie vor hatte, es in die Tat umzusetzen. Er hatte Vorbereitungen getroffen. Gründlich. Dort wo Jennifer jetzt regungslos dalag (zum Ersten durch das Chloroform, zum Zweiten durch den Schlag auf den Kopf, zum Dritten durch das Fallenlassen), dort hatte Maik *so einiges* bereitgelegt.

Er schnappte sich die Handschellen, die er in einem Sex-Shop gekauft hatte. Die Verkäuferin hatte ihn mit einem Bis-du-nicht-etwas-zu-jung-für-sowas Gesichtsausdruck angesehen, ihm schließlich aber die beiden Handschellen verkauft und in eine *unauffällige* braune Plastiktüte gepackt. Das meiste, was Maik in diesem Sex-Shop gesehen hatte, hatte er noch nie zuvor in seinem Leben gesehen und er hätte auch nicht gewusst, wozu das alles da war. Und es war ihm auch egal. Er wollte nur die Handschellen. Es waren fast Polizei-Handschellen, zumindest waren sie so widerstandsfähig, wie *die echten* und nicht so kindisch und leicht kaputtbar wie die aus einem Spielzeugladen, die man zu einem Polizistenkostüm dazu kaufen konnte.

Er nahm also die Handschellen, legte sie Jennifer um Hände und Füße, schloss zu und steckte dann die zwei Schlüssel in die Hosentasche. Maik musste unweigerlich lächeln. Der Anblick, der sich ihm bot, sah einfach zu komisch aus: Jennifer, in ihrem Nachthemd, dass ihr gerade mal bis zu den Knien ging, lag, Arme und Beine von sich nach vorn gestreckt, auf dem Boden; ihre Hände *klebten* scheinbar zusammen, ihre Füße ebenfalls. Sie sah aus wie ein auf der Seite schlafender Hund. Süß und belustigend zugleich.

Nun musste Maik Jennifers Körper fixieren. In dem Zustand wie sie sich jetzt befand, war sie zwar in ihrer Bewegung eingeschränkt, konnte sich aber durchaus (hüpfend) durchs ganze Zimmer bewegen. Das durfte natürlich nicht sein. Maik nahm sich einen der Gartenstühle und setzte Jennifer darauf; nur ein kurzer Ruck und es war geschafft. Er nahm eine der Wäscheleinen, die er von seiner Mutter geklaut hatte (sie würde den Verlust nie und nimmer bemerken). Er wickelte sie straff – aber nicht zu straff - viermal um Jennifers Körper und umwickelte damit gleichzeitig Jennifers Körper mit dem Stuhl. Hinter ihrem Rücken knotete er die Leine mit einem Dreifachknoten zusammen, auf den jeder Matrose stolz gewesen wäre. Somit war sie mit dem Stuhl fest verbunden und würde sich von ihm nicht lösen können. Doch sie würde immer noch – zwar in einer gebückten Haltung, aber trotzdem würde sie – aufstehen können, den Stuhl dabei am Rücken tragend. Sie würde zwar aufgrund der Handschellen, die Maik als Fußschellen missbraucht hatte, nur hüpfen können, aber immerhin. Maik verhinderte dies, indem er eine zweite Wäscheleine nahm (er hatte ungefähr ein halbes Dutzend geklaut) und diese um Oberschenkel und Unterkante des Stuhls verband. Damit würde Jennifer ihre Beine nicht anheben können und entsprechend auch nicht aufstehen können. Sie war quasi an die Form des Stuhl *angepasst*. Den Knoten machte Maik an der Unterkante, damit Jennifer ihn nicht öffnen konnte.

Nun blieb Maik nur noch eines zu tun: Er klebte einen dicken Streifen Krepppapier über Jennifers Mund – und wartete.

2

Jennifer erwachte eine halbe Stunde nach ihrer Fesselung. In der Zwischenzeit hatte Maik sie betrachtet; nicht *bestimmte Körperteile*, sondern wirklich *sie*. Das Nachthemd war kurz, *zu kurz*, und durch das Drapieren auf den Stuhl war es soweit nach Hinten verschoben, dass Maik das zwischen ihren Beinen hätte sehen können. Doch es wäre ihm unangenehm, ja sogar peinlich gewesen, ihre Blöße anzustarren. Oder gar noch schlimmeres zu tun, wie zum Beispiel ihr Nachthemd zerreißen oder sie vergew...

Er wollte den Gedanken nicht weiter denken. Warum sollte er sie auch misshandeln, wenn er doch ihre Liebe gewinnen konnte, wenn er sich nur richtig anstrengte und ihr zeigte, was für ein guter Kerl er doch eigentlich war? Er war sich ziemlich sicher, ihre Liebe noch gewinnen zu können. Er musste nur lange genug mit ihr allein zu zweit sein, dann würde sie ihre Meinung über ihn schon noch ändern. Stockholm-Syndrom nannte man das, war er sich sicher.

Der Samstag zeigte seine volle Schönheit; die Sonne schien, die Vögel zwitscherten im Wald, die Temperatur war angenehm warm und die Luft frisch und rein. – Der ideale Tag, um Zeit mit Jennifer zu verbringen.

Diese öffnete die Augen, ihre Pupillen weiteten sich sofort. Sie versuchte zu schreien, doch nur ein paar leise Laute drangen aus ihrem geschlossenen Mund hervor. Das Krepppapier leistete ganze Arbeit. Jennifer versuchte mit Leibeskräften sich zu befreien; sie drückte mit aller Macht gegen die Wäscheleine, doch diese bewegte sich kein Stück. Ihre Bemühungen waren erfolglos. Sie sah Maik böse, ja gar hasserfüllt an, versuchte weiterhin zu schreien und strampelte wie eine Verrückte. Der Stuhl bewegte sich ein paar Millimeter. Mehr aber auch nicht.

Das ging drei Minuten so. Jennifer schrie lautlos, strampelte und Hass spiegelte sich auf ihrem Gesicht wider. Maik beobachtete sie dabei interessiert und geduldig. Ihm war klar, dass sie so auf ihre *Gefangenschaft* reagieren würde. Hey, wer würde das nicht? Er musste ihr einfach nur etwas Zeit geben. Zeit, sich zu beruhigen.

Nach den drei Minuten hörte sie auf, zu strampeln. Maik ging auf sie zu, beugte sich direkt vor ihr Gesicht.

„Wenn du mir versprichst, nicht zu schreien, dann nehme ich dir das Krepppapier ab", sagte Maik, „Einfach nur nicken oder den Kopf schütteln."

Die Bewegungen ihres Kehlkopfes hörten auf. Sie nickte.

Maik umfasste den Rand des Krepppapiers mit drei Fingern. Jennifer schloss die Augen und ballte ihre Hände zusammen. Mit einem kurzen – aber schmerzvollen – Ruck riss Maik den Klebestreifen ab. („Kurz und schmerzlos", pflegte Roland immer zu sagen) Es herrschte einen Moment lang Stille, Jennifer und Maik sahen sich in die Augen. Dann brach Jennifer in ein lautes Geschrei aus: „HILFE!!!", schrie sie aus voller Kehle. Sie war nicht mehr gut bei Stimme, deshalb klang es etwas rau, aber es war dennoch sehr laut. „HILFE!!!". Sie schrie und schrie und schrie.

Jennifer wusste gar nicht wie ihr geschah. Sie sah die Faust gar nicht kommen, die ihr mit voller Wucht ins Gesicht schlug. Sie verlor sofort wieder die Besinnung.

„Wie ist das denn passiert? Willst du es mir erzählen?", fragte der Polizist mit einem Lächeln, welches ihm offenbar Sympathien von dem Jungen einbringen sollte. Er hatte Maik seinen Namen gesagt, doch Maik hatte ihn schon in dem Moment wieder vergessen, als die letzte Silbe des Namens gesprochen war.

Maik schaute den Polizisten an und schüttelte den Kopf. Das Lächeln auf dem Gesicht des Staatsdieners erstarb. „Und warum nicht, wenn ich fragen darf?", hakte er nach.

Maik zuckte mit den Schultern. Er stand noch unter Schock. Sein bester Freund war gerade mal vor einer Stunde angefahren wurden und lag jetzt im örtlichen Krankenhaus auf der Intensivstation, Zustand kritisch.

Der Polizist wartete, Maik auch. Sie befanden sich im Neustädter Polizeirevier, in einem separatem Raum im zweiten Stock. Maik saß auf einem Holzstuhl, ihm gegenüber saß der Polizist (auf einem komfortablen Drehstuhl), und zwischen den beiden stand ein Schreibtisch - der Schreibtisch des Polizisten - auf dem ein Computer-Monitor stand und viele lose Zettel lagen.

Der Polizist hatte Zeit, offenbar viel Zeit, denn er sagte sehr lange Zeit über nichts. Maik war das nur recht. Ihm war nicht nach einer Unterhaltung zumute. Am liebsten wäre er jetzt bei Steve gewesen, um herauszufinden, wie schlimm es *wirklich* um ihn stand.

Nach ein paar Minuten klopfte es an der Tür. Der Polizist sagte: „Herein!", die Tür ging auf, und Maiks Eltern betraten das Zimmer.

„Man sagte uns, wir sollen uns hier melden", sagte David.

„Ja, natürlich. Danke, dass Sie gekommen sind. Nehmen sie doch Platz." Der Polizist deutete auf die zwei leeren Stühle vor seinem Schreibtisch.

Dana und David setzten sich auf die Stühle, neben Maik. Sie nickten ihrem Sohn kurz aufmunternd zu und richteten dann den Blick auf den Polizisten.

„Ich bin Hauptkommissar Walter.", sagte der Mann hinter dem Schreibtisch. Und nun, wo er es sagte, fiel Maik das Namensschildchen auf dem Schreibtisch des Polizisten auf. Darauf stand in schwarzen Lettern: *Tibor Walter, Hauptkommissar.* Unter anderen Umständen hätte Maik über einen solchen Namen gelacht, doch irgendwie war ihm an diesem Tag nicht nach Lachen zumute.

„David und Dana Beyer", sagte David.

„Ah, ja. Und das ist ihr Sohn Maik" – er deutete auf Maik – „Vielleicht können Sie ihn dazu bewegen, mir den Unfallhergang zu schildern. Bis jetzt war er nicht gerade gesprächig." Tibor setzte wieder sein süffisantes Lächeln auf.

„Natürlich Herr Walter. Maik, sag ihm, was passiert ist!", befahl David unwirsch. An Taktlosigkeit hatte es David noch nie gemangelt. Er war einfach kein großer Redner. Das war auch der Grund für viele Zwistigkeiten zwischen Maik und David. Maik wusste einfach nicht, was er falsch machte, denn David konnte nicht richtig artikulieren, was er eigentlich wollte. Worte waren einfach nicht seine Stärke.

Maik wollte keinen Ärger haben. Er wollte nur seine Ruhe. Doch was er noch viel mehr wollte als Ruhe, war Steve besuchen zu dürfen. Und das durfte er bestimmt nur, wenn er sich nicht querstellte und erzählte, was vorgefallen war. Und das tat er auch, zumindest erzählte er den größten Teil der Geschichte. Den Rest verschwieg er.

„Steve und ich waren mit dem Fahrrad unterwegs", begann Maik, „Wir wollten uns einfach nur die Zeit vertreiben, also sind wir ein bisschen rumgefahren. Als wir dann oben auf der *Schuhmann-Straße* waren, dachten wir uns, wir könnten doch mal ein Wettrennen machen. Also machten wir uns aus, wer als erstes ganz unten an der Zuckerfabrik ist, hat gewonnen. Ja, und da sind wir dann losgedüst. Steve war schneller als ich. Das lag an seinem besseren Fahrrad. An einer Kreuzung ist er dann bei Rot über die Straße. Er hatte viel zu viel Speed drauf, um noch bremsen zu können. Und da hat ihn dann ein UPS-Wagen, der grün hatte..." - Maik holte tief Luft – „erfasst", beendete er und Tränen kullerten an seinem Gesicht runter.

„Es war also ein Wettrennen", rekapitulierte Tibor und tippte alles sorgfältig in seinen Computer ein. Die Tastatur war belästigend laut.

„Ja, ein Wettrennen. Ein blödes, bescheuertes Wettrennen, das wir nie hätten machen dürfen."

Als der Kommissar fertig war mit tippen, wandte er sich wieder Maik zu. „Okay, ich danke dir für deine Aussage. Aber ein paar Fragen habe ich noch."

Maik stöhnte hörbar.

Tibor ignorierte das Stöhnen und fuhr fort: „Was ist dann passiert? Also nachdem, Steve, wie du sagtest, *erfasst* wurde?"

Maik ließ sich Zeit bis er antwortete. Tibor wartete geduldig. Schließlich sagte Maik: „Er wurde durch die Luft geschleudert. Er flog wie ein Vogel durch die Luft, nur mit dem Unterschied, dass er nicht sanft landete wie ein Vogel, sondern hart auf dem Boden aufkam. Ich ging zu ihm, doch er war bewusstlos. Sein Puls ging noch, aber er hatte keine Besinnung. Die Leute drängten sich um uns. Diese scheiß Schaulustigen."

„Maik!", fuhr ihn seine Mutter entsetzt an.

„Schon in Ordnung", beruhigte sie Tibor. „Erzähl weiter", bat er Maik.

„In seinem Kopf war ein großes Loch. Ich konnte...", er brach ab, schluchzte heftig, riss sich dann aber zusammen und setzte fort: „Ich konnte sein Gehirn sehen." Er sah Tibor eindringlich an. „Ich konnte *wirklich* sein Gehirn sehen, wie es in dem zerschmetterten Schädel ruhte. Blut floss aus seinem Kopf und seine Haut nahm so einen blassen Teint an..."

„Okay, das reicht", unterbrach Tibor ihn. „So genau wollten wir es gar nicht wissen. Aber erzähl uns doch bitte noch etwas über den UPS-Wagen. Beziehungsweise über den Fahrer des Wagens. War er vielleicht zu schnell?"

Das ist es also, was du wissen willst, Tibor. Du willst dich wichtig tun, indem du nachher sagst: „Wäre der Fahrer etwas langsamer gefahren, wäre Steve jetzt ein bisschen weniger verletzt.", dachte Maik wütend. Du willst einen Sündenbock. Jemanden, mit dem du deine nächste Gehaltserhöhung rechtfertigen kannst. Du willst wenigstens durch deinen Schreibtischscheiß jemanden dingfest machen, wenn du schon nicht draußen auf der Straße auf Ganovenjagd gehen kannst. Das ist es also, was du willst. Du interessiert dich einen Scheißdreck um Steve oder um mich.

Maik kochte vor Wut. In ihm brodelte es. Doch irgendetwas in ihm sagte, es wäre unklug, jetzt zu explodieren und den Scheißbullen zu beschimpfen. Es wäre zumindest dann unklug, wenn Maik Steve besuchen und nicht im Knast enden wollte. Also versuchte er, sich zu beruhigen.

Okay, ich spiele dein Spiel mit, aber einen Sündenbock werde ich dir nicht geben.

„Der UPS-Wagen hatte versucht, zu bremsen, ziemlich früh sogar. Er ist auch nicht schnell gefahren, schien sehr vorsichtig gewesen zu sein. Aber trotzdem war es zu spät. Er konnte nicht mehr rechtzeitig anhalten. Erst quietschten die Reifen, dann gab es einen Knall und Steve flog durch die Luft. Der UPS-Wagen-Fahrer stieg sofort aus und rannte zu Steve, um zu helfen."

Tja, jetzt stehste da. Jetzt hast du keinen Sündenbock. Wen willst du jetzt für die ganze Sache verantwortlich machen? Wen willst du bestrafen?

Tibor tippte alles, was Maik ihm berichtete, in seinen Computer ein. „Danke, Maik", sagte er. „Das war's auch schon. Du kannst jetzt rausgehen."

Maik erhob sich. Zu David und Dana sagte Tibor: „Sie bleiben bitte noch hier, Herr und Frau Beyer. Ich möchte noch etwas mit ihnen ... äh ... besprechen."

Maik verließ das Zimmer. Während er hinausging, sagte Tibor: „Und danke Dir nochmal, Junge."

Maik hatte nie erfahren, worüber Tibor mit seinen Eltern gesprochen hatte. Er hatte später nur im Auto (von seinem Rücksitz aus) gesehen, wie seine Mutter die Visitenkarte eines Psychologen betrachtete, während David den Wagen fuhr.

4

Jennifer musste sich zusammenreißen, nicht wieder loszuschreien. Maik saß vor ihr. Er hatte die ganze Zeit vor ihr gesessen und sie betrachtet.

„Es tut mir leid, dich geschlagen zu haben. Aber es musste sein. Du warst hysterisch", sagte Maik. Seine Stimme klang ernsthaft entschuldigend.

„Mir ist kalt", sagte Jennifer nur.

„Ich werde dir Decken besorgen", erwiderte Maik, „Du wirst nicht sterben."

„Warum hast du mich entführt? Was habe ich dir denn getan?", fragte Jennifer, die den Tränen nahe war.

Auf diese Frage wusste Maik keine Antwort. *Es liegt doch auf der Hand*, dachte er. *Du hast mich versetzt. Du hast mich gedemütigt. Aber ich liebe dich. Und du sollst, du musst mich auch lieben. Und tief in deinem Inneren liebst du mich auch schon; das weiß ich. Nur du weißt es anscheinend noch nicht. Also was soll die dumme Frage?*

Maik sah Jennifer verständnislos an. Was sollte diese dumme Frage? Die Antwort musste sie doch wissen! Jennifer heulte los; erst langsam und leise (es glich einem

Wimmern), dann lauter und zuletzt war es ein ausgewachsenes Schluchzen. Maik sah sie weiterhin an.

„Du hast mir wehgetan, weißt du das?", fragte Maik unvermittelt.

Jennifers Schluchzen erstarb. Sie sagte: „Ich weiß. Und es tut mir leid. Aber ich habe dir doch schon gesagt, ich will nichts von dir. Versteh das doch."

„Da irrst du dich. Und zwar gewaltig irrst du dich."

Jennifer verstand nicht. „Ach, lass mich doch bitte frei. Ich will doch nur nach Hause", flehte sie.

Maik neigte den Kopf ein Stück zur Seite. „Aber ich *kann* dich nicht freilassen. Das geht nicht."

„Warum denn nicht?", weinte Jennifer.

„Er würde es nicht erlauben. Und er wäre enttäuscht."

„Wer würde es nicht erlauben? Wer wäre enttäuscht?"

„Steve."

Maik fuhr (wenn man das denn fahren nennen konnte) nach Hause. Er musste den Wagen zurück bringen, bevor sein Fehlen aufgefallen wäre. Für gewöhnlich schliefen seine Eltern samstags bis 9 Uhr morgens. Als er losfuhr war es 6:38 Uhr. Er hatte also noch Zeit.

Der Feldweg stellte – wie zu erwarten war – ein ernsthaftes Problem dar. Maik war nicht gerade sicher mit dem Fahrzeug; und das unwegsame Gelände machte seinen Umgang mit dem Fahrzeug nicht einfacher. Doch irgendwie schaffte er es. Und er wirkte sogar nicht ein einziges Mal ab! In der Stadt waren kaum Autos unterwegs. Es war ja auch Samstag und somit *konnte* gar kein Berufsverkehr herrschen. Maik stellte also keine allzu große

Behinderung im Straßenverkehr dar. Ab und zu hupte ihn zwar jemand an, aufgrund seines, absonderlichen Fahrstils, aber damit konnte er leben. Seine einzige Sorge bestand darin, dass ihn keiner sah, den er kannte. „Hey, ich wollte nur ne kleine Spritztour machen. Achtzehn bin ich ja schon. Mir fehlt nur noch der Führerschein. Da kann man sich doch ne kleine Stadtfahrt mal erlauben." Das würde wohl kaum als Erklärung genügen. Mit Sanktionen müsste er auf jeden Fall rechnen, wenn man ihn erwischte.

An einer Shell-Tankstelle machte er halt. Die Tanknadel stand auf ¾ als er losgefahren war, nun stand sie in der Mitte zwischen ½ und ¾ , es fehlte folglich ein Achtel des Tanks. Der Tank beinhaltete Fünfundvierzig Liter. Fünfundvierzig durch Acht, das machte ungefähr fünfeinhalb Liter. Er musste also fünfeinhalb Liter Benzin tanken, damit es nicht auffiel, dass das Auto benutzt wurde.

Er hatte schon oft zugesehen, wie sein Vater oder seine Mutter getankt hatten. Nun war es an der Zeit, es selbst zu probieren. Zunächst hatte er große Probleme, das Auto so abzustellen, dass er mit dem Zapfhahn überhaupt zum Auto gelangen *konnte.* Als das geschafft war (er musste insgesamt dreimal zurücksetzen), stieg er aus und ging auf die Beifahrerseite. Er öffnete den Tankdeckel, schraubte den Verschluss ab und legte ihn aufs Autodach. Dann zog er den Zapfhahn für *Benzin – Super bleifrei* aus seiner Verankerung – die Anlage begann zu brummen – und steckte ihn in die Öffnung des Tanks. Er drückte die Düse voll durch und schaute dabei auf die Anzeige über der Zapfanlage. Als diese fünfeinhalb anzeigte, ließ er den Düsenmechanismus wieder los, schüttelte die letzten Tropfen vom Hahn ab, wie er es schon hundertmal bei David beobachtet hatte. „Man darf nichts verschenken", hatte er gesagt, „Vor allem nicht den Kapitalisten von der Ölindustrie."

Maik steckte den Zapfhahn wieder in die Verankerung. Das Brummen verstummte. Die Anzeige über der Anlage zeigte den Betrag an, den Maik bezahlen musste. Er hatte an der Anlage Nummer fünf getankt.

Er nahm die Verschlusskappe für den Tank vom Autodach, drehte sie wieder fest und schloss den Deckel des Tanks. Dann setzte er sich wieder ins Auto, startete den Motor und fuhr vor zur Kasse. Er öffnete mit dem automatischen Fensterheber das Fenster der Fahrertür und rief der Dame in Shell-Uniform zu: „Nummer fünf, bitte." Sie nannte ihm den Betrag. Maik bezahlte mit seinem Taschengeld, beantwortete die Frage, ob er eine Quittung wollte, mit: „Nein Danke", ließ die Scheibe wieder nach oben gleiten und fuhr los. Nach Hause.

Seine Eltern hatten nichts von seinem nächtlichen Ausflug mitbekommen. Nun blieb nur noch zu hoffen, dass ihn kein Nachbar gesehen hatte, der ihn verpfeifen konnte.

Maik packte seinen Rucksack voll mit Decken und Nahrung. Er stopfte Schokoriegel, Wasserflaschen und ein paar Äpfel hinein und konnte den Reißverschluss nur mit äußerster Gewalt zuziehen. Der Rucksack war kurz davor „aus allen Nähten zu platzen", wie Roland in diesem Moment gesagt hätte.

Roland!

Maik musste unbedingt seine Großeltern besuchen. Das schwierigste war überstanden. Er hatte nun Jennifer in seiner Gewalt, sie konnte ihm nicht entfliehen und niemand würde auf den Gedanken kommen, das er hinter ihrem Verschwinden steckte. Er konnte also endlich mal wieder seine Großeltern besuchen, mal wieder bei ihnen zu Mittag essen. Mit Roland reden, während dieser wieder seinen „Tee" trinken würde, und dessen Nase von Stunde zu Stunde roter werden würde. Er würde Bertas einzigartig köstlichen Apfelkuchen essen. Er würde Kakao trinken – mit extra Zucker, wie es bei seinen Großeltern üblich war – und vor allem würde er auf andere Gedanken kommen. Das war das wichtigste: Er musste endlich mal wieder entspannen, auf andere Gedanken kommen, sich erholen, sich amüsieren. Die letzten Wochen waren der reinste Stress. Er hatte in ständiger Angst gelebt, hatte laufend Pläne geschmiedet. Nun wurde es Zeit, mal wieder etwas *Normalität* zu tanken.

Doch noch nicht jetzt, sagte er sich. *Später.* Erst musste er sich noch um Jennifer kümmern, sie versorgen. Er musste ihr die Decke bringen, sie mit Nahrung und Wasser versorgen. Er musste sich um sie *kümmern*.

Es war 7:13 Uhr. Er hatte die ganze Nacht durchgemacht und war nun entsprechend müde. Doch er durfte es sich nicht erlauben, jetzt zu schlafen. Um wenigstens halbwegs bei Kräften zu bleiben, nahm er ein kleines Frühstück – bestehend aus Cornflakes mit Milch – zu sich, bevor er wieder in den Wald fuhr.

5

Sie konnte ihre Beine nicht bewegen, ihren Oberkörper auch nicht. Ihre linke Gesichtshälfte tat ihr weh; das rührte noch von Maiks Schlag, um sie zum Schweigen zu bringen, als sie, wie er sagte, hysterisch war. Ihr war kalt, schrecklich kalt. Sie hatte nur ihr Nachthemd an und nichts weiter. Wirklich *gar nichts* weiter; keine Socken, keine Unterwäsche, nichts. Ihre Lippen färbten sich bereits blau, ihre Haut war blass, ihr Haar war unangenehm fettig. Sie war nicht geschminkt.

Und sie hatte nichts zu rauchen.

Verdammt, sie brauchte dringend eine Zigarette, sonst würde sie sterben. Ihre Lunge pfiff und ihre Hände zitterten. Erst glaubte sie, das kam vom Nikotinentzug, dann aber erkannte sie, dass es an der Kälte lag. Sie fühlte sich schrecklich. Noch vor ein paar Stunden hatte sie friedlich in ihrem weichen, *warmen* Bett gelegen und geträumt (vielleicht von Frank, sie wusste es nicht mehr genau). Und nun saß sie auf diesem scheiß Gartenstuhl in einer scheiß kalten Hütte, sie war gefesselt und sie brauchte dringend eine Zigarette.

Wie konnte das geschehen? Warum war sie hier und nicht in ihrem Bett?

Maik! Dieser vertrottelte Maik steckt dahinter, dachte sie. *Er ist für all das verantwortlich. Doch warum? Nur weil ich ihm einen Korb gegeben hab'?*

Sie weinte wieder. Ihre Augen taten ihr schon weh und waren gerötet vom ganzen Weinen. Maik war gerade gegangen. Er sagte, er würde ihr Decken bringen. Und er sagte, sie müsse nicht sterben, nein, sie solle nicht sterben. Und da war noch etwas. Er hatte noch etwas gesagt. Doch was hatte er damit gemeint?

Er würde es nicht erlauben.

Was sollte das heißen?

Steve.

Wer war dieser Steve? War es Maiks Komplize? Wollten sie vielleicht Lösegeld für ihre Freilassung fordern? Es würde Sinn machen. Schließlich sage Maik, sie – Jennifer - dürfe nicht sterben. Aber warum gerade sie? Bei ihr war doch nichts zu holen. Ihre Eltern waren alles andere als wohlhabend. Warum also hatten Maik und Steve (wer immer dieser Steve auch war) gerade *sie* entführt?

Weinend blickte Jennifer sich in der Hütte um. Sie hatte keinen Schimmer, wo sich diese Hütte befand. War sie immer noch in der Stadt? Oder vielleicht ganz woanders? Vielleicht in einem Dorf? Sie wusste es nicht. Sie wusste nur, dass hier sauber gemacht wurde. Alles, der Boden, die Wände, das Fenster sahen so gepflegt aus.

Das Fenster, dachte sie. Die Hütte hatte ein Fenster, sie würde also sehen können, wo sich diese Hütte befand. Sie blickte durch das Fenster – und sah nur Bäume. Nur Bäume, sonst nichts. Keine Haus, kein Anzeichen von anderen Menschen. Sie musste also in einem Wald sein, soviel stand fest.

Es muss ein Förster vorbeikommen, ging es ihr durch den Kopf. *In Wäldern gibt es Förster. Leute, die auf den Wald aufpassen, den Tierbestand regulieren. Menschen!* Wenn ein

Förster hier vorbeikäme, durchs Fenster sähe, dann musste er Jennifer, die gefesselt, und nur mit einem Nachthemd bekleidet, auf einem Gartenstuhl saß, sehen. Und dann würde er sie befreien. Er würde sie befreien und sie würde wieder nach Hause können.

Arbeiten Förster auch samstags? Sie hatte keine Ahnung, ob Förster auch samstags arbeiten. Aber sie wusste, dass Förster *irgendwann* arbeiten mussten. Und selbst wenn dieses *Irgendwann* erst am Montag wäre. Egal. Oder fast egal. Jedenfalls *musste* irgendwann jemand vorbeikommen, um sie zu retten. Dessen war sie sich sicher. Und so lange musste sie ausharren.

Ihre Tränen lichteten sich ein wenig. Vielleicht lag es an der Erkenntnis, irgendwann gerettet zu werden, oder daran, dass sie ihre Tränensäcke leergeheult hatte. Egal woran es lag, sie hörte auf.

Ihr war immer noch kalt. *Hoffentlich kommt dieser Maik bald wieder. Mir ist kalt und ich will eine Kippe. Verdammt, das fehlt mir am meisten.*

6

Im Krankenhaus sagte man ihm, er könne Steve jetzt nicht besuchen. Man sagte ihm, er wäre gerade erst notoperiert worden und sein Zustand sei kritisch. Man sagte, er befände sich in einem separatem Raum und läge im Koma. Er – Maik - könnte sowieso nicht mit ihm sprechen. Man sagte, Steve wäre zu schwach, um Besuch empfangen zu können.

„Darf ich ihn denn nicht wenigstens sehen?", flehte Maik die Dame an der Rezeption an. Auf ihrem Namensschildchen auf der Brust stand: Doris Freitag.

Doris schien sichtlich unbehaglich zumute zu sein. Wie konnte sie nur dem jungen Mann, der kurz vor einem Tränenausbruch stand, erklären, er könnte seinen besten (zum Tode verurteilten) Freund nicht besuchen. Sie konnte diesen Umstand nicht in Worte kleiden, die der junge Mann verstanden hätte. Sie fand es ja selbst unfair, ihn nicht zu ihm zu lassen. Aber sie hatte ihre Order – und an die musste sie sich halten. Das war schließlich ihr Job. Wenn ihr gesagt wurde, dass ein Patient keinen Besuch empfangen durfte, dann hatte sie verdammt noch mal die Pflicht, die entsprechenden Patienten vor Besuch zu bewahren. Ansonsten konnte sie sich gleich beim Arbeitsamt anstellen und nach einem neuen Job Ausschau halten. C´est la vie. So war das nun mal.

„Tut mir wirklich sehr leid. Aber Steve Becker darf keinen Besuch empfangen. Ich kann dich leider nicht zu ihm lassen."

„Können Sie denn nicht mal eine Ausnahme machen?" Verzweiflung lag in seiner Stimme.

„Ich kann, selbst beim besten Willen, keine Ausnahme machen. Die Ärzte sagen, es darf niemand zu ihm. Also darf auch niemand zu ihm. Tut mir wirklich sehr leid."

„Aber ich muss unbedingt zu ihm. Wirklich. Unbedingt!", drängte Maik. Er beugte sich dabei weit zu Doris rüber.

Frau Freitag atmete tief ein. Solche Situationen waren ihr äußerst unangenehm. Wenn es nach ihr gegangen wäre, hätte sie Maik zu Steve gelassen. Der Typ war doch sowieso dem Tode geweiht. Und warum durfte dann nicht sein bester Freund ihn wenigstens noch einmal sehen. Es war zum Heulen. Doris würde sich diese Nacht bestimmt wieder hin und her wälzen, sich Vorwürfe machen, weil sie Maik nicht zu Steve gelassen hatte. Aber daran konnte sie nichts ändern. Sie *konnte* bei Maik keine Ausnahme machen. Vorschrift war Vorschrift, egal wie die Einzelsituation aussah.

„Versuchs doch Morgen nochmal. Vielleicht darfst du ja dann zu ihm. Gönne ihm doch den einen Tag Ruhe. Er hatte wirklich einen schlimmen Unfall gehabt."

„Ich weiß, dass er einen schlimmen Unfall hatte! Ich war schließlich dabei gewesen!",
schrie Maik.

„Herrgott, Junge, deshalb brauchst du doch nicht gleich so zu brüllen", sagte Doris
erschrocken. „Ich kann verstehen, dass du aufgeregt bist. Aber ich kann doch auch nichts
dafür. Ich hab doch auch nur meine Order."

Maik erwiderte nichts; er war wütend. Doch wenn er die Frau noch mehr angebrüllt
hätte, hätte das auch nichts an der Situation geändert.. Das Telefon klingelte und Doris ging
ran.

„Neustädter Krankenhaus. Doris Freitag am Apparat. Was kann ich für Sie tun", sagte
Doris mechanisch.

Maik hörte nicht hin, was Doris sagte. Er dachte nach. Es musste doch einen Weg
geben, zu Steve zu gelangen. Irgendeinen Weg. Als Doris das Telefonat beendet hatte, sagte
Maik: „Und Steve befindet sich jetzt in einem separatem Zimmer?"

„Ja, das ist richtig."

„Das heißt, er hat ein Einzelzimmer?"

Doris wurde vorsichtig. Worauf wollte der Junge hinaus? „Ja, auch das ist richtig", sagte
sie gedehnt.

„Ich wusste gar nicht, dass es solche Zimmer hier gibt. Ist ja interessant", sagte Maik
bewundernd.

„Ja natürlich. Für solche schweren Fälle wie bei deinem Freund, sind solche Räume
unabdingbar."

Maik griff sich an seinen nicht vorhandenen Bart und versuchte ein nachdenkliches
Gesicht zu machen. „Ich habe hier noch nie so ein Zimmer gesehen. Wo ist denn zum
Beispiel ein solches Zimmer?"

Doris dämmerte, worauf Maik hinaus wollte. „Aha", sagte sie, „Du bist gerissen. Aber von mir erfährst du nichts. Ich sag dir nicht, wo Steve sich aufhält."

„Dann suche ich einfach alle Zimmer ab", sagte Maik trotzig.

Doris wurde allmählich ärgerlich. „Wenn du nicht bald von hier verschwindest, dann rufe ich den Sicherheitsdienst. Du kannst ja meinetwegen Morgen wiederkommen. Aber heute *darfst* und *wirst* du deinen Freund nicht sehen. Hast du das verstanden?"

Maik blieb Doris eine Antwort schuldig. Er wandte sich zum Gehen, aber nicht in Richtung Ausgang, sondern ins Innere des Krankenhauses.

„Ich warne dich, junger Mann. Wenn du noch einen Schritt weiter gehst, dann rufe ich den Sicherheitsdienst. Und dann kann es passieren, dass du das Krankenhaus die nächsten Wochen nicht betreten darfst."

Das Argument hatte gesessen. Steve heute nicht sehen zu dürfen war ja noch erträglich, ihn aber Wochen lang nicht sehen zu dürfen, das war ... ja das war *fürchterlich*. Das durfte auf keinen Fall passieren. Maik musste sich also geschlagen geben. Er musste sich mit dem Gedanken abfinden, Steve heute nicht zu sehen. Ihm keinen Besuch abstatten zu können. Er musste sich mit dem Gedanken abfinden, nach Hause zu gehen und Morgen wieder zu kommen.

7

Maik öffnete die morsche Holztür. Jennifer saß noch genau so da, wie zu dem Zeitpunkt, als er sie verlassen hatte. Fast genau so; ihre Lippen waren blau geworden, ihre Haut ungesund blass und ihr Blick verklärt. Als sie Maik gewahrte, blieb sie, entgegen Maiks Erwartungen, ruhig und gefasst. Sie schrie nicht wieder los, wie Maik erst dachte. Sie schaute Maik nur an, die Augen zu Schlitzen verengt und die zitternden Hände zu Fäusten geballt.

„Ich habe dir Decken mitgebracht."

„Hmhmm", erwiderte Jennifer apathisch.

„Und etwas zu Essen."

„Hmhmm." Dieselbe apathische Antwort wie zuvor.

„Du brauchst natürlich nicht danke zu sagen", sagte Maik sarkastisch.

„Danke?", schrie Jennifer. Trotz Unterkühlung und Nikotinentzug war ihre Stimme äußerst kraftvoll. „Ich soll mich bei dir bedanken? Du hast sie doch nicht mehr alle! Du Arschloch hast mich entführt und hier eingesperrt! Du bist ein verdammter Psycho."

Maik blieb gelassen. „Du wirst feststellen, Jennifer, dass sich deine Sicht der Dinge in den kommenden Tag erheblich verändern wird."

Jennifer schüttelte nur angewidert den Kopf. Maik setzte seinen Rucksack ab, holte die Decken raus und ging auf Jennifer zu. Er wickelte die Decken liebevoll um Jennifers kalten Körper, streichelte sanft ihr Haar (wofür er einen bösen Blick erntete) und ging dann wieder ein paar Schritte zurück.

„Ist es jetzt besser?"

„Ich brauche eine Kippe"

Maik lächelte sanft. „Jennifer, wir sind hier in einem Wald. Da darf man nicht rauchen."

„Halt die Klappe, du Psycho. Bring mir endlich eine Kippe," schrie Jennifer außer sich.

Keine Reaktion. Nur weiter dieses sanfte Lächeln von Maik.

„Bitte", fügte sie schreiend hinzu.

Maik tat Jennifers Gesuch nach einer Zigarette mit einem kurzen Kichern ab. Er beugte sich runter zu seinem Rucksack und fragte: „Willst du vielleicht etwas essen? Ich habe Schokoriegel und Äpfel mit."

„Ich will eine Kippe, verstehst du das nicht?"

„Schokoriegel oder Apfel? Eins von beidem", beharrte Maik. „Etwas anderes gibt es nicht."

„Bitte, Maik", flehte Jennifer.

„Schokoriegel oder Apfel?"

Jennifer gab auf. Sie hatte nicht die Kraft und die Ausdauer, gegen Maik verbal zu bestehen. Resigniert sagte sie: „Gib mir einen Apfel." In Gedanken fügte sie hinzu: *Und fahr zur Hölle!*

„Na, siehst du. Du bist ja doch einsichtig", sagte Maik und fischte einen Apfel aus seinem Rucksack.

„Und wie soll ich den essen? Du hast mich ja schließlich gefesselt."

„Ganz einfach", entgegnete Maik. „Ich stecke ihn dir in den Mund, du beißt zu, du kaust, dann stecke ich ihn dir wieder in den Mund, und du kannst erneut abbeißen."

Die Nahrungsaufnahme dauerte lange. Jennifer aß Bissen für Bissen den Apfel, den Maik ihr an den Mund hielt. Sie spürte, wie ein Teil ihrer Kraft zu ihr zurückkehrte und wie die Kälte von ihr wich. Der Apfel tat gut. Er schmeckte zwar nicht so gut wie eine Zigarette, aber sie war dennoch froh, ihn essen zu dürfen.

Maik genoss die *Fütterung*. Freudig sah er Jennifer beim Kauen zu. Er sah zu, wie sich ihr Mund öffnete, blendend weiße Zähne entblößte, wie er sich wieder schloss und wie Jennifers Kiefer ihre zermalmende Arbeit verrichteten. Vor allem genoss er den scheuen Blick von Jennifer, wenn sie ihm signalisierte, dass er den Apfel wieder an ihrem Mund halten durfte. Dieser Blick hatte etwas niedliches an sich und zog Maik in seinen Bann. Ein ums andere Mal hielt er den Apfel absichtlich länger in einiger Entfernung von Jennifers Gesicht, nur, um diesen Blick genießen zu können.

„Hat's geschmeckt?", fragte Maik mit lieblicher Stimme.

„War ganz okay." Jennifer schaute sich in der Hütte um. „Hast du jetzt eine Kippe für mich?"

Maik sah Jennifer besorgt an. „Es ist nicht gut für deine Gesundheit, wenn du rauchst."

„Es ist nicht gut für meine Stimmung, wenn ich nicht rauche", entgegnete Jennifer genervt.

Maik kicherte.

„Du siehst wunderschön aus", sagte Maik. „Und ich liebe dich."

„Wie kannst du mich lieben, wenn du mich noch gar nicht richtig kennst. Du weißt ja gar nicht, was Liebe ist."

„Hey, reg dich nicht auf. Und außerdem glaube ich, dass *du* nicht weißt, was Liebe ist. Ich sag nur: Frank. Jetzt mal im Ernst. Das ist doch kein Mann fürs Leben. Er war doch nur ein dummer Muskelprotz, der sich zum Affen machte, um dich vögeln zu dürfen."

„Sprich nicht so über Frank", schrie Jennifer wütend. „Frank hat mich geliebt. Und ich habe ihn geliebt."

Maik neigte den Kopf und setzte einen wissenden Gesichtsausdruck auf. „Er hat dich nicht geliebt, Jennifer."

„Woher willst du das wissen?"

„Er hat's mir kurz vor seinem Tod verraten. Er wurde ziemlich gesprächig als er merkte, dass es mir ernst war." Maik redete so, als würde er sich an eine interessante Anekdote seines Lebens erinnern, an die er schon lange nicht mehr gedacht hatte.

„Soll das heißen...?", fragte Jennifer. Tränen liefen ihr übers Gesicht, welches lähmendes Entsetzen ausdrückte.

Maik nickte nur.

„Wirklich?"

Maik nickte abermals.

„DU SCHWEIN!", schrie Jennifer aus voller Kehle. Ihre Wut erreichte ihren Höhepunkt. Eine Ader auf ihrer Stirn trat bedrohlich weit hervor. „Wieso hast du das getan?"

„Es musste sein. *Er* hat mir gesagt, es gäbe keine andere Wahl."

„Wen meinst du denn, mit *er*?"

„Steve."

„Wer ist denn dieser Steve? Ist das dein Komplize? Ist der etwa auch scharf auf mich?"

„Steve ist mein bester Freund." Maiks Stimme klang ehrfürchtig.

„Und wo ist *dein bester Freund*?", fragte Jennifer herablassend.

„Bei mir."

8

„Ich werde den Mörder finden", sagte Daniel laut zu sich selbst. Er saß in seinem Zimmer in der neuen Wohnung. Die neue Wohnung gefiel ihm nicht und sein neues Zimmer gefiel ihm auch nicht. Er und seine Eltern mussten umziehen. Er war unschuldig. Das wusste er, und seine Eltern wussten es auch. Man hatte ihn sogar für unschuldig befunden. Der Richter hatte zu seinen Gunsten entschieden. Aber die öffentliche Meinung nicht. Definitiv nicht. Man hatte Daniel in der Schule gemobbt bis aufs Äußerste. Und er konnte sich nicht wehren! Er war der stärkste Junge in der Schule und einst der geachtetste. Aber er konnte sich nicht wehren als fünf muskulöse Kumpels von Frank (und ehemalige Kumpels von Daniel) gleichzeitig auf ihn losgingen. Sie hatten ihn windelweich geprügelt. Sie hatten ihn fast die Seele aus dem Leib geprügelt. Und er konnte sich nicht wehren. Er hatte keine Chance. Und die Lehrer.... Die Lehrer hatten weggesehen. Am liebsten hätten sie mitgemacht, aber das durften sie ja nicht. Daniel wurde zum Prügelknaben der Schule, zum Sandsack. Und nicht nur er. Auch seine Eltern erwischte es.

Als Daniels Vater die Baustelle betrat, auf der er mit seinen Kollegen ein Haus errichtete, in das ein vierzigjähriger Psychologe später einziehen sollte, wurde er nicht wie üblich mit den Worten „Moin, Steffen" begrüßt, sondern wurde nur wütend von seinen Kollegen angesehen. Daniels Vater musste sämtliche schweren Arbeiten verrichten. Wenn der Vorarbeiter mit den anderen eine Pause einlegte, musste Steffen weiter arbeiten. Wenn Steffen mal einen Hammer oder ein anderes Werkzeug brauchte, wollte ihm keiner aushelfen. Die Arbeiter behandelten ihn wie Dreck, sie schmissen ihm Stöcke zwischen die Beine, wo es nur ging. Als er zwischendurch ein Bier getrunken hatte, drohte man ihm sogar mit der Kündigung. Früher war es nie ein Problem gewesen, wenn er mal (damals noch mit seinen Kollegen) zwischendurch ein oder zwei Bier getrunken hatte. Es hatte einfach niemanden interessiert, solange er seine Arbeit gemacht hatte. Doch seitdem sein Sohn beschuldigt wurde, einen Doppelmord begangen zu haben, war es vorbei mit den Bieren zwischendurch. Und nicht nur das; es war vorbei mal die Pausen ein wenig zu überziehen, es war vorbei, einen Plausch mit den Kollegen zu machen und es war vorbei, ungestört arbeiten zu können.

Seiner Frau ging es auch nicht besser. Sie war immer eine sehr redselige Person gewesen, hatte mit den Nachbarn oft stundenlang getratscht. Im Friseursalon war sie Klatsch-Tante Nummer eins und wenn sie beim Becker einkaufen ging, so dauerte dies meistens eine Stunde, da sie die Bäckersfrau immer – aber auch wirklich immer – in ein Gespräch verwickelte. Die Kundschaft wurde dann zwischen den Sätzen bedient wie: „Und hast du die

Erna mal wieder gesehen?" – Dann erfolgte die Bedienung (kurz und knapp, versteht sich) – „Die sieht ja schrecklich aus. Also so würde ich mich nicht auf die Straße trauen."

Nach dem „Vorfall" im Albert-Einstein-Gymnasium war es damit vorbei. Niemand wollte mehr mit Daniels Mutter reden. Aber jeder wollte *über* Daniels Mutter reden; hinter ihrem Rücken natürlich, und auch keinesfalls positiv. Aus der Tratsch-Tante wurde ein Tratsch-Thema.

Alles in allem konnten die Betka nicht mehr länger in Neustadt bleiben. Sie mussten einfach wegziehen; es ging gar nicht anders. Sie mussten ihr altes, verpfuschtes, zerstörtes Leben aufgeben und irgend woanders ein neues, besseres Leben aufbauen. Sie mussten irgendwo hinziehen, wo man sie nicht gleich als Mörder und Mördereltern brandmarkte. Sie mussten an einen Ort ziehen, wo sie noch ein unbeschriebenes Blatt waren.

Ihr Haus verkauften sie. Das gestaltete sich schwieriger als die Betka angenommen hatten. Sie hatten das Haus mit Kredit gekauft, bekamen aber für den Verkauf weniger, als sie noch bezahlen mussten. Das hieß, sie würden noch ein paar Jahre für etwas Raten bezahlen, was sie sowieso nicht nutzten. Das Leben war ungerecht. Und Geld hatten sie auch nicht. So mussten sie in eine heruntergekommene Dreiraumwohnung ziehen, die sie sich gerade so leisten konnten. Daniels Vater bekam zwar wieder Arbeit – bei einem anderen Bauunternehmen – aber die Bezahlung war geringer als in Neustadt. Und Daniels Mutter war ihren Lebtag nie arbeiten gegangen. Sie genoss das Klischee der Hausfrau.

„Ich werde diesen verdammten Scheiß-Mörder finden. Und wenn es das letzte ist, was ich tue", schwor Daniel. Sein neues Zimmer war klein. Er saß auf seinem Bett, eines der wenigen Sachen die er aus seinem alten Leben mitnehmen konnte. Das neue Zimmer war einfach zu klein, um all seine Sachen unterzubekommen. Er musste Abstriche machen. Und er war nicht der Typ, der gern Abstriche machte. In ihm brodelte die blank Wut. Die blanke Wut und der Drang, den Täter dingfest zu machen, um ihn dann jeden Knochen einzeln zu brechen.

9

Die Nacht war das Schlimmste. Im Ungewissen darüber zu sein, ob Steve durchkommen würde oder nicht. Maik lag wach in seinem Bett und dachte nach. Er dachte über alles nach. Die Gedanken schossen wie ein Kugelhagel aus einem MG-Geschütz durch seinen Kopf, dass er sie gar nicht so schnell denken konnte, wie sie kamen und wieder gingen und wieder kamen.

Wie konnte es dazu kommen? Warum dieses blöde, sinnlose Rennen? ...

Warum überhaupt Drogen? Warum die Flasche Whiskey? Warum Cannabis? ...

Wird er es überleben? Lebt er denn jetzt *überhaupt noch? Wird er durchkommen, oder wird er den Löffel abgeben?*

Er ist doch noch so jung... und – verdammt – er ist mein bester Freund.

Die Nacht dauerte ewig. Und sie war grausam. All die Gedanken, die er den Tag über (fast) vollständig unterdrücken konnte, stürzten in dieser Nacht mit voller Gewalt auf ihn ein, erdrückten ihn, belasteten ihn, übermannten ihn; waren einfach zu viel für ihn.

Maik ließ seinen Gefühlen freien Lauf. Zum ersten Mal in seinem Leben weinte er. Nicht dieses Kinder-weinen, wenn man sich das Knie stößt und auch nicht das Baby-weinen, wenn man hungrig ist, sondern ein *richtiges* Weinen. Ein Weinen, das aus tiefsten Herzen kommt und den Gefühlen eines Menschen Ausdruck verleiht.

Tränen sind die Sprache der Seele.

Es war ein Weinen, das die ganze Nacht über andauerte und auch dann nicht zu Ende war als keine Tränen mehr kommen konnten, weil Maik seine Tränensäcke gnadenlos entleert hatte. Wäre diese Ungewissheit nicht gewesen. Doch sie war da und Maik konnte sie nicht abschütteln. Wenn er doch nur wüsste, wie es um Steve stand. Für einen kurzen Moment zog Maik es in Erwägung, den Schutz der Nacht zu nutzen, um unbemerkt Steve einen Besuch abzustatten. Doch er verwarf den Gedanken wieder; es hatte keinen Sinn. Erstens würde er Steve vielleicht gar nicht erreichen, und zweitens würde er Steve nie wieder besuchen dürfen, wenn man ihn erwischte. Es war ein Dilemma! Ein wahrhaftes Dilemma!

Der Morgen kam wie eine Erlösung. Die Sonnenstrahlen auf seiner Haut zu spüren war das schönste Gefühl, das Maik sich vorstellen konnte. Er hatte die ganze Nacht über kein Auge zugemacht. Sein Kopfkissen fühlte sich komisch an; das lag wahrscheinlich an den Tränen, die es tränkten.

Maik stand auf, zog sich hastig an, vergaß sich die Zähne zu putzen; er wusch lediglich kurz sein Gesicht, und dann spurtete er die Treppe runter, zwei Stufen gleichzeitig nehmend. Seine Eltern waren noch nicht wach. Doch das war nicht so schlimm, er brauchte sie nicht – er hatte schließlich sein Fahrrad.

Ohne ein Frühstück zu nehmen verließ er das Haus, schnappte sich sein Fahrrad – die Erinnerungen des gestrigen Tages drangen wieder auf ihn ein als er es berührte – und fuhr los. Das Krankenhaus war nicht weit entfernt; Neustadt war keine große Stadt, selbst wenn man an einem Ende der Stadt war und ans andere wollte, so war dieses nicht weit entfernt. Neustadt war die Stadt der geringen Entfernungen. Das hatte natürlich seine guten Seiten, die Maik jetzt bewusst wurden, da er unbedingt zu Steve wollte und dabei ungeduldig war, wie ein Baby, das auf die Brust seiner Mutter wartet.

Das Krankenhaus war ein quaderförmiges, hässliches Gebäude. Durch seine weiße Fassade wirkte es irgendwie steril und nicht gerade einladend. Die Fensterrahmen waren rot und in regelmäßigen Abständen gab es Terrassen aus Beton mit einem glänzenden Metallgeländer. Der Eingang war verglast und mi Bewegungssensoren ausgestattet. Hinter dem Krankenhaus bildeten lange, gewundene Wege, gesäumt von plump angepflanzten Bäumen eine Erholungsstrecke für diejenigen Patienten, denen die Ehre zuteil wurde, Ausgang zu haben.

Als Maik mit seinem Fahrrad ankam, standen ungefähr ein halbes Dutzend Patienten rauchend vor dem Eingang. (Im Gebäude war Rauchen verboten) Maik schloss sein Fahrrad ab, ging an den Rauchern vorbei und betrat die Vorhalle. Dieses Mal saß eine andere Frau an der Rezeption. Sie hatte lange blonde Haare, war schlang und trug ein weißes Hemd. Als Maik die Rezeption erreichte, blickte sie ihn mit ihren blauen Augen fragend an.

„Kann ich was für dich tun?"

Sie duzt mich. Und eine freundliche, nette Stimme hat sich auch noch. Das fängt schon mal gut an.

„Ja, ich möchte gern Steve Becker. Er ist gestern hier eingeliefert worden." Maik konnte seine Aufregung nicht verbergen. Die Frau an der Rezeption bemerkte das und lächelte ihm freundlich zu. Dann sah sie in ihr Büchlein und sagte – den Blick auf das Büchlein geheftet: „Station drei, Zimmer zwölf. Aber du darfst nicht so lange bleiben und musst dich ganz ruhig verhalten", sie sah zu Maik auf, „Er wird dich aber nicht hören können, er liegt noch im Koma und sein Zustand sieht auch nicht so gut aus. Also erwarte nicht einen redseligen Spielkameraden, okay?"

Maik war verblüfft und erfreut zugleich. Die blonde Frau hier an der Rezeption besaß zwar ein Taktgefühl wie ein wilder Elefant, aber sie ließ ihn zu Steve und das war die

Hauptsache. „Danke", sagte Maik erregt, „Station drei, Zimmer zwölf. Vielen Dank." Dann rannte Maik los.

„Hey, weißt du überhaupt wo das liegt? Soll ich's dir erklären?"

Doch da war Maik schon weg. Er würde Steve schon allein finden.

Das Krankenhaus war groß, fünf Stockwerke hoch, und in jedem Stockwerk waren zwei Stationen untergebracht. Maik rannte zum Fahrstuhl. An dessen rechter Seite war eine Tafel angebracht, die die Lage der einzelnen Stationen veranschaulichte. Im untersten Stockwerk waren die Stationen *Entbindungsstation* und *Röntgen*. Im zweiten Stockwerk befanden sich die *Chirurgie* und die *Innere Medizin*. Im dritten Stock – und das war für Maik interessant – war die Station drei, die *Neurologie*.

Dorthin haben sie dich also geschleppt. In die Neurologie. Maiks Schulkenntnisse reichten aus, um zu wissen, dass es sich dabei um Verletzungen des Gehirns handelt.

Maik rief den Aufzug. Eine LCD-Anzeige besagte, der Aufzug befinde sich zur Zeit im vierten Stock. Kurz nachdem Maik auf den Knopf gedrückt hatte, blinkte ein nach unten gerichtete Pfeil auf der LCD-Anzeige auf. Ein paar Sekunden später zeigte die Anzeige Stockwerk drei an, dann die zweite Etage und schließlich öffnete sich die Aufzugstür und Maik betrat die Gondel.

Der Aufzug war leer. Maik drückte auf den Knopf mit der Aufschrift *3* und wartete. Der Aufzug setzte sich in Bewegung, wobei er ein leises, monotones Summen von sich gab. Als die Anzeige im Aufzug *3* anzeigte, öffnete sich die Tür und Maik verließ die Gondel.

Er blickte sich kurz um, um sich einen Überblick über das Stockwerk zu verschaffen. Es herrschte geschäftiges Treiben. Liegen wurden hin- und hergetragen, Rollstühle wurden bewegt, Ärzte und Krankenschwestern gingen oder rannten die Gänge entlang und hier und da unterhielten sich Patienten, auf gepolsterten Sesseln sitzend, miteinander und tranken dabei Kaffee aus Pappbechern mit der Aufschrift: *Vorsicht heiß!*

Maik blickte nach rechts. Über einem Türrahmen hing eine Tafel. Auf ihr stand: *Station 3, Neurologie.* Die Tür war offen. Als Maik hindurch ging, überlegte er, in welchem Zimmer Steve untergebracht war.

Was hatte die Frau an der Rezeption gleich nochmal gesagt? Zimmer fünf? ... Nein, Zimmer zwölf. Sie hatte Zimmer zwölf gesagt.

Auf der linken Seite des Ganges waren Schwesternzimmer und andere Räume des Krankenhauspersonals. Auf der rechten Seite waren die Patientenzimmer. An der ersten Tür stand: *Zimmer 1,* direkt daneben war noch eine Tür, die zum Zimmer zwei führte. Maik ging weiter. Er bewegte sich schnell.

Zimmer 3, Zimmer 4.

Er ging hastig weiter.

Zimmer 5, Zimmer 6.

Er spürte langsam in seinen Knochen, dass er die ganze Zeit gerannt war.

Zimmer 7, Zimmer 8.

Gleich hatte er es geschafft.

Zimmer 9, Zimmer 10.

Er war fast da.

Zimmer 11, Zimmer 12.

Geschafft. Maik öffnete behutsam die Tür (er wollte Steve nicht erschrecken) und betrat langsam das Zimmer. Der typische, morbide Krankenhausgeruch stieg ihm in die Nase. Er stellte fest, dass Steve ein Einzelzimmer bekommen hatte. Und als er sich Steve genau ansah, wusste er auch, warum.

Steve lag in einem dieser elektrisch verstellbaren Betten. Er war zugedeckt. Um seinen linken Arm war ein Pulsmessgerät gewickelt, dass mit einer Maschine, die gleich neben dem Bett stand verbunden war. Es zeichnete ununterbrochen Steves Werte auf. An Steves rechten Arm hatte man einen Tropf angebracht, der rhythmisch irgendeine Flüssigkeit in Steves Körper pumpte. Über Steve hatte eine Maske auf, an der ein Beatmungsgerät angeschlossen war. Die Maschine presste alle paar Sekunden Luft in Steves Lungen. Dieser Vorgang erzeugte ein lautes, unangenehmes Geräusch; es klang, als würde man versuchen, mit einem Blasebalg ein Feuer zu entfachen, nur dumpfer und metallischer. Steves Kopf war mit einer dicken Mullbinde umwickelt, die einen blassen roten Schimmer erkennen ließ. Steves Augen waren geschlossen und sahen irgendwie verklebt aus. Jedes Mal, wenn die Beatmungsmaschine ihren lebensrettenden Dienst erwies, hob sich Steves Brustkorb, dann senkte er sich wieder.

Maik trat näher an Steve heran. Der Anblick, der sich ihm bot war schrecklich und traurig. Schuldgefühle überkamen Maik, und Angst. Vor allem Angst. Angst davor, Steve würde nie wieder ohne diese Maschinen leben können. Vorsichtig tastete Maik nach Steves Hand. Sie fühlte sich kalt und leblos an. Maik sah Steve jetzt direkt ins Gesicht. Seine Haut war blass und seine Mimik ausdruckslos. Es war keine Regung zu erkennen, kein Muskelzucken, nichts.

Maik merkte gar nicht, wie ihm die Tränen kamen; er betrachtete nur still und trauernd seinen (aller)besten Freund. Den Menschen, mit dem er durch dick und dünn gegangen war, mit dem er gutes gemacht hatte, aber auch Scheiße gebaut hatte. Vor allem Scheiße gebaut hatte. Und gestern hatten sie die größte Scheiße gebaut und wahrscheinlich auch die letzte Scheiße, die sie jemals bauen würden.

Roland freute sich wie ein kleines Kind als er die Haustür öffnete und seinen Enkel sah. Vor Freude drücke er Maik gegen seine Brust, dass diesem die Luft wegblieb, dann ließ er ihn los, betrachtete ihn freudig und bat ihn schließlich herein.

Berta war nicht minder erfreut, ihren Enkelsohn wieder zu sehen.

„Ich mach uns dreien erstmal ne schöne, heiße Tasse Kaffee", waren ihre ersten Worte gewesen, bevor sie in der Küche verschwand.

Roland sagte: „Komm, wir setzen uns ins Wohnzimmer. Du hast bestimmt viel zu erzählen."

Das Wohnzimmer von Roland und Berta war ein typisches alte-Leute-Wohnzimmer. Ein archaisches Sofa an der linken Wand, wenn man reinkommt. Davor stand ein alter Holztisch mit geflochtener Tischkante. Neben dem Tisch befand sich ein moderner, grauer, verstellbarer Komfortsessel (wahrscheinlich das jüngste Möbelstück im ganzen Haus) mit allen möglichen Schikanen, zur Steigerung des Wohlbefindens älterer Leute. Der Fernseher – von der Firma Metz – war direkt gegenüber des Sofas in ein Regal mit dafür vorgesehener Einlassung reingestellt worden. Im Regel standen - neben dem Fernseher – zahllose alte Bücher, teilweise zerfleddert aufgrund des Alters. Im ganzen Raum waren diverse Pflanzen – große und kleine, grüne und bunte – verteilt. Neben dem Sofa stand eine hohe Leselampe mit braunem Stoffschirm. Die Wände zierten Kopien von Bildern namhafter Maler. Und (wie sollte es anders sein?) von der Decke hing ein goldener (aber nicht allzu großer und auch nicht allzu wertvoller) Kronleuchter herunter. Alles in allem ein Zimmer, in dem man sich einfach nur wohl und geborgen fühlen *konnte*, es ging gar nicht anders.

Maik setzte sich aufs Sofa, er wusste, dass der Komfortsessel Roland vorbehalten war. Wie immer betrachtete Maik zuerst die Bilder an den Wänden, bevor er den Blick auf Roland richtete.

„Na, wie geht's dir", fragte Roland. Das Lächeln, mit dem er Maik empfing, war bis zu diesem Augenblick um keinen Millimeter gewichen.

„Gut, mir geht's eigentlich ganz gut." Damit nicht nur er reden musste, setzte er noch hinzu: „Und wie geht's dir?"

„Was soll ich sagen?", begann Roland, „mir geht's, wie es alten Leuten eben geht." Und brachte Maik damit zum Kichern.

„Und wie geht es alten Leuten?", hakte Maik nach.

„Na ist doch klar, wir haben immer irgendein Gebrechen und nie Zeit."

„Ach so ist das."

„Kaffee dauert noch zwei Minuten", kam es aus der Küche.

„Nur die Ruhe", rief Roland zurück, „Maik läuft uns doch so schnell nicht weg ... ist doch so, oder?"

Der fragende Gesichtsausdruck des alten Mannes war Maik irgendwie sympathisch und brachte ihn zum schmunzeln. Mit einem kurzen Kopfnicken bestätigte er, dass er nicht so schnell wieder weglaufen würde.

„Du warst ja eine Ewigkeit nicht da, Junge." Es war eine der Eigenschaften, die Maik an seinem Großvater so sehr mochte: Er kam immer sofort zum Punkt, ohne Umschweife. Und er nahm dabei kein Blatt vor den Mund.

„Das ist wahr. Ich bin schon eine Weile nicht mehr hier gewesen."

„Gibt's dafür auch einen bestimmten Grund?"

„Die Aufregung. Du weißt schon, der Doppelmord bei uns an der Schule. Das musste erstmal verdaut werden. Ich war – wie man so schön sagt – erstmal nicht in der Lage zu gesellschaftlichen Interaktionen." Das war das erste Mal, dass Maik seinen Opa angelogen hatte. Nun saß er da und wartete ab, wie Roland reagieren würde. Würde er ihn durchschauen? Wenn ja, würde er es einfach so abtun oder es hinterfragen? Oder würde er vielleicht gar nichts merken und Maiks Worte für bare Münze nehmen? Maik war angespannt. Noch nie hatte er Roland angelogen und es war ihm peinlich, dies jetzt zu tun. Aber leider ging es nicht anders. Er konnte Roland ja schließlich nicht erzählen, was er *wirklich* gemacht hatte, und wen er jetzt in seiner Hütte tief im Wald gefangen hielt. Auch wenn er seinem Opa eigentlich alles erzählen konnte, wirklich *alles* konnte er ihm nun doch nicht erzählen. Um keinen (zusätzlichen) Verdacht zu erregen wendete er den Blick von Roland ab und betrachtete den grauen Metz-Fernseher.

Auf Rolands Gesicht huschte ein müdes Lächeln. „Ist klar, das verstehe ich. War ne schwere Zeit. Und da brauchtest du mal ein paar Tage für dich allein. Das kann ich nachvollziehen."

Damit war Maik erstmal beruhigt. Ob Roland es nun bemerkt hatte oder nicht, seine Antwort befriedigte Maik. Eine peinliche Stille entstand. Roland hatte Maik vorläufig nichts zu sagen und Maik wollte auch nicht unbedingt etwas loswerden, so schwiegen sie sich an. Unter anderen Umständen hätte Roland sich jetzt einen *Tee* gemacht, aber da Berta in der Küche war und sich in absehbarer Zeit zu ihnen gesellen würde, kam dies natürlich nicht in Frage. Sie durfte nicht wissen, dass Roland gern mal einen Tee mit besonderen Zutaten trank. Also blieb Roland sitzen und wartete schweigend. Maik lächelte ihn zuweilen etwas verlegen an, aber das machte diese Gesprächspause nur noch peinlicher. Wäre das ein Date gewesen, so hätte Maik sich ausrechnen können, dass er kein zweites mit derselben Person bekommen würde. Aber es war ja kein Date; es war ein ganz normaler Besuch eines Enkels bei seinen Großeltern.

Klappernd brachte Berta drei Tassen Kaffee, eine Kanne Milch und eine Schüssel Zucker auf einem Tablett ins Wohnzimmer. Sie musste sich sehr konzentrieren, nichts zu verschütten. Ihre Knochen waren schon alt und sie zitterte entsprechend. Vorsorglich hatte sie die Tassen nicht vollständig gefüllt, sondern ließ einen Fingerbreit Luft, um gewisse *Erschütterungen* zu kompensieren.

Sie stellte das Tablett auf den Tisch und verteilte die Tassen. Maik nahm seine dankend entgegen. Dann setzte sich Berta und fragte sofort: „Na, mein Junge, wie geht's dir?"

„Du wirst es nicht glauben, Berta", sagte Roland an Maiks Stelle, „aber das Gleiche habe ich ihn auch schon gefragt. Und er sagte, es gehe ihm gut."

„Ach, du", sagte Berta mit einer bedeutungsvollen Handbewegung zu ihrem Mann.

Maik kippte sich unterdessen einen Schluck Milch in seinen Kaffee und rührte sein Getränk um. Er starrte dabei fasziniert auf seinen Kaffe und beobachtete, wie sich dieser bräunlich verfärbte.

„Und sonst? Was macht die Schule?", setzte Berta an.

Die steht (leider) immer noch, dachte Maik, sagte aber: „Ich kann mich nicht beklagen. Es läuft eigentlich alles gut."

Berta nickte, Roland sagte aber: „Eigentlich ist ein Lügewort. Also, wie steht's wirklich mit der Schule?"

Maik lächelte. „Keine Sorge, es läuft wirklich alles gut. Ihr braucht euch da echt keine Sorgen machen. Ich komm schon klar." Maik nahm einen Schluck von seinem Kaffee und stellte fest, dass dieser noch etwas zu heiß war, um ihn genüsslich trinken zu können; also setzte er seine Tasse wieder ab und rührte wieder um.

Berta hingegen nahm einen kräftigen Schluck und leerte dadurch die Tasse bis zur Hälfte. Alte Leute mussten weniger körperliche Empfindungen haben, stellte Maik fest. Denn seinen Großeltern war ein Essen nie zu salzig oder zu scharf, selbst wenn ein normaler (also jüngerer) Mensch das Essen nicht angerührt hätte, ob seiner Würze. Das war wahrscheinlich auch der Grund für die gute Würze und den hohen Zuckeranteil in Bertas Essen. Ihre Geschmacksnerven waren zu unsensibel.

„Wie haben eigentlich die anderen Schüler in deiner Schule die Geschehnisse vor zwei Wochen aufgefasst?" Berta war kein Freund von peinlichen Stillen. Sie versuchte immer – um jeden Preis – das Gespräch in Gang zu halten.

„Na ja, unterschiedlich, würde ich mal sagen. Die einen kamen ganz gut damit zurecht und andere waren deswegen ziemlich aufgewühlt."

„Und zu welcher Gruppe gehörst du?", warf Roland plötzlich ein.

Jetzt musste Maik aufpassen. Vorhin hatte er gesagt, dass er Ruhe und Abstand brauchte und sich deswegen nicht bei seinen Großeltern gemeldet hatte. Ihm blieb nun also nur eine Antwortmöglichkeit. „Mich hat das Ganze schon ganz schön mitgenommen", sagte er, um einen melancholischen Tonfall bemüht.

Diese Antwort befriedigte Roland; er nickte zufrieden und wandte sich dann ebenfalls seinem Kaffee zu. Das restliche Gespräch verlief irgendwie holprig und steif. Von der früheren Ungezwungenheit, die früher bei Maiks Gesprächen mit seinen Großeltern herrschte, war dieses Mal nichts zu spüren. Maik konnte das Kind nicht beim Namen nennen, aber irgendetwas war anders als sonst, das spürte er. Vielleicht war es Rolands Misstrauen. Durchaus möglich, dass der alte Mann etwas an seinem Verhalten bemerkt hatte, sich nun (infolge dessen) anders verhielt und das Gespräch deshalb so steif wurde. Es konnte natürlich auch die lange Pause sein. Man hat sich lange nicht mehr gesehen und ist deshalb jetzt ein bisschen aufgeregt; eine logische, nachvollziehbare Erklärung. Nur für Maik irgendwie doch nicht so logisch, seine erste Vermutung erschien ihm irgendwie näher an der Realität zu sein.

Kapitel 7

Eine neue Woche bricht an

1

Am Samstagmorgen um 8:56 Uhr haben Jennifers Eltern ihre Tochter als vermisst gemeldet. 9:13 stand ein mit einem grünen Pullover und einer grauen Hose uniformierter Polizist in ihrer Wohnung. Er bombardierte das verzweifelte Ehepaar mit Fragen, während zwei weitere Polizisten, die ein paar Minuten nach ihm eintrafen, die gesamte Wohnung auf den Kopf stellten, nach Indizien suchend.

„Wann haben Sie Ihre Tochter das letzte Mal gesehen?"

„Gestern Abend, ich denke es war gegen um zehn", sagte Jennifers Mutter.

„Ja, gegen zehn, etwa", stimmte ihr Mann ihr zu.

„Was könnte das Mädchen für einen Grund gehabt haben, wegzulaufen?"

Und damit hatte die Befragung ihren Höhepunkt erreicht. Natürlich wurde angegeben, Jennifer habe in der letzten Zeit eine enorme psychische Belastung gehabt, sie habe den Tod einer Person, die ihr sehr nahestand, verarbeiten müssen. All das gab man zu Protokoll. All das kam in eine Akte, an deren Ende die Worte stehen würden: „Lief infolge einer Neurose, hervorgerufen durch ein traumatisches Erlebnis von zuhause weg. Wahrscheinlich suizidgefährdet. Das Mädchen – sofern es noch lebt – konnte nicht gefunden werden. Fall – vorläufig – geschlossen."

Man würde Jennifer nicht finden. Niemand würde im Wald nach einer Hütte suchen, diese aufbrechen und dann Jennifer befreien. Die Polizei würde noch ein paar Tage, vielleicht sogar ein paar Wochen lang suchen, dann der Familie erklären, der Fall sei hoffnungslos, ihr Kind sei verschwunden, weggelaufen, und würde wahrscheinlich nicht (lebend) zurückkommen oder gefunden werden. Die Eltern würden trauern, der kleine Bruder würde flennen wie ein Schlosshund und irgendwann, vielleicht nach ein paar Monaten, würde die ganze Familie einen leeren Sarg beerdigen und damit auch die Hoffnungen, Jennifer je wieder zu sehen. Es würde zum Abschluss ein gutes, nahrhaftes Essen (wie es halt so üblich ist) geben und dann würde der Name Jennifer von Tag zu Tag immer mehr verblassen, bis von ihm nichts mehr übrig ist, außer ein Eintrag in einer Akte, die ungeschlossen verschlossen wurde. Zwar würden die Familienmitglieder hin und wieder – aber nur akut, nicht chronisch – an sie denken, die eine oder andere Träne vergießen, sich dann aber wieder dem eigentlichen Leben widmen und die Vergangenheit ruhen lassen.

Die Polizisten machten ihre Arbeit. So etwas war ihr Job. Und einige Komponenten dieses Jobs nahmen sie ziemlich genau. Sie durchsuchten die ganze Wohnung, besonderes Augenmerk legten sie auf die Unterwäsche (die Slips und die BHs) des Mädchens, nachdem sie Fotos von ihr gesehen hatten. Auch die Unterwäsche der Mutter musste *natürlich* durchsucht werden, die des Vaters eher nicht. Die Befragung durch den ersten Polizisten verlief monoton, wenig spektakulär. Die Eltern waren noch geschockt und beantworteten – soweit es ihnen möglich war – jede Frage, mochte diese noch so sinnlos oder trivial erscheinen, wahrheitsgemäß.

11:45 verließen die Cops die Wohnung wieder, pünktlich zum Mittagessen. Die Eltern des verschwundenen Mädchens blieben allein zurück, machten Meldung in der Schule, riefen bei Bekannten, Verwandten an, bekamen Beileidsbekundungen, und wurden schließlich von einer lähmenden Trauer und einer erschreckenden Vorahnung erfasst.

Herr Schmidt sagte nichts über Jennifers Verschwinden. Direktor Kasbrack hatte angeordnet, ihr fehlen zwar zu protokollieren, es aber der Klasse nicht zu erklären, gar nicht erst vor den Schülern darauf einzugehen.

Maik stellte erfreut fest, dass den anderen Schülern Jennifers Fehlen entweder gar nicht auffiel oder sie es auch als Auswirkung ihrer Psychose durch die mentale Belastung der letzten Tage deuteten. Maik wäre ein Narr gewesen, hätte er auf Jennifers Fehlen hingewiesen, er bestritt den Schulalltag wie immer, versuchte, sich als fleißiger, mitarbeitender, lernbereiter Schüler zu geben und erwähnte den Namen Jennifer mit keiner Silbe.

Der Tag schleppte sich – wie immer – so dahin und als Maik wieder zuhause war, aß er nur ein leichtes Mittagessen und wollte sich sogleich auf den Weg zur Hütte machen. Er packte etwas zu Essen und ein paar Wasserflaschen in seinen Rucksack und fuhr dann mit seinem Panther-Fahrrad in den Wald.

Jennifer saß so auf ihren Stuhl wie zu dem Zeitpunkt als Maik sie verlassen hatte. Die Hautstellen, über denen die Stricke gespannt waren, hatten sich bläulich verfärbt, sie hatte tiefliegende Augenringe. Offenbar hatte sie nachts kaum ein Auge zugemacht. Das mochte an ihrer unbequemen Haltung liegen, in der sie verharren musste. Ihre Gesichtsfarbe war mehr ein weiß als ein beige und ihre Haare waren zerzaust und ungekämmt. Sie bot eigentlich keinen schönen Anblick, aber dennoch machte Maiks Herz einen Satz als er sie sah. Für ihn war sie so schön wie immer und bei einem Blick auf ihre Brüste kamen ihm Gedanken, von denen er nicht einmal wusste, dass er so etwas kannte.

„Ich bin wieder da", sagte er in dem Tonfall, wie der Familienvater in einer Sitcom, der sein Nachhause kommen von der Arbeit bekannt gibt. Jennifer ließ sich nicht zu einer Antwort herab, sie funkelte Maik aus ihren übermüdeten Augen zornig an. Noch immer waren ihr die Worte im Gedächtnis, die sie nicht verstand: *„Und wo ist dein bester Freund?"*, *„Bei mir."*

„Wie geht's dir heute? Hast du gut geschlafen?", fragte Maik betont freundlich.

Er bekam keine Antwort. Jennifer ballte unmerklich ihre gefesselten Hände zu Fäusten zusammen.

Maik setzte seinen Rucksack ab. „Ich hab dir wieder etwas zu essen mitgebracht. Willst du etwas?" Er hielt einen Apfel hoch, den er aus den Untiefen seines Rucksackes hervorgeholt hatte.

„Weißt du eigentlich, wie kalt es hier nachts wird?", fragte Jennifer unwirsch. „Kannst du dir vorstellen, wie scheißkalt mir hier war als du mich hier allein, gefesselt, hast sitzen lassen? Kannst du dir das vorstellen? Kannst du?" Während sie die letzten Worte aussprach, spie sie ein paar Speichelfäden in die Luft.

Maik machte ein überlegenes Gesicht. „Willst du damit andeuten, du brauchst mehr Decken für die Nacht?"

„Einen Scheiß will ich andeuten du Psycho! Lass mich endlich hier raus!"

„Aber, aber. Wir wollen doch nicht gleich durchdrehen. Am besten, du isst erstmal etwas, und dann sieht die Welt gleich schon ganz anders aus."

Maik fütterte Jennifer, die, nach einem halben Dutzend Verweigerungsversuchen, schließlich doch aufgab und es über sich ergehen ließ. Sie aß insgesamt zwei Äpfel, drei Schnitten, mit Leberwurst bedeckt, und trank dazu einen halben Liter Wasser.

„Ich muss mal auf die Toilette", sagte sie als Maik sich nach dem Essen vor sie gesetzt hatte und sie anstarrte.

Maik dachte nach, lächelte und sagte endlich mit einem süffisanten Lächeln: „Da finden wir schon einen Weg."

Schon immer hatte er gewusst, dass er die Ente noch einmal gebrauchen könnte. Mit acht Jahren war er mit seinen Eltern im Skiurlaub. Im Gegensatz zu seinen Eltern konnte er schon sehr früh mit seinen Ski wie ein Profi umgehen. Während David und Dana sich damit abmühten, überhaupt stehen zu können, fuhr er schon die ersten einfachen Pisten runter. Nachdem er diese ein dutzend Mal runtergefahren war, wurden sie ihm allmählich langweilig. Seine Eltern waren nicht zugegen, niemand konnte ihm etwas verbieten, also entschloss er sich, eine der gefährlichen Pisten für Profis auszuprobieren. Er wusste um die Gefahren, die sich daraus ergaben, doch dachte er sich, wenn er sie nur langsam genug runterfahren würde, passiert schon nichts. Aber man konnte diese Piste nicht langsam runterfahren, sie war viel zu steil. Seine Geschwindigkeit wurde unkontrollierbar, er versuchte zu bremsen – doch vergeblich. Mit einem Affenzahn sauste er die Piste runter. Fast ganz unten angekommen, wollte er sich schon loben und war total stolz, so weit gekommen zu sein. Er sah schon das Ende der Piste und war froh, den Abenteuertrip hinter sich zu haben – da passierte es. Er geriet mit der Spitze seines rechten Ski in eine kleine Kuhle, die er vorher nicht gesehen hatte, verhakte sich und machte einen Satz nach vorn. Seinen Oberkörper riss es gen Boden, sein rechtes Bein aber blieb in einer senkrechten Position. Er konnte das Knacken regelrecht hören. Es schien ohrenbetäubend laut und war eines dieser ekligen Geräusche, die manche Leute machen, wenn sie ihre Finger entspannen wollen. Am Boden liegend betrachtete er sein rechtes Bein. Er spürte kein Schmerz, er betrachtete nur sein Bein, dass irgendwie verdreht an seinem Körper hing. Als er es bewegen wollte, tat sich nichts, und als er aufstehen wollte tat sich auch nichts. Doch als er sein Bein berührte setzte ein so grausamer Schmerz ein, dass er aufschrie und kurz darauf ohnmächtig wurde. Er erwachte in einem schweizer Krankenhaus, das rechte Bein in Gips gelegt und eine diagonale Position gebracht, damit es nicht durch die Blutzufuhr anschwillt. Die Schmerzen waren erträglich, man hatte ihm starke (und zwar wirklich starke) Schmerzmittel verabreicht. Er fühlte sich wohl. Den Rest des Urlaubes, während seine Eltern weiterhin versuchten, Ski zu fahren, musste er im Krankenhaus bleiben. Der Bruch war kompliziert. Er wurde als nichttransportfähig eingestuft. Mit gemischten Gefühlen beendeten die Beyers ihren Urlaub. Es war ihr erster und letzter Skiurlaub. Wieder in Deutschland musste Maiks Bein operativ noch einmal gebrochen werden. Man sagte ihm, es sei nicht richtig zusammengewachsen und wenn man es ihm nicht abermals breche, könne er nie wieder richtig laufen. Also musste er wieder ins Krankenhaus, man brach ihm das Bein, er blieb zwei Wochen im Bett liegen (die Ferien waren schon längst zu Ende) und als er nach Hause durfte, musste er noch lange den Gips tragen. Damals verspürte er oftmals nachts den Drang, auf Toilette zu gehen – und damit er im Dunkeln nicht mit seinem Gips durchs Haus laufen muss, und sich vielleicht noch einmal (also ein drittes Mal) das Bein bricht, gab man ihm eine Ente, damit er sein kleines Geschäft auch im Bett verrichten konnte und nicht aufstehen brauchte.

Und diese Ente verwendete er nun, zehn Jahre später, um Jennifers *Bedürfnisse* zu befriedigen. Sie fühlte sich gedemütigt, er fühlte sich genial.

2

„Wo bist du solange gewesen?", fragte David als sein Sohn um 19 Uhr das Haus betrat.

„Unterwegs." Maik war nicht nach reden zumute. Jennifer konnte ein richtiges Biest sein. Mit ihr war einfach kein vernünftiges Gespräch anzufangen; sie hatte geschrien, ihn beschimpft und angefleht, er möge sie befreien. Dabei wäre es für sie doch so einfach. Sie muss einfach nur ihre Liebe zu ihm, Maik, gestehen, dann würde er sie freilassen. Was war denn daran so schwer? Und nun, nachdem er einen ganzen Tag lang bei der unausstehlichen Jennifer gewesen war, hatte er weder Lust noch Nerven, mit seinem Vater zu sprechen. Am liebsten würde er in sein Bett fallen und schlafen.

„Sprich nicht in diesem Ton mit mir!", sagte David scharf.

Maik ging nicht darauf ein. Er zog seine Schuhe aus, hängte seine Jacke an den Haken und machte sich auf den Weg in sein Zimmer. Er wollte gerade die Treppe hochgehen, als David ihm den Weg versperrte.

„Warum warst du nicht zum Abendessen da?"

Maik seufzte. „Ich hab doch schon gesagt, dass ich unterwegs war. Tut mir leid, dass ihr ohne mich essen musstet", fügte er noch hinzu.

David zog die Augenbrauen zusammen. Das tat er immer, wenn er wütend wurde (was nicht selten geschah) – und Maik bekam seine erste Schelle für diesen Abend. Es tat nicht besonders weh; David schlug (vorerst) nicht so hart zu. Dennoch nahm Maiks linke Wange einen blassen roten Schimmer an.

„Also Freundchen, wenn du nicht noch eine haben willst, dann sagst du mir, wo du warst und warum du dort warst." Um seiner Drohung Nachdruck zu verleihen, erhob David seine rechte Hand ein Stückweit.

Maik war zu müde und abgekämpft, um sich eine originelle Ausrede einfallen zu lassen. Abermals sagte er. „Ich war unterwegs."

Der zweite Schlag war wesentlich heftiger. Maik spürte, wie ihm das Blut in seine Wange schoss, die sich rot verfärbte und bald anschwellen würde.

Er wird mich nicht umbringen. Und den Schmerz kann ich ertragen, sagte er sich, *Ich kann ihn ertragen* wie ein Mann.

„Gibst du mir noch so eine freche Antwort, dann prügel ich dich windelweich", sagte David giftig. Und seinem Blick konnte Maik entnehmen, dass er es ernst meinte. Die Zuversicht, sein Vater würde ihn schon nicht umbringen und den Schmerz könne er (wie ein Mann) ertragen, schwand dahin.

Maik wollte gerade sein Schicksal herausfordern und seine Aussage wiederholen, da betrat Dana den Raum. Sie erschrak, als sie die scharlachrote Wange ihres Sohnes und die erhobene Hand ihres Mannes sah. „David, was ist denn hier los?" Ihre Stimme klang schrill.

„Unser geliebter Herr Sohn kommt um was weiß ich wann nachhause und hält es nicht mal für nötig, zu erklären, wo er sich rumgetrieben hat. Stattdessen fängt er an, frech zu werden", erklärte David, und während er das sagte, steigerte sich seine Wut über seinen Sohn noch weiter, sodass er sehr an sich halten musste, nicht nochmal zuzuschlagen.

„David, der Junge ist Achtzehn", sagte Dana beschwichtigend, „da ist es normal, wenn er mal länger wegbleibt...."

„Aber dann kann er uns doch wenigstens sagen, wo er war", wurde sie von David unterbrochen.

Dana schürzte ihre Lippen (ein Ausdruck, der bei ihr Empörung signalisierte – und David wusste das, er kannte diesen Ausdruck aus schmerzlicher Erfahrung nur zu gut, also zog er es vor, die Klappe zu halten, wenn Dana die Lippen schürzte) und sagte aufbrausend: „Lass mich erstmal ausreden." Ihre Stimme war fest und resolut. „*Und* es ist *auch* normal, wenn man in dem Alter seinen Eltern nicht alles erzählt. Ich habe das damals auch nicht gemacht und du – David – hast das mit Sicherheit ebenfalls nicht getan." Sie hatte David zu ihrem Mann gesagt. Sie hatte ihren Mann beim Namen genannt. Das kam nicht oft vor, aber wenn es vorkam, dann war die Situation brenzlig. David ließ seine Hand sinken, funkelte seinen Sohn kurz zornig an, und ging dann zu seiner Frau, um sich bei ihr zu entschuldigen. Ansonsten würde – das wusste er genau – heute Nacht im Bett nichts laufen. Und diese Sache war ihm wichtiger als seinen Sohn zu sanktionieren.

Maik ergriff die Gelegenheit beim Schopf und ging lautlos auf sein Zimmer, indessen nahm David seine Frau in die Arme. „Entschuldigung Liebling..." Den Rest seiner Entschuldigung wollte und konnte Maik nicht hören.

Er hatte nie eine richtige Bindung zu seinen Eltern gehabt. Sie waren so *anders* als er, sie hatten nichts mit ihm gemeinsam. Seine Mutter konnte er manchmal verstehen, ja, manchmal mochte er sie sogar richtig – jetzt zum Beispiel. Aber seinen Vater konnte er nicht ausstehen. Er wusste zwar, warum er so reagierte, wie er eben reagiert hatte, aber dennoch blieb David für Maik ein Buch mit sieben Siegeln. Sein Vater war bei Weitem nicht so intelligent wie er, sein Vater las zum Beispiel keine Bücher, mit ihm konnte man auch keine intellektuellen Gespräche führen. Er beschäftigte sich zwar mit Politik, bezog aber immer nur eine engstirnige, stereotype Stellung. Nein, Maik konnte seinen Vater nicht verstehen. Manchmal bezweifelte er sogar, ob er überhaupt sein Vater war. Seine Mutter war vor achtzehn Jahren noch jünger – und attraktiver – gewesen. Nicht undenkbar, dass sie noch andere, bessere, Verehrer hatte.

Und wenn schon. Maik brauchte seine Eltern nicht. Er hatte Jennifer. Und die würde ihm nicht weglaufen, konnte sie ja auch gar nicht. Und dann war da auch noch Roland, sein Großvater. Roland, mit der er, Maik, unzweifelhaft verwandt sein musste. Der Vater seiner Mutter war so eloquent, so intelligent und gerissen. Maik bewunderte seinen Großvater, er liebte ihn. Er liebte es, mit ihm zu sprechen, ihn zu besuchen, in seiner Nähe zu sein. Er fürchtete sich vor dem Tag, an dem sein Opa (und der Tag wird kommen, daran gibt es nichts zu rütteln) sterben wird. Wenn er Jennifer nicht hätte, würde er sogar soweit gehen, zu sagen, er nähme sich das Leben, wenn Roland stürbe. Und er hatte das Gefühl, die Liebe zu seinem Großvater beruhte auf Gegenseitigkeit. Das gab ihm Trost und Antrieb, das war das Salz in der Suppe seines Lebens; das Fleisch in seiner Suppe war Jennifer.

3

Die weiße Tür zu Station drei Zimmer zwölf öffnete sich mit einem leisen Knarren. Steves Eltern betraten den Raum. Maik hockte noch immer vor Steves Krankenbett. Er hatte Tränen in den Augen, die schmerzten. Seine Knie taten ihm weh. Doch am schmerzhaftesten waren die Risse in seinem Gewissen, seinem Herzen und seiner Seele.

Frau Becker stieg die Zornesröte ins Gesicht, als sie den Bengel sah, der für den Zustand ihres Sohnes verantwortlich war. Sie konnte ihn noch nie leiden, diesen Maik. Von Anfang an nicht. Schon als sie ihn das erste Mal gesehen hatte, war er ihr nicht ganz geheuer. Und mochte er noch so viel schlaumeierisches, schleimerisches Zeug quatschen, sie glaubte ihm nicht, blickte hinter die Fassade und erkannte den Bengel. Hätte sie ihrem Sohn doch nur den Umgang mit diesem Maik verboten, dann läge er jetzt nicht hier, in dieser peinlichen Situation. Dann wären sie jetzt zuhause, Steve würde lernen oder ein Buch lesen und sie hätte jetzt nicht diese Sorgen und diese Schmach.

Herr Becker kannte seine Frau. Er wusste genau, wie sie reagieren würde, wenn sie Maik sähe, und deshalb hatte er gehofft, dieser Maik bliebe seinem kranken Sohn fern, zumindest für den Zeitraum, indem sie ihn besuchten. Er selbst hatte nichts gegen Maik; er fand, er müsse ein guter Freund sein, ein treuer und lustiger Zeitgenosse. Er schätzte diesen Maik zwar auch so ein, dass er auch gern mal Scheiße baut, aber seinen Sohn würde er in die gleiche Kategorie stecken. Und wie heißt es so schön? Gleich und Gleich gesellt sich gern.

Außerdem war ihm ein solcher Freund, wie Maik für Steve war, lieber, als ein streberhafter, brillentragender, stotternder Trottel. Nichts gegen diese Leute, auch solche müsse es geben (Gottes Schöpfung ist vielseitig), aber so einer würde nicht zu Steve passen. Steve spielte in einer anderen Liga, war ein anderes Kaliber, war aus anderem Holz geschnitzt. Nein, Herr Becker hatte nichts gegen Maik. Ja, wäre er, Herr Becker, zwanzig Jahre jünger, und würde so einem Maik begegnen, wäre dieser Maik bestimmt auch *sein* Freund geworden.

Doch seine Frau sah das ein wenig anders. Sie mochte Maik nicht, hasste ihn sogar, verabscheute ihn. Und er, Herr Becker, konnte nichts dagegen tun, außer Schadensbegrenzung. Nachdem er die Tür geschlossen hatte, legte er liebevoll seine Arme um seine Frau, um sie zu beruhigen. Mit dem Kopf berührte er ihre rechte Wange, indem er ihn auf ihre Schulter legte. Das beruhigte seine Frau eigentlich immer, das gefiel ihr. Nur dieses Mal könnte dies unter Umständen nicht reichen. Er hoffte, die Explosion (die unweigerlich kommen musste) würde nicht zu groß und zu heftig werden.

„Du!" Frau Becker schaffte es, leise zu brüllen. Wie immer das auch ging, aber sie brüllte leise.

Maik stand auf, drehte sich um, und blickte Steves Eltern mit tränenden Augen und fassungsloser Miene an.

„Du bist dran schuld, an dem ganzen Schlamassel", endete Frau Becker.

„Schatz, nicht hier. Lass uns das woanders klären. Bitte." Herr Becker ergriff die Hände seiner Frau, drückte sie fest, wobei er ihr tief in die Augen sah. Er wollte vor seinem sterbenden Sohn keine Szene haben. Es wäre *pietätslos*.

„Bitte Schatz, lass uns das woanders klären, unter sechs Augen. Aber nicht hier", sagte er eindringlich.

Seine Frau gab nach. Sie sah es ja eigentlich auch genauso. Vor ihrem Sohn, der auf einem Krankenbett liegend im Koma lag, wollte sie auch keine Szene machen. Das hatte er nicht verdient. Sie riss sich zusammen, obwohl sie so eine unaussprechliche Wut auf den Jungen vor ihr hatte. Am liebsten hätte sie ihn postwendend in dieselbe Situation gebracht, in der sich ihr Sohn befand. Aber das hätte Steve bestimmt nicht gewollt. Also war wohl erstmal *reden* angesagt.

„Hättest du die Freundlichkeit", begann Frau Becker mit unterdrückter Wut in der Stimme, „uns jetzt mit unserem Sohn alleinzulassen?"

Maik blieb gar keine andere Wahl. Er verließ das Zimmer, ohne der Mutter seines besten Freundes in die Augen zu sehen. Das hätte er nicht fertig gebracht. Mit gesenktem Kopf ging er an ihr vorbei, öffnete die Tür und ließ die Familie Becker allein.

4

Auch am Dienstag war in der Schule Jennifers Fehlen von den Lehrern kommentarlos dokumentiert worden. Die Polizei hatte in der Wohnung von Jennifers Eltern Fingerabdrücke gesucht, aber keine außer die von ihr, ihren Eltern und ihrem kleinen Bruder gefunden. Die von Maik wurden nicht entdeckt. Die Polizei vernahm die Nachbarn, niemand hatte etwas bemerkt. Nur ein Mann aus dem gegenüberliegenden Haus hatte bemerkt, dass in der Nacht das Licht eingeschaltet wurde, konnte aber nichts erkennen. Nach weiteren Nachforschungen wurde herausgefunden, dass es sich dabei um Herrn Phillips, einen Nachbarn von Jennifers Eltern, handelte, der zur Frühschicht ging. Die Polizei verwarf immer mehr die Vorstellung, es handelte sich um eine Entführung. Stattdessen gewann man fast die Überzeugung, Jennifer sei ausgerissen, getürmt. Überall in der Umgebung wurden Steckbriefe aufgehängt, Ladeninhaber bekamen auch solche Steckbriefe und sollten der Polizei unverzüglich Meldung machen, wenn die junge Dame, die auf dem Foto abgebildet war, bei ihnen einkaufe. Die

Eltern entschieden, dass, falls Ende der Woche noch keine Ergebnisse vorlägen, Jennifers Mitschüler über ihr Verschwinden unterrichtet werden sollten. Vielleicht könnten sie dann Aufschluss geben.

Das Fahrradfahren fiel Maik schwer. Das Ausmaß seiner Knieverletzung wurde ihm mit jedem Tritt in die Pedalen schmerzlich bewusst. Seine Knie waren total zerstört, fühlten sich völlig zertrümmert an. Er konnte sich nicht mehr hinhocken und das Aufstehen früh morgens bereitete ihm arge Schmerzen. Die Fahrradfahrt zog sich in die Länge. Einmal musste er sogar absteigen, weil er es vor Schmerz nicht mehr aushielt. Er kam dann natürlich zu spät zum Unterricht (nicht viel, aber ein paar Minuten), doch das war immer noch besser, als die grässlichen Schmerzen ertragen zu müssen.

Das Schlimmste jedoch war an diesem Dienstag der Besuch bei seinen Großeltern. Es fing erst mit Small Talk an, er und Roland unterhielten sich fabelhaft, Berta kümmerte sich nach einer Weile um den Haushalt, sodass Roland sich einen Tee machen konnte. Nachdem er die Hälfte getrunken hatte, sah er Maik über die dampfende Tasse hinweg interessiert an und fragte: „Du sag mal, Maik, was hast du eigentlich mit deinen Knien gemacht? Mir ist aufgefallen, dass du in letzter Zeit etwas seltsam läufst."

Diese Frage war wie ein kräftiger Schlag in die Fresse. Maik wusste erst nicht, was er sagen sollte. Er war gar nicht darauf vorbereitet, die Frage traf ihn wie ein Blitz, völlig unerwartet. Er wollte seinen Opa eigentlich nicht schon wieder anschwindeln, aber er hatte keine andere Wahl. Mit Müh und Not stammelte er, er sei mit dem Fahrrad verunglückt und hätte sich dabei die Beine so ungünstig verrenkt, dass er jetzt ein wenig humple.

Geistesgegenwärtig (weil er etwas witterte) fragte Roland weiter: „Und wo bist du gestürzt?"

„Im Wald", platzte es aus Maik heraus. „Ich bin durch den Wald gefahren, plötzlich irgendwo hängen geblieben und dann gestürzt."

„Was hast du denn im Wald gemacht?"

Kurz angebunden erklärte Maik: „Ich habe mir die alte Hütte angeschaut, zu der ich früher oft mit Steve gefahren bin. Du weißt schon, das alte Häuschen mitten im Wald. Die Hütte."

Roland wusste es genau. Er war der einzige Mensch, dem Maik von der Hütte erzählt hatte und er war jetzt auch sehr erstaunt, dass sein Enkel davon sprach. Maik hatte schon ewig nicht mehr von Steve gesprochen. Roland dachte, das Thema wäre abgeschlossen. Doch tiefe Wunden verheilen nicht, sie vernarben bloß. Und die Sache damals hatte eine *sehr* tiefe Wunde in Maiks Herz gerissen. Verständlich, dass er es immer noch nicht ganz verdaut hatte. Trotzdem war irgendwas in Maiks Erzählung nicht ganz schlüssig. Roland konnte noch nicht genau sagen, was es war, aber irgendetwas stimmte nicht. Vielleicht bildete er sich das auch nur ein, vielleicht war aber auch mehr an der Sache.

„Willst du drüber reden?", fragte er. „Über Steve und die Hütte?"

Maik schüttelte den Kopf. „Nein, lieber nicht. Es ist nun mal geschehen. Lassen wird die Vergangenheit ruhen."

„Wie du meinst."

Ab da verlief das Gespräch wieder in – für Maik – erträglichen Bahnen.

5

Daniel war wieder in der Stadt. Und er war sauer. Stinksauer. In den letzten Tagen hatte er Zeit gehabt zum Nachdenken (was ihm eigentlich immer schon schwerfiel, denken war nicht gerade seine Stärke). Aber auch bei jemanden, der nicht besonders gut ist im Denken, kommt früher oder später etwas Sinnvolles heraus. Und so war es auch bei Daniel. Er hatte Tag und Nacht nachgedacht, ist die Szenen der Vergangenheit immer wieder Stückchen für

Stückchen durchgegangen, bis er endlich auf ein Ergebnis kam. Er wusste nun, wer der Mörder war. Er hatte es sich erschlossen. Es war eigentlich ganz einfach, ganz simpel, es war naheliegend. Warum er nicht schon eher darauf gekommen war? Warum die Polizei noch nicht darauf gekommen war? Na gut, sie hatte nicht die Informationen, die er hatte, und er, Daniel, hatte sie auch nur in seiner Erinnerung, aber er hatte sie. Und jetzt wollte er Selbstjustiz verüben an demjenigen, der ihm sein Leben genommen hatte. Er hatte ihm sein Leben zwar nicht so genommen, wie Herrn Meier oder Frank, aber auf einer anderen Weise hatte er ihm sein Leben auch genommen.

Dass es immer diejenigen sein müssen, von denen man es am wenigsten erwartet?, dachte Daniel und schüttelte den Kopf.

Er observierte das Schulgelände. Nichts so, dass ihn jemand sehen konnte, aber so, dass er sehen konnte, wer die Schule betrat und verließ. Der Großteil der Schüler war ihm egal, er hatte mit ihnen abgeschlossen, mit einem Schüler jedoch nicht. Und dieser Schüler verließ das Schulgebäude an diesem Mittwoch Nachmittag um 15:15 Uhr. Daniel folgte ihm, unauffällig. Der Schüler, auf den er es abgesehen hatte, vor nach Hause. Daniel folgte ihm. Der Schüler verließ, kurz nachdem er es betreten hatte, sein Zuhause wieder und fuhr mit einem kleinen Rucksack auf dem Rücken mit dem Fahrrad weg. Daniel folgte ihm.

Der Weg führte ihn bis an den Stadtrand. Dann ging es weiter Richtung Wald. *Wo will der Kerl hin?*, dachte Daniel. Er folgte dem Typen unauffällig in einem Abstand durch den Wald. Die ganze Zeit – eine sehr lange Zeit – ging es einen zweieinhalb Meter schmalen Trampelpfad entlang, bis ins Herz des Waldes. Die Luft war rein, es war ruhig, ein laues Lüftchen ging. *Wo will der Kerl hin*, dachte Daniel abermals. Was mochte dieser Kerl hier im Wald verstecken? Er, Daniel, würde es herausfinden, und dann würde er diesem Maik den Garaus machen.

Daniel verfolgte Maik, und dies – wie er meinte – ziemlich professionell.

Schon an der Schule hatte Maik bemerkt, dass er verfolgt wurde. So wie immer radelte Maik nach Hause, schnallte sich seinen Rucksack über und verließ das Haus wieder. In weiser Voraussicht ging Maik an diesem Tag zu Fuß durch die Stadt. Er wusste, was zu tun war.

Dieser alte Bekannte verfolgte jeden seiner Schritte. Daniel hatte ihn also entlarvt. Dieser etwas zurückgebliebene (man fragt sich, wie er es aufs Gymnasium geschafft hatte – vielleicht hatte er ja seinen Lehrern Prügel angedroht, hätten sie ihm dies nicht ermöglicht?) Hüne hatte es tatsächlich geschafft, die Wahrheit herauszufinden. Und Maik wusste, was Daniel jetzt vorhatte. Er wollte ihn töten. Dieser Daniel würde bestimmt kein Interesse daran haben, Maik an die Polizei zu verpfeifen. Und das kam Maik sehr entgegen, denn so konnte er noch ein bisschen Spaß mit Daniel haben.

Er wollte ihm sein Versteck zeigen, nur zeigen, nicht ihn reinlassen. Er führte Daniel zu Fuß in den Wald und musste sich das Lachen verkneifen. So plump wie der Kerl hinter ihm vorging, sich versteckt und unbemerkt zu halten, war einfach zu komisch. Selbst ein blinder Taubstummer würde diesen Trampel bemerken.

Schon nach ein paar Minuten im Wald hatte Maik Daniels System erkannt, sich versteckt zu halten. Er lief Maik so hinterher, dass er ihn sehen konnte, dann blieb er eine halbe Minute wartend stehen, um anschließend wieder soweit nach vorn zu rennen, bis er Maik wieder sah. Somit verlor er Maik nicht aus den Augen, war dafür aber *extrem* auffällig.

An einer Biegung nahm Maik den Weg einen anderen Pfad entlang, der bedeutend enger und schlechter zu begehen war, als der, der zur Hütte führte. Maik tat dies genau in dem Moment als Daniel soweit aufgeholt hatte, dass er Maik sehen konnte. Dann blieb Daniel wieder stehen, während Maik weiterging. Außerhalb Daniels Sichtweite beschleunigte Maik seinen Schritt. Er rannte ein paar hundert Meter den engen Pfad entlang und lief dann mitten durch den Wald in die Richtung, die wieder zurück zur Stadt führte. Er rannte so schnell er konnte. Das Unterholz war dich und feucht, er musste sich vorsehen, dass er nicht stolperte. Maik musste schon einige hundert Meter hinter sich gebracht haben, als Daniel den engeren Trampelpfad erreichte.

Er rannte weiter. Zum Glück rauchte er nicht, denn so hatte er genug Puste, um ausdauernd eine hohe Geschwindigkeit aufzubringen. Die Minuten verstrichen. Maik Atem ging schwer und er bekam Seitenstechen, was ihn dazu zwang, langsamer zu laufen.

Als er die Stadt erreichte, blickte er sich um und sah niemanden. Keinen Daniel, der ihn verfolgte. Er hatte ihn abgeschüttelt. Es war geschafft. Maik hatte Daniel gezeigt, wo *ungefähr* er sich aufhielt und das reichte fürs erste. Daniel würde ihn wieder verfolgen und dann würde er *unter allen Umständen* versuchen, ihn zu töten. Doch dann würde Maik vorbereitet sein und diesem Daniel einen gebührenden Empfang bereiten. Den Empfang, den man verdiente, wenn man sich mit Maik einließ.

6

Wieder Zuhause packte Maik – wie die Tage zuvor – Nahrungsmittel und ein paar Wasserflaschen in seinen Rucksack und machte sich dann auf den Weg zur Hütte – diesmal mit dem Fahrrad. Er fuhr umsichtig, darauf achtend, dass Daniel ihn nicht sah. Denn sähe Daniel ihn, müsste er sich überlegen, wie er ihn abschütteln könnte.

Im Wald war er besonders vorsichtig. Hier war die Wahrscheinlichkeit, einen suchenden Daniel anzutreffen, am größten.

Maik stellte sein Fahrrad vor der Hütte ab und trat ein. Jennifer saß immer noch gefesselt auf dem Stuhl. Ihr Zustand hatte sich weiter verschlechtert. Ihr Gesicht war eingefallen und blass. Ihr Haar war eine Katastrophe und ihr Schweißgeruch war beißend.

Ihre Figur hatte sich auch verändert. Ursprünglich hatte sie ein paar Gramm Fett gehabt. Nicht so, dass sie dick gewesen wäre, sie hatte schon eine schlanke Figur, aber keine fettfreie Figur gehabt. Jeder (normale) Mensch hat ein paar kleine Fettreserven, die man nicht unbedingt sieht. Aber jetzt hatte Jennifer diese nicht mehr. Ihr Körper war ausgezehrt und mager; er war nicht nur dünn, sondern regelrecht mager. Ihre Wangenknochen traten deutlicher hervor in ihrem – nunmehr – schmutzigen Gesicht. Ihre Augen hatten einen apathischen Ausdruck angenommen. Und die roten Striemen, die sie dort bekommen hatte, wo ihr die Fesseln angelegt waren, sahen schon fast *lebensgefährlich* aus.

Für Maik war Jennifer dennoch immer noch das schönste und begehrenswerteste Mädchen der Welt.

Er fütterte sie wieder und gab ihr zu trinken. Sie schluckte teilnahmslos alles, was er ihr gab. Diese Teilnahmslosigkeit wirkte auf Maik irgendwie niedlich, machte ihm aber auch ein bisschen Sorgen.

„Was ist los? Alles okay?"

„Hm", war die Antwort.

Nach dem Essen herrschte Schweigen. Jennifer machte einen überaus traurigen Eindruck und hielt den Kopf gesenkt. Maik musterte sie und sagte lange Zeit nichts. Von draußen waren Vogelgezwitscher und das Rascheln von Laub zu hören. Das waren die einzigen Geräusche, die den Raum erfüllten.

Jennifers Zustand war ansteckend, mit der Zeit wurde auch Maik depressiv und bekam eine schlechte Stimmung. Nach langen Minuten des Schweigens durchbrach er die Stille. Mit sanfter Stimme fragte er: „Jennifer, ich weiß nicht warum, aber ich habe das Gefühl, dich bedrückt etwas. Kann ich dir vielleicht irgendwie helfen? Gibt es etwas, das ich für dich tun kann?"

Eine vertraute Wut packte Jennifer. Es war die gleiche Wut, wie die, die sie empfand, als sie in dieser Hölle aufgewacht war und Maik als ihren Entführer erkannte. „Ja, du kannst etwas für mich tun", sagte sie bösartig, „Du kannst mich hier rauslassen."

„Noch nicht, Jennifer. Erst wenn die Zeit gekommen ist."

„Jetzt nimm mir endlich diese verdammten Fesseln ab, du Arschloch!", schrie sie.

Maik beharrte auf seinem Standpunkt. „Ich kann sie dir nicht abnehmen. Zumindest noch nicht."

Jennifer war verzweifelt. „Du bist so ein Dickkopf."

Plötzlich musste Maik lächeln. Es war ein überaus belustigtes Lächeln.

„Was ist los? Warum grinst du so dämlich?"

„Du hast grad gesagt, ich sei ein Dickkopf", kicherte Maik.

„Ja. Hab ich. Was ist daran so komisch?", fragte Jennifer verständnislos.

Jetzt musste Maik lachen. Schon lange hatte er nicht mehr so herzhaft gelacht. Jennifer funkelt ihn dabei zornig an, sodass er sich beruhigte. Unter Anstrengung, nicht wieder loslachen zu müssen, brachte er heraus: „Weißt du wer auch einen Dickkopf hatte?" Er sprach die Worte aus wie jemand, der kurz davor war, die Pointe eines Witzes zu offenbaren. Die Pointe eines Witzes über die der Erzähler selbst jedesmal lachen musste, wenn er sie vortrug.

„Wer?"

„Frank", sagte Maik und prustete los. Sein Lachen wurde richtig laut, beinahe hysterisch. Er musste sich sogar den Bauch halten vor Lachen.

„Du Schwein", zischte Jennifer.

Maik lachte weiter. Lauter. Immer lauter. Solange bis ihm der Bauch so sehr wehtat, dass er aufhören musste. „Oh ja. Frank war ein richtiger Dickkopf. Du kannst dir nicht vorstellen, wie viel Mühe es gemacht hat, die Nuss auf seinen Schultern zu knacken. Dabei denkt man doch immer, hohle Nüsse lassen sich am besten Knacken." Nachdem Maik das gesagt hatte, fing er wieder an zu lachen, diesmal nicht so laut, aber er gab dennoch eine beachtliche Lautstärke von sich.

„Du bist ein mieses, dreckiges Schwein", brachte Jennifer hervor. Sie konnte ihre Wut nicht in Worte fassen, so außer sich war sie. Zornesröte stieg ihr ins Gesicht, sodass sie fast wieder gesund aussah. Doch nicht nur Zorn kam über sie; auch trauer. Trauer darüber, wieder an Franks Tod erinnert zu werden. Und dann – plötzlich – kam ihr eine Idee. Eine geniale Idee, wie sie feststellte. Vielleicht könnte sie es schaffen, aus dieser Hölle zu entkommen, nur vielleicht, aber immerhin.

Noch während Maik lauthals lachte, sagte Jennifer: „Ich muss mal auf Toilette."

Maik nahm die Ente zur Hand.

„Nein, ich muss groß."

Maiks Lachen flaute ab. „Ich weiß wie ..."

„Nein, bitte, Maik. Wir sind doch im Wald. Wie wär's, wenn du mich losbindest und du mich hier zwischen den Bäumen mein Geschäft verrichten lässt?" Sie versuchte mit süßer, lieblicher Stimme zu sprechen.

Maik schwieg. Er wägte ab, wie er sich verhalten sollte.

„Bitte, Maik. Ich renn dir schon nicht weg. Das kann ich doch auch gar nicht. Dafür bin ich viel zu schwach. Und du bist viel zu stark. Mensch, Maik, Liebling, ich will doch nur auf die Toilette." Sie klimperte mit den Wimpern und versuchte ihren niedlichsten Hundeblick hinzubekommen, zu dem sie unter den gegebenen Umständen in der Lage war.

Sie hat dich Liebling genannt, dachte Maik entzückt.

Sie versucht dich einzuwickeln, dir Honig ums Maul zu schmieren, sagte Steve in Maiks Kopf.

Aber sie hat mich Liebling genannt, beharrte Maik.

Fall nicht drauf rein, sagte Steve eindringlich. *Sie versucht die dranzukriegen. Sag nein. Mach's auf die Sichere.*

Ich mach's doch auf die Sichere. Ich lasse einfach ihre Arme gefesselt und dann begleite ich sie hinaus und helfe ihr beim Ausziehen. Das wird ein Kinderspiel.

Mach's nicht!!!

Jennifers Blick war verführerisch. Sie sah so süß und niedlich aus. Maik konnte nicht wiederstehen.

„Okay", sagte er, „ich lass dich raus."

Nein!!!, schrie Steve.

„Danke", sagte Jennifer, „Du bist ein Schatz."

Maik ging auf Jennifer zu. Mit der einen Hand hielt er ihren linken Arm fest. „Du wirst verstehen, dass ich deine Arme trotzdem gefesselt lassen muss", erklärte er wie ein Handwerker, der seinem Auftraggeber jeden seiner Schritte erklärt.

„Natürlich", sagte Jennifer süßlich.

„Schön." Mit der anderen Hand löste Maik die Fesselung von Jennifers linken Arm (was sich mit nur einer Hand als schwierig gestaltete). Als er ihren Arm frei hatte, legte er ihn auf den noch gefesselten Arm von Jennifer. Er band den Strick um ihre Handgelenke, so dass der Stuhl nicht umschlossen wurde und er die Fesseln ihres rechten Armes immer noch lösen konnte. Dadurch war Jennifer zwar in der Lage, ihre Arme zu bewegen, aber nicht besonders gut, und das genügte Maik. Schließlich hatte sie „Liebling" und „Schatz" zu ihm gesagt. Vielleicht wird sie ja doch noch einsichtig und verliebt sich in ihn.

Sie macht dir was vor, sagte Steve.

Ach halt doch die Klappe!, antwortete Maik und brachte Steve damit vorerst zum Schweigen.

Maik fesselte ihre Handgelenke zusammen, befreite sie von den Fesseln an ihrem rechten Arm, an den Füßen und dem Oberkörper. Nun waren die einzigen Fesseln an ihrem Körper die, die sie um die Handgelenke trug.

„Dann wollen wir mal", sagte Maik. Er hieß Jennifer, voranzugehen, damit er sie sehen konnte. Sie tat wie ihr geheißen, durchschritt die Hütte, öffnete die Tür und trat hinaus ins Freie.

Herrlich frische Luft strömte durch ihre Lungen. Das Sonnenlicht hellte ihre Stimmung auf und der Duft der Natur belebte ihren geschundenen Körper.

„Schön hier draußen, nicht wahr", sagte Maik, der ihre inneren Regungen bemerkte. Jennifer nickte nur mit dem Kopf und ging auf einen Baum zu.

„Dieser soll es sein?", fragte Maik.

Kopfnicken.

„Na dann. Legen wir los."

„Würdest du...?" fragte Jennifer und deutete auf ihre Hose.

Maik nickte. Er bückte sich und griff nach ihrem Hosenstall. Ursprünglich musste er mal geglänzt haben, doch jetzt, als Maik ihn öffnete, sah er irgendwie dumpf und unscheinbar aus. Maik ließ sich Zeit, atmete tief den Duft ein, der von Jennifers Hose strömte. Als der Hosenstall offen war, blickte er zu Jennifer hoch, wie ein Hund, der seinen Besitzer angesprungen hat und ihn Aufmerksamkeit-heischend anbettelt. Während er dies tat, zog er vorsichtig die Hose runter. Sie war feucht vom Schweiß - genauso auch Jennifers Beine - und ließ sich deshalb nicht geschmeidig und gleichmäßig, sondern nur ruckweise und mit einer gewissen Kraftanstrengung runterziehen.

Er zog die Hose bis zu den Knöcheln und blickte dann lüstern auf Jennifers Slip.

„Könntest du mir die Hose bitte ganz ausziehen?"

„Kein Problem." Jennifer hob bereitwillig erst den rechten, dann den linken Fuß hoch, und Maik ließ die Hosenbeine über Jennifers Schuhe schlüpfen. Als die Hose ausgezogen war, legte Maik sie ordentlich zusammen und platzierte sie auf den Boden. Jennifer blickte von oben auf den hockenden Maik herab ...

(*Jetzt oder nie!*, dachte sie)

..., holte mit dem rechten Bein so weit wie möglich aus und trat mit aller Kraft gegen Maiks Kopf. Durch die Wucht des Aufpralls kippte Maik seitlich um und war für einen kurzen Moment benommen. Jennifer hatte die Tage der Bewegungslosigkeit unterschätzt, ihre Beine fühlten sich schon beim langsamen Gehen wie Pudding an, und nun, als sie Maik mit ihren verbliebenen Kräften getreten hatte, merkte sie, wie die letzte Kraft aus ihren Beinen wich und sie einknickte.

Maik hatte genug Zeit, sich aufzurichten. Sein Kopf dröhnte. Er fühlte sich als würden alle Glocken von *Notre Dame* in seinem Kopf zur Mittagsstunde klingeln. An seiner linken Schläfe sickerte Blut hervor, nicht beängstigend viel, aber zumindest so viel, dass man sehen konnte, dass er Schmerzen haben musste.

„Du Schlampe", knurrte er.

Ich hab's dir doch gesagt, meldete sich Steve wieder.

Jennifer biss die Zähne zusammen und schaffte es, wieder normal zu stehen. Ihre Beine fühlten sich immer noch wie Pudding an, aber es gelang ihr, eine aufrechte Position einzunehmen. Sie stand nun vor der Wahl: Würde sie den aussichtslosen Kampf gegen Maik antreten (ohne freibewegliche Arme) oder würde sie den aussichtslosen Versuch starten, wegzulaufen (ohne Kraft in den Beinen). Sie hatte die Wahl. Und sie musste die Wahl schnell treffen, denn Maik war wütend und im Gegensatz zu Jennifer bei Kräften.

„Ich habe dir vertraut", brüllte Maik und ging mit erhobenen Fäusten auf Jennifer zu. Jennifer biss ihre Zähne (sofern möglich) noch fester zusammen, holte wieder mit dem rechten Bein aus, und trat Maik in den Schritt. Er versuchte dem Tritt auszuweichen, war aber viel zu nah an Jennifer heran, um nach hinten wegspringen zu können, als er Jennifers Vorhaben erkannte. Ihre rechte Schuhsohle bohrte sich in den Bereich zwischen Maiks Beinen. Maik fiel auf die Knie, senkte seinen Oberkörper und hielt beide Hände an die getroffene Stelle. Sein Gesicht drückte eine Mischung aus Schmerz und Angst aus. Bis jetzt hatte er noch nicht geschrien; er hielt die Luft in seinen Lungen gepresst und atmete mit einem gutturalem Stöhnen aus. Dann presste er die Augen so sehr zu, wie er konnte, sodass sich ähnliche Falten in seinem Gesicht bildeten, wie bei einem Hundertjährigen.

Jennifer nutzte ihre Chance. Sie baumelte mit ihren gefesselten Armen um ihre linke Hüfte, wirbelte herum und versetzte Maik einen ordentlichen Schlag ins Gesicht, sodass er umkippte. Dann nahm sie die Beine in die Hand und rannte.

Lauf ihr nach!, befahl Steve. Maik lag hilflos am Boden, hielt sich mit der einen Hand seinen dröhnenden Kopf, die andere Hand lag zwischen seinen Beinen. Jennifer lief, nicht besonders schnell, aber sie lief. Immer den Trampelpfad entlang. Schon nach kurzer Zeit war sie außer Puste (ihre Raucherlunge war nicht ganz unschuldig daran) und sie war kurz davor, eine Pause einzulegen, oder einfach zu kapitulieren und sich ihrem Schicksal zu ergeben. Doch sie rannte weiter.

Na los du Weichei, steh auf!, drängte Steve. *Du darfst sie nicht entkommen lassen!*

Unter Schmerzen (und immer noch mit diesem faltigen Gesichtsausdruck) quälte Maik sich auf. Jetzt war es nicht nur die *Notre Dame*, die in seinem Kopf läutete, sondern jetzt gaben alle Kirchen der Welt ein Konzert in seinem zerbeulten Schädel. Ein richtiger Blutstrom ergoss sich über seiner linken Schläfe und besudelte sein T-Shirt mit Blut. Was er seiner Mutter sagen würde, woher das Blut stammte, wusste er in dem Moment noch nicht. Und *in dem Moment* spielte das auch überhaupt keine Rolle. *In dem Moment* musste er Jennifer einholen, überwältigen und zurück zur Hütte schleppen.

Seine Eier schmerzten, sein Kopf schmerzte und seine Knie meldeten sich wieder als der die Verfolgung aufnahm. Jennifer hatte schon einen guten Vorsprung, war aber nicht so schnell wie Maik, obwohl auch dieser in Sachen Geschwindigkeit – aufgrund seiner Knie – Abstriche machen musste. Unter Schmerzen holte er Meter für Meter an Jennifer auf. Er musste sich beeilen, denn nun bestand eine doppelte Gefahr. Wenn Jennifer ihm entkäme, dann wäre er tierisch am Arsch, und wenn Daniel – falls dieser noch nach ihm suchen sollte und sich folglich noch im Wald befand – auf ihn und Jennifer treffen würde, hätte Maik ein gewaltiges Problem. Er musste Jennifer also einholen, um jeden Preis.

Der Boden war schlammig und feucht, Jennifer hatte arge Probleme das Gleichgewicht zu halten. Und dieser Maik kam immer näher. Er war einfach zu schnell. Aber auch er humpelte, irgendetwas schien mit seinen Beinen nicht zu stimmen. Vielleicht hatte er einen Unfall, dieses Humpeln war ihr zumindest noch nie aufgefallen. Aber in der Schule hatte sie Maik auch nicht besonders beachtet; es war also möglich, dass er diese Behinderung schon lange hatte.

Dennoch verringerte sich ihr Vorsprung immer weiter. Sie musste etwas unternehmen, irgendetwas um Maik abzuschütteln. Doch - verdammt - sie wusste nicht mal wo sie sich befand. Sie konnte sich nicht erinnern, wie sie überhaupt in den Wald gekommen war. Die

Fahrt über hatte sie geschlafen. Sie vermutete, wenn sie diesen Trampelpfad entlang laufen würde, käme sie unweigerlich ins Freie und damit in zivilisierte Gefilde, wo sich Menschen befinden würden. Menschen, die ihr helfen und Maik verhaften würden. Die Frage war nur, wie weit der Trampelpfad noch war. Allzu lange konnte sie ihn nicht mehr folgen, denn Maik war ihr dicht auf den Fersen. Und wie hieß es so schön? *Viele Wege führen nach Rom.* Wenn sie also vom Trampelpfad abwiche und sich einen Weg durch dichteres Unterholz quer durch den Wald bahnte, müsste es ihr gelingen, Maik abzuschütteln.

Maik war noch ungefähr zehn Meter hinter ihr, da schwenkte sie unvermittelt nach rechts und lief ins Waldesinnere. Dort war es bedeutend dunkler und unwegsamer. Überall lag Totholz, standen Sträucher und hob, bzw. senkte sich der Boden. Maik tat es ihr gleich, ging nach rechts vom Weg ab. Beinahe wäre er dabei gestolpert, denn an der Stelle, an der er den Trampelpfad verließ, breitete eine kräftige Eiche ihre Wurzeln aus – und eine der Wurzeln ragte ein Stückweit aus dem Boden heraus. Maik sah das jedoch nicht, stolperte über die Wurzel und schaffte es gerade noch das Gelichgewicht zu behalten und nicht zu stürzen.

Jennifer konnte ihren Vorsprung wieder ausbauen. Sie rannte und rannte, darauf bedacht, nicht zu stürzen. Sie bahnte sich einen Weg durch tiefhängende Äste, Hügel von Totholz, Erhebungen und kleinen Senken, vorbei an wilden Sträuchern und umgekippten Bäumen.

Nachdem sich Maik von seinem Wurzel-Zwischenfall erholt hatte, nutzte er die Tatsache, dass Jennifer vor ihm lief und er dadurch ihren Weg wählen konnte, ohne auf Hindernisse achten zu müssen. Dadurch holte er wieder ein paar Meter auf.

„Gib auf, ich krieg dich ja doch", rief er ihr atemlos nach, „Mach es dir nicht so schwer."

Jennifer rannte weiter. Ihre Kräfte schwanden, aber sie rannte trotzdem weiter. Sie wollte nicht wieder in die Fänge dieses Irren geraten. Sie wollte nicht wieder auf einen billigen, weißen Gartenstuhl gefesselt werden und die Nacht in einer modrigen, kalten, alten Hütte verbringen. Sie wollte wieder nachhause, zu ihren Eltern, zu ihrem Bruder – und zu ihrem bequemen, weichen Bett. Doch was das Wichtigste war: Sie wollte zu ihren Zigaretten.

„Wenn du jetzt stehen bleibst, werde ich dich auch nicht bestrafen", brüllte Maik von hinten, „Versprochen." Seine Stimme klang abgehetzt. Ihm schien diese Hetzjagd genauso viele Probleme zu bereiten wie Jennifer.

Maiks Wunden am Kopf pochten, sein Schritt brannte und seine Knie waren schon im Jenseits; lange konnte er die Verfolgung nicht mehr aufrechterhalten. Sein Herz schlug höher, und seinen Körper durchflutete neue Energie als er sah, wie Jennifer auf einen umgekippten, von Moos überwucherten Baumstamm stolperte und fiel. Sie musste das Moos offenbar nicht gesehen haben. Sie wollte sich offenbar von dem Baumstamm abstoßen und einen Sprung nach vorn machen, ihr Schuh rutschte aber durch das Moos weg und sie stolperte.

Sie landete mit dem Gesicht auf die Erde. Der Geschmack von Dreck und Blut erfüllte ihren Mund. Beim Aufprall auf dem Boden hatte sie sich auf die Zunge gebissen, nicht so sehr, dass ein Teil der Zunge abgetrennt wurde, aber immerhin so sehr, dass ihre Zunge einen Schwall Blut in ihrem Mund ergoss. Es schmeckte salzig und kupfern – so viel bekam sie noch mit. Auch das Nähern von Schritten bekam sie noch mit. Das gehässige Lachen Maiks vernahm sie nicht mehr, da war sie bereits ohnmächtig.

7

Die Beckers waren lange im Krankenzimmer, Maik wartete unterdessen geduldig. Am Türrahmen, durch den man die Station betrat, war eine große Uhr angebracht, doch der Sekundenzeiger schien nur halb so schnell zu laufen, wie er eigentlich sollte. Der Minutenzeiger bewegte sich so schnell wie ein Fast-Food-Junkie und der Stundenzeiger schien sich gar nicht zu bewegen.

Um sich die Zeit zu vertreiben beobachtete Maik das Treiben der Patienten und Ärzte auf dem Gang. Die meisten der Patienten, die sich frei bewegen durften, hatten offensichtliche Kopfverletzungen und trugen Mullbinden. Manchen war anzusehen, dass sich die Verletzung auch auf den Geisteszustand ausgewirkt hatte; sie liefen apathisch, langsam und ohne ein erkennbares Ziel rundenweise durch die Station. Hin und wieder hörte man ein lautes, monotones Piepen – kurz darauf rannte ein Arzt, gefolgt von mehreren Krankenschwestern in das Zimmer aus dem das Piepen kam. Maik vermutete, es handelte sich dabei um Herzschlagmessgeräte, die Alarm gaben, weil der Herzschlag des Patienten plötzlich weg war. Die Neurologie war ein Ort des Komas, der geistigen Umnachtung und des Todes. Und in seiner Mitte befand sich Steve, als Teil von ihm.

Die Ärzte wirkten größtenteils ausgezehrt, ihre Augen umgaben dicke, dunkle, ungesund aussehende Ringe, ihre Haut war faltig und fahl, ihr Gesichtsausdruck abgehetzt. Im großen und ganzen sahen sie bedeutend älter aus, als wie wahrscheinlich in Wirklichkeit waren. Mit den Schwestern verhielt es sich zwar ähnlich, doch sah man ihnen den Stress ihres Berufes nicht so sehr an, wie den Ärzten.

Neben der Bank, auf der Maik saß, stand ein kleiner Tisch mit verschiedenen Magazinen darauf. Größtenteils waren es Gesundheitszeitschriften, aber auch Auto-Magazine und Nachrichtenmagazine waren vertreten. Die Kreuzworträtsel waren alle schon gemacht. Doch Maik verlangte es nicht nach Lektüre, er hätte sich sowieso nicht konzentrieren können. Er wartete schweigend, beobachtend.

Erst nach über einer Stunde öffnete sich die Tür des Zimmers zwölf. Herr und Frau Becker traten heraus und Herr Becker schloss die Tür anschließend sofort. Seine Frau ging schnellen Schrittes auf Maik zu. Er konnte an ihrem Gesichtsausdruck erkennen, dass sie ihm nicht freundlich gesinnt war.

„Du hast ihn umgebracht!", zischte sie. Ihre Augen waren rot und wässrig, an ihren Wangen liefen Tränen runter. „Du hast meinen einzigen Sohn umgebracht!"

„Schatz..." Herr Becker nahm seine Frau in die Arme und drückte sie an sich.

„Er ist nicht tot" (*Noch nicht*) „Er liegt nur im Koma", sagte Maik.

Frau Beckers Augen weiteten sich. „Er liegt *nur* im Koma?! Weißt du eigentlich, was du da redest? Ich hab meinen Sohn da drin gesehen" – sie deutete mit dem Zeigefinger auf die Tür zu Steves Zimmer – „Ich hab mit ihm geredet, aber er hat keine Reaktion gezeigt, hat nicht geantwortet. Verdammt, er hat sich nicht mal *geregt*! Er lag einfach nur da, wie tot, nur durch Maschinen am Leben erhalten..." Ihre Stimme versagte und heiße Tränen ergossen sich über ihr Gesicht. Heftig presste sie ihr Gesicht an die Schulter ihres Mannes, der offenbar nicht wusste, wie er sich verhalten sollte. Er stand einfach nur da und ließ seine Frau sich ausheulen.

Auch Maik ergriffen die Tränen. Doch er wollte vor Frau Becker keine Schwäche zeigen, schnell wischte er die Tränen weg und versuchte, sein Weinen zu unterdrücken.

Es gelang ihm nicht.

„Mein einziger Sohn, und ich kann nicht mit ihm sprechen weil er im Koma liegt. Ich weiß nicht mal, ob ich überhaupt noch mal mit ihm sprechen kann." Sie schluchzte weiter in die Schulter ihres Mannes, dessen Hemd schon ganz nass war.

Allmählich bekam Maik Mitleid mit Steves Mutter. Wie würde er sich fühlen, wenn er befürchten müsste, seinen einzigen Sohn zu verlieren. „Er kommt wieder auf die Beine, da bin ich mir sicher. Er ist ein zäher Bursche", versuchte Maik Frau Becker zu beruhigen.

Sie wollte wieder etwas böses, angreifendes erwidern, aber irgendetwas in Maiks Stimme zeigte ihr, dass er es aufrichtig meinte. Ja, aufrichtig war das richtige Wort. Maik meinte es aufrichtig und zum ersten Mal, seit sie ihn kannte, empfand sie einen Funken Sympathie für ihn. „Ich hoffe du hast Recht", flüsterte sie.

„Wir müssen ihm jetzt zur Seite stehen. Er braucht uns jetzt. Er braucht nicht nur entweder Sie oder mich, er braucht uns. Uns drei. Wir dürfen uns nicht streiten, das würde ihm nicht helfen. Ich denke, wir sollten ihm beistehen."

Frau Becker wandte sich von ihrem Mann ab und entblößte einen großen dunklen Fleck auf seinem Hemd. „Das klingt vernünftig", sagte sie. „Wir müssen ihm beistehen. Begraben wir das Kriegsbeil" *(vorläufig)*

„Ja, begraben wir das Kriegsbeil", stimmte Maik zu und sie gaben sich die Hand, wie Vertragspartner bei einem wichtigen Geschäftsabschluss.

Herr Becker sagte: „Wenn Steve das doch nur sehen könnte" und alle drei fingen an zu weinen. Sie weinten gemeinsam und gaben sich dadurch Trost. Es war einfacher gemeinsam zu weinen, als seine Trauer für sich allein zu haben. Durch das gemeinsame Weinen war die ganze Sache etwas weniger furchtbar, aber immer noch furchtbar genug.

7

Als Jennifer ihre Augen öffnete, befand sie sich wieder in der Hütte. Sie war wieder auf dem weißen Gartenstuhl gefesselt. Ihre Beine taten ihr weh, ihr Gesicht tat ihr noch mehr weh und ihre Zunge tat ihr am meisten weh. Im Grunde genommen tat ihr *alles* weh, aber der Schmerz in der Zunge war am schlimmsten.

Maik sah auch nicht gerade gut aus. Er sah sogar ziemlich beschissen aus. Er lag schlafend – oder bewusstlos, Jennifer wusste es nicht – auf dem Boden. An seinem Kopf klebte geronnenes Blut und seine Haltung war nicht gerade das, was man als bequem bezeichnen konnte.

Jennifer hatte keine Ahnung, wie spät es war, sie vermutete aber, dass es bereits Abend sein musste, da die Dämmerung schon eingesetzt hatte. Sie schmeckte immer noch den salzigen, kupfernen Geschmack von Blut in ihrem Mund, und der Dreck klebte ihr auch noch im Gesicht.

Maik gab ein kurzes, krächzendes Geräusch von sich, jedoch ohne das Bewusstsein wieder zu erlangen. Nach ein paar Sekunden drehte er sich auf dem Boden ein Stückweit herum und würgte dann (immer noch schlafend/bewusstlos) Blut hervor, anschließend machte er wieder diese krächzende Geräusch. Eine kleine Lache Blut lag vor ihm auf dem Boden. Die Haut an seiner Schläfe war weit aufgerissen, und obwohl das Blut bereits geronnen war, sickerte immer noch ein wenig neues aus der Wunde hervor. Maiks Haare waren blutverklebt, ebenso seine Kleidung. Wenn er nicht diese krächzenden Geräusche machen würde und sich sein Brustkorb nicht stetig heben uns senken würde, gewänne man den Eindruck, er wäre tot.

„Wach auf, du Scheißkerl!" Jennifer stellte erschrocken fest, dass ihre Stimme ihren Befehlen nicht mehr gehorchte. Statt eines bösen Brüllens kam nur ein schwaches Flüstern hervor.

Dieser Mistkerl hatte sie wieder zurück geholt. Ihre Flucht war gescheitert. Die Freiheit blieb ihr weiterhin verwehrt. Das war unfair. Es war ganz einfach ungerecht. Sie hatte sich so viel Mühe gegeben, hatte sich einen todsicheren Plan ausgedacht, und er war gescheitert. Und das schlimmste an der Sache war, sie war die gute und Maik war der böse, und eigentlich müssten doch die Guten gewinnen und die Bösen verlieren. Warum hat dann aber Maik gewonnen? Das war einfach nicht fair.

Jennifer ließ ihren Gefühlen freien Lauf – und weinte. Sie weinte erbarmungswürdig und heftig, weinte ihren Frust, ihre Wut, ihre Trauer, ihre Verzweiflung und ihre (seit kurzem entstandene) Hoffnungslosigkeit aus. Und Maik machte seine Krächzgeräusche. Es klang fast so, als wollte er ihr in jedem Punkt zustimmen. *Ja, dein Frust ist berechtigt. Genauso deine*

Wut, deine Trauer. Am meisten stimme ich dir bei deiner Verzweiflung zu. Und Hoffnung?

Wovon träumst du nachts?! Du dürftest schon lange keine Hoffnung mehr haben.

Maiks Krächzen und Jennifers Weinen bildeten einen absurden, zynischen Dialog.

Es war schon dunkel als Maik endlich erwachte. Sein Kopf dröhnte und seine Knie brachten ihn um. Doch das war noch nicht das schlimmste. Das war noch lange nicht das schlimmste. Es gab etwas, dass ihm noch viel mehr zu schaffen machte. Die Erschütterungen seines Kopfes hatten mentale Spuren hinterlassen. Er fühlte sich eigenartig benommen, konnte kaum vernünftige Gedanken fassen. Es war, als hätten die Schläge und Tritte gegen seinen Kopf ein paar Sicherungen rausgehauen – und jetzt funktionierten einige Lichter nicht mehr. Er fühlte sich verwirrt, desorientiert und sein Denken vollzog sich ungewohnt langsam und schwierig, anstrengend.

„Du Scheißkerl, warum hast du mich nicht einfach gehen lassen? Warum hast du mich wieder hierher geschleppt?" Jennifer war wach und bösartig, aber ihre Stimme brachte offenbar nicht die Wut zum Ausdruck, wie sie sollte.

Unter Schmerzen sagte Maik: „Weil du mir gehörst. So einfach ist das." Er hielt kurz inne, dachte nach, und fügte dann hinzu: „Wenn ich einen Hund hätte und der mir wegrennte, müsste ich ihn auch wieder einfangen. Und genauso war das bei dir auch." Mit einem schmerzverzerrtem Gesicht und einen Blick auf seine Knie sagte er noch: „Nur mit dem Unterschied, dass es einfacher gewesen wäre, einen Hund zurückzuholen, als dich hierher zu schleppen."

„Verdammt noch mal, du weißt doch ganz genau, dass ich dich nie lieben werde! Warum hältst du mich dann hier weiterhin gefangen? Das ist doch total irrsinnig!"

Darauf sollte Jennifer keine Antwort bekommen. Maik versuchte aufzustehen; er brauchte dafür eine geschlagene Minute. Unter Stöhnen gelang es ihm, sich aufzurichten. Er sah auf die Uhr und stellte erschrocken fest, dass es schon spät war. Nun musste er nachdenken, obwohl ihm das in dem Moment sehr schwer fiel. Wenn er jetzt nach Hause fahren würde (was aus gesundheitlichen Gründen zum Problem werden könnte), dann würde David fragen, was passiert war. Er würde ihn ausquetschen und ihm keine Geschichte, von wegen, er sei mit dem Fahrrad hingefallen, abkaufen. Jedenfalls nicht schon wieder. Und das schlimmste wäre auch noch, er würde Maik Hausarrest oder etwas ähnliches auferlegen – und das durfte absolut nicht sein.

Welche Möglichkeit hatte er noch? Nach Hause konnte er nicht, so wie er jetzt aussah. Doch in der Hütte bleiben konnte er auch nicht. Daniel war unterwegs und früher oder später würde er die Hütte finden. Und Maik war nicht vorbereitet. Außerdem brauchte Maik Nahrung und ein Bett zum Schlafen. Der heutige Tag hatte ihn beinahe das Leben gekostet, er musste sich also irgendwo regenerieren; und in der Hütte war das nicht möglich.

Roland, sagte Steve in Maiks lädiertem Kopf. *Du kannst bei Roland Unterschlupf suchen und dir dort auch eine Waffe besorgen.*

Aber was soll ich ihm erzählen? Wie soll ich meine Verletzungen und das ganze Blut an meinem Körper und meiner Kleidung erklären?, fragte Maik hilflos.

Sag einfach, du wurdest verprügelt. Das kommt der Sache ja auch ziemlich nahe. Steve lachte in Maiks Kopf. Es klang belustigt und so, als würde Steve Maik auslachen.

Und wenn er mich fragt, von wem?

Dann sagst du, es war jemand dem dein Gesicht nicht gefällt.

Ich weiß nicht....

Mach's einfach!, befahl Steve. *Du hast keine andere Wahl. Du kannst nicht hier bleiben. Du brauchst Nahrung, damit du zu Kräften kommst, um Daniel aus dem Weg zu räumen. In deinem jetzigen Zustand würdest du bei dem Versuch, das zu tun, umkommen. Außerdem brauchst du eine Waffe. Und bei Roland gibt's bestimmt geeignete Waffen.*

Maik dachte nach. Steve hatte Recht. Er konnte nicht hierbleiben und seine Großeltern waren die einzigen Leute, zu denen er konnte. Ihm blieb gar keine andere Wahl.

Du hast Recht. Ich mach's. Ich fahre jetzt zu Roland, erzähle ihm, ich wurde verprügelt, dann suche ich mir - wenn Roland und Berta schlafen – eine geeignete Waffe, und morgen früh gehe ich in die Schule, locke Daniel an, führe ihn hierher – und zack – bringe ihn um.

Genau so machst du's. Genau so, sagte Steve stolz. *Genau so musst du's machen.*

Kapitel 8

Das Finale

1

Halb tot und seiner sämtlichen Kräfte beraubt, kam Maik mit dem Fahrrad bei seinen Großeltern an. Er fühlte sich schwach, konnte kaum einen Gedanken fassen, war desorientiert und verwirrt. Aber er musste sich beherrschen. Es war wichtig, dass er nun die richtigen Worte fand, um keine allzu große Aufmerksamkeit zu erregen.

Maik lehnte sein Fahrrad (wie immer) an die Hauswand und humpelte dann zur Tür. Er betätigte die Klingel und vernahm die vertraute, harmonische Melodie, die seine Ankunft ankündigte. Er hörte Schritte und sah dann, wie im Hausflur Licht eingeschaltet wurde. Kurz darauf öffnete sich die Tür und Roland stand - verwundert dreinblickend - im Türrahmen.

„Bitte lass mich erstmal reinkommen", sagte Maik schnell, „ich erkläre dir drin alles. Aber bitte, lass mich nur erstmal rein und mich setzen."

Roland betrachtete das Blut an der Kleidung seines Enkels, er entdeckte die Kopfwunden, und – was das schlimmste war -, er erkannte, dass sein Enkel sterben würde, wenn er ihn nicht ins Haus und sich auf ein weiches Sofa setzen lassen würde.

„Komm rein", sagte er knapp.

Maik humpelte durch die Tür und ging in Richtung Wohnzimmer.

„Berta, mach schnell ein Glas Wasser fertig", rief Roland in die Küche.

„Glas Wasser – kommt sofort", bestätigte Berta.

Maik setzte sich aufs Sofa. Den größten Schmerz hat man bekanntlich, wenn man zur Ruhe kommt. Und so war es auch bei Maik. Während der Fahrradfahrt fühlen sich seine Beine eigenartig taub und wie Stelzen an, doch jetzt, da er ruhig auf dem Sofa saß, durchzuckten sie stechende Schmerzen. Sein Kopf pochte noch immer, doch daran hatte er sich mittlerweile gewöhnt.

Roland setzte sich auf seinen Komfort-Sessel und sah Maik interessiert und zugleich erschrocken-bestürzt an. „Junge, erzähl, was ist passiert."

„Eine Prügelei", antwortete Maik lapidar.

Berta kam ins Wohnzimmer und hätte beinahe das Glas Wasser fallen gelassen. „Oh mein Gott! Was ist denn mit dir passiert?"

„Gib ihm nur erstmal das Wasser", bat Roland.

Berta reichte es ihm und Maik nahm es dankend an. Er trank einen großen Schluck heraus und leerte das Glas bis zur Hälfte. (Ist das Glas nun halbvoll oder halbleer?) Das Wasser tat gut; es befeuchtete seinen trockenen, vom Blut verschmutzten Mund und brachte das Leben wieder zurück in seinen Körper.

Berta setzte sich neben Maik aufs Sofa und tippelte aufgeregt mit dem Fuß. „Was ist passiert. Erzähl schon. Wo kommt das ganze Blut her? Ist das dein Blut?"

„Nun beruhige dich. Er wird uns bestimmt gleich alles erzählen", sagte Roland. Dann sagte er zu Maik im ruhigen Tonfall: „Also Maik. Willst du uns erzählen, was passiert ist? Lass dir ruhig Zeit. Wir laufen dir nicht weg."

So, nun erzähl ihnen deine Geschichte, und lass sie möglichst authentisch klingen, sagte Steve.

Maik nahm noch einen kräftigen Schluck von dem Wasser und stellte dann das leere Glas auf den Tisch. Unter anderen Umständen hätte Berta jetzt einen Untersetzer geholt. Doch jetzt tippelte sie nur weiter aufgeregt mit dem Fuß und ließ das Glas ohne Untersetzer auf dem Tisch stehen.

„Es war eine Schlägerei", sagte Maik. Er traute sich nicht, seine Großeltern anzusehen, deswegen starrte er auf seine blutverschmierten Hände. „Ich hab ausversehen jemanden angerempelt und der ist dann ausgerastet und hat mich angegriffen."

Soweit, so gut, jetzt erzähl noch etwas mehr.

„Ich hab mir das nicht gefallen lassen, ich hab es ja schließlich nicht mit Absicht gemacht. Also habe ich mich gewehrt und da ist der Typ dann völlig ausgerastet und hat mich so zugerichtet, wie ich jetzt bin."

Ja, das ist gut. Das klingt authentisch.

„Was machst du denn um diese Uhrzeit draußen?", fragte Berta.

Du warst unterwegs.

„Ich war unterwegs."

„Wie du warst unterwegs? Wo wolltest du denn um diese Uhrzeit hin?", fragte Berta weiter.

„Nach Hause."

„Und von wo kamst du?", schaltete sich Roland ein.

Lass dir was einfallen!

„Ich kam von der Hütte", sagte Maik leichtfertig.

Du Idiot!, schrie Steve.

„Von der Hütte?", fragte Berta.

Roland tat die Frage seiner Frau mit einer einfachen Handbewegung ab und fragte: „Wie geht es dir denn jetzt?"

Von der Hütte! Du Idiot! Du hättest alles sagen können, nur nicht das!

„Beschissen", sagte Maik, „mir geht es total beschissen. Ich fühle mich wie einer der Nebendarsteller in einem Bud Spencer und Terrance Hill Film."

„Nein, so blutrünstig waren die Filme nicht. Du siehst ja auch wie ein Lamm auf der Schlachtbank", sagte Roland. „Willst du, dass ich dich nachhause fahre?"

„Nein!", antwortete Maik schnell. „Das will ich nicht." Er hielt kurz inne. „David würde das nicht verstehen. Er würde rumdiskutieren und mir noch große Vorhaltungen machen – und das kann ich im Moment absolut nicht gebrauchen." Er machte eine kurze Pause. „Ich hatte gehofft, ich könnte die Nacht bei euch bleiben. Geht das?" Er sah Roland flehend an.

Roland und Berta wechselten einen Blick, dann sagte Roland: „Wenn du möchtest. Wir haben nichts dagegen. Aber ich weiß nicht, was ich deinen Eltern sagen soll."

Maik fiel das Denken schwer. Er hatte seine Sache bis hierhin gut macht. Er hatte sie sogar sehr gut gemacht, nun jedoch verließ ihn sein Glück. „Ich hab keine Ahnung. Aber dir wird bestimmt etwas einfallen."

„Na ja, wir müssen sie ja nicht jetzt benachrichtigen. Jetzt befreien wir dich erstmal von den schmutzigen Klamotten, machen dich sauber und dann schläfst du erstmal."

2

Maik bekam einen alten Pyjama, in dem er wie sein eigener Urgroßvater aussah. Berta hatte Maik gesäubert und behutsam seine Kopfwunde(n) behandelt. Vorsichtig hatte sie sie mit einem feuchten Tuch abgetupft, desinfiziert, irgendeine Salbe aufgetragen und anschließend verbunden. Anschließend trank Maik noch ein Glas Wasser und aß einen Apfel; er hatte festgestellt, das Äpfel für ihn immer die beste Medizin waren, und auch dieser Apfel tat ihm außerordentlich gut.

Berta richtete das Sofa im Wohnzimmer zu einem bequemen, beschaulichen Bett her. „Ich hoffe, du kannst gut darin schlafen", sagte sie.

„Ich bin mir sicher, dass ich das kann", sagte Maik und lächelte.

Roland saß immer noch in seinem Sessel. Maik legte sich auf das zu einem Bett umfunktionierte Sofa. Und dann klingelte das Telefon.

„Lass Berta, ich geh schon ran", sagte Roland, stand auf und holte das schnurlose Telefon ins Wohnzimmer. Mit einem leisen Stöhnen setzte er sich wieder auf seinen Sessel und drückte auf den grünen Knopf des Schnurlostelefons. „Ja, bitte?"

Eine kurze Pause trat ein, Maik hörte gespannt zu und beobachtete Rolands Mimik, die ihm hoffentlich Aufschluss darüber geben sollte, wer der Anrufer war.

„Grüß dich David. Was gibt's denn? Warum rufst du um diese Uhrzeit an?"

Wieder eine kurze Pause, während der David Roland sein Anliegen vortrug. Maiks Nerven waren zum Zerreißen gespannt.

„Ja, er ist hier", sagte Roland.

Jetzt kam der Moment in dem es um alles oder nichts ging. Das nächste, was Roland sagen würde, würde darüber entscheiden, wie es mit Maik weiter ging. Würde er bei seinen Großeltern bleiben dürfen, oder müsste er wieder nach Hause? Roland und Maik sahen sich an. Aus Maiks Augen schienen die Worte: *Bitte, du darfst mich jetzt nicht im Stich lassen. Ich brauche dich jetzt. Bitte hilf mir. Du musst mir unbedingt helfen, ich flehe dich ja. Ja, verdammt, ich flehe dich an*, herauszusprühen.

Roland sah Maik mitleidig an, schloss seine Augen und sagte: „Ja, ich wollte dich auch gerade anrufen. Maik will heute mal bei uns übernachten. Es war meine Idee..." – In Maiks Augen leuchtete das Feuer der Hoffnung und Dankbarkeit – „...Ich hab den kleinen Kerl lang nicht mehr gesehen und er hat auch schon lange nicht mehr hier übernachtet..." – David schien etwas zu sagen, Roland hörte zu und sagte dann: „... Ja, natürlich hat er seine Schulsachen dabei. Sonst hätte ich ihn ja auch gar nicht rein gelassen" – Roland lachte, und Maik glaubte dem Telefon zu vernehmen, dass auch David lachte – „Also dann, ihr bekommt euren Sohn Morgen wohlbehalten wieder. Mach's gut, David." Dann drückte Roland den Knopf, auf dem ein roter Hörer abgebildet war und legte das Telefon auf den Tisch.

„Danke, Opa", sagte Maik knapp.

„Dein Vater klang anfangs sehr aufgebracht, aber ich glaube, jetzt hat er sich wieder beruhigt." Roland lächelte. „So, und jetzt schlaf. Du brauchst Ruhe."

„Ja, Opa – und danke nochmal."

Maik musste ungefähr ein Dutzend Gute-Nacht-Küsse von Berta über sich ergehen lassen, bis er endlich so tun durfte, als schliefe er. Seine Großeltern bliebe noch eine halbe Stunde lang wach, dann begaben auch sie sich zu Bett. Maik lag dann noch (vorsichtshalber) eine halbe Stunde lang wach und stand dann auf.

Leisen Schrittes ging er in die Küche. Er musste dazu nicht einmal das Licht einschalten – die Straßenlaternen strahlten ausreichend Licht durch die Fenster, so dass Maik sich im Haus zurechtfinden konnte. Vorsichtig zog er einen der Schieber auf, in dem sich die Küchenmesser befanden. Er nahm das größte heraus. Es hatte eine gezackte, dreißig Zentimeter lange Klinge aus hartem Krupp-Stahl, einen zehn Zentimeter langen, schwarzen Kunststoffgriff und glänzte wie frisch poliert.

„Perfekt", flüsterte Maik.

Doch es wird vielleicht noch nicht genügen, sagte Steve, *besorg dir lieber noch eine andere Waffe. Nur, um auf Nummer sicher zu gehen. Wir dürfen uns keinen Fehler erlauben.*

„Du hast Recht", flüsterte Maik das Messer an, „wir dürfen uns keinen Fehler erlauben." Dann fügte er noch hinzu: „Jeder Fehler könnte unser letzter sein."

Er zog den Schieber geräuschlos wieder zu, drehte sich um, durchquerte dich Küche. Im Flur gab es eine archaische Holztür, die in den ebenfalls archaischen Keller führte. Roland hatte dort so eine Art Werkstatt und Berta lagerte dort Konserven. Die Konserven interessierten Maik nicht; die Werkstatt jedoch schon.

Die Tür knarrte als Maik sie öffnete. Doch sie knarrte nicht laut genug, um Roland und Berta aufzuwecken – was gut war. Maik stieg die Steintreppe runter, wobei sich seine Knie wieder meldeten und protestierende Schmerzen in sein Bewusstsein sendeten.

Unten angekommen, betätigte Maik den Lichtschalter. An einer der Wände hatte Roland Haken angebracht, an denen Schaufeln und Spaten hingen.

Zu groß, sagte Steve, *such dir was kleineres.*

Auf der Werkbank, die an derselben Seite stand, wo sich die Haken befanden, lagen verschieden große Hammer, Schraubenzieher, ein Meißel und unzählige Schrauben und Nägel – es war ein heilloses Durcheinander. Roland schien nicht viel Wert auf Ordnung und Übersichtlichkeit zu legen.

Einen Hammer, nimm einen Hammer. Und dann versteckst du das Zeug.

Maik nahm den größten Hammer von der Werkbank, ging wieder zur Treppe, löschte das Licht und stieg hoch in den Flur. Mit einem erneuten Knarren schloss er die Holztür – Roland und Berta schliefen seelenruhig weiter.

„Wohin?", flüsterte Maik.

Pack das Zeug erstmal in einen Beutel und dann legst du den Beutel vor die Haustür. Und Morgen nimmst du ihn mit zur Schule.

„Okay"

4

Maik schlief gut und tief; sehr tief. Die Anstrengungen der letzten Tage – vor allem die des letzten Tages – zeigten ihre Spuren. Maik tat der Schlaf gut, seine Wunden konnten zu heilen beginnen, die Kraft kam wieder und die Eindrücke und Impressionen konnten verarbeitet werden. Zu viel strömte in letzter Zeit auf ihn ein. So dass er fast verrückt wurde (wenn er es nicht schon war...) Das Sofa war bequem und erlaubte ihm einen angenehmen Schlaf.

Er hatte viel für den morgigen Tag geplant. Daniel würde seine Abreibung bekommen, seine letzte Abreibung; und dann würde es niemanden mehr geben, der Maik aufhalten könnte. Niemanden mehr.

5

Zwei Monate lang besuchte Maik Steve jeden Tag. Jeden Tag hockte er neben seinem Krankenbett, redete auf ihn ein, beruhigend, traurig. Jeden Tag vernahm er die Geräusche der Maschinen. Jeden Tag bekam er keine Antwort, und erkannte keine Regung von Steve.

Der Zwist zwischen Maik und Steves Eltern entfachte wieder. Obwohl sie wussten, dass Maik Steve nicht absichtlich in diese Lage gebracht hatte, wollten sie ihm keinesfalls verzeihen, dass er mit ihm das Wettrennen gefahren war.

Während des Gerichtsverfahrens eröffnete Maik dem Richter, sie hätten zuvor getrunken (den Haschisch-Konsum verschwieg er) und seien deshalb auf die bescheuerte Idee gekommen, ein Wettrennen auf einer stark befahrenen Straße zu veranstalten. Und als er das sagte, sah Steves Mutter rot. Sie schrie Maik die wüstesten Beschimpfungen entgegen, sie verfluchte ihn und hätte – wenn sie die Möglichkeit gehabt hätte – Maik tot geprügelt. Der Richter ermahnte sie mehrmals zur Ruhe, jedoch zwecklos und beauftragte dann den Sicherheitsdienst, „die hysterische Dame aus dem Gerichtssaal zu entfernen".

Maik bekam keine Strafe, außer den Qualen seines Gewissens. Schließlich war er für Steves Schicksal nicht *direkt* verantwortlich. Steves Mutter konnte das Urteil nicht verstehen, sie verachtete Maik abgrundtief, aber dennoch erlaubte sie ihm – aus irgendeinem unerfindlichen Grund (vielleicht war es ein Fünkchen Mitleid) – dass er Steve besuchen durfte. Doch wenn Maik und sie aufeinandertrafen, giftete sie ihn auf die vulgärste Art und Weise an, die man von einer Frau wie ihr je erwarten konnte.

Steve regte sich bei keinem der Besuche, außer bei dem letzten, es war der Tag vor seinem Tod, als Steve seine letzten Worte sprach, die Maik nie vergessen würde...

6

Wie Daniel gehofft hatte, kam Maik zur Schule. Er kam – wie immer – mit dem Fahrrad. Nur eine Kleinigkeit (eine skurrile Kleinigkeit) war anders. Maik hatte nicht seinen Rucksack bei sich, sondern hielt einen großen Stoffbeutel in seiner Hand. Daniel konnte nicht erkennen, was darin war; genau genommen war es ihm auch egal. Doch noch etwas war anders als sonst: Kurz nachdem Maik die Schule betreten hatte, verließ er sie wieder. Daniel, der sich schon seit zwei Stunden ein paar hundert Meter von der Schule, mit einem Fernglas bewaffnet, versteckt hielt, traute seinen Augen nicht, als er Maik aus der Schule herausgehen sah. Maik setzte sich auf sein Fahrrad und fuhr weg.

Der Idiot fährt wieder in den Wald, da verwette ich meinen Arsch drauf, dachte Daniel, *aber dieses Mal, werde ich mich nicht reinlegen lassen. Dieses Mal schüttelt der Penner mich nicht ab. Dieses Mal nicht. Das erste Mal ist ihm das gelungen, aber noch einmal schafft er das nicht. Den Mistkerl schnappe ich mir. Und wenn ich ihn mir geschnappt habe, dann bringe ich ihn um. Darauf verwette ich meinen Arsch.*

Daniel war sportlich, er war sogar sehr sportlich und lief Maik hinterher. Er machte sich keine Gedanken darüber, ob Maik ihn sehen würde. Es war ihm egal. Soll er ihn doch sehen. Dann bringt er, Daniel, ihn, Maik, halt in aller Öffentlichkeit um. Was macht das für einen Unterschied, er war doch ohnehin schon in dieser verschissenen Stadt als Mörder verschrien, als Doppelmörder sogar.

Aus irgendeinem Grund fuhr Maik langsam. Dadurch war es für Daniel ein leichtes, ihm zu folgen. Wie Daniel vermutete, fuhr Maik zum Wald. Daniel wäre Maik weiterhin auf Sichtweite gefolgt, doch seine Kondition verließ ihn. Er war insgesamt fünfzehn Minuten lang gerannt, dann musste er gehen.

Maik hatte wieder den Trampelpfad vom letzten Mal gewählt. Daniel erkannte das an den Spuren, die sein Fahrrad im Schlamm gemacht hatte.

„Das ist es: Ich muss einfach nur den Spuren seiner Reifen folgen. Dann komm ich automatisch zu ihm", sagte Daniel laut. „Daniel, du bist ein Genie."

Die Spuren führten ihn tief in den Wald hinein. Und an der Stelle, als Maik das letzte Mal einen Knick nach rechts gemacht hatte, verliefen die Spuren dieses Mal weiter den Trampelpfad entlang. Daniel folgte den Spuren.

Soll ich ihn erst quälen oder gleich umbringen?, überlegte Daniel. *Er hat es eigentlich verdient, dass ich ihn quäle. Ein sofortiger Tod wäre viel zu milde. Ja, ich werde ihm jeden Finger einzeln brechen. Dann werde ich ihm Arme und Beine brechen und zum Schluss, wenn er um Gnade winselt, schlage ich sein Gesicht zu einer undefinierbaren, breiigen Masse. Genau so mache ich es...*

Es dauerte nahezu eine Ewigkeit, bis er Maiks Fahrrad entdeckte. Es lehnte an einem kleinen, alten, modrigen, weißen Häuschen. Die Fenster waren schmutzig, Daniel konnte nicht hindurch sehen. Doch das musste er auch nicht. Er wusste, dass Maik dort drin sein musste. Und keine Ahnung hatte, was ihn gleich erwarten würde.

Daniels Adrenalin-Spiegel stieg ins Unermessliche, als er die Holztür öffnete...

Maik lehnte sein Fahrrad an die Hauswand. Alles hatte perfekt funktioniert. Er hatte unbemerkt den Beutel mitgenommen und ist zur Schule gefahren. Roland hatte er erzählt, er würde nach Hause fahren, und Roland hatte es ihm geglaubt.

In der Schule verweilte er nur kurz. Er war sozusagen sein eigener Köder. Er hoffte sein kurzer Aufenthalt würde reichen, um Daniel anzulocken, wie das Blut den Hai. Und er war keine zweihundert Meter mit dem Fahrrad gefahren, als er Daniel hinter sich bemerkte, der, wie Maik belustigt feststellte, mal wieder wie ein Elefant im Porzellanladen vorging.

Am Rande des Waldes hörte Daniel auf, ihn zu verfolgen. Doch wenn Daniel auch nur halb so blöd war, wie er glaubte, müsste er die Hütte anhand Maiks Reifenspuren finden. Ansonsten wäre er wirklich saublöd. Und so blöd konnte ein Mensch, der einst das Albert-Einstein Gymnasium besuchte, nicht sein.

Daniel würde also den Reifenspuren bis zur Hütte folgen. In der Zwischenzeit würde Maik genug Zeit haben, alle Vorbereitungen zu treffen, um Daniel gebührend zu empfangen. Daniel würde nichtsahnend die Hütte betreten – und dann würde Maik zuschlagen; im wörtlichen sowie im übertragenen Sinne.

Jennifer war wach als Maik die Hütte betrat. Sie sah – das musste er zugeben – nicht so gut aus wie sonst. Das Blut an und in ihrem Mund war geronnen, ihre Haare waren verklebt und ihr Gesichtsausdruck war gequälter als sonst.

„Na wie geht's uns dann an diesem wundervollen morgen?", fragte Maik.

„Warum diese Freude?", fragte Jennifer.

Maik lächelte wissend. „Wir kriegen gleich Besuch."

Jennifer bemerkte den Beutel in Maiks Hand. „Was ist in dem Beutel?", fragte sie.

„Was hier drin ist?", murmelte Maik mit gespielter Ahnungslosigkeit. „Na da sehen wir doch einfach mal nach." Maik hielt den Beutel mit einer Hand auf und zog mit der anderen das Küchenmesser seiner Großeltern heraus. Mit gespielter Verwunderung sagte er: „Oh, ein Messer. Ein wunderschönes, tödliches, Küchenmesser haben wir da."

Jennifer beobachtete die kleine Vorstellung, die Maik offensichtlich genoss.

„Mal sehen, was wir hier noch drin haben", fuhr Maik fort. Er nahm das Messer in die Hand, in der er auch den Beutel trug, und griff dann mit der freien Hand wieder in den Beutel. Wie ein Zauberkünstler, der ein weißes Kaninchen aus dem Hut zaubert, holte er den großen Hammer von Roland aus dem Beutel hervor. „Ein Hammer", brüllte er lauthals und sprühte dabei Speichel in die Luft.

Mit einer grausamen Gewissheit wurde Jennifer bewusst, dass Maik *wirklich* verrückt war. Er war nicht einfach nur durchgedreht, er war in der Tag regelrecht *wahnsinnig*. Diese Gewissheit erfüllte sie mit einer namenlosen Angst, die ihre Lippen zum Zittern brachte. Sie bangte – nein – sie fürchtete um ihr Leben. Zum ersten Mal in ihrem Leben hatte sie eine unvorstellbare Todesangst.

„Jennifer, ich muss dir eine wichtige Frage stellen", sagte Maik ernst und ließ den Stoffbeutel auf den Boden fallen. „Wirst du dich still verhalten, oder muss ich wieder deinen Mund zukleben?"

„Ich werde still sein. Nur bitte tu mir nichts." Jennifer sah angstvoll auf die Waffen in Maiks Händen.

„Keine Angst, ich tu dir nichts. Ich liebe dich ja schließlich. Und du wirst mich auch lieben", sagte Maik. Dann bemerkte er Jennifers Blick und schaute ebenfalls auf seine Hände.

„Ach so" Mit dem Handrücken seiner rechten Hand (die, in der sich das Küchenmesser befand) schlug er sich sacht auf die Stirn. „Deshalb", sagte er, wie jemand, dem gerade ein Licht aufgegangen ist. „Nein, die Waffen sind nicht für dich bestimmt. Die sind für unseren

Besuch. Die Netiquette verlangt es schließlich, dass man seinen Gast gebührend empfängt", sagte er im belehrenden Tonfall.

Jennifer wagte es nicht, zu fragen, wer der Gast sein würde. Sie beobachtete aufmerksam Maiks Handlungen. Dieser nahm den Hammer in die rechte und dafür das Messer in die linke Hand. Dann stellte er sich vor die Hauswand, neben den Türrahmen; an die gegenüberliegende Seite, zu der die Tür schwingen würde, wenn Daniel sie öffnete.

„Und was machen wir jetzt?", fragte Jennifer.

„Warten", sagte Maik, „und nicht vergessen: kein Laut darf über deine Lippen kommen. Glaub mit – du würdest es bereuen."

8

Es war zwei Monate nach Steves Unfall. Maik kniete – wie jeden Tag – neben ihm und hoffte, er möge erwachen. Der Raum war erfüllt von den monotonen Geräuschen der Maschinen; Maik hasste die Maschinen bereits, obwohl sie Steve am Leben erhielten, waren sie für Maik dennoch ein Symbol des Todes und des Schmerzes. Jedes der Fiepgeräusche bohrte sich schmerzhaft in sein Trommelfell. *Irgendwann wird es platzen*, dachte er. *Irgendwann wird es platzen und dann bist du taub. Es sei denn, Steve stirbt, bevor das passiert.*

Steves Körper war seinen sämtlichen Muskeln entledigt, die er einst hatte. Zwei Monate der Bewegungslosigkeit und des Stillliegens hatten ihre Spuren hinterlassen. Es würde Ewigkeiten dauern, bis Steve wieder Fahrrad fahren könnten; wenn er denn je erwachte.

Und an diesem Tag, am 02.06.2004, erwachte Steve. Er öffnete zaghaft seine Augen. Nur um ein paar Millimeter; aber er öffnete sie.

„Steve?", fragte Maik verblüfft, „bist du wach?"

Steve sah Maik tief in die Augen. Maik konnte den alten Glanz von Lebendigkeit darin sehen, nur viel schwächer als früher. Steve öffnete den Mund, um etwas zu sagen. Der dickflüssige, weiße (fast feste) Speichel bildete dicke Fäden zwischen seinen Lippen.

„Steve, du lebst! Ich wusste, du würdest nicht sterben!", sagte Maik aufgeregt, freudig, beinahe ekstatisch. „Jetzt wird alles wieder gut. Alles wird wieder gut."

„Nein, nichts wird wieder gut", sagte Steve. Seine Stimme klang schwach und war ein einziges Krächzen. So klang wahrscheinlich jede Stimme, wenn sie zwei Monate lang nicht benutzt wurde, vermutete Maik. „Ich werde sterben. Daran gibt's nichts zu rütteln."

„Nein du wirst nicht....", unterbrach ihn Maik.

„Lass mich ausreden", sagte Steve resolut, und ab da sagte Maik nichts mehr. „Ich werde sterben. Aber auch wenn ich tot sein werde, Maik, werde ich immer bei dir sein. Ich werde immer bei dir sein und dich begleiten. Wo du hingehst, werde auch ich hingehen. Ich werde auf ewig in dir sein. Hast du das verstanden?"

Maik nickte. Er verstand nicht. Aber er würde verstehen, irgendwann.

Dann schlossen sich Steves Augen. Das war das letzte, was er zu Maik gesagt hatte. Am nächsten Tag, dem 03.06.2004 erlag Steve seinen Verletzungen. Am 07.06.2004 wurde er im Neustädter Friedhof beigesetzt. Viele Menschen kamen zur Beerdigung. Unter ihnen Steves Eltern, Maiks Eltern, und Maik (mit Steve).

9

Als Daniel die Tür öffnete und eintrat schlug Maik zu. Er traf Daniel mit dem Hammer an der linken Schläfe. Es war ein harter Schlag. Daniel war sofort tot. Er sackte zu Boden und Blut sickerte aus der offenen Wunde. Sein Gehirn wurde so schnell beschleunigt, das mehrere Gefäße gleichzeitig platzten, Daniel starke Hirnblutungen bekam und diesen sofort erlag.

Jennifer schrie.

Maik zerrte Daniel in die Hütte hinein und schloss dann die Tür. Seine Waffen hatte er auf den Boden gelegt. Er befühlte Daniels Puls.

„Verdammt", brüllte er, „der Mistkerl ist tot." Er schlug mit der rechten Faust auf den Boden. Den Schmerz, der sofort einsetzte, spürte er kaum. „Ich hätte nicht so stark zuschlagen sollen. Verflucht. Ich wollte ihm eigentlich noch erzählen wie er zu seinem zweifelhaften Vergnügen, Hauptverdächtiger in einem Doppelmord-Prozess zu sein, kam. Und jetzt ist er tot. Verflucht." Maik stand auf und sah Jennifer an. „Na ja, ist eigentlich nicht so wichtig. Hauptsache er ist tot. Nur das zählt."

Daniel? Warum war Daniel hier. Ich dachte, er wäre weggezogen?", fragte Jennifer.

„Weil er der einzige war, der die Wahrheit erkannte" – bei dem Wort *Wahrheit* flog spie er wieder Speichel in die Luft – „Er war der einzige, der wusste, dass ich die Morde begangen habe. Ihm habe ich schließlich alles in die Schuhe geschoben. Ihm habe ich die Mordwaffe in den Spind gelegt und anschließend seinen Spind noch mit Blut beschmiert."

„Aber warum gerade er?"

Maik lächelte. Er fühlte sich wie der Bösewicht in einem James-Bond Film, der dem gefesselten Bond seinen Plan erzählt. Nur mit dem Unterschied, dass sich der Jennifer-Bond nicht befreien würde, wie es der James-Bond in den Filmen immer tat. Denn das hier war kein Film.

„Daniel hat sich ja regelrecht aufgedrängt, als Mörder dazustehen. Er hat mich schließlich verteidigt, als Frank mich beleidigte. Damit wurde er zum perfekten Sündenbock. Denn einen Tag, bevor Frank ermordet wurde, hatte er sich mit ihm noch ein Wortgefecht geliefert. Das war perfekt. Besser hätte ich es mir nicht wünschen können. Ich konnte in Ruhe Frank – und notgedrungen den Hausmeister – töten und musste nur darauf achten, keine Fingerabdrücke zu hinterlassen. Aber das war mir ein leichtes. Und letztlich musste ich nur noch das Beweismaterial in Daniels Spind legen." Maik lächelte triumphierend. „Der Plan war perfekt. Und wie du siehst, hat er funktioniert."

„Und woher wusstest du, dass Daniel hierher kommen würde?"

Maik lachte. „Als ich bemerkte, wie er mich verfolgte, wurde mir alles klar. Und du kannst mir glauben - nicht zu bemerken, wie dieser Trottel einen verfolgt, ist einfach unmöglich." Maik deutete auf den am Boden liegenden (toten) Daniel. „Mir war klar, dass er herausgefunden haben musste, dass ich für die beiden Morde verantwortlich bin. Also hab ich ihn in den Wald gelockt, und der Typ hat nicht gemerkt, dass ich ihn bemerkt hatte. Verstehst du?"

Jennifer nickte. Sie verstand nur zu gut; das Ende von Maiks Erzählung lag schließlich erbarmungslos vor ihr auf dem Boden.

„Ich hab ihm also den Ort gezeigt, wo er mich finden würde, wenn er mich umbringen wollte. Ja - und dann habe ich ihn abgewimmelt. Ich habe ich ganz einfach abgehängt – und das war fast noch leichter, als ihn zu bemerken, wie er mich verfolgt." Maik musste wieder lachen, Jennifer hörte aufmerksam, schockiert zu. „Ich wusste, er würde mich am darauffolgenden Tag – sprich heute – wieder verfolgen. Also habe ich mir Waffen besorgt" – er nickte dorthin, wo er den Hammer und das Messer hingelegt hatte – „bin kurz in die Schule gegangen, um ihn wieder anzulocken." Maik musste nahezu hysterisch lachen. Das, was er gleich sagen würde, war für ihn einfach zu lächerlich. Es hätte aus einem drittklassigen Schundroman stammen können. Aber es war geschehen – und das war gut so. „Und der Trottel ist mir tatsächlich gefolgt. Es kam ihm nicht einmal spanisch vor, dass ich nur ein paar Sekunden in der Schule war. Der Typ ist ja – entschuldige – war ja so dämlich. Er ist voll drauf reingefallen. Ich musste nur hier warten und ihm den Schädel einschlagen – und – zack – ist die Sache beendet." Maik lachte.

„Du bist ein Schwein! Du bist ein mieses Schwein. Du hast drei Menschen getötet. Du hast drei Menschen auf dem Gewissen, wenn du denn überhaupt so etwas wie ein Gewissen besitzt. Ich hasse dich!" Jennifer konnte ihre Wut nicht unterdrücken, obwohl sie eine ungekannte Todesangst davor, Maik könnte ihr etwas antun, verspürte.

„Du wirst noch lernen, mich zu lieben. Glaub mir."

10

„Steve hat mit mir gesprochen. Er war wach und hat mit mir geredet", sagte Maik als er vom Krankenhaus zurück kam seinen Eltern. „Er hat seine Augen aufgemacht und geredet. Es war unglaublich."

Dana und David sahen sich vielsagend an. „Schatz, es ist normal, dass du dir wünschst, Steve würde wieder gesund werden", sagte Dana. „Aber das, was du heute erlebt hast, war mit Sicherheit nur Einbildung."

„Es war keine Einbildung", protestierte Maik, „es war die Realität. Steve *war* wach und er *hat* mit mir gesprochen."

„Maik", sagte David, „es war nur Einbildung. Und jetzt Schluss. Ich will nichts mehr von deinen Phantastereien hören. Steve liegt im Koma, und so wie es aussieht, wird er daraus nie wieder erwachen.

David war – wie schon sein ganzes Leben lang – taktlos. Es war keine Absicht, er konnte einfach nicht anders. Er war nun mal so. Es lag in seiner Natur, taktlos zu sein, die Emotionen anderer nicht einschätzen zu können, und nicht gut mit Worten umgehen zu können. Maik machte ihm keinen Vorwurf, dennoch trafen ihn die Worte seines Vaters schwer. Und das schlimmste daran war: David hatte recht. Steve starb. Einen Tag nach seinem kurzen Wiedererwachen.

„Hörst du das auch?", fragte Maik.

Natürlich hatte Jennifer das gehört. Es war das Geräusch eines Autos. Zu Maik sagte sie aber: „Nein, ich höre nichts. Vielleicht sind es ja die Nachwirkungen deiner Kopfverletzungen", setzte sie kess hinzu.

„Nein das ist es nicht. Da ist irgendwas da draußen." Ein Anflug von Angst durchfuhr ihn. „Hört sich an wie ein Auto."

„Vielleicht noch ein Gast."

Maik, der eben noch neben dem toten Daniel gekniet hatte, stand auf und wandte sich zur Tür.

Der Motor des grauen Audi A4 gab noch ein letztes Tuckern von sich und erstarb dann. Eine Autotür wurde geöffnet – und wieder zugeschlagen. Schritte waren zu vernehmen. Maik blickte gespannt auf die Tür, die sich langsam öffnete.

„Opa?", fragte Maik erstaunt, „was machst du denn hier?"

Roland betrat die Hütte, sah sich um, erschrak, und sagte: „Die Frage sollte eher lauten, was *du* hier machst?"

„Hilfe!", schrie Jennifer, „bitte helfen Sie mir! Sie müssen mich von diesem Wahnsinnigen befreien!"

Maik drehte sich blitzschnell zu Jennifer um, sein Blick war hasserfüllt. „Halt die Klappe, Schlampe!"

Roland gewahrte den Leichnam Daniels. „Oh Gott, Maik. Was ist hier los? Was hast du getan?", fragte er erschüttert. In seiner Stimme schwang Trauer mit.

„Ich...", begann Maik, doch dann schaltete sich Steve in sein Hirn ein. *Du musst ihn umbringen. Er wird deinen ganzen Plan zu Scheitern bringen. Du musst ihn töten. Los, tu es!*

„Nein!", schrie Maik, „er ist mein Großvater. Ich liebe ihn."

Jennifer und Roland betrachteten Maik überrascht.

Du musst ihn töten. Du hast keine andere Wahl. Ansonsten wird die verdammten Bullen informieren – und dann wanderst du in den Knast; ist dir das klar?!

„Ich kann nicht!", schrie Maik verzweifelt.

Und Jennifer kannst du dann auch abschreiben. Die wirst du nie bekommen, wenn der Alte am Leben bleibt. Du musst ihn töten. Los, tu es.

„Nein!"

„Auf dem Boden liegen noch der Hammer und das Messer. Schnapp dir beides – und dann metzel ihn nieder. Schalte ihn aus!

„Du weißt ja nicht, was du da verlangst..." Maik kämpfte mit sich selbst. Steve hatte Recht, Roland würde seinen Plan zum Scheitern bringen. Aber er konnte doch nicht seinen eigenen Opa töten. (Oder konnte er doch?) Maik griff sich mit beiden Händen an den Kopf, so als hätte er unsägliche Kopfschmerzen. Aus seiner Kehle drang ein gutturaler Laut, während er um eine Entscheidung rang.

Roland und Jennifer beobachteten die skurrile Szenerie.

„Bitte, helfen Sie mir. Sie müssen mich befreien. Bitte", flehte Jennifer. Tränen rannen ihr übers Gesicht, sie hatte unmerklich ihre Hände zu Fäusten geballt und ihr ganzer Körper zitterte in nervöser Anspannung.

„Ich kann ihn nicht töten", brüllte Maik. *Aber du musst! Du musst. Du musst!*

„Maik, reiß dich zusammen. Beruhige dich. Alles wird gut." Rolands Stimme war sanft, doch in ihr war deutlich ein Anflug von Verzweiflung und Furcht zu erkennen. „Du legst dich jetzt auf den Boden und bleibst ruhig liegen."

„Nein!" *Töte ihn!* „Nein!" *Du musst ihn töten. Das bist du mir schuldig.*

Maik hörte plötzlich auf, diese gutturalen Laute von sich zu geben. Mit einem Mal erstarrte er und blieb reglos stehen. Sein Gesichtsausdruck veränderte sich – er wurde irgendwie *ausdruckslos.*

Roland bemerkte die Veränderung, und er wusste: es war keine positive Veränderung. Er musste reagieren; und zwar blitzschnell. Mit behänder Geschwindigkeit (eine Geschwindigkeit, die für einen Siebzigjährigen ungewöhnlich ist) stürzte Roland sich auf Maik und drückte ihn zu Boden. „Ich will dir nicht wehtun, Maik, glaub mir. Ich will dir nur helfen. Beruhige dich. Bleib ganz ruh...."

Maik stieß ihn mit der Kraft eines Achtzehnjährigen weg. Roland rollte zur Seite. Maik erblickte die Waffen, die nur zwei Meter von ihm entfernt auf dem Boden lagen. Roland folgte Maiks Blick. Einen kurzen Moment sahen sie beide auf die Waffen, abwägend, wer sie als erstes erreichen würde – und welchen Preis er dafür bezahlen würde. Das Bild wirkte unfreiwillig komisch. Unter anderen Umständen hätte Jennifer gelacht.

Gleichzeitig stürzten Roland und Maik auf die Waffen. Maik ergriff den Hammer, Roland das Messer. Ebenfalls gleichzeitig entfernten sie sich voneinander. Maik sprang rückwärts Richtung Jennifer, Roland Richtung Tür. Die ganze Hütte lag zwischen ihnen. Sie standen sich lange reglos gegenüber und musterten sich.

„Maik, komm zur Vernunft. Leg die Waffe weg, dann lege ich auch meine weg. Und dann wird alles wieder gut. Bitte Maik, sei vernünftig." Die Verzweiflung und die Furcht hatten in Rolands Stimme erschreckende Ausmaße angenommen. Das kannte Maik von Roland gar nicht; Roland war immer so besonnen, so *cool*, nichts konnte ihn aus der Fassung bringen. Und jetzt war er nervöser als ein Alkoholiker auf Entzug.

Soweit, so gut. Jetzt musst du ihn nur noch umbringen. Du hast den Hammer, setze ihn auch ein. „Noch nicht, eines muss noch geklärt werden?"

Roland vermutete, Maik beziehe sich auf seine, Rolands, Äußerung, und sagte deshalb: „Okay, was muss geklärt werden?"

„Warum bist du hier?", fragte Maik knapp, „woher wusstest du, dass ich hier bin?"

Roland verzog keine Mine. Mit etwas ruhigerer Stimme als zuvor erklärte er: „Ich weiß schon lange, dass du hier irgendetwas vor mir verheimlichst."

Maiks Augen weiteten sich.

„Hast du etwa geglaubt, ich würde deine Lügen nicht durchschauen? Ein Fahrradunfall – für wie blöd hältst du mich, dass ich darauf reinfalle? Dann deine Knieverletzung, die kommt nicht einfach so von ungefähr. Dann deine Ausflüchte, warum solltest du mich belügen, wenn du keinen triftigen Grund dafür hast?"

Maik zuckte mit den Schultern, unbewusst.

„Ja, ich wusste schon lange, dass du etwas vor mir verheimlichst, und dass dieses etwas hier in der Hütte sein musste. Ich konnte mir nur keinen Reim darauf bilden. Und ich sah mich auch nicht dazu veranlasst, es herauszufinden." Roland stöhnte leise. „Im Nachhinein betrachtet, hätte ich es jedoch tun sollen. Aber das konnte ich nicht wissen."

Schluss mit dem Gequatsche. Leg' ihn um! Mach schon. Verlier' keine Zeit. „Noch nicht."

„Genau, da konnte ich es *noch nicht* wissen. Doch als du gestern blutverschmiert zu uns kamst, wusste ich, dass es unmöglich eine banale Schlägerei gewesen sein konnte. In deinen Augen habe ich gesehen, dass du mich angelogen hast." Roland runzelte leicht die Stirn. „Aber ich habe noch etwas in deinen Augen gesehen. Manche nennen es vielleicht Wahnsinn.

Ich nenne es *den gewissen Glanz*. Ich wusste, du hattest irgendwas vor. Und ich wusste, es war etwas Ernstes, etwas Gefährliches. Ich wusste, irgendetwas stimmte nicht. Und ich wollte unbedingt herausfinden, was es war. Also habe ich dich bei uns übernachten lassen, unter der Prämisse, ich würde am nächsten Tag nachsehen, was du in der Hütte treibst." Er blickte sich in der Hütte um, sein Hauptaugenmerk galt dem toten Daniel. „Und jetzt bereue ich es, nicht schon eher nachgesehen zu haben." Er atmete hörbar aus. Er klang dabei alt und verbraucht.

Das hätte auch nichts geändert. Alter Mann, dann wärst du nur jetzt *schon tot.*

Los, Maik, jetzt bring es zu Ende. Bringe ihn um!

12

„Maik, die Ärzte haben gesagt, Steve war gar nicht erwacht. Er lag die ganze Zeit im Koma", sagte Dana.

Maik schüttelte entschieden den Kopf. „Das stimmt nicht. Er *war* wach. Und er hat mit mir geredet. Er hat mit mir geredet und er war wach. Ich weiß was ich gesehen und gehört hab."

David schaltete sich ein: „Aber die Ärzte haben gesagt, ihre Maschinen haben keine physischen Veränderung von Maik angezeigt. Er konnte gar nicht gesprochen haben – das hätten die Maschinen aufgezeichnet. Aber sie haben es nicht. Er war also die ganze Zeit bewusstlos."

„Ja, du hast dir das nur eingebildet, mein Schatz", sagte Dana. „Es war Wunschdenken."

Maik schüttelte noch entschiedener den Kopf. „Nein, es war kein Wunschdenken. Dafür war es zu *real*. Steve war wach, das weiß ich. Ich kenne den Unterschied zwischen Traum und Wirklichkeit. Steve wirkte so lebendig, alles wirkte so ... so *echt*."

David und Dana sahen sich hilflos an. Warum wollte ihr Sohn nicht kapieren, dass Steve rein medizinisch gar nicht wach gewesen sein konnte? Es war medizinisch ganz einfach *unmöglich.* Maik musste es sich eingebildet haben. Eine andere Erklärung gab es dafür nicht.

13

Los, bring ihn um, befahl Steve. *Genug geredet. Jetzt ist es Zeit für Taten.*

„Ja, es ist Zeit für Taten", brachte Maik hervor. Seine Stimme klang abwesend.

„Bitte, Maik. Komm zur Besinnung. Reiß dich zusammen. Und leg – verdammt nochmal – den Hammer weg."

„So tun Sie doch was", rief Jennifer, „von alleine kommt er nicht zur Vernunft. Sie müssen ihn angreifen."

„Nein!", brüllte Roland. Es war das erste Mal, dass Maik seinen Großvater brüllen hörte. „Ich kann doch nicht meinen eigenen Enkel angreifen. Ich liebe ihn" – dann zu Maik – „Maik, ich liebe dich, wie ein Großvater seinen Enkel nur lieben kann. Und ich bitte dich inständig: leg' die Waffe weg. Lass den Hammer fallen. Bitte. Es kommt auch alles wieder in Ordnung..." – das war eine Lüge, und Maik und Roland wussten es, sogar Jennifer wusste es (und Steve wusste es auch) – „Das verspreche ich dir. Alles wird wieder in Ordnung kommen."

Jetzt bring ihn endlich um. Du musst die Sache beenden. Du kannst jetzt nicht einfach aufgeben. Du bist soweit gekommen, lass dir das nicht kaputt machen. Nimm es wie ein Mann und steh' die Sache bis zum bitteren Ende durch.

Ja, er musste es wie ein Mann nehmen; er musste die Sache bis zum bitteren Ende durchstehen. Und das ließ in dieser Situation nur eine Handlung zu...

... Maik gab einen lauten Schrei von sich und stützte, den Hammer in der erhobenen rechten Hand, auf Roland los. „Arghhh", schrie er, während er Roland attackierte. Roland war zwar alt, doch seine Reflexe waren dennoch nicht die schlechtesten. Das Messer in seiner rechten sprang er zur Seite. Maik schwang seinen Hammer und verfehlte Roland knapp. Maik stand nun seitlich von Roland und Roland ließ das Messer durch die Luft gleiten – und ritzte tief in Maiks rechten Oberarm. Jennifer jubelte, und wären ihre Hände nicht gefesselt gewesen, hätte sie geklatscht.

So schnell wie Roland das Messer gleiten ließ, so schnell nahm er auch wieder Abstand von dem verletzten Maik. Blut sickerte aus der Wunde hervor. Maik betastete sie mit der linken Hand, die sich sofort rot färbte. „Arhh", keuchte er.

„Maik, es ist noch nicht zu spät. Komm zur Vernunft. Leg die Waffe weg."

Maik, den rechten Arm an seinen Körper gedrückt und die linke Hand auf seine Wunde gepresst, hielt den Hammer immer noch fest in der rechten Hand. „Nein, du irrst dich. Es *ist* zu spät. Es gibt kein Zurück mehr. Ich werde die Sache beenden."

So ist es richtig. Genau so ist es richtig. Du hast erkannt, wie der Hase läuft. Und nun mach ihm den Garaus.

Maik nahm seine Hand von der Wunde. Eine kleine, kurze Blutfontäne spritzte aus dem tiefen Schlitz in seinem Oberarm hervor. Der Griff um den Hammer blieb weiterhin kräftig. Als Maik seinen rechten Arm wieder erhob, sickerte das Blut in Strömen aus der Wunde.

„Das war ein Fehler, alter Mann", rief er und stürmte wie ein Wikinger auf Roland los. Roland sprang wieder zur Seite – doch dieses Mal rechnete Maik fest damit. Er schwang den Hammer in einem breiteren Radius als zuvor und erst im letzten Moment. Der Hammer traf Roland im Rücken. Unter Schmerzen sank Roland auf die Knie und kippte dann seitlich auf den Boden. Die Wucht des Schlages war (glücklicherweise) nicht so groß, wie sie gewesen wäre, wenn Maik in einem kleineren Radius und ohne Armverletzung den Hammer geschwungen hätte.

„Nein!", schrie Jennifer.

Roland gab nur einen stöhnenden, gequälten Laut von sich, das Messer behielt er jedoch in der Hand.

„Jetzt hab ich dich", triumphierte Maik. Er stellte sich vor Roland hin – und dann fiel ihm der Hammer aus der Hand. „Was...?", fragte er überrascht. Er besaß plötzlich kein Gefühl mehr in seiner rechten Hand; sie war mit einem Mal taub geworden.

Der Blutverlust, Maik. Die Wunde ist – Scheiße noch mal – tief. In deinem Arm ist einfach kein Saft mehr.

„Fuck!", fluchte Maik. Er fühlte sich plötzlich ganz benommen. Es war ein ähnliches Gefühl wie bei dem Drogenrausch damals... Er fasste sich mit der linken Hand an die Stirn, massierte sie, und beschmierte sie gleichzeitig mit dem Blut seines Armes.

Roland nutzte seine Chance. Der Schlag auf den Rücken war bei Weitem nicht so verheerend, wie er vorgetäuscht hatte. Er richtete seinen Oberkörper auf – brachte sich in eine sitzende Position –, erhob den rechten Arm und rammte Maik das Messer so fest er konnte in den Bauch.

Ein Schwall Blut spritzte Maik aus dem Mund. Überrascht schaute er auf seinen Bauch runter. Das Messer steckte noch immer darin und Roland hielt es weiterhin fest. Dann wanderte Maiks Blick zu Roland – und für einen kurzen Moment sahen sich Großvater und Enkel schweigend an. „Es tut mir leid", sagte Roland mit gebrochener Stimme.

„Es tut mir auch leid", röchelte Maik.

Roland zog das Messer aus Maiks Körper. Das *Flutsch*-Geräusch, das dabei entstand, drang durch Mark und Bein.

„Das geschieht dir recht, du Bastard", schrie Jennifer erregt.

Maik sackte auf die Knie. Er und Roland sahen sich in die Augen. „Du warst für mich wie ein Sohn, weißt du das?"

„Und du warst für mich wie ein Vater." Maiks Stimme war ein einziges Röcheln. Er musste sich sehr anstrengen, die Worte über die Lippen zu bringen.

„Ich liebe dich", versetzte Roland.

„Ich liebe dich auch", sagte Maik, „und es tut mir leid. Es tut mir wirklich schrecklich leid." Dann sackte er auf Rolands Knie. Eine Träne floss über sein Gesicht, bevor er starb.

Roland ließ das blutige Messer fallen. Der tote Körper auf seinen Beinen besudelte seine Hose mit Blut – doch das war ihm egal. Mit der rechten Hand strich er seinem toten Enkel über den Kopf, streichelte ihm das Haar.

„Ist es vorbei?"

„Ja", sagte Roland ruhig, „es ist vorbei."

„Sind Sie verletzt?"

„Nein, nicht besonders." Rolands Stimme war gelassen, man konnte sie beinahe als selig bezeichnen. Er blickte unverwandt auf Maik und fuhr ihm durchs Haar. „Es war kein fester Schlag. Er hat mich nicht richtig getroffen", sagte er schließlich.

Er legte Maik mit den Rücken auf den Boden und stand auf. „Deine Hölle ist zu Ende", sagte er zu Jennifer. „Ich bring dich nach Hause."

Herstellung und Verlag:
BoD - Books on Demand, Norderstedt
ISBN 978-3-7347-8363-0